MIRA®

Der Preis dieses Bandes versteht sich einschließlich
der gesetzlichen Mehrwertsteuer.

Umwelthinweis:
Dieses Buch wurde auf chlor- und säurefreiem Papier gedruckt.

Sharon Sala

Wie ein stummer Schrei

Roman

Aus dem Amerikanischen von
Ralph Sander

MIRA®

MIRA® TASCHENBUCH
Band 25193
1. Auflage: Oktober 2006

MIRA® TASCHENBÜCHER
erscheinen in der Cora Verlag GmbH & Co. KG,
Axel-Springer-Platz 1, 20350 Hamburg
Deutsche Erstveröffentlichung

Titel der nordamerikanischen Originalausgabe:
Bloodlines

erschienen bei: MIRA Books, Toronto
Published by arrangement with
Harlequin Enterprises II B.V., Amsterdam

Konzeption/Reihengestaltung: fredeboldpartner.network, Köln
Umschlaggestaltung: pecher und soiron, Köln
Redaktion: Claudia Wuttke
Titelabbildung: Font Shop, Berlin
Autorenfoto: © by Harlequin Enterprise S.A., Schweiz
Satz: Buch-Werkstatt GmbH, Bad Aibling
Druck und Bindearbeiten: Ebner & Spiegel, Ulm
Printed in Germany
ISBN 3-89941-286-9

www.mira-taschenbuch.de

Sie spürte, wie ein Beben durch
Treys Körper ging, als er sich vorbeugte,
um sie zu küssen.
„Olivia Sealy, du bist mein Ein und Alles.“
Sie seufzte, und dann gab sie sich
dem Unausweichlichen hin.

Auf jedes gewollte Baby, das geboren wird,
kommt ein anderes, das niemals die liebevolle
Berührung seiner Mutter erfahren wird.
Jenen Kindern widme ich diese Geschichte,
aber auch unserer kleinen Christina Carol,
die mit zwei Daumen an einer Hand
zur Welt kam und schon früh lernen musste,
ohne die Liebe ihrer Mutter zu leben.
Gewidmet ist dieses Buch auch
meiner Mutter Diane, die viel zu früh
von uns ging – lange bevor ihr Werk
auf dieser Welt vollendet war.

PROLOG

Lake Texoma, im Norden von Dallas, Texas

Marshall Baldwin benutzte den Vorschlaghammer mit dem gleichen kaum vorhandenen Feingefühl, das sein ganzes Leben prägte. Er war stets ein Mann gewesen, der die Dinge in die Hand nahm, und daran konnte auch die Tatsache nichts ändern, dass er vor kurzem in den Ruhestand gegangen war. Genaugenommen war es seitdem nur noch schlimmer geworden, denn ihn trieb die Angst an, jemand könnte ihn für „zu alt" halten, um sein Leben noch selbst zu regeln. Jetzt lief ihm der Schweiß in Strömen übers Gesicht, während das Mauerwerk unter den Schlägen des Hammers allmählich nachgab.

Nach den alten Kabeln und der mangelhaften Wärmedämmung in dem alten Cottage zu urteilen, das er erst vor kurzem gekauft hatte, war eine gründliche Renovierung längst überfällig. Außerdem hielt ihn diese Arbeit hervorragend davon ab, ständig darüber nachzudenken, dass man ihn wie einen alternden Zuchtbullen auf die Weide geschickt hatte, der sein Geld nicht mehr wert war. Für Marshall stellte der fünfundsechzigste Geburtstag kein Problem dar, aber er hasste es wie die Pest, deswegen auch gleich als alt angesehen zu werden. Seinen Frust darüber ließ er an den Wänden aus, die er mit dem Vorschlaghammer einriss.

Gerade holte er zum nächsten Schlag aus, als seine Frau

Pansy hereinkam, mit der er seit dreiundvierzig Jahren verheiratet war. Einen Moment lang stand sie da, betrachtete das Gesicht ihres Ehemanns, dann seufzte sie.

„Marshall, ist dieser Lärm denn wirklich nötig?"

Er hielt in seiner Bewegung inne und versuchte, ihr keinen verärgerten Blick zuzuwerfen. Schließlich war es nicht Pansys Schuld, dass man ihn in den Ruhestand getrieben hatte.

„Ja", gab er zurück und schlug wieder auf die Wand ein.

„Maaarrsshhaaall!"

Während ein Regen aus zerschlagener Rigipsplatte und Mauerwerk auf seine leuchtend grüne Kappe niederging, presste Marshall die Lippen zusammen. Warum konnte sie nicht einfach einkaufen gehen oder irgendetwas anderes unternehmen? Wie sollte er den Rest seines Lebens ertragen, wenn sie ihn keinen Moment mehr aus den Augen ließ?

Gerade wollte er erneut ausholen, als Pansy sein Handgelenk packte und ihn stoppte. „Marshall, ich versuche, mit dir zu reden."

Der Hammer rutschte ihm aus der Hand und fiel mit lautem Knall auf den Holzboden. Ehe Marshall seinem Ärger Luft machen konnte, geriet irgendetwas in der Wand in Bewegung und rutschte zwischen den Holzbohlen ein Stück weit nach unten, bis es aus seinem Blickfeld verschwunden war. Er konnte nur noch erkennen, dass es sich um etwas Rechteckiges, Braunes handelte.

„Hast du das gesehen?“ fragte er.

Pansy nickte. „Was glaubst du, was das war?“ Dann packte sie wieder Marshalls Arm, diesmal jedoch vor Begeisterung. „Oh, Marshall! Stell dir vor, wir haben vielleicht einen Schatz entdeckt! Müssen wir den dann zurückgeben?“

Stirnrunzelnd versuchte Marshall, einen Blick in die Öffnung zu werfen. „Auf keinen Fall. Wir haben das Haus wie besichtigt gekauft. Was wir hier finden, gehört uns.“

„Kannst du irgendetwas erkennen?“

„Nur einen Umriss.“

„Versuch doch mal, ob du rankommst“, rief sie aufgeregt.

Er schob einen Arm in die Öffnung in der Mauer, griff nach unten und strich über eine Kante des Objekts, bis er auf der ledernen Struktur etwas Metallenes ertastete. „Das könnte ein Koffer sein.“

Pansy stieß einen begeisterten Schrei aus und hüpfte hin und her. Das hätte zwar besser zu einem jungen Mädchen gepasst, doch es gelang ihr auch mit ihren über sechzig Jahren noch recht gut. Ihre Begeisterung war sogar so ansteckend, dass Marshall unwillkürlich lächeln musste.

„Freu dich nicht zu früh“, warnte er sie. „Vielleicht ist der Koffer leer.“

„Ganz sicher nicht“, erwiderte sie. „Warum sollte sich denn jemand die Mühe machen, einen leeren Koffer in einer Wand zu verstecken?“

Er musste ihr Recht geben, sagte aber nichts, da er versuchte, den Koffer zu fassen. Dann endlich hatte er den Griff gefunden, doch als er zu ziehen begann, musste er einsehen, dass die Öffnung in der Mauer nicht groß genug war. Widerwillig ließ er los.

„Das Loch ist zu klein“, murmelte er.

Pansy zeigte auf den Vorschlaghammer, den sie ihm eben noch aus den Händen hatte reißen wollen. „Dann mach es größer.“

Genau das tat er auch, und als er ein paar Minuten darauf einen erneuten Versuch wagte, bekam er den Koffer frei.

„Oh, Marshall! Ich möchte zu gern wissen, was da drin ist. Mach ihn auf, schnell!“

„Es geht nicht“, antwortete er nach dem ersten erfolglosen Versuch. „Die Schlösser sind eingerostet.“

„Dann brech ihn auf“, forderte sie ihn auf und reichte ihm ein Stemmeisen.

Er grinste, als er hörte, dass Pansy mit einem Mal wie ausgewechselt war. Er nahm das Stemmeisen und schob es in den Spalt neben einem Schloss, das nach einer raschen Drehung nachgab.

Pansy begann begeistert zu kichern. „Er könnte voller Geld sein, ist dir das klar?“

„Wir werden es gleich wissen.“ Er widmete sich dem zweiten Schloss, das genauso schnell aufsprang.

Sekundenlang sah er Pansy an, um die Spannung zu erhöhen, dann klappte er den Deckel hoch.

Es folgte ein langes Schweigen, schließlich stöhnte

Pansy auf, legte die Hände vors Gesicht und begann zu weinen.

Marshall betrachtete nach wie vor den Inhalt des Koffers, unfähig zu begreifen, was er da sah. Es war ... ein Skelett. Das Skelett eines Kindes! Das konnte nicht sein! Sein Herz begann heftiger zu schlagen, und er befürchtete fast, er könnte jetzt und hier einen Herzinfarkt erleiden. In diesem Moment krabbelte ein kleiner schwarzer Käfer aus einer der leeren Augenhöhlen, woraufhin Marshall so sehr erschrak, dass er zurückwich und den Deckel losließ, der nach hinten wegklappte.

„Oh mein Gott", flüsterte er und zog Pansy hoch, als er selbst aufstand. Er drückte ihren Kopf gegen seine Brust, und eine Weile standen sie beide einfach nur da, ohne ein Wort über die Lippen zu bringen. Dann endlich bekam er sich unter Kontrolle und fasste seine Frau an den Schultern. „Na komm, Pansy, beruhige dich. Hast du dein Handy dabei?" fragte er. Während sie zu ihrer Handtasche ging, fuhr er sich mit zitternder Hand übers Gesicht.

Wortlos reichte sie ihm den Apparat, Marshall holte tief Luft, dann tippte er die Notrufnummer ein.

Pansy sah zum Koffer. „Wer kann denn bloß so etwas tun?"

„Keine Ahnung, und ich danke Gott dafür, dass ich nicht derjenige bin, der das herausfinden muss."

Eine Frauenstimme meldete sich: „Neun-eins-eins. Welchen Notfall möchten Sie melden?"

Wieder atmete er tief durch. „Mein Name ist Marshall

Baldwin. Ich habe ein Haus gekauft, das vier Meilen westlich des Fish Shack nahe dem Steg Nummer vier am Lake Texoma gelegen ist. Sie müssen sofort die Polizei herschicken."

„Und welche Art von Notfall liegt vor?"

„Ich habe gerade eben einen Koffer mit einem Skelett darin gefunden."

Es folgte eine kurze Pause, dann fragte die Frau am anderen Ende: „Entschuldigen Sie, Sir, aber habe ich richtig verstanden, dass Sie ein Skelett in einem Koffer gefunden haben?"

„Ja."

„Wie groß ist der Koffer?"

„Nicht sehr groß", antwortete Marshall leise. „Und das Skelett ist auch nicht sehr groß. Es ist ein Kind, das heißt ... es sind die sterblichen Überreste eines sehr kleinen Kindes."

1. KAPITEL

Detective Trey Bonney betrat das Polizeirevier in Dallas, hielt in einer Hand seinen zweiten Becher Kaffee an diesem Morgen, und versuchte, nicht über die Arbeit nachzudenken, die sich auf seinem Schreibtisch stapelte. Er war ein hervorragender Detective, aber wenn es darum ging, Berichte zu schreiben, versagte er auf der ganzen Linie.

„Morgen, Trey."

Er nickte Lisa Morrow von der Anmeldung zu, ohne sie anzusehen. Ihr Tonfall signalisierte ihm deutlich, daß ihr Interesse an ihm kein ausschließlich berufliches war. Als ungebundener Mann hatte er genug One-Night-Stands erlebt, um die Zeichen zu erkennen. Bis vor drei, nein, sogar noch bis vor zwei Jahren wäre er auf ihre Einladung vermutlich eingegangen, doch das hatte nun ein Ende. Er fühlte sich nun als reifer, erwachsener Mann, und damit gehörten kurze Abenteuer ohne jegliche Verpflichtungen auf beiden Seiten der Vergangenheit an. Der Wandel hatte sich schleichend vollzogen, und er war sich noch immer nicht sicher, wann und wieso er ausgelöst worden war. Eines war jedoch klar: Trey fühlte sich seitdem einsamer als erwartet.

Dennoch war Lisas verführerische Stimme nur ein kleines Hindernis auf dem Weg zu seinem Schreibtisch. Erst als er eine andere Frau „Hey, Trey" rufen hörte, drehte er sich um und schaute seine Kollegin Detective Chia Rodriguez an, während er den Kaffeebecher abstellte.

Wenn sie sich streckte, schaffte sie es auf eine Größe von eins fünfundfünfzig. Der äußere Eindruck täuschte jedoch, denn Chia war extrem zäh und hatte etwas Unbändiges an sich. Ihre kurzen, wüsten Locken taten ein Übriges, und Trey schätzte ihre Einstellung zum Job. Mit ihrem Mann Pete Rodriguez, der eine Gärtnerei besaß, ging er hin und wieder fischen.

„Was gibt's?“ fragte er.

„Lieutenant Warren hat gesagt, er will dich sehen, sobald du hier auftauchst.“

Trey betrachtete den Stapel Papiere auf seinem Tisch und verzog den Mund. „Bestimmt will er mich am Schreibtisch anketten, bis ich das da erledigt habe.“

Chia grinste und zeigte nur auf das Büro ihres Vorgesetzten.

„Ja, ja, ich bin schon unterwegs.“ Er trank noch einen Schluck Kaffee, dann machte er sich darauf gefasst, von seinem Boss zusammengestaucht zu werden. Das war das Mindeste, was ihn erwartete.

Er hob das Kinn, zog nervös an seiner Sportjacke, dann ging er hinüber und klopfte einmal an, öffnete die Tür einen Spaltbreit und steckte den Kopf in das Büro. „Sie wollten mich sehen, Lieutenant?“

Harold Warren sah von seinem Schreibtisch auf und winkte Trey herein.

„Wenn es um den Papierkram geht ...“

„Sie sollten besser nicht raten“, unterbrach ihn Warren. „Damit handeln Sie sich bloß immer wieder Schwierigkeiten ein. Kommen Sie rein, und machen Sie die Tür zu."

„Ja, Sir."

„Setzen Sie sich." Warren deutete auf einen Stuhl.

Wieder gehorchte Trey, wünschte sich aber, er hätte seinen Kaffee mitgebracht.

„Wie alt sind Sie?" wollte sein Chef wissen.

„Im September werde ich dreißig."

„Oh, dann sind Sie zu jung, um sich daran zu erinnern", sagte Warren mehr zu sich selbst.

„Um mich an was zu erinnern?"

„Die Sealy-Entführung."

Trey zuckte unwillkürlich zusammen, was Warren nicht entging. „Was ist?"

„Ich weiß einige Dinge, die die Entführung betreffen", sagte er.

„Woher?"

„Ich ... ich kenne Olivia Sealy persönlich."

Harold legte erstaunt die Stirn in Falten. „Mir war gar nicht bewusst, dass Sie sich in derart exklusiven Kreisen bewegen."

„Wir sind zusammen zur High School gegangen", gab Trey zurück. „Sie war sozusagen eine Berühmtheit. Ihre Eltern tot, sie aufgewachsen bei einem stinkreichen Großvater, der sich bei Schulaufführungen in einer Limousine vorfahren ließ."

„Sie ging auf eine öffentliche High School?"

Trey zuckte mit den Schultern. „Marcus Sealy hielt

nichts davon, sie auf eine Privatschule zu schicken. Olivia sollte so normal wie möglich aufwachsen.“ *Er wollte nur nicht, dass ich in ihre Nähe kam.*

„Sie scheinen einiges über sie zu wissen. Möchten Sie mir noch irgendetwas erzählen, bevor ich fortfahre?“

Er musste an den Streit denken, als sie die Beziehung zu ihm beendete. Auch jetzt erinnerte er sich nur zu gut an den beschämten Ausdruck in ihren Augen, als sie ihm sagte, sie könnten sich nicht mehr treffen, weil sein Vater ein Trinker war und seine Mutter als Kellnerin arbeitete.

„Nein.“

„Gibt es zwischen Ihnen noch eine Beziehung, die für Sie einen Interessenkonflikt darstellen könnte?“

Nun wurde Trey hellhörig. „Ich habe sie seit Jahren nicht mehr gesehen“, erwiderte er leise. „Was ist passiert?“

„Vor zwei Tagen stieß ein Mann bei Texoma beim Renovieren seines Hauses auf einen Koffer, in dem sich das Skelett eines Kleinkinds befand.“

„Mein Gott“, stieß Trey aus. „Aber was hat das mit den Sealys zu tun?“

„Vielleicht gar nichts. Trotzdem möchte ich, dass Sie sich mit dem Sheriff von Grayson Country treffen. Blue Jenner heißt er, und er ist ein Freund von mir. Ihm ist da eine Verbindung aufgefallen.“

„Eine Verbindung, Lieutenant? Was hat ein Babyskelett mit Olivia Sealys Entführung zu tun? Sie wurde doch lebend gefunden.“

„Kann sein, muss aber nicht“, sagte Warren. „Die Sealy-Entführung fiel in die Zuständigkeit dieses Police Departments. Als sich der Fall abspielte, war ich gerade mal drei Monate im Dienst. Die halbe Mannschaft war darauf angesetzt, und ich war dabei, als einer der Entführer das Lösegeld an sich nahm. Foster Lawrence hieß er. Wir verfolgten ihn, da wir hofften, er würde uns zu der Kleinen führen. Aber dann verloren wir ihn, und als wir ihn endlich wiedergefunden hatten, fehlte jede Spur vom Geld *und* von dem Kind. Wir waren uns sicher, unsere große Chance vertan zu haben, das Kind lebend zurückzubekommen, als die Kleine auf einmal im Schlafanzug durch ein Einkaufszentrum spazierte.“

Trey musste an die Olivia denken, die er kennen gelernt hatte. Als Teenager war sie so hübsch und selbstbewusst gewesen. Obwohl jeder von ihrer Vergangenheit wusste, war es ihm nie in den Sinn gekommen, sie sich als Kleinkind vorzustellen, das allein und verängstigt durch ein Einkaufszentrum lief. Hatte sie den Mord an ihren Eltern mitangesehen? Konnte sie sich an irgendetwas erinnern?

„Und was hat das Skelett in Texoma mit Olivia Sealy zu tun?“ wollte Trey wissen.

„Die Kleine konnte damals so einwandfrei als Olivia Sealy identifiziert werden, weil sie an der linken Hand zwei Daumen hatte … eine genetische Besonderheit, die wohl bei allen Sealys vorkommt.“

Er schüttelte den Kopf. „Aber Olivia hatte keine …“

„Wenn ich das richtig verstehe, wird ein überzähliger

Daumen operativ entfernt, sobald klar ist, welcher von beiden der funktionsfähigere ist. Sogar Marcus Sealy hat eine kleine Narbe, die das beweist."

„Und?"

„Und nachdem der Gerichtsmediziner in Grayson County die Knochen untersucht und Blue Jenner Bericht erstattet hatte, rief der mich umgehend an."

„Aus welchem Grund?"

„Nun, der Gerichtsmediziner ist der Ansicht, dass es sich um die Leiche eines etwa zwei Jahre alten Mädchens handelt. Ob Mord im Spiel war, kann er noch nicht sagen, aber er schätzt, dass der Zeitpunkt des Todes zwanzig bis fünfundzwanzig Jahre zurückliegt."

„Ich sehe noch immer keinen Zusammenhang zu …"

„Olivia Sealy wurde vor fünfundzwanzig Jahren entführt, und … so wie es aussieht, hat das tote Baby ebenfalls zwei linke Daumen."

Trey beugte sich vor. „Wollen Sie damit sagen, Olivia ist gar nicht …"

„Ich will damit gar nichts sagen", entgegnete Warren. „Ich will nur, dass Sie sich mit Blue Jenner treffen, mit dem Gerichtsmediziner reden, sich diese Hütte ansehen und das tun, was Sie am besten können: Herumschnüffeln. Finden Sie alles über die Vorbesitzer heraus."

„Wird gemacht", sagte Trey und stand auf. An der Tür angekommen, blieb er stehen und drehte sich um.

„Gibt's noch was?" Lieutenant Warren sah ihn an.

„Wissen die Sealys davon?"

„Falls sie es noch nicht wissen, werden sie es in allernächster Zeit erfahren."

„Von wem?" wunderte sich Trey.

Warren schlug die Zeitung auf und zeigte auf eine Schlagzeile: *Verbindung zwischen Sealy-Entführung und Skelettfund?*

„Wir wissen noch überhaupt nichts, aber sie drucken es schon. Wie kommen die damit bloß immer wieder durch?" murmelte Trey.

„Es kommt nur darauf an, wie man es formuliert", gab Warren zurück und deutete auf das Fragezeichen am Ende der Schlagzeile. „Vielleicht wissen wir ja die Antwort, nachdem Sie mit Jenner gesprochen haben."

2. KAPITEL

Der Duft von frischen Waffeln, der ihm aus der Küche entgegenkam, ließ Marcus Sealy das Wasser im Mund zusammenlaufen. Als er das ausgelassene Glucksen seiner Enkelin hörte, mußte er lächeln. Vermutlich stibitzte sie seiner Haushälterin Rose schneller Frühstücksspeck, als sie die Scheiben in die Pfanne legen konnte.

Nach drei Wochen Urlaub in Europa, den sie sich mehr als verdient hatten, gab es ihm ein gutes Gefühl, wieder zu Hause zu sein. Am Abend zuvor waren er und Olivia am Flughafen Dallas-Fort Worth angekommen und erschöpft auf sein Anwesen zurückgekehrt. Der lange Flug war so anstrengend gewesen, dass sie sich weder um den Anrufbeantworter noch um den Stapel Eingangspost kümmerten und auch nicht die Koffer auspackten. Sie hatten sich einfach nur noch schlafen legen wollen.

Die Reise war Olivias Geschenk zu seinem siebzigsten Geburtstag gewesen, und es war eine wunderbare und unvergessliche Zeit gewesen. Als er an diesem Morgen aufgestanden war, musste er immer wieder daran denken, wie viel Spaß die Reise ihnen beiden bereitet hatte – und was Olivia ihm bedeutete. Nachdem man seinen Sohn Michael und seine Schwiegertochter Kay vor vielen Jahren ermordet hatte, war ihm seine einzige Enkelin wichtiger als alles andere. Er wusste, er hatte sie stärker behütet, als es für sie gut war, doch für ihn wäre es undenkbar gewesen, nicht unentwegt um ihr Wohl besorgt zu sein. Sie war seine einzige Angehörige, die ihm wirklich etwas bedeutete. Sollte ihr etwas zustoßen, dann würde er das nicht überleben, dessen war er sich ganz sicher.

Schritte rissen ihn aus seinen Gedanken, und einen Moment später sah er Olivia, die soeben aus der Küche kam.

„Grampy! Ich wusste nicht, dass du schon auf bist. Ich dachte, nach dem Flug würdest du ausschlafen wollen."

Marcus lächelte und gab ihr einen Kuss auf die Wange, während sie die Arme um seinen Hals legte.

„Du hast doch auch nicht ausgeschlafen", erwiderte er.

„Ich weiß, aber es ist so schön, wieder zu Hause zu sein."

Er legte einen Arm um ihre Schultern und ging mit ihr zusammen in die Küche. „Hast du mir noch etwas Speck übrig gelassen?" fragte er, als sie sich an den Esstisch setzten.

Olivia verzog das Gesicht und beteuerte: „Natürlich, Grampy. Ich würde dir nie etwas wegessen, auch wenn es noch so köstlich schmeckt."

Rose brachte einen Teller Speck und eine flache Schüssel Rührei an den gedeckten Tisch. Obwohl nur noch Marcus und Olivia im Haus lebten, geriet er trotz seines Reichtums nie in Versuchung, etwas Extravagantes auftischen zu lassen. Stattdessen legte er stets großen Wert darauf, ein schlichtes, hausgemachtes Essen serviert zu bekommen, weil ihn das an die bescheidenen Verhältnisse seiner Kindheit erinnerte.

„Rose, es sieht wie immer wunderbar aus und es duftet einfach köstlich", lobte er seine Haushälterin, die ihm eine Tasse Kaffee einschenkte. Es tut gut, wieder zu Hause zu sein und so aufmerksam umsorgt zu werden.

Rose Kopecnick reagierte mit einem Lächeln, dann zwinkerte sie Olivia zu. „Und außerdem schmeckt es auch noch gut, nicht wahr?"

„Das kann ich nur bestätigen", sagte sie. „Kann ich bitte den Speck haben?"

„Wenn du nichts dagegen hast, bediene ich mich zuerst, damit ich auch noch etwas abbekomme", gab Marcus zurück. „Der Rest ist dann ganz allein für dich."

„Geht klar." Olivia nahm sich eine großzügige Portion Rührei und beobachtete aufmerksam, wie viel Speck Marcus auf seinen Teller legte.

Schweigend stillten beide den größten Hunger, dann begannen sie, sich während des Essens beiläufig zu unterhalten.

„Was hast du für heute geplant?" fragte Marcus, als er seine Serviette zur Seite legte.

Olivia nahm den letzten Schluck Kaffee aus ihrer Tasse und lehnte sich nach hinten. „Koffer auspacken."

„Und danach?"

„Danach werde ich die wichtigsten Anrufe erledigen und mich dann wieder schlafen legen, bis ich den Jetlag hinter mir habe. Das solltest du auch machen."

„Ich werde erst dann tagsüber schlafen, wenn ich zu alt für alles andere bin", gab Marcus zurück.

„Ach, Grampy, du wirst nie zu alt sein." Olivia verdrehte die Augen, während sie sprach.

Er dachte an die siebzig Jahre seines Lebens, die nun hinter ihm lagen, doch gleichzeitig weigerte er sich beharrlich, darüber zu spekulieren, wie viele Jahre ihm wohl noch blieben. „Geistig vielleicht nicht. Aber wir werden schon noch sehen, was mein Körper dazu zu sagen hat."

Gerade wollte Olivia nach seiner Hand greifen und sie drücken, als das Telefon klingelte.

„Ich gehe ran", erklärte sie und eilte aus dem Zimmer.

Marcus stand auf und ging in Richtung Bibliothek, als er hörte, wie Olivia lauter wurde, während sie mit dem Anrufer sprach. „Ich weiß nicht, was Sie da reden", sagte sie, dann wurde der Hörer aufgeknallt.

Sie hatte die Stirn in Falten gelegt, als sie sich zu Marcus umdrehte, der zu ihr gekommen war. „Olivia ... Darling ... Was ist los?" rief er besorgt.

„Seltsam", murmelte sie. „Das war ein Reporter, der von mir wissen wollte, ob ich etwas zur heutigen Schlagzeile zu sagen hätte."

„Welche Schlagzeile denn?"

„Ich weiß nicht. Ich habe noch nicht in die Zeitung gesehen. Du?"

Marcus schüttelte den Kopf. „Vermutlich hat Rose alle Zeitungen zusammen mit der Post in die Bibliothek gebracht. Komm, lass uns nachsehen."

Tatsächlich lag auf seinem Schreibtisch ein Stapel Tageszeitungen, daneben befand sich die Post in der Reihenfolge ihres Eingangs. Die aktuelle Zeitung lag zuoberst, und Marcus sah sofort, welche Schlagzeile gemeint war.

„Was soll denn das? ‚Verbindung zwischen Sealy-Entführung und Skelettfund?' Was hat das zu bedeuten?" Er versuchte, den Artikel zu lesen, doch die Buchstaben verschwammen vor seinen Augen. „Ich brauche meine Lesebrille."

„Lass mich es doch lesen, Grampy", sagte Olivia und nahm ihm die Zeitung aus der Hand.

„Was steht da?" wollte er wissen, während sie stirnrunzelnd die Zeilen überflog.

„Irgendjemand hat in Texoma in einem Koffer das Skelett eines kleinen Mädchens gefunden."

„Oh nein." Marcus ließ sich auf einen Stuhl sinken. „Das ist ja schrecklich! Aber wieso sollte das etwas mit uns zu tun haben?"

Mit zitternden Händen gab sie ihm die Zeitung zurück. „Weil der Gerichtsmediziner sagt, dass das Mädchen zwei linke Daumen hatte."

Marcus ließ die Zeitung zu Boden fallen, griff nach Olivias Hand und rieb gedankenverloren über die winzige Narbe an der Stelle, an der sich ihr zweiter Daumen befunden hatte.

„Wir sind nicht die einzige Familie, bei der eine solche Anomalie auftaucht. Warum suchen sie sich ausgerechnet uns heraus?"

Olivia zeigte auf die Zeitung, musste sich aber erst räuspern, ehe sie etwas sagen konnte. „Die Polizei glaubt, das Mädchen wurde vor etwa fünfundzwanzig Jahren getötet ... zu der Zeit, als man mich entführt hatte."

Nach einer kurzen Pause drückte er Olivias Hand noch etwas fester, dann sagte er barsch: „Das beweist doch nur, dass Tragödien jeden treffen können."

Lange Zeit schwiegen sie beide, schließlich sagte Olivia leise: „Grampy?"

„Was denn?" erwiderte er automatisch, während seine Gedanken immer noch um den Zeitungsartikel kreisten.

„Warst du dir sicher?"

Verdutzt blickte er auf. „Sicher? Wie meinst du das?"

„Als die Kidnapper mich freiließen ... warst du dir da sicher, dass ich es wirklich war?"

Er stand abrupt auf und nahm sie in die Arme. „Aber, Olivia. Natürlich war ich mir sicher. Du bist mein Enkelkind. Deine Eltern kamen jeden Sonntag zum Essen zu mir. Du und ich, wir beide fütterten nachmittags die Goldfische im Teich. Ich kann mich noch genau an den Tag erinnern, an dem ich dich die Blüten von allen Begonien abpflücken ließ, weil die sich auf deiner Haut so sanft anfühlten. Ich wusste, du bist es, Darling. Und ich weiß es immer noch. Du darfst niemals glauben, du könntest nicht mein Fleisch und Blut sein."

Olivia musste ihre Tränen zurückhalten, während sie sich an ihn drückte.

„Es tut mir Leid, dass ich das gefragt habe. Aber wir haben nie darüber gesprochen, und ich wusste nicht ..."

Marcus fasste sie an den Schultern und schob sie

ein Stück weit nach hinten, bis er ihr ins Gesicht sehen konnte.

„Darling, wir reden nie darüber, weil es nichts zu reden gibt. Du warst noch so klein, gerade mal zwei Jahre alt. Zum Glück kannst du dich nicht daran erinnern, wie deine Eltern ermordet wurden und wo du von wem festgehalten wurdest. Das ist das einzig Gute an dieser schrecklichen Sache. Und ich möchte nicht darüber reden, weil ich fürchte, es könnte dir schaden."

„Grampy, es tut mir Leid. So habe ich das nie gesehen."

Lächelnd legte er die Hände um ihr Gesicht. „Du weißt, wer du bist. Überall in diesem Haus gibt es Fotos, die dich und deine Eltern zeigen. Außerdem holen wir doch mindestens einmal im Jahr die alten Alben hervor und sehen sie uns gemeinsam an, nicht wahr?"

Sie nickte bestätigend. „Und die alten Filmaufnahmen", fügte sie dann an.

„Ja, genau. Dein Vater war völlig vernarrt in dich. Er hat dich immer gefilmt. Ich möchte fast sagen, du bist in deinen ersten beiden Lebensjahren auf mehr Aufnahmen festgehalten worden als manche Menschen in ihrem ganzen Leben. Und es gibt keinen Zweifel daran, dass du das Baby bist, das auf den Fotos und in den Filmen zu sehen ist."

„Als die Entführer mich freigelassen hatten … war ich da glücklich, dich wiederzusehen?" fragte sie.

„Du warst überhaupt nicht glücklich, Darling", antwortete er ernst. „Und das hatten die Ärzte auch nicht anders erwartet. Du hast tagelang geweint und immer nur nach deiner Mutter gerufen. Das hat mir fast das Herz gebrochen."

Olivia legte den Kopf an die Brust ihres Großvaters, da sie Trost suchte. „Wie hast du es ausgehalten?"

„Ich stellte ein Kindermädchen ein, weißt du noch? Anna Walden. Sie schaffte es, dass du langsam wieder zu Kräften kamst und irgendwann auch wieder ein Lächeln über deine Lippen huschte."

„Da fällt mir ein, es ist ewig her, seit ich Anna das letzte Mal besucht habe." Auf einmal legte sie die Stirn in Falten. „Glaubst du, die Reporter werden sie wegen dieses Kindes belästigen?"

„Ich weiß nicht, aber wenn einer von ihnen auf diese Gedanken kommt, wird man ihr keine Ruhe lassen", antwortete Marcus. „Ich werde mir mal ein paar Stunden freinehmen und mit dir raus nach Arlington fahren, doch das muss noch ein wenig warten. Ich möchte zwar keine Minute unseres Urlaubs missen, allerdings fürchte ich, dass sich sehr viel Arbeit angesammelt hat, die erledigt werden will."

Olivia deutete auf die Zeitung, die auf dem Boden lag. „Und was machen wir damit?"

„Es hat nichts mit uns zu tun, also unternehmen wir auch nichts, okay?"

„Okay", stimmte sie ihm zu, dann schlang sie noch einmal die Arme um den älteren Mann. „Ich habe dich lieb, Grampy."

Während er die Umarmung erwiderte, kniff er die Augen zu. „Und ich habe dich lieb, meine Kleine." Dann ließ er Olivia los und drückte ihr einen Stapel Telefonnotizen in die Hand. „Ich glaube, die sind alle für dich. Verabrede dich nicht zu viel. Auf meine alten Tage werde ich nämlich egoistisch und möchte auch etwas Zeit mit dir verbringen."

„Versprochen", gab sie zurück und ging mit den Notizzetteln in der Hand aus dem Zimmer.

Marcus und Olivia Sealy waren an diesem Morgen nicht die Einzigen, die beim Anblick der Zeitung stutzten. Dennis Rawlins – ein Mann mit düsteren Geheimnissen – las die gleiche Schlagzeile, reagierte auf sie aber aus anderen Gründen.

Ohne sich den Details zu widmen, kam er rasch zu einem Urteil und befand, dass die Sealys sich einer tödlichen Indiskretion schuldig gemacht hatten. Er beschloss, sie dafür bezahlen zu lassen.

Es würde umfangreiche Planungen erforderlich machen, doch er war entschlossen, etwas zu bewegen.

Trey parkte seinen Wagen vor der Wache von Grayson County und stellte sich der sommerlichen Hitze von Texas, die nach der Fahrt in einem klimatisierten Fahrzeug umso schlimmer wirkte. Auf dem Weg zum Eingang kam ihm eine ältere Frau entgegen, die ihre Haare rosa gefärbt hatte, die damit genau auf das Fell des kleinen Hundes auf ihrem Arm abgestimmt waren.

Nur mit Mühe gelang es ihm, die Frau nicht anzustarren, als er an ihr vorbeiging. Er wurde aber sofort wieder ernst, als er daran dachte, wie unbehaglich er sich fühlte, dass er an einem Fall arbeitete, der mit Olivia Sealy zu tun hatte. Es kam ihm so vor, als würde er sie hintergehen. Dabei war es lächerlich, Schuldgefühle zu empfinden, schließlich hatte er sie seit elf Jahren nicht mehr gesehen. Und nach ihrer letzten Begegnung waren sie zudem im Streit auseinandergegangen. Er schuldete ihr nichts, erst recht keine Loyalität.

Und doch regte sich unablässig sein Gewissen, als er zum Empfang ging. Dort stand eine Frau, die ihm den Rücken zugewandt hatte und Akten sortierte. Da sie ihn nicht zu bemerken schien, räusperte sich Trey und sagte dann: „Entschuldigung."

Die Frau zuckte zusammen und fuhr herum.

„Liebe Güte, da bleibt einem ja das Herz stehen! Ich habe die Türglocke gehört, aber ich dachte, das wären Mama und Cujo. Die sind gerade eben nach draußen gegangen."

„Die Dame mit den rosa Haaren ist Ihre Mutter?"

Grinsend antwortete die Frau: „Ja, und die kleine Ratte auf ihrem Arm ist ihr Hund Cujo."

„Entschuldigen Sie, ich wollte Sie nicht …"

„Ist schon in Ordnung", wurde er unterbrochen. „Sie ist stolz darauf, so … individuell aufzutreten, wie sie es nennt. Aber Cujo ist wie ausgewechselt, seit Mama sein Fell rosa färben ließ."

„Das kann ich mir gut vorstellen.“

Die Frau musste lachen. „Und wie kann ich Ihnen behilflich sein?“

„Detective Trey Bonney, ich möchte zu Sheriff Jenner. Ich glaube, er erwartet mich bereits.“

Nach einem kurzen Blick auf den Terminplaner sah die Frau wieder hoch. „Ja, Detective Bonney, der Sheriff ist auch da. Aber im Moment telefoniert er. Sobald er aufgelegt hat, lasse ich ihn wissen, dass Sie hier sind.“

Trey nickte und wollte sich eben auf einen der Stühle setzen, da ging die Tür zum Büro des Sheriffs auf, ein Mann kam heraus.

„Sheriff Jenner … Detective Bonney ist hier.“

Blue Jenner hielt inne und sah zu ihm, dann streckte er ihm die Hand entgegen. „Detective, ich habe gehört, dass Sie hergeschickt wurden.“

„Nach dem Fund am Lake Texoma ließ sich der Lieutenant nicht davon abbringen“, gab Trey zurück.

„Ich bin froh über jede Hilfe, die ich bekommen kann“, sagte Jenner und fuhr sich durchs Haar. „Ich habe ein Verbrechen, das lange zurückliegt, und nicht die kleinste Spur. Wer weiß, ob die Täter überhaupt noch leben. Falls nicht, kann ich nur hoffen, dass sie in der Hölle schmoren. Es ist schon lange her, dass mir ein Fall so zu schaffen gemacht hat.“

„Dann steht also fest, dass das Skelett bereits seit fünfundzwanzig Jahren in dem Koffer liegt?“ fragte Trey.

Sein Gegenüber nickte. „Reden wir doch in meinem

Büro weiter", sagte Jenner dann und führte den Besucher in sein Zimmer. Er setzte sich an seinen Schreibtisch, dann schlug er die Akte auf und schob sie Trey hin. „Da ist alles drin, was wir wissen."

Aufmerksam blätterte Trey die Unterlagen durch, bis er auf den Autopsiebericht stieß. Nur mit Mühe konnte er seine Fassung bewahren, als er die Zeichnungen sah, die der Gerichtsmediziner von den winzigen Knochen angefertigt hatte, ausführlich versehen mit Anmerkungen zum Alter und zur Art der Verletzungen, die dem Mädchen zugefügt worden waren. Obwohl Trey seit Jahren als Polizist arbeitete, konnte er sich nicht an Fälle gewöhnen, bei denen Kinder betroffen waren.

„Wie sicher ist das Datum des Todes?" wollte er wissen.

„So sicher, wie es nur geht."

Dann war dieses Kind also tatsächlich in etwa zu der Zeit umgekommen, als Olivia entführt worden war. Dass zwei kleine Mädchen mit einem zusätzlichen Daumen an der linken Hand zur gleichen Zeit im Großraum Dallas verschwinden sollten, ohne dass zwischen ihnen ein Zusammenhang bestand, war so gut wie unmöglich.

„Was haben Sie bislang herausgefunden?" fragte Trey.

„Wir suchen nach den Vorbesitzern des Hauses. Leider war das in den letzten fünfundzwanzig Jahren eine ganze Reihe."

Trey überlegte, was er machen sollte, doch Lieutenant Warrens Anweisungen ließen eigentlich keinen Entscheidungsspielraum. „Mein Chef will Gewissheit haben, dass alle Aspekte dieses Falls abgedeckt werden. Deshalb würde ich mir gern die Stelle ansehen, an der der Leichnam gefunden wurde."

„Kein Problem", erwiderte Jenner. „Waren Sie schon mal in Texoma?"

„Ja, allerdings ist das schon ein paar Jahre her."

Blue nahm ein Blatt und einen Stift. „Ich zeichne Ihnen den Weg auf."

„Das wäre nett, danke."

Nachdem er ihm einige markante Punkte auf der Zeichnung erklärt hatte, brachte Jenner seinen Besucher zur Tür. „Hören Sie, Bonney. Wenn das wirklich mit dem Sealy-Fall zu tun haben sollte, dann macht es mir nichts aus, wenn Ihre Abteilung die Untersuchung übernimmt. Halten Sie mich dann nur auf dem Laufenden."

„Wenn es einen Zusammenhang gibt", erwiderte Trey mit einem Schulterzucken, „dann werden wir wohl alle den Fall dem FBI überlassen müssen. Das hat schon beim ersten Mal die Leitung gehabt. Die Jungs vom FBI waren auch diejenigen, die den Kerl schnappten, der das Lösegeld abholte. Fisher Lawrence hieß er, glaube ich. Nein, Foster. Foster Lawrence."

Nachdenklich sah Blue ihn an. „Ich glaube nicht, dass ich jemals etwas von einer Lösegeldzahlung gehört habe. Das ist alles lange vor meiner Zeit passiert."

„Mir geht es nicht anders", pflichtete Trey ihm bei. „Allerdings bin ich mit Olivia Sealy zur Schule gegangen."

„Ehrlich? Wie war sie denn so?"

„Reich“, gab er knapp zurück.

Blue grinste, wechselte dann aber das Thema: „Hat dieser Lawrence eigentlich die Namen der anderen Entführer verraten?“

„Ich habe gestern die alten Berichte durchgelesen, aber so wie es aussieht, hat er dem FBI gar nichts gesagt.“

„Wie konnte man ihn denn dann mit dem Verbrechen in Verbindung bringen?“

„Er wurde beobachtet, als er das Lösegeld abholte. Als man ihn kurz aus den Augen verlor, versteckte er das Geld irgendwo. Er beteuerte, nichts davon zu wissen, dass irgendjemand getötet werden sollte.“

„Oh ja, sie sind immer völlig ahnungslos, nicht wahr?“

Trey nickte zustimmend, dann reichte er Jenner die Hand: „Danke für die Informationen. Lassen Sie es mich wissen, wenn Sie eine Übersicht über alle ehemaligen Eigentümer des Hauses haben?“

„Auf jeden Fall.“

Die Wegbeschreibung, die Jenner ihm aufgezeichnet hatte, war sehr präzise, so dass Trey keine Mühe hatte, das Haus zu finden. Letzte Zweifel wurden ausgeräumt, als er die Einfahrt erreichte, die zu besagtem Anwesen führte. Er fuhr vor und erkannte, dass er nicht allein war. Ein großer grauhaariger Mann war damit beschäftigt, einen Karton zu einem Umzugswagen zu tragen. Als er Trey sah, wurde er misstrauisch.

„Tut mir Leid, Mister, aber Sie befinden sich auf Privatbesitz", rief der Mann. „Ich muss Sie bitten, das Grundstück zu verlassen."

Trey hielt ihm seine Dienstmarke entgegen. „Detective Bonney, Dallas Police Department", sagte er.

Der Mann stellte den Karton in den Wagen. „Marshall Baldwin", erwiderte er dann. „Ich bin der Eigentümer. Was hat denn die Polizei von Dallas mit dem Fall zu tun?"

„Möglicherweise gar nichts, Sir. Aber ich muss mich trotzdem damit befassen. Sie haben den Koffer gefunden?"

Marshall nickte langsam und schob die Hände in die Hosentaschen. „Ja, und es war entsetzlich, einfach schrecklich. Pansy und ich werden das niemals vergessen." Gequält sah er sich um. „Das hier sollte unser Traumhaus werden, aber jetzt ist daraus ein Albtraum geworden." Tränen liefen ihm über die Wangen, als er weiterredete: „Dieses arme kleine Mädchen."

Trey musste tief durchatmen, da der Mann ihm die Arbeit keineswegs erleichterte. „Da Sie ja nun noch hier sind", zwang er sich zu sagen, „könnten Sie mir vielleicht mit Ihren eigenen Worten schildern, wie sich das Ganze abgespielt hat."

„Ich schätze, es wird mich nicht umbringen, wenn ich es noch ein weiteres Mal erzähle." Er stutzte, dann verdrehte er die Augen und fügte an: „Ich wollte nicht ..."

„Schon gut, Mr. Baldwin. Ich möchte es nur lieber von Ihnen hören, anstatt mich ausschließlich auf den Polizeibericht zu verlassen."

Während er Trey ins Haus führte, schilderte er ihm, wie

sie bei der Renovierung auf den Koffer gestoßen waren. „Pansy dachte, wir hätten einen Schatz gefunden."

„Das muss hart für Sie gewesen sein", sagte Trey.

„Hart ist gar kein Ausdruck dafür", gab der Mann zurück. „Pansy bricht noch immer ständig in Tränen aus. Wir haben selbst fünf Enkel, müssen Sie wissen. Ich kann mir nicht erklären, wie jemand einem kleinen Kind so etwas Schreckliches antun kann."

„In meinem Beruf bekomme ich zwar ständig schreckliche Dinge zu sehen", pflichtete Trey ihm bei. „Aber wenn es Kinder betrifft, dann geht einem das immer an die Nieren."

Der alte Mann nickte. „Kann ich gut verstehen." Er deutete auf ein großes Loch in der Wand. „Da haben wir den Koffer gefunden. Wenn's Ihnen nichts ausmacht, möchte ich jetzt lieber die Reste einladen. Ich habe keine Lust, noch einmal herkommen zu müssen."

„Sicher, Sir, und vielen Dank." Er gab Marshall Baldwin die Hand, der sich sofort zurückzog, während Trey das Loch musterte. Er versuchte, sich in denjenigen hineinzuversetzen, der so etwas gemacht hatte. War das Kind gestorben, und jemand hatte es in Panik in den Koffer gesteckt und dann eingemauert? Oder sollte ein Mord vertuscht werden?

Er beugte sich vor und betrachtete den beim Einreißen der Mauer heruntergekommenen Schutt, dann sah er nach oben, wo der Koffer versteckt gewesen war. Schließlich ging er ein paar Schritte nach hinten und ließ die völlige

Stille auf sich wirken. Durch das geöffnete Fenster fiel ein Sonnenstrahl, in dem Staubpartikel tanzten. Auch wenn Trey der Typ Mensch war, der Arbeit sachlich anging, konnte er doch fühlen, wie das Gewicht dieses Verbrechens auf ihm lastete. Das Rechtssystem hatte dieses Kind einmal im Stich gelassen, doch er bekam nun die Chance, für Gerechtigkeit zu sorgen.

„Wir finden deinen Mörder, kleines Mädchen", versprach er leise. „Ich garantiere dir, ich lasse ihn nicht ungeschoren davonkommen."

Foster Lawrence hatte einen bitteren Geschmack im Mund, als er sich dem Ausgang des Staatsgefängnisses in Lompoc näherte. Er würde erst dann tief durchatmen können, wenn er wirklich in Freiheit war und sich die Gefängnistore hinter ihm geschlossen hatten.

Als er endlich draußen war, atmete er die Luft tief ein, die außerhalb der hohen Mauern sogar anders roch.

Zum ersten Mal seit einem Vierteljahrhundert begann er zu zittern, während ihn Euphorie erfüllte. So unglaublich es auch schien, doch es war vorüber. Er war wieder ein freier Mann.

Dann jedoch korrigierte er sich. Er war zwar ein freier Mann, aber vorüber war es noch längst nicht. Es würde so lange nicht vorüber sein, bis er das in Händen hielt, was man ihm schuldete. All die Jahre hatte er als verurteilter Entführer hinter Gittern gesessen, während der wahre Täter unbehelligt geblieben war. Zwar hatte er zugegeben, das Lösegeld an sich genommen zu haben, doch er war getäuscht worden. Er hatte nichts davon gewusst, dass bereits ein Mord geschehen und dass Rachsucht im Spiel gewesen war. Doch als das Urteil gesprochen wurde, da war es für ihn bereits zu spät, seine Beteiligung noch zu leugnen.

Rückblickend war es nicht so schlimm gewesen, von einem Mann Geld zu verlangen, der reich genug war, um es ihm zu geben. Mehr als etwas Geld für einen Neuanfang hatte er gar nicht gewollt.

Das Geld hatte er bekommen, und auch den Neuanfang, auch wenn der nicht in einem Staatsgefängnis hätte stattfinden sollen. Sicher, es wäre ihm möglich gewesen, gegen die andere beteiligte Person auszusagen, doch an seinem Strafmaß hätte das nichts geändert. Also hielt er aus einem Pflichtgefühl heraus den Mund und saß seine Strafe ab, weil er wusste, dass ihm anschließend das gesamte Geld gehören würde, das er versteckt hatte. Zum Teufel mit irgendwelchen Abmachungen, die vor fünfundzwanzig Jahren getroffen worden waren. Er war jetzt wieder auf freiem Fuß, und er würde sich holen, was er damals versteckt hatte. So wie er die Sache sah, war es nichts weiter als sein wohlverdienter Lohn.

Als sich ein freies Taxi näherte, winkte er es zu sich, stieg ein und nannte dem Fahrer sein Ziel.

3. KAPITEL

Treys Bericht war für Lieutenant Warren Grund genug, die Ermittlungen fortzusetzen. Es gab jedoch keine ausreichenden Anhaltspunkte, um eine Verbindung zwischen dem Skelett vom Lake Texoma und der Sealy-Entführung herzustellen. Warren war aber davon überzeugt, dass hier kein Zufall im Spiel sein konnte.

Sheriff Jenner hatte unterdessen eine Ergänzung zu seinem Bericht nach Dallas gefaxt und den Koffer mitsamt den Knochen ans Police Department geschickt. Damit lag nun eine komplette Liste aller Vorbesitzer des Hauses vor, und die Eigentümer, die zum Zeitpunkt der Ermordung des Kindes dort gewohnt hatten, waren identifiziert. Zwar bewies das nicht, dass das Kind auch in dem Haus umgekommen war, doch es war immerhin ein Anfang.

Zumindest schien das so, bis sich Warren den Bericht vornahm. Denn der Eigentümer zu der Zeit – David Lehrman – war bereits ein Jahr vor der Sealy-Entführung bei einem Verkehrsunfall ums Leben gekommen, und seine Frau Carol war gleich danach zurück nach Boston gezogen. Drei Jahre lang stand das Haus leer, bis Mrs. Lehrman es endlich versteigern ließ.

Damit wurde der Kreis der Verdächtigen keineswegs enger gezogen, denn in diesen drei Jahren konnte sich jeder Zutritt zum Haus verschafft haben. Als würde das nicht genügen, hatte Lieutenant Warren auch noch die Reportermeute am Hals, die unbedingt etwas erfahren wollte.

Schon jetzt wurde Tag für Tag in den Medien die alte Geschichte vom Mord an Olivias Eltern während der Entführung durchgekaut, und in jedem Bericht betonte man, wie sehr diese Ereignisse Marcus Sealy zu schaffen gemacht hatten. Es folgten Fotos und Filmaufnahmen von der Verhaftung von Foster Lawrence und natürlich vom Gerichtsverfahren gegen ihn. Erst gestern hatte der Fall eine ganz neue Wendung genommen, da einer der Reporter auf die Idee gekommen war, sich näher mit Lawrence zu befassen. Dass der erst vor kurzem aus der Haft entlassen worden war, nährte weitere Spekulationen, mit denen sich Warren auch noch befassen durfte.

Es war nicht auszuschließen, dass er nach Dallas kam, um das Lösegeld an sich zu nehmen, das man nie gefunden hatte. Eine Million Dollar mochten es durchaus wert sein, für fünfundzwanzig Jahre ins Gefängnis zu gehen.

Warren hatte ein ungutes Gefühl. Es wurde höchste Zeit, mit Marcus und Olivia Sealy zu reden. Er griff nach dem Telefonhörer.

In der vergangenen Nacht hatte Trey kaum geschlafen, und wenn es ihm doch einmal gelungen war, dann verfolgte ihn in seinen Träumen das Mädchen, in das er sich auf der High School hoffnungslos verliebt und das ihm das Herz gebrochen hatte. Seit Olivias Erklärung, es sei für sie beide besser, getrennte Wege zu gehen, war er ihr nicht mehr begegnet. Zu der Zeit war für ihn der Gedanke unerträglich gewesen, sie könnte sich mit einem anderen

Mann treffen. Keine andere Frau war ihm seitdem jemals so unter die Haut gegangen wie Olivia. Dass ihn nur noch zehn Autominuten quer durch Dallas von einem Wiedersehen mit ihr trennten, hätte zweitrangig sein müssen, da er sie aus dienstlichen Gründen befragen musste. Doch das Gegenteil war der Fall, und er fühlte sich so nervös wie schon lange nicht mehr.

Auch Dennis Rawlins war nervös, allerdings mehr aus Vorfreude. Nicht mehr lange, dann würde die Welt wissen, was die Sealys mit dem toten Kind zu tun hatten. Ihm war es gleich, dass er dabei die Wahrheit verdrehte. Er brauchte den Protest als Ventil, um seinen Seelenfrieden zu wahren.

Zum ersten Mal in ihrem Leben fühlte sich Olivia Sealy bedroht. Sie war einer Sache ausgesetzt, die sie nicht kontrollieren konnte. In ihrem Herzen fühlte sie, dass sie dort war, wo sie hingehörte. Sie kannte die Familienfotos, die Ähnlichkeit zu ihren Eltern konnte niemand leugnen. Die Augen hatte sie von ihrem Vater, ebenso das Lächeln, wie ihr Großvater immer wieder beteuerte. Trotzdem fiel es ihr schwer, die zeitliche Nähe zum Tod des Mädchens zu ignorieren. Das Gleiche galt auch für die Anomalie, die sie gemeinsam hatten. Sie betrachtete die kleine Narbe an ihrer linken Hand und rieb geistesabwesend über die Stelle, an der sich früher einmal der zusätzliche Daumen befunden hatte. Es war so gut wie unmöglich, diese Übereinstimmungen als Zufälle abzutun, doch sie musste glauben, dass nicht mehr hinter der Angelegenheit steckte.

Und nun würde auch noch ein Detective des Dallas Police Department vorbeikommen und Fragen zu ihrer Entführung stellen, an die sie sich nicht erinnern konnte.

Sie sah auf die Uhr, es war fast zehn. Zeit, sich fertig zu machen. Der Detective sollte nicht unnötig warten. Und je eher sie seine Fragen beantwortete, umso schneller würde dieser Albtraum enden. Mit einem leisen Seufzer zog sie ihre Schuhe an, drehte sich zum Spiegel und überprüfte ein letztes Mal ihr Aussehen.

Olivia war ein Stück größer als ihre Mutter – Marcus hatte ihr das gesagt –, aber ihr Vater war deutlich hoch gewachsener als sie selbst gewesen. Als sie an ihn dachte, wurde sie traurig, da ihr all die Jahre fehlten, die sie so gern mit ihren Eltern verbracht hätte. Dann aber kam sie sich egoistisch vor, so etwas zu denken, schließlich hatte sie immer noch Grampy.

Als sie die Bluse glattstrich und gedankenverloren wahrnahm, wie gut das Moosgrün zu der rostfarbenen Hose passte, musste sie sich unwillkürlich fragen, weshalb sie sich so viele Gedanken über ihre Kleidung machte. Die war doch nicht der Grund, weshalb der Detective zu ihr kam. Sie schluckte, da sie einen Kloß im Hals hatte, während sie gegen das Gefühl ankämpfte, jeden Moment in Tränen ausbrechen zu müssen.

In diesem Moment ging die Türglocke.

„Hoffentlich geht das ohne Probleme über die Bühne“, murmelte sie und ging zur Treppe.

Rose öffnete bereits die Tür, als Olivia sich dem Fuß der Treppe näherte. Der Mann trat ein, und fast gleichzeitig schien alles nur noch in Zeitlupe abzulaufen.

Oh mein Gott! Trey? Trey Bonney?

Aus dem Augenwinkel bemerkte sie ihren Großvater, der aus der Bibliothek kam und auf den Mann im Foyer zuging. Die Sonne fiel durch das bogenförmige Bleiglasfenster über der Eingangstür und zeichnete ein buntes Muster auf den blaugemaserten Marmorboden, das etwas von einem Gemälde von Monet hatte. Olivias Herz schien langsamer zu schlagen, während Erinnerungen wach wurden.

„Trey, ich habe solche Angst.“

„Es geht mir nicht anders, Livvie. Ich fürchte, ich könnte etwas verkehrt machen oder dich enttäuschen. Und ich weiß, es wird für dich schmerzhaft sein.“

Sie verschränkte die Hände hinter seinem Kopf, während sie ihm voller Leidenschaft in die Augen sah. Ein Dutzend Mal waren sie diesem Moment so nahe gewesen, und immer wieder hatten sie kurz davor einen Rückzieher gemacht. Miteinander zu schlafen, war eine große Sache, die noch bedeutender wurde, wenn es das erste Mal war. Olivia war noch Jungfrau, und Trey wusste das.

„Ich höre sofort auf, Livvie. Du musst es nur sagen, dann höre ich auf.“

Olivia bekam eine Gänsehaut. „Nein, Trey, ich will es … ich will dich. Ich liebe dich doch so sehr."

Sie spürte, wie ein Beben durch Treys Körper ging, als er sich vorbeugte, um sie zu küssen.

„Olivia Sealy, du bist mein Ein und Alles."

Sie seufzte, und dann gab sie sich dem Unausweichlichen hin.

Rose schloss hinter Trey die Tür und riss Olivia aus ihren Gedanken. Wie in Trance ging sie weiter und ertastete mit der Schuhspitze die nächste Stufe. Wegschauen wollte sie nicht, da sie fürchtete, Trey könnte sich in Luft auflösen. Am Fuß der Treppe angekommen, blieb sie stehen und dachte an die endlosen Nächte, in denen sie im Traum seine dunklen Augen und dieses markante, schiefe Lächeln gesehen hatte. Was hatte er mit diesem Chaos zu tun, das über ihr Leben hereingebrochen war?

Trey ertappte sich dabei, dass er gebannt den Atem anhielt, als er klingelte. Erst als die Tür aufging und er eine Frau sah, die die Haushälterin zu sein schien, riss er sich endlich zusammen.

„Mein Name ist Detective Bonney. Ich möchte zu Mr. Sealy, bitte."

Rose ging zur Seite und ließ ihn eintreten. „Ah, Detective. Er erwartet Sie bereits."

„Ich bin schon da", meldete sich Marcus zu Wort, der durch den Flur geeilt kam und Trey rasch die Hand schüttelte, ehe er sich zu Rose umdrehte: „Danke, Rose. Bringen Sie uns bitte Kaffee in die Bibliothek."

„Ja, Sir. Bin gleich da."

Marcus war die Freundlichkeit in Person, als er wieder Trey ansah. „Detective Bonney?"

Er nickte und versuchte, nicht darüber nachzudenken, wie absurd diese Situation war. Das war der Mann, der Olivia den Umgang mit Trey verboten hatte, weil er und seine Familie für die Sealys nicht gut genug waren. Und nun war ausgerechnet er hier, um ein Urteil über die Wahrheit von Marcus Sealys Vergangenheit zu fällen, der sich ganz offensichtlich weder an Trey selbst noch an seinen Namen erinnern konnte.

„Ja, ich bin Detective Bonney. Danke, dass Sie sich die Zeit nehmen. Ich weiß, daß Sie und Ihre Familie es im Moment nicht leicht haben."

Marcus lächelte ihn weiter freundlich an, doch seine Augen verrieten, dass es nur Fassade war. „Ich bin froh, wenn ich Ihnen irgendwie helfen kann, die Identität dieses Kindes herauszufinden."

„Danke", sagte Trey. „Ich werde versuchen, es so kurz wie möglich zu machen."

Schließlich stieß der ältere Mann einen Seufzer aus und ergab sich in sein Schicksal. „Kommen Sie mit, Detective Bonney. In der Bibliothek können wir uns besser unterhalten."

Als Marcus sich umdrehte, sah er Olivia am Fuß der Treppe stehen.

„Olivia … Darling“, sprach er leise. „Ich wusste nicht, dass du da bist. Das hier ist Detective Bonney. Detective … meine Enkelin, Olivia Sealy.“

Sie war blass und zitterte am ganzen Leib. Besorgt über ihre Verfassung legte Marcus einen Arm um ihre Schultern und nahm Olivia mit in die Bibliothek. Dass sie kein Wort mit dem Besucher gewechselt hatte, war ihm nicht aufgefallen.

In dem Moment, als Trey in Olivia Sealys Gesicht sah, schienen die letzten elf Jahre wie weggewischt. Er verspürte wieder diese Panik wie an dem Tag, an dem sie sich von ihm getrennt hatte. Damals war er sich nicht sicher gewesen, wie er ohne sie leben sollte. Was er jetzt dachte, war ihm nicht klar. Er wusste nur, das Wiedersehen hätte besser unter anderen Umständen stattgefunden.

Olivia war immer ein hübsches Mädchen gewesen, doch die letzten elf Jahre hatten aus ihr eine atemberaubende Schönheit gemacht. Nach ihrer Miene zu urteilen, war sie allerdings nicht sehr erfreut darüber, ihn wiederzusehen.

Olivia konnte keinen klaren Gedanken fassen, seit sie Trey ins Haus hatte kommen sehen. Dass er der Detective war, auf den sie gewartet hatten, wollte sie kaum glauben. So viele Jahre lang waren sie sich nicht mehr begegnet, Jahre, in denen sie immer wieder von Schuldgefühlen geplagt worden war, weil ihr der Mut gefehlt hatte, sich gegen ihren Großvater zu behaupten und für ihre Liebe zu kämpfen. Der Streit, der über Trey entbrannt war, zählte zu den schlimmsten Zeiten ihres Lebens.

Marcus war der festen Ansicht gewesen, sie sei noch zu jung für eine romantische Beziehung. Außerdem sei der Junge nicht standesgemäß. Immer wieder hatte sie versucht, ihren Willen durchzusetzen, doch am Ende kam sie der Forderung ihres Großvaters nach und trennte sich von Trey. Sie wusste, sie tat ihm damit weh, während er vermutlich nicht glaubte, dass sie ebenso darunter litt. Bis zum heutigen Tag verglich sie jede neue Beziehung mit den Gefühlen, die sie für Trey empfunden hatte, und bislang war ihr kein Mann begegnet, der es mit ihm hätte aufnehmen können.

Und nun war er durch eine Laune des Schicksals hergekommen, um ihren Großvater zu dem toten Kind zu befragen. Aber er hielt es doch sicher nicht für möglich, dass einer von ihnen etwas mit dieser schrecklichen Tat zu tun haben könnte, oder?

Sie wusste nicht, was sie tun oder sagen sollte, als ihr Großvater sie ansprach, seinen Arm um sie legte und sie mit in die Bibliothek nahm. Sie fürchtete sich vor dem Blick, den er ihr womöglich zuwerfen würde, sobald er sie sah. Wenn Trey noch immer wütend auf sie war, dann besaß er jetzt die Macht, ihr und ihrem Großvater das Leben schwer zu machen.

Marcus nahm nichts von ihren Bedenken wahr, sondern ließ Olivia Platz nehmen und bat Trey, sich in den Sessel gleich neben ihr zu setzen.

Einen Augenblick herrschte Schweigen, das sich dann so sehr in die Länge zog, bis es Trey vorkam, als dürfe niemand diese Stille stören. Während Marcus mit einigen Papieren auf seinem Schreibtisch befasst war, wagte Trey einen Blick zu Olivia.

Sie sah blass aus, und ihre Augen waren auf einen Punkt oberhalb des Kamins gerichtet. Ob sie wegen des toten Mädchens so aufgewühlt war, oder ob es damit zusammenhing, dass er der Cop war, der sie befragen würde, vermochte er nicht zu sagen. Doch das war auch nicht von Bedeutung, denn er hatte seine Arbeit zu erledigen, und je eher das geschah, desto früher konnte er gehen. Schließlich kam Marcus zu ihnen und setzte sich zu seiner Enkelin aufs Sofa. Trey sah mit an, wie der alte Mann Olivias Hand sanft drückte und sich dann zurücklehnte.

„Nun, Detective, wie kann ich Ihnen behilflich sein?"

„Ich muss Ihnen einige Fragen stellen", antwortete er und zog einen Notizblock aus der Tasche. Dass die damaligen Eigentümer des Hauses nichts mit dem Tod des Kindes zu tun haben konnten, darüber herrschte Einigkeit, dennoch durfte er keine Spur außer Acht lassen. „Kannten Sie mal ein Ehepaar namens David und Carol Lehrman?"

„Nein, wieso?" gab Marcus ohne Zögern zurück. „Wer sind diese Leute?"

„Sind Sie sich ganz sicher? Das ist immerhin Jahrzehnte her."

Unüberhörbar ungehalten konterte Marcus: „Ich bin

alt, aber nicht senil. Jedenfalls noch nicht. Wenn ich sage, ich kenne sie nicht, dann kenne ich sie auch nicht."

Sichtlich verärgert über die von Trey geäußerten Zweifel wollte Olivia etwas hinzufügen, doch ihr Großvater schüttelte wortlos den Kopf. Es kostete sie all ihre Zurückhaltung, zu schweigen.

Er hörte den Sarkasmus in Marcus' Stimme, und er fühlte die Wut dieses Mannes. Doch Olivias Großvater war nicht der Einzige, der Grund hatte, um wütend zu sein. Da war dieser Koffer mit den Knochen eines toten Kindes, und beim Gedanken daran konnte Trey kein Mitgefühl mit einem Mann haben, dem es lediglich zu viel war, ein paar Fragen zu beantworten.

Äußerlich konnte man Trey nichts von diesem Zorn anmerken, doch sein Tonfall war deutlich gereizt. „Hören Sie, Mr. Sealy. Es tut mir sehr Leid, wenn es Sie stört, einige Fragen gestellt zu bekommen. Aber mich stört es noch viel mehr, dass jemand ein totes Kleinkind in einen Koffer gesteckt und eingemauert hat und dass offenbar niemand in den letzten fünfundzwanzig Jahren dieses Kind vermisst hat. Mich stört es, dass jemand glaubt, er sei ungeschoren mit einem Mord davongekommen."

„Sie haben natürlich Recht, Detective Bonney", gab Marcus betreten zurück. „Entschuldigen Sie mein Verhalten. Es ist nur so, dass Olivia und ich seit Tagen von Journalisten bestürmt werden, und allmählich ist meine Geduld erschöpft. Aber ich sollte das nicht an Ihnen auslassen. Es tut mir Leid."

Trey zuckte mit den Schultern und nickte verstehend. „Ich bin selbst auch ein wenig gereizt. Was halten Sie davon, wenn wir einfach noch mal von vorn anfangen?"

„Einverstanden."

Als er Olivia ausatmen hörte, hätte er sich am liebsten ihr zugewandt, doch das wagte er nicht. Stattdessen konzentrierte er sich auf sein Notizbuch und sah wieder zu Marcus.

„Sie hatten nur ein Kind, stimmt das?"

Marcus nickte bedächtig. „Ja, einen Sohn. Michael."

„Und er und seine Frau Kay hatten ebenfalls nur ein Kind?"

„Ja, meine Enkelin Olivia."

Vorsichtig sah Trey in ihre Richtung. Sie saß auf der äußersten Kante des Sofas, die Hände in den Schoß gelegt, die Miene angespannt. Ihrem Gesichtsausdruck nach zu urteilen, hätte sie ihn wohl am liebsten geohrfeigt.

„Sonst noch jemand? Irgendwelche Cousins oder Cousinen? Jemand, der ein Kind hatte, das damals genauso alt war wie Liv… wie Ihre Enkelin?"

Der alte Mann stieß einen von Herzen kommenden Seufzer aus und stützte die Ellbogen auf seine Knie. „Früher waren die Sealys zahlreich, doch drei Kriege und diverse Naturkatastrophen haben ihren Preis gefordert. Ich habe eine Cousine zweiten Grades, aber sie ist Nonne, womit von ihr natürlich kein Nachwuchs zu erwarten ist. Ich hatte einen Bruder, der homosexuell war. Mit neunundzwanzig nahm er sich in einem Hotel in Paris das Leben, nachdem sein Geliebter ihn verlassen hatte. Damit blieben nur meine jüngere Schwester und ich, um unsere Familie fortbestehen zu lassen. Mit meiner Frau hatte ich nur den einen Sohn, und meine Schwester hat nie geheiratet, auch wenn ich mir sicher bin, dass sie zu ihrer Zeit vielen Männern das Herz gebrochen hat."

„Wo lebt sie?" wollte Trey wissen.

„Zusammen mit einem Dutzend Katzen in einem alten Leuchtturm vor der Küste von Maine", antwortete er grinsend. „Sie malt den Leuchtturm und verkauft die Bilder an Touristen. Kein Ehemann, keine Kinder."

„Was ist mit Onkel Terrence und Tante Carolyn?" warf Olivia ein.

Marcus schüttelte den Kopf. „Sie hatten nie Kinder."

Trey hielt inne. Die Anspannung war dem Tonfall des alten Mannes anzuhören, während seine Miene gelassen wirkte. „Wo leben die beiden?" fragte er schließlich.

„Schon seit Jahren in Italien."

„Seit wie vielen Jahren?"

„Ich weiß nicht ... ach so, auf jeden Fall seit über fünfundzwanzig Jahren. Ich bin sicher, sie lebten schon nicht mehr hier, als Olivia entführt worden ist. Terrence ist übrigens nicht mein Bruder, sondern ein Cousin."

„War bei ihm die gleiche genetische Besonderheit aufgetreten wie bei den anderen Sealys?"

„Was? Oh, Sie meinen den überzähligen Daumen?"

Trey nickte.

„Vermutlich ja", erwiderte Marcus nachdenklich.

„Wo haben sie gelebt, bevor sie nach Italien auswanderten?“

„Bei seiner Familie nördlich von Sherman.“

Er notierte die Angaben, während er sich die Landkarte vorstellte. Sherman lag gut eine Autostunde vom Lake Texoma entfernt, vielleicht sogar etwas weniger, abhängig davon, welcher Teil des Sees das Ziel war.

„Können Sie mir ihre Telefonnummer und ihre Adresse geben?“

Marcus runzelte die Stirn. „Ich habe zwar eine Nummer und eine Adresse, aber ich weiß nicht, wie aktuell beides ist. Wir haben schon seit Jahren keinen Kontakt mehr gehabt.“

„Gibt es dafür einen Grund?“ wunderte sich Trey.

„Wir hatten nie viel füreinander übrig“, erklärte er. „Sie kennen sicher den Spruch, dass man sich seine Freunde aussuchen kann, aber nicht seine Familie. Die beiden sind nach Italien gezogen, kurz nachdem Terrence sein Geschäft in den Sand gesetzt und sich seinen Ruf ruiniert hatte.“

„Wieso ausgerechnet Italien?“

„Carolyns Familie hatte dort ein Ferienhaus, das sie von ihrem Vater erbte. Ich vermute, es war die ideale Wahl, um sich abzusetzen.“

„Ich muss die Adresse trotzdem haben“, beharrte Trey.

„Ja, natürlich.“ Marcus stand auf und ging zum Schreibtisch, nach kurzer Suche kam er mit einer Karte zurück.

Trey notierte die Angaben, dann gab er ihm die Karte wieder. „Mr. Sealy, das ist eine sehr persönliche Frage, aber ich muss sie Ihnen stellen. Sie sind seit vielen Jahren verwitwet, richtig?"

„Ja", antwortete er. „Aber worauf wollen Sie hinaus?"

„Es wäre nichts Ungewöhnliches, wenn Sie in dieser Zeit eine intime Beziehung zu einer anderen Frau gehabt hätten."

Marcus lief rot an, wahrte aber seine Fassung. „Das mag so sein, wie Sie es sagen, aber es gab keinerlei Beziehung."

„Dann können Sie mit Sicherheit ausschließen, dass Sie nicht noch ein Kind gezeugt haben?"

Seine Finger hielten krampfhaft die Armlehne des Sofas fest. „Ja, Detective, das kann ich ausschließen."

Trey sah zu Olivia, die aufgebracht wirkte. Was er als Nächstes fragen musste, würde sie nicht besänftigen. „Als Ihre Enkelin entführt wurde …", begann er vorsichtig.

„Ja?" fragte Marcus gereizt.

„Sie war sieben Tage lang verschwunden, richtig?"

Er nickte.

„Sind Sie sich hundertprozentig sicher, dass die Entführer Ihnen dasselbe Kind zurückgaben, das sie entführt hatten?"

Olivia schnappte nach Luft, dann stand sie abrupt auf, doch Marcus nahm ihr Handgelenk und zog sie an sich. Er lächelte sie besänftigend an und warf Trey einen wütenden Blick zu.

„Ich kenne mein eigen Fleisch und Blut, Detective. Ich denke, das war dann alles."

Trey klappte sein Notizbuch zu und steckte es weg. Sie beide hatten nun eindeutig genug von ihm, aber er war noch nicht fertig. „Fast, Mr. Sealy. Es gibt da nur noch eine Sache, um die ich Sie bitten muss."

„Und das wäre?"

„Wir benötigen DNS-Proben von Ihnen und Olivia."

Sie drehte sich um, bis sie Trey ins Gesicht sehen konnte. Seit er das Haus betreten hatte, war es das erste Mal, dass sie sich wirklich ansahen. Der Schmerz, der sich in ihren Augen widerspiegelte, war fast zu viel für ihn.

„Ich kann nicht fassen, was ...", begann Marcus, doch sie unterbrach ihn rasch.

„Nein, Grampy, das ist schon in Ordnung. Es macht mir nichts aus, vor allem wenn es uns dann endlich diese Leute vom Hals hält."

Trey zuckte innerlich zusammen, da ihm klar war, wen sie mit „diese Leute" meinte.

„Wir werden morgen unseren Hausarzt informieren, damit er alles weitere veranlasst", erklärte Marcus daraufhin.

„Tut mir Leid, Sir, aber wegen der Schwere des Falls muss der Test in einer von unseren Einrichtungen vorgenommen werden."

„Wo sollen wir hinkommen, Detective Bonney?" fragte Olivia.

„Ich werde Sie beide zum Labor fahren."

„Das können wir auch selbst machen“, sagte Marcus.

„Nein, Sir. Ich muss Sie zum Labor begleiten.“

„Und wenn wir das nicht wollen?“ fuhr Olivia ihn daraufhin an.

Ihre Wut war so unbändig, dass jedes ihrer Worte wie eine schallende Ohrfeige bei ihm ankam. Dabei war es nicht seine Schuld, dass er ihr solche Unannehmlichkeiten bereiten musste. Jeder andere hätte genau das Gleiche getan.

„Hören Sie“, entgegnete Trey und versuchte trotz der persönlichen Anfeindung professionelle Gelassenheit zu wahren. „Das ist nicht meine Idee, und es ist auch nicht meine Schuld. Ich führe lediglich eine Anweisung meines Vorgesetzten aus, und dazu gehört, dass ich beweise oder widerlege, ob es Verbindungen zwischen Ihnen und dem toten Kind gibt. Ich werde Sie beide morgen früh um zehn Uhr abholen, ins Labor fahren und wieder nach Hause bringen. Mit etwas Glück werden Sie mich danach nie wiedersehen.“

In dem Moment kam Rose mit einer Kaffeekanne und drei Tassen auf einem Tablett in die Bibliothek. Trey nickte ihr höflich zu und sagte: „Ma’am, es tut mir Leid, aber ich werde auf den Kaffee verzichten müssen. Trotzdem vielen Dank für die Mühe.“

Die Haushälterin, die nichts von der gereizten Stimmung im Raum wahrnahm, lächelte ihn an. „Dann vielleicht nächstes Mal.“

Marcus stand auf, als Trey zur Tür ging. „Machen Sie

sich keine Mühe“, murmelte er. „Ich finde schon allein raus.“

Auch wenn ihm die Begegnung mit dem Detective gar nicht gefiel, wollte Marcus nicht unhöflich sein. „Olivia, Darling“, sagte er. „Würdest du Detective Bonney bitte zur Tür begleiten?“

Sie wollte es nicht, aber ein Nein hätte ihren Großvater nur misstrauisch gemacht, und dann hätte sie ihm Dinge erzählen müssen, an die sie ihn nicht erinnern wollte.

„Selbstverständlich“, antwortete sie, ging an Trey vorbei und blieb nur einmal kurz stehen, um sich zu vergewissern, dass er ihr auch folgte.

Als sie sah, wie er sich auf die Unterlippe biss, wusste sie, dass er sich in ihrer Gegenwart genauso unbehaglich fühlte wie umgekehrt. Sie schwieg beharrlich, doch als sie an der Haustür ankamen, kämpfte sie vergeblich mit den Tränen.

Trey seufzte bei diesem Anblick und fuhr sich durchs Haar. „Livvie ... hör zu“, sagte er.

Niemand außer ihm hatte sie je so genannt. Der Name brachte zu viele traurige Erinnerungen zurück. „Trey ... ich wusste nicht, dass ...“

Er hob eine Hand und unterbrach sie leise: „Es ist schon okay, ich verstehe es.“ Dann aber verzog er einen Mundwinkel. „Nein, das stimmt eigentlich nicht. Ich verstehe es nicht. Bestenfalls kann ich erahnen, was ihr beide gerade durchmacht. Es tut mir Leid, wenn ich so schmerzhafte Erinnerungen heraufbeschwören muss, aber wenn du das Haus gesehen hättest … und den Koffer … und seinen Inhalt …“ Wieder seufzte er. „Irgendjemand hat ein kleines Kind ermordet, Livvie, und ich werde alles tun, damit er seine gerechte Strafe bekommt.“

„Ich weiß“, erwiderte Olivia. „Das verstehen wir ja auch. Aber es macht mir solche Angst. Jede Frage von dir bedroht meine Existenz … meine Identität. Außerdem hatte ich nicht damit gerechnet, den Detective persönlich zu kennen, der sich um den Fall kümmert.“ Sie atmete durch und fügte an: „Es tut mir Leid.“

Trey zuckte mit den Schultern. „Es gibt nichts, wofür du dich entschuldigen müsstest.“

„Oh doch, das gibt es. Ich war zuvor nicht stark genug, aber ich werde es dir jetzt sagen, wenn auch Jahre zu spät.“

„Hör auf, Livvie. Das ist so lange her. Du musst nicht …“

„Ich war ein Feigling“, erklärte sie und hob trotzig das Kinn. „Ich wusste nicht, wie ich mich gegen meinen Großvater durchsetzen sollte. Ich fühlte mich immer schuldig, dass man mich entführt hatte.“

„Wieso schuldig?“

„Weil Grampy dadurch seinen einzigen Sohn verlor. Ich gab seinen Forderungen nach, obwohl ich es gar nicht wollte. Mir war nicht klar, was ich dadurch verlieren würde.“ Sie stieß einen Seufzer aus. „Ich kann nur sagen, es tut mir Leid. Ich weiß, es ist lange her. Aber ich wäre froh, wenn ich wüsste, dass du es mir nicht nachträgst.“

Trey hätte sie am liebsten in die Arme genommen, begnügte sich aber mit einem Händedruck. „Ich trage dir nichts nach", sagte er leise. „Ich hole euch morgen um zehn Uhr ab."

„Wir werden rechtzeitig fertig sein", versprach sie und öffnete ihm die Tür.

Auf der Schwelle blieb Trey stehen und drehte sich um. „Du musst dir keine Gedanken machen. Ich werde deinen Großvater nicht daran erinnern, wer ich bin und was zwischen dir und mir war. Das gehört der Vergangenheit an, okay?"

Olivia nickte, auch wenn sie ihm zu gern widersprochen hätte. Ihre Erinnerungen an ihn verband sie nur mit Liebe und Leidenschaft – und mit der Erkenntnis, dass er für sie nie der Vergangenheit angehören würde.

Schulterzuckend erwiderte sie: „Zum Teil ja. Aber solange wir nicht wissen, wer das tote Mädchen war und wer es auf dem Gewissen hat, wird die Vergangenheit uns nicht in Ruhe lassen."

Es gab nichts, was Trey hätte sagen können, um ihr Mut zu machen. Darum verließ er schweigend das Haus und stieg in seinen Wagen ein. Als er die Auffahrt hinunterfuhr, sah er in den Rückspiegel und bemerkte, dass Olivia noch immer in der offenen Tür stand. Er hätte schwören können, dass sie weinte.

4. KAPITEL

Seit zwei Wochen war Foster Lawrence inzwischen aus dem Gefängnis, aber an ein Leben in Freiheit hatte er sich noch nicht gewöhnen können. Egal wo er sich aufhielt – sobald er einen Türknauf zu fassen bekam, regte sich für einen Sekundenbruchteil Panik in ihm, weil er fürchtete, die Tür könnte verschlossen sein. Nach fünfundzwanzig Jahren hinter Gittern war er auch nicht mehr in der Lage, nachts das Licht auszumachen, außerdem aß er viel zu hastig.

Die Welt, wie er sie kannte, existierte nicht mehr. Jetzt wurde alles von Computern und neuen Technologien beherrscht. Es gab kleine Mobiltelefone, mit denen man Fotos machen konnte und die Klingeltöne von Bach spielten. Jungs trugen Sweatshirts und Jeans, die drei Nummern zu groß waren, während sich die Mädchen so spärlich mit Stoff bedeckten, dass er sich wunderte, wie ihre Eltern sie so überhaupt aus dem Haus ließen. Fernseher waren auf einmal flach, und mit Sex wurde so gut wie alles verkauft – von Zahnpasta bis hin zu Backmischungen.

Er kam sich in seinem eigenen Land wie ein Fremder vor. Doch mit dem, was in Dallas auf ihn wartete, würde er bald diesen neuen Luxus genießen können. In den letzten zwei Wochen achtete er stets darauf, dass niemand ihn verfolgte. Er hoffte, die Polizei hatte ihn und das Geld vergessen, das nie gefunden worden war. Mit seinem unauffälligen Job als Tellerwäscher in einem Restaurant konnte er sich eine Weile über Wasser halten, und wenn er sich wirklich sicher war, dass er nicht behelligt wurde, würde er kündigen und sich eine Busfahrkarte nach Dallas kaufen.

„Platz machen“, rief der Busfahrer, als er die Gepäckfächer öffnete, damit die Reisenden ihre Taschen und Koffer an sich nehmen konnten.

Da Foster sein ganzes Hab und Gut in einem Rucksack mit sich trug, konnte er sich diese letzte Phase einer langen und unbequemen Busfahrt ersparen. Er musste nur das Geld holen, das er versteckt hatte, und dann sofort verschwinden.

Er verließ den Busbahnhof und sah hinauf zum Himmel. Die Sonne war bereits untergegangen, und bald würde es dunkel werden. Er hatte nicht vor, die Nacht auf der Straße zu verbringen. Obwohl er fast fünfhundert Dollar bei sich hatte, waren seine Ansprüche so niedrig, dass er jedes noch so einfache Zimmer nehmen würde.

„Taxi gefällig, Mister?“

Foster drehte sich um und sah einen kahlköpfigen, untersetzten Mann neben einem Taxi stehen. Die Geldausgabe erschien ihm zwar wie ein Luxus, doch zum einen war seine Million fast schon in Reichweite, zum anderen wurde es rasch dunkler.

„Ja, warum eigentlich nicht?“ erwiderte er, nahm den Rucksack und warf ihn auf den Rücksitz, dann stieg er ein.

„Wohin?“

„Ich brauche für ein paar Tage ein Zimmer. Nicht zu weit von Downtown entfernt, und möglichst billig."

„Gut, Sir", sagte der Fahrer und gab Gas.

Als er sich auf seinem Platz zurücklehnte, wurde er etwas ruhiger. Alles würde gut ausgehen. Er war in Dallas und damit zurück an dem Ort, an dem alles angefangen hatte. Ihm war es nur um einen Neuanfang gegangen, und diesen Wunsch hegte er nach wie vor. Mit dem versteckten Geld würde er ihn verwirklichen können.

Einige Minuten später stoppte das Taxi, Foster sah aus dem Seitenfenster. Es war kein Vier-Sterne-Hotel, allerdings war er auch kein Vier-Sterne-Gast, der über ein entsprechendes Konto verfügt hätte. Er bezahlte den Fahrer, nahm seinen Rucksack und stieg aus.

Der Mann am Empfang hatte den Schädel kahl rasiert, trug einen Schnauzbart und war auf beiden Oberarmen tätowiert. Foster bedachte er nur mit einem flüchtigen Blick, dann zog er wieder an seinem Joint.

„Ich brauche ein Zimmer."

„Fünfundzwanzig pro Nacht – im Voraus", erwiderte der Mann.

„Und was kostet eine ganze Woche?"

„Hundert – auch im Voraus."

„Dann nehme ich es erst mal für eine Nacht", entschied sich Foster und zählte das Geld ab. Gerade wollte er das Bündel einstecken, dann überlegte er es sich anders und legte einen Fünfer zusätzlich auf die Theke.

„Wie sieht's mit Frauen aus?" wollte er wissen.

Der Kerl sah auf und blinzelte, um durch den Rauch etwas zu erkennen. Als er den Geldschein bemerkte, nahm er zum ersten Mal wirklich Notiz von seinem Gast.

„Wie soll's mit denen aussehen?“ gab er zurück.

„Sind welche verfügbar?“

„Was wollen Sie denn springen lassen?“

„Das hier ist nicht das Taj Mahal“, brummte Foster. „Schicken Sie einfach eine Frau auf mein Zimmer. Solange sie weder einen Schnäuzer noch einen Schwanz hat, bin ich zufrieden.“

Der Mann nahm das Geld an sich und drückte Foster einen Schlüssel in die Hand. „Zimmer 322, dritter Stock. Der Aufzug geht nicht.“

Foster nahm kommentarlos den Schlüssel an sich. Fünfundzwanzig Jahre lang hatte er auf Aufzüge verzichten müssen, da kam es auf einen Tag mehr oder weniger auch nicht mehr an. Er wollte nur ein Zimmer – und eine Frau.

„Denken Sie an die Frau“, sagte er zu dem Mann, der wieder an seinem Joint zog und den Rauch durch die Nase ausatmete. Er nickte und griff nach dem Telefon.

Foster begab sich zu seinem Zimmer, schloss auf und ging hinein. Die Tür fiel automatisch hinter ihm ins Schloss, dennoch verriegelte er sie von innen. Erst dann warf er den Rucksack aufs Bett und steckte den Schlüssel in die Hosentasche. Er hätte auspacken können, hatte aber so wenig bei sich, dass sich die Mühe nicht lohnte. Stattdessen ging er ins Badezimmer.

Die Handtücher hatten einen gräulichen Schleier und

waren ziemlich verschlissen, die Seifenstücke wiesen gerade mal das Format von Kreditkarten auf – und waren auch fast so dünn. Etliche der Fliesen waren gesprungen oder abgeschlagen. Rund um den Abfluss der Badewanne zog sich ein breiter, rostiger Kranz, doch der Raum war immer noch dreimal so groß wie die Zelle, die er sich mit einem Mitgefangenen hatte teilen müssen. Das ließ das Badezimmer geradezu verschwenderisch groß erscheinen.

Spontan zog er sich aus und stellte sich unter die Dusche. Ein paar Minuten später war er von Kopf bis Fuß eingeseift und rieb Shampoo in seine langen Haare, als er hörte, dass jemand an der Zimmertür klopfte. Überzeugt davon, dass es sich nur um die bestellte Hure handeln konnte, verließ er die Dusche, wickelte sich ein Handtuch um die Taille und nahm ein zweites, um seine Haare trockenzureiben.

„Wer ist da?“ fragte er, als er an der Tür stand.

„Wer immer ich für dich sein soll, Schatz“, antwortete eine Frauenstimme.

Vorfreude regte sich in ihm, dennoch öffnete er die Tür erst einen Spaltbreit, um sich davon zu überzeugen, dass die Frau allein war. Dann packte er sie am Handgelenk und zog sie ins Zimmer.

Rasch schloss er wieder ab, dann betrachtete er die Frau, die dastand und lächelte.

„Hallo, Schatz, wie läuft's denn so?“ fragte sie und schob einen Finger unter den Stoff des nassen Handtuchs, das er sich umgebunden hatte.

Unwillkürlich zuckte er bei der Berührung zusammen. Im Gefängnis hatte er einem Mann die Nase gebrochen, der nichts annähernd so Vertrautes gewagt hatte. Er musste sich vor Augen halten, dass er wieder ein freier Mann war – ein freier Mann, der nicht wusste, ob eine Frau ihn eigentlich noch erregen konnte. Er hatte lange warten müssen, um die Antwort zu erfahren.

„Gut", sagte er nur und betrachtete die Frau. Sie wäre unter normalen Umständen nicht seine erste Wahl gewesen, aber allzu übel war sie nicht. So wie bei ihm selbst lag auch ihre beste Zeit längst hinter ihr. Nur flüchtig nahm er den dunklen Haaransatz wahr, der ihm verriet, wie schlecht ihre blonde Mähne gefärbt war.

Sie legte ihre Handtasche weg und betrachtete ihn. „Was darf's denn sein, Schatz? Soll ich dir einen blasen, oder hättest du lieber was anderes?"

Ohne zu antworten legte Foster seine Hände auf ihre vollen, aber schon etwas hängenden Brüste und nahm mit gewaltiger Erleichterung zur Kenntnis, dass sich eine Erektion bemerkbar machte.

„Was gibt's denn für fünfundzwanzig noch?" fragte er.

„'ne Handmassage. Legst du 'nen Zwanziger drauf, bekommst du Verkehr oder Anal. Aber wenn du was Perverses willst, wird 'n Hunderter fällig. Außerdem küsse ich nie auf den Mund."

Foster dachte darüber nach, wie lange es her war, dass er zum letzten Mal mit einer Frau geschlafen hatte. Aber nach so vielen enthaltsamen Jahren würde er es nicht lange genug aushalten, um zwanzig Dollar mehr zu rechtfertigen.

„Blas mir einen“, erwiderte er knapp, ließ das Handtuch zu Boden fallen und setzte sich auf die Bettkante.

„Erst die Mäuse.“ Sie hielt die Hand ausgestreckt und wartete, bis er ihr zwei Zehner und einen Fünfer gab.

Sie steckte die Scheine in ihre Gürteltasche, dann kniete sie sich vor ihm auf den Boden. Foster hatte kaum Zeit, den Anblick zu genießen, wie sich ihre roten Lippen um seine Erektion schlossen, da spürte er bereits, wie ihm heiß wurde und wie sich in ihm ein Druck aufbaute, der auf eine wunderbare Weise schmerzte. Diese Frau wusste, was sie da tat, und sie brachte ihn so schnell zum Höhepunkt, dass er kam, noch bevor er aufstöhnen konnte. Im nächsten Augenblick ließ er sich nach hinten aufs Bett sinken, während sein Leib noch immer zuckte.

„Oh verdammt, das war viel zu schnell“, keuchte er.

Die Frau stand auf, ging ins Badezimmer und begann, sich die Zähne zu putzen. Foster war von dem heftigen Höhepunkt so erschöpft, dass er noch immer ausgestreckt auf dem Bett lag, als sie aus dem Bad kam und sich die Hände abtrocknete.

„Wie lang hast du gesessen, Schatz?“

„Fünfundzwanzig“, antwortete er reflexartig.

Sie grinste ihn breit an. „Kein Wunder, dass du schnell warst. Manche von deiner Sorte kommen schon, wenn sie mich nur ansehen.“ Sie kam zurück und stellte sich zu ihm ans Bett. „Wenn du ’ne Zugabe möchtest, dann sag Marvin Bescheid.“

„Wer ist Marvin?“

„Der Typ vom Empfang, der mich angerufen hat“, erklärte sie.

„Ach so, der.“

Einen Moment lang zögerte sie, dann ging sie zur Tür. „Pass auf dich auf, Schatz, und danke für den Job.“

Nackt wie er war, stand Foster auf und ließ sie aus dem Zimmer. Hinter ihr schloss er wieder ab.

Er setzte sich aufs Bett und griff nach der Fernbedienung. Sein Magen knurrte, und einige Sekunden lang spielte er mit dem Gedanken, sich eine Pizza kommen zu lassen. Dann jedoch begann er, mit der Fernbedienung zu spielen. Was ‚Zappen‘ bedeutete, wusste er, obwohl es in seinem Zimmer in Kalifornien keinen Fernseher gab und er sich die Zeit nicht auf diese Weise hatte vertreiben können. Jetzt holte er das nach, musste sich aber mit den wenigen Programmen begnügen, die man im Hotel empfangen konnte. Nachdem er einmal durchgeschaltet hatte, fing er wieder von vorn an, da entdeckte er sein Gesicht auf dem Bildschirm. Ein Nachrichtensprecher erwähnte soeben seinen Namen.

„... nach Foster Lawrence sucht, der bis vor kurzem eine Gefängnisstrafe von fünfundzwanzig Jahren verbüßt hat, da er an der Entführung der Enkelin des Magnaten Marcus Sealy aus Dallas beteiligt gewesen war. Derzeit wollen die Behörden ihn nur im Zusammenhang mit dem

Fund einer Kinderleiche nahe dem Lake Texoma befragen. Die Familie Sealy wird von der Polizei gegenwärtig bereits befragt, da es gewisse Übereinstimmungen zwischen dem toten Kind und Olivia Sealy geben soll, jener Enkelin, die in ihrer Kindheit Opfer einer Entführung geworden war."

Fosters Herz setzte einen Schlag lang aus, seine Finger begannen so heftig zu zittern, dass ihm die Fernbedienung entglitt und auf den Fußboden fiel.

„Scheiße", murmelte er fassungslos.

Die Vorstellung, noch einmal durch die Hölle mit Namen Gefängnis zu gehen, schien ihm schier unerträglich. Er wusste ganz genau, dass das Mädchen unversehrt nach Hause zurückgekommen war, weil er die Kleine persönlich ins belebte Einkaufszentrum gebracht hatte, um sie dort zurückzulassen.

Es gab einiges, was er an seinem Komplizen nicht gemocht hatte, dennoch war kein Wort über seine Lippen gekommen. Eine Million Dollar waren es wert, eine so lange Wartezeit in Kauf zu nehmen. Doch er hatte nicht einkalkuliert, sich gleich nach seiner Freilassung mit neuen Mordvorwürfen konfrontiert zu sehen. Von dem Mord an Michael und Kay Sealy war ihm erst etwas zu Ohren gekommen, als alles bereits zu spät gewesen war. Von einem toten Kind jedoch hatte er bislang noch nichts gewusst.

Auf einmal kam ihm das Zimmer nicht mehr wie eine Zuflucht, sondern wie eine Zelle vor. Der Typ am Empfang und die Nutte hatten sein Gesicht gesehen, damit waren seine Tage gezählt. Er sprang auf und zog sich in aller Eile an, bis er Herr über seine Panik wurde. So konnte er nicht das Hotel verlassen. Im Fernsehen hatte man ein aktuelles Foto gezeigt, so dass man ihn zweifellos auf der Stelle erkennen würde. Wenn er im Gefängnis eines gelernt hatte, dann Geduld. Zu viel stand auf dem Spiel, als dass er sich einen Fehler erlauben konnte. Anstatt wegzulaufen, überlegte er, welche Möglichkeiten ihm blieben.

Aber das durfte doch nicht wahr sein! Das war einfach nicht fair! Er hatte seine Strafe abgesessen, doch es sah so aus, als wollte Texas noch immer keine Ruhe geben. Am besten hätte er auf der Stelle den Bundesstaat verlassen, doch das ging noch nicht. Erst musste er erledigen, weswegen er hergekommen war. Nur wie? Dank dieser Nachrichtensendung würde er unweigerlich irgendwem auffallen. Einige Minuten später wurde ihm bewusst, dass die Behörden nach einem grauhaarigen Mann mit Pferdeschwanz und Vollbart suchten. Die Zeit war gekommen, sein Äußeres zu verändern.

Mit Hilfe von Rasierschaum und Einwegrasierer trennte er sich von seinem Bart, und mit einem Messer schnitt er sich den Pferdeschwanz ab. Seine untere Gesichtshälfte entpuppte sich nach der Rasur als sehr blass, und seine Haare sahen aus, als wäre er unter einen Rasenmäher geraten. Doch das genügte fürs Erste, um nicht erkannt zu werden, wenn er das Hotel verließ. War er erst einmal draußen, konnte er sich darum kümmern, sein Aussehen nachhaltiger zu verändern.

Nachdem er gepackt hatte, verließ er das Zimmer und ging zur Treppe, blieb dort aber stehen. Womöglich hätte er auch etwas anderes anziehen sollen, um von dem Typen am Empfang nicht wiedererkannt zu werden. Da fiel ihm ein leerer Pizzakarton auf, den jemand einfach ins Treppenhaus geworfen hatte. Foster hob ihn auf und hielt ihn so, als befinde sich noch etwas zu essen darin, dann ging er nach unten.

Im Parterre angekommen, sah Foster, wie der Mann kurz aufblickte, den Pizzakarton bemerkte und sich sofort wieder mit etwas anderem beschäftigte. Wie erhofft hielt der Kerl ihn für einen Pizzaboten, der das falsche Hotel erwischt hatte und wieder auf dem Weg nach draußen war.

Kaum war er auf der Straße angekommen, warf er den Karton fort und beschleunigte seine Schritte. Im Drugstore an der nächsten Ecke deckte er sich mit dem Nötigsten ein, dann hielt er Ausschau nach einem anderen Hotel.

Ein paar Blocks weiter wurde er fündig, fand am Empfang diesmal eine Frau vor, die sich so wenig um ihren Gast scherte wie zuvor der tätowierte Kerl, und bezahlte für eine Nacht. Wenn nichts mehr schief ging, würde er in ein paar Tagen sein Geld haben und längst verschwunden sein, ehe ihm jemand auf die Spur kam.

„Hey, was ist los mit dir, Trey?“ fragte Chia Rodriguez, als er von Lieutenant Warrens Büro an seinen Schreibtisch zurückkehrte und frustriert auf seinen Stuhl sank.

„Nichts, außer dass ich meinen Beruf hasse“, gab er zurück.

„Geht es um den Sealy-Fall?“

Er nickte.

„Also wenn ich mir vorstelle“, fuhr sie seufzend fort, „so etwas würde mit einem meiner Kinder geschehen. Jeden Abend schaue ich sie an und bete, dass ich in der Lage sein werde, sie lange genug zu beschützen, bis sie erwachsen sind.“ Sie verzog den Mund. „Es gibt sogar Nächte, da liege ich stundenlang wach, weil ich Angst habe, sie könnten einfach verschwinden, wenn ich die Augen zumache. Dann lege ich mich in den Flur vor die Tür zum Kinderzimmer und versuche, dort zu schlafen. Ziemlich verrückt, nicht?“

Trey sah zu Chia. „Das ist nicht verrückt, sondern verdammt unheimlich. Du solltest dich als Sprecherin für Verhütungsmittel engagieren lassen.“

Einen Moment lang sah sie ihn einfach nur an, dann sagte sie: „Ach, Bonney, du weißt doch, wie wir Frauen sind. Entweder lässt das PMS uns ausrasten, oder es ist irgendein anderer Mist. Außerdem wäre es ein Verbrechen, wenn Männer mit so einem grandiosen Hintern, wie du ihn hast, sich nicht fortpflanzen würden.“

Er grinste sie an, weil er wusste, dass Chia diese Reaktion brauchte. In Wahrheit war ihm aber nicht nach Grinsen zu Mute. Er konnte ihre Ängste nur zu gut verstehen, und am liebsten hätte er sie in den Arm genommen, um sie zu trösten und zu beruhigen. Aber sie würde das nicht mögen, und alle anderen würden die Geste nur falsch deuten. Also beließ er es bei dem Gedanken.

Stattdessen griff er nach dem Telefon und wählte die Nummer, die Marcus Sealy ihm gegeben hatte. Er wusste nicht genau, wie groß der Zeitunterschied zu Mailand war, dennoch würde er versuchen, Terrence Sealy zu erreichen.

Nach dem siebten Klingeln wollte er fast schon auflegen, da meldete sich eine Frauenstimme, die außer Atem zu sein schien: „*Ciao.*"

Trey stutzte, da er nicht daran gedacht hatte, möglicherweise jemanden ans Telefon zu bekommen, der seine Sprache nicht verstand. „Ist das der Anschluss von Terrence Sealy?" fragte er langsam und deutlich.

Einige Sekunden lang war nichts zu hören, dann sprach die Frau weiter, diesmal unüberhörbar erstaunt: „Ja, das ist richtig. Wer … wer sind Sie?"

„Ich bin Detective Trey Bonney vom Dallas Police Department in Texas. Ich möchte mich mit Terrence Sealy unterhalten."

„Oh nein! Ist Marcus etwas zugestoßen?"

„Nein, Ma'am, ihm geht es gut. Sagen Sie mir, wer Sie sind?"

„Ich? Ach so, ja, ich bin Carolyn, Terrys Frau. Er kommt erst heute Abend zurück. Kann ich Ihnen irgendwie behilflich sein?"

„Das will ich hoffen", entgegnete Trey und fasste in wenigen Sätzen zusammen, was sich ereignet hatte.

„Mein Gott! Das ist ja schrecklich! Aber wie kommen Sie auf die Idee, es könnte etwas mit ... ach so ... Olivias Entführung. Ich verstehe. Aber man hatte sie doch freigelassen“, wandte Carolyn ein.

„Richtig, Ma'am. Trotzdem befragen wir alle ihre Verwandten.“

„Wieso?“

„Das tote Kind hatte an der linken Hand zwei Daumen. Das ist ein sehr ungewöhnliches Merkmal.“

„Ja, da haben Sie Recht, Detective. Aber was wollen Sie von uns wissen? Wir konnten keine Kinder bekommen.“

„Ma'am, verzeihen Sie, aber ich muss Ihnen eine sehr persönliche Frage stellen. An wem von Ihnen beiden lag es, dass Sie keine Kinder bekommen konnten?“

„Das lag an mir, aber das heißt nicht ...“

Carolyn schnappte erschrocken nach Luft, dann folgte Schweigen.

„Mrs. Sealy? Sind Sie noch da?“

„Ja, ich ... ich bin noch da“, antwortete sie. „Wollen Sie mit Ihrer Frage unterstellen, mein Mann könnte eine Affäre gehabt haben? Er könnte ein uneheliches Kind gezeugt haben, das dann umgebracht wurde?“

„Ich will gar nichts unterstellen“, versicherte Trey ihr. „Ich muss lediglich alle Möglichkeiten in Erwägung ziehen und feststellen, welche davon ich ausschließen kann.“

„Und wie wollen Sie das anstellen?“ fragte Carolyn.

„Ich benötige eine DNS-Probe von Ihrem Mann.“

„Das ist ja schrecklich!“

„Nein, Ma'am. Schrecklich ist das, was sich in dem Koffer befunden hat."

„Oh Gott ..."

„Kann ich auf Ihre Mithilfe zählen?" wollte er wissen.

Zögernd entgegnete sie: „Und was soll mein Mann tun?"

„Ich kann wohl kaum darauf hoffen, dass er nach Dallas kommt, um die Tests durchzuführen und um einige Fragen zu beantworten, oder?"

„So weit? Aber ..."

„Es würde uns sehr weiterhelfen, Ma'am, und es würde uns viel bedeuten."

Carolyn Sealy seufzte. „Mir würde es auch sehr viel bedeuten, wieder nach Dallas zu kommen", sagte sie . „Mir fehlt das Leben in den Staaten, außerdem ist es eine Ewigkeit her, seit wir Marcus besucht haben." Es folgte eine kurze Pause, dann erklärte sie mit Nachdruck: „Ja, wir werden zu Ihnen kommen."

„Gut, dann gebe ich Ihnen meine Nummer. Rufen Sie mich an, wenn Sie angekommen sind, dann vereinbaren wir einen Termin und bringen die Sache hinter uns."

„Wir melden uns", versprach Carolyn, hörte sich aber an, als sei sie froh, das Gespräch beenden zu können.

Trey legte den Hörer auf und rieb sich nachdenklich das Genick.

Marcus legte sich eine Scheibe Fleisch auf den Teller und nahm etwas von der Pilzsoße, dann griff er nach dem Besteck. Nach dem ersten Bissen schloss er genüsslich die Augen. „Mmh, Rose hat sich heute Abend wieder selbst übertroffen. Das Lendenstück ist vorzüglich." Dann fiel ihm auf, dass Olivias Teller noch leer war. „Was ist los, Darling? Fühlst du dich nicht wohl?"

Olivia unterdrückte einen Seufzer und zwang sich zu einem schwachen Lächeln. „Nein, Grampy, es ist alles in Ordnung. Ich habe nur keinen Hunger."

Daraufhin legte er die Gabel zur Seite, lehnte sich nach hinten, verschränkte die Arme und betrachtete Olivia. Er war so an ihr Aussehen gewöhnt, dass er nie wirklich auf ihr Mienenspiel achtete. Doch als er sie jetzt so dasitzen sah, kamen ihm für einen Moment Zweifel. Was, wenn ...? Nein, er verdrängte den Gedanken, ehe er ihn hatte formulieren können.

„Du bist besorgt wegen morgen, stimmt's?"

Sie zuckte mit den Schultern, nickte und sah zur Seite, was Marcus nur noch besorgter dreinschauen ließ.

„Ich wünschte, ich könnte dich davon überzeugen, dass es keinen Grund zur Sorge gibt."

Tränen standen ihr in den Augen, als sie den Kopf hob. „Grampy, ich wünschte auch, du könntest das. Aber ich habe ein ungutes Gefühl, und so sehr ich es mir auch einrede, kann ich nicht glauben, dass alles wieder so sein wird wie früher."

Marcus wollte ihr klarmachen, wie unnötig ihre Besorgnis war. Doch er wusste, sie würde ihm nicht zuhören wollen. Sie konnten nur warten, bis es vorüber war.

Es war Olivia bewusst, dass ihr Großvater verärgert war. Auch wenn sie das eigentlich nicht wollte, hatte sie ihn noch nie belügen können. Jetzt konnte sie nur darauf vertrauen, dass nichts seinen Glauben an sie erschüttern würde.

„Tut mir Leid, wenn ich so weinerlich bin, Grampy. Ich werde mich zusammenreißen, versprochen. Und damit du mir das auch glaubst, werde ich jetzt die Lende probieren."

Lächelnd reichte Marcus ihr die Platte mit dem Fleisch.

„Und nimm von der Soße", fügte er an.

Foster Lawrence schluckte den letzten Bissen von seinem Hamburger herunter, tauchte die zwei noch verbliebenen Pommes frites in den Ketchup und nickte dann der Kellnerin zu, die mit einer vollen Kaffeekanne an seinem Tisch stehen geblieben war.

Während sie ihm eine weitere Tasse einschenkte, genoss Foster das Aroma von frisch aufgebrühtem Kaffee. Gleichzeitig dachte er darüber nach, welchen Luxus er sich schon bald würde leisten können. Es war fast Mitternacht, trotzdem hatte er sein Hotelzimmer verlassen und war zum Diner an der Ecke gegangen.

Nicht, dass er besonders hungrig gewesen wäre. Vielmehr tat er es, weil es ihm nach fünfundzwanzig Jahren endlich wieder möglich war, zu tun, was er wollte.

Die Kellnerin zwinkerte ihm freundlich zu und ging weiter. Foster konnte nicht anders, als auf ihren Hintern zu starren, doch seine sexuellen Bedürfnisse waren für diesen Tag gestillt. Er würde sich mit einer Tasse Kaffee begnügen.

Draußen raste ein Polizeiwagen im Einsatz vorbei. Foster bekam eine Gänsehaut und war dankbar, dass er noch nicht von den Bullen gejagt wurde. In der Fensterscheibe des Diners sah er sein Spiegelbild, woraufhin er grinsen musste. Der Mann, der ihn dort ansah, war nicht nur rasiert, sondern hatte nun auch einen kahlen Schädel. Nicht mal seine Mutter hätte ihn so erkannt, wäre sie noch am Leben gewesen.

Er widmete sich wieder seinen Plänen für den kommenden Tag. Im Telefonbuch hatte er vergeblich nach dem Restaurant Lazy Days gesucht, doch es war keine große Überraschung, dass es nicht mehr existierte. Vieles hatte sich verändert, seit er das letzte Mal in Dallas gewesen war. Doch die meisten Häuser, die er von damals kannte, standen immer noch, was ihm ein gutes Gefühl gab, dass sein Geld ebenfalls nach wie vor dort war, wo er es deponiert hatte. Er konnte den Moment kaum abwarten, bis es endlich ihm gehören würde.

Trey saß auf der Bettkante und blätterte im Jahrbuch der High School. Es war eine Ewigkeit her, seit er sich dazu hatte durchringen können, die Erinnerungen an eine längst vergessene Zeit wiederaufleben zu lassen. Dass er das jetzt machte, lag nur an seiner Begegnung mit Olivia.

Auf einer Seite hielt er inne und strich versonnen über

das Foto, das eine lächelnde Olivia zeigte. Darunter stand geschrieben: *Für immer dein.*

„Tja, Livvie, das hat sich ja wohl nicht erfüllt."

Erschrocken darüber, dass er solch düsteren Gedanken nachhing, schlug er das Jahrbuch zu, warf es auf den Boden und ließ sich auf das Bett sinken. Aber auch als er die Augen schloss, sah er noch immer das lächelnde Gesicht von dem Foto. Allmählich verblasste es und machte einem anderen Bild Platz, das ihn zutiefst beunruhigte. Es waren die winzigen Knochen, die auf dem Untersuchungstisch des Gerichtsmediziners ausgebreitet lagen.

Trey war entschlossen, die Identität des toten Mädchens herauszufinden und diesen Teufel aufzuspüren, der ihrem Leben ein so frühes Ende gesetzt hatte. Er würde den Schuldigen finden, ganz gleich, was dafür nötig war oder wem er vor den Kopf stoßen musste.

5. KAPITEL

Nach drei Tassen Kaffee und drei Kopfschmerztabletten fühlte sich Trey bereit für alles, was dieser Tag mit sich bringen würde. Als er in seinen Wagen stieg, fielen ihm jedoch die Kaugummiverpackungen und der leere Pappbecher auf dem Boden ebenso auf wie der feine Staubfilm, der das Armaturenbrett überzog. Unwillkürlich musste er daran denken, wie viel Eleganz Marcus Sealys Haus ausstrahlte, und er konnte sich gut vorstellen, welches Gesicht der alte Mann machen würde, wenn er dieses Wageninnere zu sehen bekam. Abermals würde er anhand von Äußerlichkeiten über Trey urteilen, und abermals würde er ihn für nicht standesgemäß halten.

Ein Blick auf die Armbanduhr verriet ihm, dass nicht genug Zeit dafür blieb. Trotzdem stieg er aus, um Wasser und einen Lappen zu holen. Einen Augenblick später hielt er inne.

Der Wagen war so verstaubt, weil er über unbefestigte Wege zu dem Haus gefahren war, in dem man die Kinderleiche gefunden hatte. Der Kaugummi und ein Kaffee waren alles gewesen, was er zu sich hatte nehmen können, seit er von dort wieder abgefahren war.

Es wurde Zeit, sich über eine Sache klar zu werden. Was die Sealys von ihm hielten, war nicht länger wichtig. Er nahm den Becher und die Verpackungsfolien, drückte alles in das Ablagefach in der Fahrertür, dann schrieb er mit dem Zeigefinger ‚Mach mich sauber' in die Staubschicht. Als er aus der Einfahrt fuhr, winkte er seiner Nachbarin zu, der einundachtzig Jahre alten Ella Sumter, die im Vorgarten Tai Chi praktizierte und ihm einen Handkuss zuwarf, den er mit einem Grinsen quittierte.

Auf dem Weg zum Anwesen der Sealys stellte Trey fest, dass er sich bereits deutlich besser fühlte. Heute in einer Woche würde dieser Fall hoffentlich abgeschlossen sein, und vermutlich würde er keinen der beiden je wiedersehen. Bis dahin musste er immer daran denken, dass er derjenige war, der das Sagen hatte.

Olivia stand vor dem großen Spiegel in ihrem Schlafzimmer und betrachtete das Kleid, das sie trug. Im nächsten Moment landete es bei den vier anderen, die bereits auf dem Bett lagen. Gerade wollte sie das nächste aus dem Schrank holen, als ihr bewusst wurde, wie unwichtig es war, was sie trug. Es sollte sie nicht kümmern, wie Trey Bonney über sie dachte. Schließlich holte er sie nicht ab, um mit ihr auszugehen. Stattdessen würde er mit ihr zu einem kriminaltechnischen Labor fahren, wo man ihre DNS testen sollte, um festzustellen, ob sie wirklich Olivia Sealy war!

Sie setzte sich auf die Bettkante und hielt sich die Hände vors Gesicht, während sie gegen die Tränen ankämpfte. Grampy sollte nicht erfahren, wie sehr ihr das alles zu schaffen machte. Noch weniger wollte sie aber Trey Bonney wissen lassen, wie verwundbar sie geworden war.

Allmählich gewann der Ärger über ihr eigenes Verhalten die Oberhand, und schließlich stand sie auf und ging wieder zum Kleiderschrank. Diesmal dachte sie nicht darüber nach, ob es Trey gefallen würde, was sie trug. Ohne einen Blick in den Spiegel zu werfen, ging sie aus dem Zimmer, sobald sie fertig angezogen war.

Marcus war in seinem Zimmer, als er Olivia vorbeigehen hörte. Ihre Schritte klangen fest und entschlossen und vermittelten einen völlig anderen Eindruck als am Abend zuvor, als seine Enkelin in Tränen aufgelöst den Esstisch verlassen hatte. Zufrieden lächelte er, denn das war Olivia, wie er sie kannte.

Er betrachtete sein Spiegelbild, zog leicht am Kragen und korrigierte den Sitz seiner Krawatte, dann nahm er seine Brieftasche von der Kommode und folgte seiner Enkelin nach unten.

Gerade hatte er ihr einen guten Morgen gewünscht, da klingelte es an der Tür. Rose kam aus einem anderen Flügel des Hauses nach vorn geeilt, aber Olivia war nicht in der Stimmung, sich mit Etikette aufzuhalten.

„Ich mache auf“, rief sie und ging mit hoch erhobenem Kopf zur Tür.

„Ich bin gleich bei dir“, erwiderte Marcus. „Ich muss noch kurz mit Rose sprechen.“ Dann ging er weg und überließ es Olivia, sich um den Besucher zu kümmern.

Dass sie mit einem Mal auf sich gestellt war, änderte nichts an ihrer Absicht. Sie öffnete die Tür und sah vor sich den Mann, der in ihr Leben zurückgekehrt war und ihre Welt ins Chaos gestürzt hatte.

Dass Olivia die Tür öffnete, war für Trey überraschend und überwältigend zugleich, da er im nächsten Moment wusste, was sie unter diesem atemberaubenden Kleid trug – nämlich nichts weiter als einen Slip. Da sie genau im Schein der morgendlichen Sonne stand, konnte er unter dem durchscheinenden Stoff ihre vollen, nackten Brüste sehen. Das Kleid ließ zugleich so viel von ihren endlos langen Beinen erkennen, dass er unwillkürlich an ihre gemeinsamen intimen Stunden denken musste, die eine Ewigkeit her zu sein schienen.

Er musste sich zusammenreißen, um den Blick von ihrem Körper zu nehmen und ihr ins Gesicht zu sehen. Das Funkeln in ihren Augen und das trotzig erhobene Kinn standen für etwas, das er nur zu gut in Erinnerung hatte: Sie war kampfbereit, und wenn er sich nicht täuschte, hatte sie ihm soeben den Krieg erklärt.

„Äh …“, brachte er über die Lippen.

Olivia musste ein Grinsen unterdrücken. Nach seinem Gesichtsausdruck zu urteilen, war das Kleid ein Volltreffer. „Guten Morgen, Detective. Kommen Sie doch bitte herein. Mein Großvater wird jeden Moment so weit sein, dann können wir uns auf den Weg machen.“

„Äh …“

„Ich glaube, das hatten Sie gerade eben auch schon gesagt“, gab sie zurück und warf ihm einen kühlen Blick zu.

„Mist“, murmelte er, was sie zum Lächeln brachte. Er schob die Hände in die Hosentasche und ließ etwas folgen, was Olivia aus dem Konzept brachte. „Du warst schon immer ein hübsches Mädchen, Olivia, und ich hätte schwören können, dass du nicht perfekter aussehen könntest als damals. Aber ich habe mich offenbar geirrt." Seine Stimme wurde noch eine Spur sanfter. „Du bist wunderschön, und es tut mir mehr Leid, als ich es in Worte fassen könnte, dass ihr beide – du und dein Großvater – so sehr unter dieser Sache leiden müsst."

Mit einem Mal wirkte ihre trotzige Art fehl am Platz. Die Ereignisse der letzten Tage hatten sie so aufgewühlt und verunsichert, dass sie ihre Wut einfach nur an ihm auslassen wollte, weil niemand sonst da war, der als Zielscheibe herhalten konnte.

„Trey, ich …"

„Tut mir Leid, wenn Sie warten mussten", unterbrach Marcus sie, der in diesem Moment ins Foyer zurückkam.

Olivia seufzte leise und setzte ein Lächeln auf, als sie sich zu ihrem Großvater umdrehte. „Kein Problem, Grampy. Du warst so schnell, dass Detective Bonney mir nur einen guten Morgen wünschen konnte."

Trey zog eine Hand aus der Tasche und begrüßte Marcus. „Ihnen auch einen guten Morgen, Sir. Wenn Sie beide bereit sind, sollten wir uns auf den Weg machen." Ohne auf eine Erwiderung zu warten, ging er nach draußen.

Als Marcus und Olivia an seinem Wagen ankamen, stand Trey neben der geöffneten Hintertür. Dass der alte Mann es gewöhnt war, sich die meiste Zeit über chauffieren zu lassen, war nicht zu übersehen, da er wortlos einstieg und auf der Rückbank durchrutschte, um Olivia Platz zu machen. Kein Danke kam über seine Lippen.

Olivia dagegen spürte, wie peinlich die Situation war. Als sie sich zu Trey umdrehte, um ihm zu danken, bemerkte sie das Feuer in seinen Augen und stolperte. Er packte sie, und für ein paar Sekunden lag sie in seinen Armen, das Gesicht gegen seine Brust gedrückt. Sie merkte nicht, welche Überwindung es ihn kostete, sie loszulassen, aber sie hätte auch nicht aussprechen können, was sie empfand. Zum Glück gelang es ihr, sich von ihm zu lösen, dann setzte sie sich neben ihren Großvater. Dabei zertrat sie eine Erdnussschale, die im Fußraum lag.

Als Trey auf dem Sitz vor ihr Platz nahm und den Gurt anlegte, fiel ihr Blick auf seinen Hinterkopf. Sie erinnerte sich gut daran, wie sich sein dunkles Haar angefühlt hatte. Ungewollt kam ihr ein lauter Seufzer über die Lippen, dann sah sie, dass Trey sie im Rückspiegel betrachtete. Rasch wandte sie sich Marcus zu und lächelte ihn an, als wollte sie ihm zeigen, dass alles in bester Ordnung war, auch wenn das in Wahrheit nicht stimmte. Von einer Sekunde auf die andere hatte Trey die Kontrolle über die Situation erlangt und sie wieder in die Defensive gedrängt.

Er fuhr los, und während sich der Wagen in Bewegung setzte, fiel das Sonnenlicht auf das Armaturenbrett. Olivia musste sich ein Grinsen verkneifen, als sie sah, was er in die Staubschicht auf dem Kunststoff geschrieben hatte.

Trey Bonney war heute ein äußerst attraktiver Mann,

und als Detective beim Dallas Police Department hatte er einen respektablen Posten inne, doch es machte Olivia glücklich, dass er noch immer etwas von dem Mann an sich hatte, der vor so langer Zeit ihre erste große Liebe gewesen war. Der ausgelassene Spaßvogel, der sich stets weigerte, ihren gesellschaftlichen Status ernst zu nehmen, und der sie trotzdem geliebt hatte, steckte nach wie vor in ihm.

Diese Erkenntnis erinnerte sie aber auch daran, warum ihre Beziehung letztlich gescheitert war und sie die Liebe ihres Lebens verloren hatte: Es war genau diese unterschiedliche Herkunft, gepaart mit ihrer eigenen Unfähigkeit, sich gegen ihren Großvater durchzusetzen.

Doch sie wollte nicht länger darüber nachdenken, was vielleicht hätte sein können, schloss die Augen und lehnte sich nach hinten, als auf einmal ihr Großvater ihre Hand drückte.

„Olivia, Darling, es wird alles gut ausgehen“, versicherte er ihr.

„Das weiß ich, Grampy. Mach dir keine Sorgen um mich.“

Trey sah nur kurz in den Rückspiegel, um zu vermeiden, dass die beiden den Eindruck bekamen, er würde sie beobachten. Vom ersten Tag an war Olivia für ihn unerreichbar gewesen. Er hatte das nur nicht erkannt, weil er damals zu jung war. Doch dieser naive Teenager gehörte seit langem der Vergangenheit an, und er war inzwischen klug genug, sich nicht noch einmal das Herz brechen zu lassen.

„Übrigens, Mr. Sealy“, sagte er über die Schulter. „Die Telefonnummer, die Sie mir gegeben haben, war die Richtige. Ich habe gestern Nachmittag mit der Frau von Terrence gesprochen. Die beiden werden in Kürze für einen DNS-Test herkommen."

Im Rückspiegel sah er Marcus' wutentbrannten Gesichtsausdruck, und sofort legte er nach: „Sieht so aus, als würde Ihnen diese Neuigkeit nicht gefallen. Darf ich fragen, woran das liegt?"

Es dauerte einige Sekunden, ehe Marcus mit schroffem Tonfall antwortete: „Terrence und ich sind nie gut miteinander ausgekommen. Einen Grund dafür gab es nicht, wir haben uns einfach nicht verstanden."

Schweigend fuhren sie weiter, bis auf einmal Marcus' Mobiltelefon klingelte. „Entschuldigung", murmelte er. „Ich habe vergessen, das Ding abzustellen." Er sah auf das Display. „Das ist mein Büro, ich werde den Anruf besser annehmen."

Olivia nickte, dann wandte sie sich ab und sah in Gedanken aus dem Seitenfenster. Auf einmal merkte sie, dass ihr Großvater das Gespräch beendete.

„Ja, ich komme so schnell wie möglich", hörte sie ihn noch sagen, dann unterbrach er die Verbindung und steckte das Telefon weg. „Detective Bonney, wie lange wird dieser Test dauern?"

„Nicht lange. Gibt es Probleme?"

„Seit gerade eben. Ich muss ins Büro, sobald dieser Test erledigt ist. Ich darf annehmen, dass Sie Olivia nach Hause bringen?"

„Grampy“, warf sie ein. „Ich bin kein kleines Kind. Ich kann ein Taxi nehmen.“

„Nein, Ma'am“, widersprach Trey. „Ich habe Sie abgeholt, ich werde Sie auch wieder nach Hause zurückbringen. Das gehört zu meinem Job.“

„Gut, dann wäre das geklärt“, meinte Marcus zufrieden und entspannte sich.

Für ihn hatte sich ein Problem erledigt, aber für Olivia war ein schwerwiegendes dazu gekommen. Solange ihr Großvater anwesend war, hatte sie keine Schwierigkeiten damit, die Distanz zu Trey zu wahren, da sie vortäuschen konnte, ihn gar nicht zu kennen. Durch die Änderung im Plan war das nun aber nicht mehr der Fall. Dennoch war sie entschlossen, ihn nicht zu nah an sich heran zu lassen. Elf Jahre waren eine lange Zeit, um über eine falsche Entscheidung hinwegzukommen, auch wenn sie inzwischen zu glauben begann, den größten Fehler ihres Lebens gemacht zu haben.

Sie kämpfte noch immer mit ihren Gefühlen, als sie das Labor erreichten. Ihnen allen war sofort klar, dass etwas nicht stimmte, denn vor dem Gebäude standen zwei Lastwagen, auf denen die Logos von privaten TV-Sendern prangten, und ein Schwarm Reporter mit Kameraleuten hatte vor dem Eingang Stellung bezogen. Etwas abseits stand ein Mann, der ein Plakat mit der Aufschrift ‚Kindermörder‘ hochhielt.

„Oh, verdammt“, fluchte Trey. „Ich möchte wissen, wer da etwas hat durchsickern lassen!“

„Was ist denn hier los?“ rief Marcus aufgebracht.

„Sie bleiben im Wagen“, wies Trey die beiden an. „Ich werde die Truppe verscheuchen.“

Aus dem Augenwinkel sah Olivia, wie er nach dem Funkgerät griff und Verstärkung anforderte. Zu ihrem Entsetzen machte einer der Reporter sie durch das Seitenfenster aus, woraufhin sich die ganze Meute in Bewegung setzte und auf den Wagen zusteuerte. Auch der Mann mit dem Plakat drängte sich nach vorn und drückte das Schild gegen das Fenster.

Olivia sah den irren Ausdruck in den Augen dieses Mannes und griff erschrocken nach der Hand ihres Großvaters. Trey wandte sich zu ihr um und sagte etwas, doch sie konnte ihn nicht verstehen, da die Reporter lautstark Antworten auf ihre Fragen verlangten. Unablässig hielten sie ihre Kameras auf Olivia gerichtet und versuchten, sich gegenseitig zur Seite zu drängen, weil jeder das beste Bild von ihr bekommen wollte.

Sie begann zu zittern.

„Trey ...“

Er hörte die Angst in ihrer Stimme und wünschte die Medien zur Hölle, die nie Rücksicht nehmen konnten.

„Keine Angst“, sagte er rasch. „Ich werde sie schon wegschicken.“

„Tu doch was“, flüsterte sie.

Trey öffnete die Fahrertür einen Spaltbreit, jemand brüllte Olivias Namen.

„Um Gottes willen, Trey!“ flehte sie ihn an.

Wutentbrannt stieß er die Tür auf und hielt seine Dienstmarke hoch, während er ausstieg. „Sofort zurück!“ fuhr er die Menge an. „Wenn Sie sich nicht auf der Stelle von diesem Wagen entfernen, lasse ich Sie alle verhaften.“

Die Journalisten und Kameraleute gingen daraufhin zwar tatsächlich ein wenig auf Abstand, aber jeder von ihnen versuchte weiter, irgendetwas in Wort oder Bild festzuhalten, was man in den Abendnachrichten verwenden konnte. Der Mann mit dem Plakat wurde nach hinten abgedrängt, bis nur noch das Schild über der Menge zu sehen war.

In diesem Moment fuhren zwei Polizeiwagen vor und hielten neben Treys Fahrzeug an. Vier uniformierte Beamte stiegen aus und postierten sich vor den Reportern.

„Komm, Livvie“, sagte Trey zu ihr, als er die Wagentür öffnete und ihr heraushalf. „Es ist vorbei.“

Ihre Finger umschlossen fest sein Handgelenk. „Nichts ist vorbei“, flüsterte sie. „Mein Gott, siehst du das denn nicht? Es wird niemals vorbei sein.“

Marcus war ebenfalls ausgestiegen, hatte von dem vertrauteren Tonfall aber wohl nichts mitbekommen. „Es ist alles in Ordnung, Darling“, erklärte er auf dem Weg zum Eingang. „Diese Reporter machen nur ihre Arbeit, sie können dir nicht wehtun.“

Im Gebäude zeigte Trey ihnen, wo sie warten konnten, um vor den neugierigen Blicken und den Kameras geschützt zu sein, dann ging er in einen Nebenraum.

„Das war schrecklich“, murmelte Olivia. „Warum tun sie uns das an?“

„Entspann dich, Sweetheart", gab Marcus zurück. „Das ist nichts im Vergleich zu damals."

„Zu damals? Du meinst, als Mom und Daddy ermordet wurden? Als man mich entführt hatte?"

Marcus nickte nachdenklich. „Das hier ist nicht annähernd so schlimm. Gleich wird man uns eine Speichelprobe entnehmen, dann hat die Polizei ihre kostbare DNS, und wir kümmern uns wieder um unsere Angelegenheiten. Alles andere ist Sache der Polizei, aber es ist nicht länger unser Problem."

Olivia sah ihn an und fühlte, wie das Funkeln in seinen Augen sie aufbaute. „Du bist dir wirklich sicher? Was mich angeht, meine ich."

„Ja, Darling. Ich könnte mir nicht sicherer sein."

In diesem Moment kam Trey zu ihnen zurück.

„Man ist jetzt so weit", sagte er und nickte Marcus zu. „Hier entlang, Sir."

Kaum tauchten die Streifenwagen auf, zog sich Dennis Rawlins in den Hintergrund zurück. Er konnte es sich diesmal nicht leisten, verhaftet zu werden, denn heute war er in göttlicher Mission unterwegs, und er durfte nicht scheitern.

Gott hatte ihm gesagt, seine Schuld würde ihm vergeben, wenn er Buße tat. Gott war auch der Einzige, der wusste, welche Schuld tagaus tagein auf den Schultern dieses Mannes lastete. Dennis konnte sich nicht daran erinnern, wann er das letzte Mal zu schlafen versucht hatte, ohne von den schrecklichen Bildern verfolgt zu werden, deren Urheber er war. Dass seine Bombe eine Abtreibungsklinik hatte treffen sollen, änderte nichts an dem Tod von sieben unschuldigen Kindern, derentwegen er nun büßen musste.

Nach dem Anschlag trug er sich wochenlang mit Selbstmordgedanken, weil er nicht länger die Bilder der kleinen, blutverschmierten Leiber sehen wollte, die immer auftauchten, sobald er die Augen schloss. Woher hätte er denn wissen sollen, dass ausgerechnet in dem Moment ein Bus der Kirche genau vor der Klinik mit einer Panne liegen bleiben würde? Er versuchte sich einzureden, Gott hätte den Bus nicht gestoppt, wenn er den Tod dieser Kinder nicht gewollt hätte. Doch Dennis besaß noch genug Vernunft, um einzusehen, dass Gott sich wohl nicht um defekte Motoren kümmerte. Er, Dennis, hatte die Katastrophe herbeigeführt, und er musste nun mit den Konsequenzen leben.

Aber das würde sich schon bald ändern. Als er von der Kinderleiche und davon gehört hatte, die Sealys könnten irgendetwas damit zu tun haben, wusste er sofort, was er tun musste. Wenn er den Tod des kleinen Mädchens rächte, würde Gott ihm die Schuld für die anderen Opfer erlassen.

Er klappte sein Plakat zusammen, steckte es unter den Arm und zog sich in eine Gasse zurück. Als er in seinem Apartment ankam, spürte er, wie das Adrenalin durch seine Adern jagte. Der erste Schritt für seine Rache war getan, aber der letzte Schritt lag noch in weiter Ferne.

Die Entnahme der DNS-Probe verlief so unspektakulär, wie ihr Großvater es gesagt hatte. Mit einem Wattestäbchen entnahm man Olivia Speichel aus dem Mund und machte ein Polaroid-Foto von ihr, notierte Name, Adresse und Geburtsdatum, und dann bedankte man sich bei ihr für ihre Mitarbeit.

Das Taxi, das Marcus bestellte, wartete wie vereinbart an einem Seiteneingang auf ihn, damit die Journalisten nicht auf ihn aufmerksam werden konnten, wenn er das Gebäude verließ. Er verabschiedete sich rasch von Olivia und ließ sich ins Büro fahren, während sie allein bei Trey blieb.

Der hatte genug damit zu tun, sie möglichst unbemerkt aus dem Haus zu bringen, so dass er sich keine Gedanken darüber machen wollte, was es heißen würde, in der kommenden halben Stunde mit ihr allein zu sein.

Olivia dagegen dachte an nichts anderes. Es hatte schon etwas Ironisches an sich, dass ihre größte Angst, sie könnte nicht die wahre Olivia Sealy sein, durch Treys Anwesenheit völlig verdrängt wurde. Sie saß nur schweigend da, während sie es gegen ihren Willen bewunderte, wie er den Labormitarbeitern Vorwürfe machte, dass einer von ihnen die Presse informiert hatte. Obwohl der Mann, mit dem er momentan sprach, die Vorwürfe nachdrücklich von sich wies, gab Trey keine Ruhe.

„Mir ist egal, ob *Sie* diese Leute angerufen haben oder nicht“, fuhr er den Mann an. „Aber *Sie* haben hier die Leitung, und irgendjemand, der unter Ihnen arbeitet, scheint das Wort Privatsphäre nicht zu kennen!“

Larry Flood wusste, Trey hatte Recht, doch er konnte ihn nicht leiden, und er war nicht bereit, die Schuld auf sich zu nehmen.

„Ach, verdammt, Trey, kommen Sie mir doch nicht wie ein Heiliger daher!“ entgegnete Flood, dessen Kopf hochrot angelaufen war und der mit dem Finger auf Trey zeigte. „In Ihrer Abteilung wussten genauso viele Leute, dass die Sealys herkommen würden.“

„Genau da irren Sie sich“, herrschte Trey ihn an. „Und hören Sie endlich auf, mit dem Finger herumzufuchteln, sonst steckt er gleich da, wo es Ihnen gar nicht gefallen wird.“

Olivia konnte kaum ernst bleiben, als sie sah, wie der Mann die Hand zurückzog und in die Kitteltasche schob.

„Passen Sie mal auf, Flood. Ich weiß, ich war's nicht, und wenn Sie nicht meinem Lieutenant unterstellen wollen, er würde Geheimnisse ausplaudern, dann kann es nur jemand aus dem Labor gemacht haben. Mr. Sealy und seine Enkelin helfen dem Police Department lediglich, bestimmte Faktoren auszuschließen. Es wird nicht gegen sie ermittelt, und ich lasse es nicht zu, dass diese Aasgeier da draußen Jagd auf die beiden machen. Ich warne Sie nur dieses eine Mal, Flood. Sie finden heraus, wer die Medien informiert hat, und lassen denjenigen die Konsequenzen spüren. Anderenfalls werde ich davon ausgehen, dass Sie die undichte Stelle sind, und dann sind Sie dran, das verspreche ich Ihnen höchstpersönlich.“

Floods Gesicht war noch eine Spur röter geworden, und

der Wunsch, Bonney auf der Stelle eine runterzuhauen, war fast übermächtig. Doch er konnte nicht diese Frau ignorieren, die im Flur saß und sie beide beobachtete. Die Sealys hatten großen Einfluss in der Stadt, und er wollte nicht seinen Job verlieren, nur weil die Medien die Ankunft der beiden zu einem wichtigen Ereignis aufblasen mussten.

„Tut mir Leid“, murmelte er schließlich. „Ich sorge dafür, dass so etwas nicht wieder vorkommt.“

Trey zeigte auf Olivia. „Sagen Sie ihr das. Sie hat unter dieser Meute zu leiden. Und sagen Sie ihr, sie soll sich nicht von der Stelle rühren, ich bin gleich wieder da.“ Darauf ging er los und verschwand hinter einer Ecke.

Larry Flood atmete tief durch, setzte ein Lächeln auf und wandte sich dann Olivia zu. „Miss Sealy, mein Name ist Larry Flood, ich bin der Laborleiter. Ich möchte mich für diesen Fauxpas entschuldigen und werde herausfinden, wer die Medien informiert hat, und denjenigen zur Rechenschaft ziehen.“

„Ja, danke“, entgegnete sie mit schwacher, zitternder Stimme. „Es kam sehr überraschend.“ Dann sah sie an ihm vorbei in den Flur. „Wo ist Detective Bonney?“

„Oh, er wird gleich zurück sein.“

„Gut.“ Sie wandte den Kopf zur Seite, und Flood wusste, dass für sie das Gespräch beendet war.

„Wenn Sie mich jetzt entschuldigen … Ich muss zurück an meine Arbeit.“

Er war kaum weg, da tauchte Trey am Ende des Korridors auf.

„Hey, Livvie!“

Er winkte sie zu sich heran, und sie kam dieser Aufforderung nur zu gern nach. Je eher sie diesen Ort hinter sich lassen konnte, umso besser.

„Ich habe mir von jemandem den Wagen geliehen“, erklärte er. „Wir können durch den Nebeneingang verschwinden.“

„Oh, danke“, erwiderte Olivia. „Ich hatte schon befürchtet, ich müsste mich noch mal dieser Meute stellen.“

Einem Reflex folgend legte Trey einen Arm um sie, während er sie durch den Flur geleitete. „Das tut mir wirklich Leid, aber ich wusste nicht, dass es dazu kommen könnte. Sonst hätten wir das nämlich anders hinter uns gebracht.“

Sie sagte sich, sein Arm um ihre Schultern sei nur eine tröstende Geste, weiter nichts. Doch zugleich musste sie daran denken, wie richtig es sich anfühlte, sich wieder an ihn zu drücken.

„Ist schon gut“, versicherte sie ihm. „Es hatte mir nur Angst gemacht.“

An der Tür angekommen, blieb Trey kurz stehen. „Warte hier“, sagte er, ging nach draußen und winkte sie erst zu sich, nachdem er sich gründlich umgesehen hatte.

Olivia folgte ihm zu einem roten Sportwagen mit getönten Scheiben, dessen Stoßstangen mit gelben Flammen lackiert waren.

„Von wem hast du denn den?“ wunderte sie sich.

„Ich kenne jemanden, der hier tagsüber als Hausmeister

arbeitet, damit er am Abend seine Musikerkarriere finanzieren kann." Er grinste sie an. „Ich glaube, er bezeichnet den Wagen auch als ‚Love Machine'."

„Ach, du liebe Güte. Als unauffällig würde ich den nicht bezeichnen. Meinst du nicht, dass uns jemand bemerkt?"

„Man wird den Wagen bemerken, aber niemand kann sehen, wer drinsitzt. Komm schon, Livvie, steig ein."

Als Trey den Zündschlüssel drehte und das Gaspedal ein Stück weit durchtrat, brüllte der Motor förmlich auf, was genau zum grellen Äußeren des Wagens passte.

Olivia konnte nicht anders, als lauthals zu lachen.

Trey reagierte mit einem Grinsen, dann fuhr er los. Sie verließen den Parkplatz und passierten die unermüdlich wartenden Journalisten. Von dem Mann mit dem Plakat war nichts mehr zu sehen. Im nächsten Moment hatten sie die Gruppe hinter sich gelassen, und niemandem war etwas aufgefallen.

Jetzt, wo sie sich nicht länger über die Reportermeute unterhalten konnten, herrschte ein angespanntes Schweigen. Trey merkte ihr an, wie sehr sie sich versteifte, sah, wie sie die Hände in den Schoß gelegt hatte, als wüsste sie nicht, was sie mit ihnen anfangen sollte. Dass das verschwunden war, was sie beide einmal verbunden hatte, war ihm klar. Dennoch hasste er es, wie sehr sie zu ihm auf Distanz ging. Was er tun sollte, um daran etwas zu ändern, wusste er nicht. Aber er würde nicht die nächste halbe Stunde mit Schweigen verbringen, während er sie nach Hause fuhr.

„Livvie, habe ich dir eigentlich schon gesagt, wie sehr mir dein Kleid gefällt?“

Nach kurzem Zögern begann sie zu lachen und antwortete: „Nein.“

„Was?“ Er runzelte die Stirn. „Hey, natürlich habe ich dir das gesagt.“

„Nein, hast du nicht. Du hast nur zweimal ‚Äh‘ gesagt, sonst nichts.“

Nun musste er lachen. „Stimmt, aber das kannst du mir auch nicht verdenken. Das Kleid und die Frau, die es trägt, sind beide sehr gefährlich, und das weißt du ganz genau.“

Sie brachte ein schiefes Lächeln zustande, erwiderte aber nichts darauf. Dennoch war das Eis zwischen ihnen endlich gebrochen.

Trey sah auf seine Uhr. „Ich weiß, dein Großvater erwartet sich zum Mittagessen zu Hause, aber er hat auch gesagt, dass es spät werden wird.“

„Stimmt.“

„Wie wäre es bis dahin mit einem kleinen Snack?“

„Oh, ich weiß nicht, ob …“

„Keine Sorge, wir müssen nicht mal aussteigen.“

Sie wurde ruhiger. „Ja, okay. Das wäre ganz gut. Heute Morgen war ich so nervös, dass ich kaum etwas essen konnte.“

Auch wenn er sich einredete, das alles habe nichts zu bedeuten und er helfe nur einer Bekannten durch eine schwere Zeit, war ihm auch bewusst, dass man es durchaus als ein Date hätte bezeichnen können.

Olivia erwartete ein Fastfood-Lokal, in dem er einen Hamburger und eine Cola bestellen würde, doch Trey hatte etwas anderes vor. Plötzlich verließ er die Straße und bog in einen Drive-In ein, der statt Hamburger und Pommes frites Eis in allen Variationen anbot.

Mit einem Mal erinnerte Olivia sich daran, wie jedes ihrer Treffen ausgeklungen war, bevor er sie nach Hause gefahren hatte. Sie wollte etwas sagen, hielt dann aber inne und hörte ihm zu, wie er einen Banana Split Deluxe zum Mitnehmen bestellte.

„Keine Sahne, eine Extraportion Nüsse. … Ach ja, und bitte zwei Löffel."

„Das macht dreifünfzig", kam eine junge Männerstimme aus dem Lautsprecher. „Fahren Sie bitte zum ersten Fenster vor."

Das Wasser lief ihr im Mund zusammen, als der Eisbecher in den Wagen gereicht wurde und Trey auf den Parkplatz hinter dem Lokal fuhr. Sie nahm den Löffel, den er ihr reichte, und probierte bereits vom Eis und der heißen Soße, noch bevor er den Motor abgestellt hatte.

Trey beobachtete sie, wie sie genießerisch die Augen schloss.

„Ich wusste, du würdest zuerst etwas von der Soße nehmen", sagte er und probierte dann ebenfalls.

„Hmm … mein Gott, ist das lecker", sagte Olivia, während sie sich erneut bediente. „Ich weiß nicht, wie lange es her ist, dass ich so etwas gegessen habe."

Eine Weile herrschte Schweigen, während sie beide

aßen. Sie wusste so gut wie er, wie lange es her war. Doch keiner von ihnen hatte den Mut, das auszusprechen, was er fühlte.

Olivia gab als Erste auf. „Das war phantastisch, aber ich bekomme keinen Happen mehr runter.“ Sie lehnte sich nach hinten und leckte versonnen die letzten Reste Eis und Soße von ihrem Löffel.

Fasziniert sah Trey ihr zu, wie sie mit der Zunge das Stück Kunststoff bearbeitete. Er hätte noch stundenlang so dasitzen können, hätte nicht in dem Moment laut hupend ein Pick-up neben ihnen angehalten, aus dem eine junge Frau sprang und wie wild auf die Motorhaube des Sportwagens trommelte.

„Donnie Lee, du bist ein verlogener Bastard! Ich weiß, du hast eine andere in deinem Wagen sitzen. Steig lieber sofort aus, bevor ich dir deine verdammte Karre demoliere!“

Ungläubig sah Olivia die tobende Frau an, dann grinste sie. „Könnte es sein, dass du dir den Wagen von jemandem geliehen hast, der Donnie Lee heißt?“

„Allerdings“, murmelte er, drückte ihr den Teller mit dem restlichen Eis in die Hand und stieg aus. Er zückte seine Dienstmarke und fuhr die Frau an: „Hey, Lady! Nehmen Sie Ihre Finger von dem Wagen!“

Der Gesichtsausdruck der jungen Frau war Gold wert. Was sie sagte, konnte Olivia nicht verstehen, doch ihr war anzusehen, dass sie zutiefst bereute, auch nur ein Wort gesagt zu haben. Trey sorgte mit seinen Erklärungen außerdem dafür, dass Donnie Lee keinen Ärger bekommen würde. Die Szene war so absurd, dass Olivia plötzlich von Herzen zu lachen begann.

Es war gut, endlich einmal keine Angst empfinden zu müssen.

Schließlich stieg die Frau in ihren Pick-up ein und fuhr davon. Trey nahm Olivia die Schale mit dem geschmolzenen Eis ab und warf sie weg, dann setzte er sich wieder in den Wagen.

Seine Miene war einen Moment lang finster, doch als er Olivias vor Freude strahlendes Gesicht sah, begann er zu lächeln. „Das war ja vielleicht was."

„Du hättest dich sehen müssen", gab sie amüsiert zurück.

„Freut mich, dass ich dich zum Lachen bringen konnte."

Ohne nachzudenken legte sie auf einmal ihre Hand auf seine.

„Ich habe das auch mehr als gebraucht", erklärte sie.

Trey drehte seine Hand, bis seine Finger sich um ihre legen konnten. „Livvie, ich …"

„Wir sollten uns besser auf den Weg machen", unterbrach sie ihn und zog sanft ihre Hand zurück. „Ich möchte nicht, dass Grampy vor mir nach Hause kommt und sich Sorgen macht, weil ich noch nicht da bin."

Wäre es nicht so traurig gewesen, hätte Trey laut aufgelacht. Olivia war eine erwachsene Frau, doch Marcus Sealy bestimmte nach wie vor über ihr Leben.

„Ja, stimmt. Er sollte nicht auf die Idee kommen, dass du zu viel Zeit mit jemandem verbringst, der nicht zur gleichen gehobenen Schicht zählt wie du.“

Er ließ den Motor an und fuhr los. Den Rest der Strecke legten sie schweigend zurück, auch wenn er wünschte, er hätte sich seine letzte Bemerkung verkniffen. Sie klang zu sehr nach jahrelang aufgestauter Wut, doch er wollte ihr nicht das Gefühl geben, noch immer unter dem zu leiden, was sie ihm angetan hatte.

Olivia wusste, sie war für das betretene Schweigen verantwortlich, das kein Ende nehmen wollte. Bevor sie einen Ansatz gefunden hatte, um mit ihm zu reden, waren sie bereits bei ihr zu Hause angekommen.

„Danke, dass du mich gefahren hast“, sagte sie, nachdem er sie noch bis zur Haustür begleitet hatte. „Und danke für das Eis.“

„Gern geschehen“, erwiderte er mit einem höflichen Lächeln, doch seine Augen zeigten keine Gefühlsregung.

Sie wollte nicht, dass er jetzt ging, und überlegte krampfhaft nach einem Grund, der nicht bloß nach einem Vorwand aussah. „Ach, Trey … weißt du, wie lange es dauert, bis das Untersuchungsergebnis vorliegt?“

„Eine Woche bestimmt, vielleicht auch etwas länger. Du bekommst eine Benachrichtigung, wenn es so weit ist.“

In diesem Moment klingelte sein Mobiltelefon. Nach einem Blick auf das Display machte er einen Schritt nach hinten. „Ich muss rangehen.“

„Ja, sicher“, erwiderte sie und schloss die Haustür auf. Sie hatte das Gefühl, etwas verkehrt gemacht zu haben. „Nochmals danke“, fügte sie an.

Er blieb stehen und sah sie an, wobei sein Blick auf einmal eine Spur sanfter wirkte. „Livvie?“

„Ja?“

„Es war schön, dich wiederzusehen.“

Unerwartet stiegen ihr Tränen in die Augen, die sie alles nur noch verschwommen wahrnehmen ließen. „Und es war auch schön, dich wiederzusehen“, gab sie zurück.

Dann nahm Trey den Anruf an, stieg in den Wagen und fuhr los.

6. KAPITEL

Marcus schaffte es nicht, rechtzeitig zum Mittagessen zurück zu sein, also saß Olivia allein am Tisch, stocherte in ihrem Krabbensalat herum und überlegte, was vielleicht geschehen wäre, hätte sie mehr Zeit mit Trey verbracht. Als Marcus anrief und sie wissen ließ, er brauche noch eine Weile, da hätte sie einige Freundinnen zu sich einladen können, die immer für Klatsch und eine Margarita zu haben waren. Allerdings wusste sie, dass die an diesem Tag ohnehin nur über sie reden würden.

Ihr fiel auch auf, dass keine ihrer so genannten Freundinnen sich bei ihr gemeldet hatte, seit in den Medien über die mögliche Verbindung zwischen ihrer Familie und der Kinderleiche berichtet wurde. Unwillkürlich musste sie darüber nachdenken, wie oberflächlich diese Freundschaften in Wahrheit waren. Und genauso wurde ihr bewusst, dass Treys bissige Bemerkung über ihr Verhältnis zu ihrem Großvater durchaus zutraf. Das Eingeständnis, ihr Leben ganz auf Marcus' Wünsche abgestimmt zu haben, fiel ihr nicht leicht, doch entsprach es den Tatsachen. Was sie überraschte – und worüber sie nie zuvor nachgedacht hatte –, war die Erkenntnis, dass ihre Freundinnen gar keine Freundinnen waren, sondern lediglich langjährige Bekanntschaften. Es gab keine beste Freundin, mit der sie aufgewachsen war und mit der sie ihre Hoffnungen und Träume geteilt hatte. Auf den ersten Blick hatte ihr Leben perfekt gewirkt, doch als ihre Familie mit einem Mal in die

Schlagzeilen geriet, war diese Illusion wie eine Seifenblase zerplatzt.

Nachdenklich schob sie den Salatteller fort und wollte aufstehen, als Rose mit einer kleinen Schale Zitronensorbet hereinkam. Die Haushälterin zog erstaunt die Augenbrauen hoch, als ihr Blick auf den Teller fiel. „Ist der Salat nicht in Ordnung, meine Liebe?“

Olivia seufzte. „Der Salat schmeckt köstlich, aber ich habe keinen richtigen Hunger.“

Rose hielt ihr das Sorbet hin, um sie zu ködern. „Wie wäre es denn wenigstens hiermit? Es ist doch Ihr Lieblingsdessert.“

„Eigentlich ist es Grampys Lieblingsdessert“, erwiderte sie und fügte rasch an, um Rose nicht zu enttäuschen: „Aber ich mag es auch sehr gern.“

Die Haushälterin brachte den Salat weg und ließ das Sorbet stehen.

Mit der Löffelspitze schob Olivia schließlich das Pfefferminzblatt zur Seite, musste jedoch bereits beim ersten Happen an das denken, was sie und Trey vor ein paar Stunden gegessen hatten. Als das Sorbet auf ihrer Zunge zerging, verzog sie den Mund. Der einseitige, säuerliche Geschmack war nicht mit der Kombination aus Eis und heißer Soße zu vergleichen, mit der sie von Trey verwöhnt worden war.

Erst auf dem Weg in ihr Zimmer, wo sie sich umziehen wollte, wurde ihr bewusst, was eigentlich geschehen war. Sie hatte sich die Gelegenheit entgehen lassen, längere Zeit mit Trey zusammen zu sein, nur weil ihr Großvater gesagt hatte, er werde mit ihr zu Mittag essen. Die winzige Portion Sorbet wiederum hatte sie nur gegessen, um Rose nicht zu enttäuschen. Dabei wäre es doch so einfach gewesen, Marcus anzurufen und ihm zu sagen, sie habe ihre Pläne geändert. Schließlich machte er das auch immer wieder – doch ihr war diese Idee gar nicht erst gekommen.

Sie setzte sich auf die Treppe und vergrub frustriert die Finger in ihren Haaren. Was war bloß los mit ihr? Wann hatte sie sich zu einem so fügsamen Wesen entwickelt, und warum? Wieso machte sie es jedem recht, nur nicht sich selbst?

Seufzend dachte sie daran, wie sehr ihr ihre Mutter fehlte. Sie benötigte die Reaktionen einer anderen Frau auf das, was sie selbst empfand, doch außer ihrem alten Kindermädchen Anna Walden fühlte sie sich keiner Frau so eng verbunden, dass sie mit ihr über ihre Gefühle hätte reden wollen.

Der Gedanke an Anna reichte aus, um Olivia erkennen zu lassen, was sie tun wollte. Sie sprang auf und lief nach oben in ihr Zimmer. Das rote Kleid tauschte sie gegen eine alte Jeans und ein T-Shirt der Dallas Cowboys ein, zog die Sportschuhe an und steckte ihr Haar mit einer großen pinkfarbenen Klammer hoch. Sie wollte niemanden beeindrucken, sondern leger gekleidet sein.

Sie sagte Rose, was sie vorhatte, dann eilte sie zur Garage und steuerte zielstrebig ihren BMW an. Abrupt blieb sie stehen und überlegte es sich anders. Sie würde den schwarzen Chevy Trailblazer ihres Großvaters nehmen, da sie den Geländewagen über alles liebte.

Als sie rückwärts aus der Garage fuhr, fiel ihr ein, dass sie bereits seit Wochen nicht mehr am Steuer eines Wagens gesessen hatte. Es war ein gutes Gefühl, wieder selbst zu bestimmen, wo es langging, auch wenn es sich nur um ein Auto handelte.

Von dem merkwürdigen Gefühl begleitet, etwas Bedrohlichem entkommen zu sein, fuhr sie vom Grundstück in Richtung Freeway. Ihr Ziel war Arlington, wo Anna Walden heute lebte.

Dennis zitterte vor Begeisterung. Das Anwesen der Sealys auszuspähen, war eine grandiose Idee gewesen. Keine dreißig Minuten waren seit seiner Ankunft vergangen, da sah er den schwarzen Geländewagen, der das Grundstück verließ und davonfuhr. Die Fenster waren zu stark getönt, als dass er den Fahrer hätte erkennen können. Doch das war auch nicht nötig, denn das Kennzeichen SEALY1 verriet ihm, welcher Familie der Wagen gehörte. Außerdem wusste er, welchen Wagen Marcus fuhr. Die nächste Stufe seines Plans trat soeben in Kraft.

Dann auf einmal legte er den Kopf schräg und lauschte einer Stimme, die nur er wahrnehmen konnte.

„Ja, Herr … ich höre dich“, murmelte er und startete den Motor.

Ein Blick über die Schulter zeigte ihm, dass er freie Fahrt hatte, dann beschleunigte er rasch und beeilte sich, den anderen Wagen nicht aus den Augen zu verlieren. Er wusste, Gott war auf seiner Seite.

Der sechzigste Geburtstag lag bereits hinter Anna Walden. Das Leben war nicht gnädig mit ihr umgegangen, doch das schien sie nicht zu stören. In ihrer Jugend war sie eine sehr attraktive und arrogante Frau gewesen, aber wer sie heute betrachtete, hätte das niemals vermutet. Nichts konnte sie seinerzeit auf die Launen des Schicksals vorbereiten, die sie schließlich zu Marcus Sealy führen sollten, um auf ein zweijähriges Mädchen aufzupassen, das von dem Erlebten ein Trauma zurückbehalten hatte. Doch vom ersten Tag an war ihr bewusst gewesen, dass es ihre Bestimmung war. Anna hatte Olivia genauso nötig gehabt wie umgekehrt.

Das Mädchen hatte sich unter ihrer Fürsorge zu einer stolzen und gebildeten jungen Frau entwickelt, dabei war ihr aber immer bewusst gewesen, dass der Tag kommen würde, an dem ihre Dienste im Haus der Sealys nicht länger benötigt wurden. Als es so weit war, war ihre Entlassung dennoch ein Schock für sie. Obwohl Marcus ihr eine großzügige Rente zahlte und sie in einem schönen Bungalow in einem angenehmen Viertel leben konnte, war der Schmerz über den Verlust ihres Lebensinhalts dadurch nicht gelindert worden.

Über die Jahre hinweg lernte sie, damit umzugehen, und erfreute sich an den spontanen Besuchen, die Olivia ihr von Zeit zu Zeit abstattete. Das galt auch für ihren Geburtstag, an dem das Mädchen regelmäßig vorbeikam und mit Anna ausging. Außerdem mochte sie die Karten und Briefe, die Olivia ihr schrieb. Erst vor kurzem hatte sie mindestens ein halbes Dutzend Ansichtskarten von Marcus und seiner Enkelin bekommen, als die durch Europa gereist waren. Anna war stolz auf die Frau, zu der sich Olivia entwickelt hatte, doch ihr war nie der Gedanke gekommen, mit der Vergangenheit abzuschließen und noch einmal etwas Neues anzufangen.

Das war auch an diesem Tag nicht anders. Sie lag auf dem Sofa, auf einen Ellbogen gestützt, und sah sich *Der Preis ist heiß* an. Das weite Kleid, mit dem sie kaschieren wollte, wie viel sie zugenommen hatte, war ein Stück hochgerutscht und entblößte bleiche, dicke Beine. Die Schlappen, die sie vorzugsweise trug, baumelten an den großen Zehen. Der graue Ansatz ihrer roten Haare ließ deutlich erkennen, wie lange Anna es bereits versäumt hatte, zum Färben den Friseur aufzusuchen.

Als sie die Türglocke hörte, runzelte sie ein wenig verärgert die Stirn, da die Teilnehmer der Fernsehsendung jeden Augenblick erfahren würden, wie weit sie mit ihrer Schätzung danebenlagen. Dann aber hörte sie eine vertraute Stimme und wäre fast vom Sofa gefallen, um zur Tür zu eilen.

„Nanna … Nanna … ich bin's, Olivia!"

Sie riss die Tür auf und sah ihren Besuch gleichermaßen erfreut wie erstaunt an.

„Olivia! Oh, das ist ja so schön, dich zu sehen!" rief sie und umarmte die junge Frau. „Komm doch rein. Wenn du mich vorher angerufen hättest, dann hätte ich dir Schokoladenkekse gebacken. Die magst du doch am liebsten."

„Ja, das stimmt", erwiderte Olivia mit strahlender Miene und genoss es, in Annas Armen liegen zu können.

Herzukommen war die richtige Entscheidung gewesen. Auch wenn Anna keine Blutsverwandte war, stellte sie für Olivia doch das dar, was einer Mutterfigur am nächsten kam. Anna hatte ihr geholfen, ihr Haar zu flechten, war mit ihr in die Stadt gefahren, um ihr den ersten BH zu kaufen. Von ihr wusste Olivia alles darüber, was es hieß, eine Frau zu sein. Anders als Rose kannte Anna alle ihre Vorlieben und Abneigungen, was auch für Schokoladenkekse und Zitronensorbets galt.

„Wie geht es dir?" fragte Anna, die die Tür hinter ihr schloss und Olivia zum Sofa dirigierte. „Hast du mit Mr. Marcus in Europa eine schöne Zeit verbracht? Erzähl mir, wie es war."

Olivia hatte sich bei Annas ungepflegtem Anblick erschrocken, und ihr ungutes Gefühl verstärkte sich, als sie das unaufgeräumte Wohnzimmer betrat, doch sie ließ sich nichts anmerken. Schließlich zählte für sie nicht der äußere Anschein. Anna war die Frau, die ihr ein Gefühl von Sicherheit gab, daher ignorierte sie den Anflug von Besorgnis, der sich regte.

„Europa war phantastisch", erwiderte sie. „Wir haben Dutzende von Filmen verknipst, aber ich habe sie noch nicht entwickeln lassen. Nach allem, was geschehen ist, stand mir nicht mehr der Sinn danach."

„Was ist denn geschehen, Kind?“ fragte Anna erstaunt. „Ist Marcus etwas zugestoßen? Ist er krank?“

Dass Anna nicht wusste, wovon sie sprach, verblüffte Olivia. „Nein, nichts in der Art. Ich rede von den Medien, du weißt schon. Sicher hast du von dem toten Baby gehört.“

„Was denn für ein totes Baby?“ Noch bevor Olivia etwas erwidern konnte, fügte sie an: „Ich muss gestehen, mir ist vor etwa einer Woche meine Brille zerbrochen. Fürs Fernsehen reicht es auch ohne Brille, darum habe ich sie noch nicht reparieren lassen. Aber lesen kann ich ohne sie kaum etwas.“

„Oh je“, meinte Olivia daraufhin. „Ich wünschte, an mir wäre das auch alles vorbei gegangen.“ Dann zog sie ihre Schuhe aus und nahm im Schneidersitz auf dem Sofa Platz. „Ich hätte dich anrufen sollen, als es anfing.“

„Als was anfing?“ fragte Anna und setzte sich zu Olivia, um im nächsten Moment wieder aufzuspringen. „Warte, ich hole uns erst etwas zu trinken.“

„Nein, nein, bitte nicht“, beteuerte sie. „Vielleicht später. Ich muss dir alles erzählen, für den Fall, dass die Reporter dich anrufen ... auch wenn ich mir nicht vorstellen kann, warum sie das tun sollten.“

Die ältere Frau war mit einem Mal hellhörig, setzte sich wieder und legte die Hände in den Schoß. „Warum sollten die bei mir anrufen?“

„Sie sollten es nicht, aber man kann nie wissen. Grampy und ich sind der Meinung, du solltest darauf vorbereitet sein.“

„Worauf denn?"

„Vor etwa einer Woche wurde in einem Haus am Lake Texoma in einem Koffer das Skelett eines kleinen Mädchens entdeckt. Es hat an einer Hand zwei Daumen, und deswegen überprüft die Polizei, ob es einen Zusammenhang zu uns geben könnte", erklärte Olivia.

„Ein Mädchen in einem Koffer? Mein Gott, das ist ja entsetzlich!" rief sie aus. „Aber ich verstehe das nicht. Sicher, drei Daumen sind ungewöhnlich, nur kann so etwas doch nicht ausschließlich in deiner Familie vorkommen."

„Stimmt, aber das war nicht alles."

„Was denn noch?" wollte Anna wissen.

„Der Gerichtsmediziner sagt, die Überreste seien etwa fünfundzwanzig Jahre alt ... Du weißt, was damals geschah ... Wir mussten eine DNS-Probe abgeben, um zu beweisen, dass ich wirklich ich selbst bin." Tränen stiegen ihr in die Augen. „Oh, Nanna, ich weiß, es ist albern. Trotzdem habe ich Angst. Was ist, wenn ich gar nicht Grampys Enkelin bin? Wenn das arme tote Baby die echte Olivia ist?"

Anna schob das Kinn vor, nahm Olivias Hände und sagte mit fester Stimme: „Jetzt hör mir gut zu. Das ist doch Unsinn, und das weißt du ganz genau. Du bist Marcus Sealys Enkelin. Ich kenne die Fotos, und du kennst sie auch. Ich kann nicht glauben, wie du auch nur für eine Minute denken kannst, dass du nicht Olivia bist. In deinen Adern fließt das Blut der Sealys. Und nun reiß dich zusammen!"

Sekundenlang war Olivia irritiert. Sie hatte Mitgefühl von ihr erwartet, nicht aber eine schroffe Ermahnung. Erst dann begriff sie und begann zu lächeln. „Oh, Nanna, du fehlst mir so sehr. Ich kam her, weil ich dachte, ich müsste bemitleidet werden. Aber du hast sofort gemerkt, dass mir mal jemand den Kopf waschen muss.“

Anna drückte sie fest an sich. „Schon gut, Sweetheart. Deine Nanna ist ja bei dir. Ich wollte nicht so wütend klingen, aber du darfst nicht an dir zweifeln. Niemals darfst du das!“

„Du hast Recht“, erwiderte Olivia. „Keine Zweifel mehr. Ich glaube, jetzt könnte ich etwas zu trinken vertragen ...“

Erst nachdem Anna ihr lange in die Augen gesehen und offenbar das entdeckt hatte, wonach sie suchte, lächelte sie und tätschelte Olivias Wange. „Ich habe Eistee da ... süßen Eistee, wie du ihn magst.“

„Das hört sich gut an“, antwortete sie. „Ich helfe dir.“

Beim Aufstehen stöhnte Anna leise auf.

Olivia bemerkte, wie sie vor Schmerzen kurz das Gesicht verzog, und fragte besorgt: „Geht es dir auch gut?“

„Ja, mir geht es gut“, sagte Anna. „Aber meine Knochen werden halt nicht jünger.“

Als sie das Wort ‚Knochen‘ hörte, lief ihr ein Schauer über den Rücken, da es sie daran erinnerte, weshalb sie hergekommen war. Sie erhob sich ebenfalls und legte einen Arm um Annas Schultern.

„Es tut mir Leid, dass ich dich so lange nicht mehr besucht habe“, erklärte sie leise. „Lass uns den Tee holen.“

Anna reagierte mit einem Lächeln, als sie in dic winzige

Küche gingen. Es tat gut, immer noch gebraucht zu werden.

Nachdem sie ihren Gast dazu gebracht hatte, sich an den Tisch zu setzen, holte sie die Getränke. Olivia war zunächst einfach nur froh darüber, ihre Nanna wiederzusehen, deshalb fiel ihr auch das merkwürdige Verhalten nicht sofort auf. Doch als die zwei Gläser mit Tee brachte und dann die Eiswürfel in einer Schüssel dazustellte, stutzte sie. Irgendetwas stimmte hier nicht.

Anna wandte sich ab und holte eine Schachtel aus dem Vorratsschrank, die sie neben die Schüssel mit dem schmelzenden Eis stellte. „Ich habe sie nicht selbst gebacken, aber sie schmecken gut“, erklärte sie. „Ich hole noch Servietten, dann sind wir so weit.“

Ungläubig starrte Olivia auf die Packung Stahlschwämme, die vor ihr auf dem Tisch stand.

„Nanna …“, brachte sie nur mit Mühe heraus, da die Situation so beängstigend war, dass sie ihr die Kehle zuschnürte.

Anna sah sie lächelnd an, doch ihre Augen schienen eine andere Welt wahrzunehmen. „Hast du keinen Hunger, Liebes? Wenn die Kekse dir nicht zusagen, kann ich uns Sandwiches machen. Ja … ja, das wäre überhaupt eine gute Idee. Ein Sandwich. Und dazu Chips. Du magst doch Chips, oder?“

„Nicht nötig“, erwiderte Olivia, stand auf und fasste Anna an den Schultern. „Ich habe keinen Hunger, Nanna. Jetzt setz dich zu mir und trink deinen Tee.“

Mit einem Mal machte Anna Walden wieder einen klaren Eindruck. „Ja, der Tee. Und du erzählst mir von eurem Urlaub."

Nachdem sie beide am Tisch saßen, schob Olivia ihr das Glas Tee hin und stellte die Packung mit den Stahlschwämmen außer Sichtweite auf einen Stuhl. Ihre Finger zitterten, ihr Herz raste, doch sie zwang sich, Ruhe zu bewahren.

Anna sah lange das Glas an, dann nippte sie vorsichtig daran. „Das ist Tee … richtig?" Sie probierte erneut und lächelte. „Oh ja, es ist Tee. Ein guter Tee. Und süß ist er auch, so wie wir ihn mögen. Danke, Darling, du bist immer so aufmerksam."

Tränen stiegen Olivia in die Augen. „Gern geschehen, Nanna", brachte sie heraus, dann holte sie tief Luft. „Es ist schon eine Ewigkeit her, seit du uns das letzte Mal besucht hast. Warum packst du nicht eine Tasche und bleibst für ein paar Tage bei Grampy und mir?"

Der verwirrte Ausdruck kehrte prompt in Annas Augen zurück. „Von hier weggehen? Oh nein, Darling, das kann ich nicht machen."

„Aber wieso nicht, Nanna? Du bist hier den ganzen Tag allein, und Grampy und ich hätten dich gern bei uns. Außerdem … na ja, es könnte sein, dass die Medien sich auf dich stürzen und zu der Zeit befragen, in der du bei uns gearbeitet hast. Bei uns wärst du vor ihnen sicher."

„Mit denen werde ich nicht reden", entgegnete Anna. „Ich verspreche dir, ich werde ihnen nichts sagen. Und ich will hier nicht weg." Dann versagte einen Moment lang ihre Stimme. „Es ist zu lange her. Ich wüsste nicht, wo ich irgendetwas finden könnte."

Olivia merkte, ihr Beharren führte allenfalls dazu, dass Anna noch aufgewühlter wirkte – und das, wo sie ihre Nanna um nichts in der Welt in Aufregung versetzen wollte. Doch der Anblick ging ihr so zu Herzen, dass sie nicht anders konnte, als aufzustehen und sich vor Anna hinzuknien, um dann ihren Kopf auf den Schoß der älteren Frau zu legen.

„Es ist schon gut, Nanna. Du musst nichts machen, was du nicht willst. Wenn du hier bleiben möchtest, dann bleibst du auch hier. Und mach dir um die Reporter keine Sorgen. Grampy und ich, wir kümmern uns schon darum."

Der Druck, der in den letzten Minuten immer schwerer auf Anna gelastet hatte, ließ allmählich nach. Sie sah Olivia an, legte die Hände auf den Kopf der jungen Frau und begann leise zu summen, so wie sie es immer getan hatte, als Olivia noch ein kleines Mädchen gewesen war.

Die Situation war so vertraut, dass Olivia für einen Moment glaubte, alles sei wieder in Ordnung. Doch dann fiel ihr Blick auf die Packung mit den Stahlschwämmen, die auf einem der Stühle stand, und fast gleichzeitig kehrte der Schmerz zurück.

Wie konnte es sein, dass ihre bis dahin perfekte Welt in so kurzer Zeit völlig in sich zusammengebrochen war? Was sollte sie mit ihrer Nanna machen? Sie wollte Anna nicht sich selbst überlassen, doch allein konnte sie hier nur wenig ausrichten. Grampy würde wissen, was zu tun war.

Einige Zeit später machte sich Olivia auf den Rückweg. Sie hatte das Gefühl, immer noch den Druck von Nannas trockenen Lippen auf ihrer Wange zu spüren.

Foster Lawrence nannte dem Taxifahrer die Adresse, während er auf der Rückbank Platz nahm. Der Fahrer gab Gas, noch bevor sein Gast die Tür hatte zuziehen können.

„Heh, Mann. Ich hab lang genug auf diesen Moment gewartet, da will ich nicht aus dem Taxi fallen und überfahren werden. Rasen Sie gefälligst nicht so!"

Der Fahrer erwiderte nichts, ging aber mit dem Tempo ein wenig runter. Foster fluchte stumm, dann zwang er sich, ruhiger zu werden. Von dieser Fahrt hing eine ganze Menge ab, und er würde sich einen Plan ausdenken müssen. Foster machte sich nichts vor. Das Restaurant, in dem das Geld versteckt war, existierte längst nicht mehr. Dafür hatte ein Blick ins Branchenbuch genügt. Fünfundzwanzig Jahre waren eine lange Zeit, in der sich vieles veränderte. Das Geld befand sich im Keller, und er konnte nur hoffen, dass die neuen Mieter dort wenig bis gar nichts renoviert hatten. Im Augenblick genügte es, sich das Gebäude anzusehen und festzustellen, wer nun dort Quartier bezogen hatte. Sobald er das wusste, konnte er entscheiden, wie er an sein Geld gelangen sollte, und danach würde er sofort aus Dallas verschwinden. Sein verändertes Aussehen machte ihn zuversichtlich, sich wenigstens vorläufig in der Stadt zu bewegen, ohne erkannt zu werden.

„Das macht dann zehn fünfzig", sagte der Fahrer, als sie das Ziel erreicht hatten.

Foster warf ihm zwei Fünfer und einen Einer auf den Beifahrersitz. „Der Rest ist für Sie", erwiderte er, stieg aus und warf die Tür hinter sich zu.

Er hörte den Mann lautstark fluchen, doch das kümmerte ihn nicht. Der Typ konnte bei seinem miserablen Fahrstil nun wirklich kein großzügiges Trinkgeld erwarten. Foster grinste noch immer, als er sich umdrehte – doch dann wurde er schlagartig ernst.

„Oh, verdammt", murmelte er, während er die Straße in beide Richtungen absuchte und sich vergewisserte, dass es sich um die richtige Adresse handelte.

Sein Herz schien stillzustehen, als es ihm klar wurde: Er war tatsächlich dort, wohin er gewollt hatte. Nur langsam begann er zu begreifen, was er da sah.

„Nein … das kann doch nicht sein", flüsterte er und bewegte sich mit zögerlichen Schritten auf das Gebäude zu.

„Hey, passen Sie doch auf", raunte ihn ein Mann an, als Foster ihn anrempelte.

„Oh, tut mir Leid", entgegnete er. „Ich hab Sie nicht …"

„Ja, ja, schon gut", gab der zurück und eilte weiter.

Unter normalen Umständen hätte der abfällige Ton des Mannes Foster gereizt, doch im Moment kümmerte ihn nichts. Nach fünfundzwanzig Jahren musste er feststellen, dass sein Traum vom Reichtum zerronnen war. Das Restaurant existierte tatsächlich nicht mehr, was er auch erwartet hatte. Doch nicht nur das Lokal war fort, sondern auch das ursprüngliche Gebäude. An seiner Stelle hatte man einen Neubau errichtet.

Er stand mitten auf dem Fußweg, während sich seine Gedanken überschlugen. Selbst wenn man die Kellerräume nicht verändert haben und sie nach wie vor ausschließlich für die Heizungs- und die Klimaanlage nutzen sollte – was Foster nicht so recht glauben wollte, da man fast mit Sicherheit ein neues Fundament gelegt hatte –, konnte er nur durch diese Türen das Haus betreten. Und in den Keller würde er nur gelangen, wenn er in diesem Gebäude arbeitete, was bei seinem Strafregister niemals geschehen würde.

Kopfschüttelnd betrachtete er den Schriftzug, der ins Mauerwerk gemeißelt worden war: First Federal Savings and Loan.

„Eine Bank“, murmelte er. „Eine verdammte scheiß Bank!“

Wäre es nicht so traurig gewesen, hätte er wohl laut gelacht. Wo war eine Million Dollar schon besser versteckt als in einer Bank? Nur befand sich das Geld nicht auf einem Konto, das auf seinen Namen lautete, sondern hinter den Ziegelsteinen einer Kellerwand.

„Verdammt“, fluchte er leise, dann begab er sich zum Bankeingang.

Ein Wachmann beobachtete ihn, wie er zur Tür hereinkam, woraufhin Foster ihm freundlich zunickte und weiterging, als wisse er genau, wohin er wolle. Er sah sich kurz um und entschied sich, bei dem Mitarbeiter zu warten, bei dem sich die längste Schlange gebildet hatte. Auf diese Weise konnte er in aller Ruhe das Innere der Bank auskundschaften, ohne aufzufallen.

Überall entdeckte er Überwachungskameras, und mindestens zwei Wachmänner hatten ein Auge auf alles, was sich ringsum abspielte. Foster war sich sicher, dass sie nicht die Einzigen waren, die in der Bank ihren Dienst verrichteten.

Keine Tür war frei zugänglich, überall blockierten Schalter oder Schreibtische den Weg. Foster wurde mit jeder Minute übler.

„Hallo, mein Name ist Pat Hart", sprach ihn auf einmal eine Frau an. „Kann ich Ihnen behilflich sein?"

„Ich ... ähm, ja ... ich wollte mich nach den Zinssätzen für kleinere Geschäftskredite erkundigen."

„Kommen Sie doch bitte mit", sagte sie lächelnd und führte ihn in einen abgeteilten Bereich, wo sie beide an einem Schreibtisch Platz nahmen. „Ich gebe Ihnen gern Auskunft."

Während sie die Ellbogen auf die Tischplatte stützte und sich nach vorn beugte, musste Foster daran denken, dass sie sicher nicht lächeln würde, wenn sie gewusst hätte, weshalb er eigentlich hergekommen war.

„Wie hoch soll denn der Kredit ausfallen?" wollte sie wissen.

Er schüttelte den Kopf. „Sehen Sie, meine Partner und ich sind noch in der Planungsphase für ein Restaurant, und im Moment müssen wir erst einmal die Zinssätze kennen. Wir möchten nicht zu viele Teilhaber aufnehmen müssen, um die Finanzierung zu sichern, aber das hängt alles von der Tilgung ab."

„Ja, natürlich." Sie drehte sich zum Computer um. „Ich werde Ihnen zeigen, was wir anbieten können." Während sie den Rechner arbeiten ließ, sah sie wieder zu Foster. „Sie wollen also ein Restaurant eröffnen. Sind Sie hier aus der Stadt?"

„Eigentlich ja, allerdings habe ich die letzten Jahre an der Westküste verbracht." Von seiner Zeit im Gefängnis musste die Frau schließlich nichts wissen. „Früher gab es mal ein gutes Restaurant, genau hier, wo heute Ihre Bank steht. Aber das ist schon viele Jahre her. Trotzdem frage ich mich, warum das Lokal zugemacht hat. Das wissen Sie wohl nicht zufällig, oder?"

„Nein, tut mir Leid. Ich komme aus Seattle und lebe erst seit fünf Jahren in Dallas. Allerdings wüsste ich jemanden, der Ihnen das vielleicht beantworten kann." Sie nahm den Telefonhörer. „Ms. Shaw, könnten Sie bitte kurz in mein Büro kommen?" Nachdem sie aufgelegt hatte, erklärte sie: „Meine Sekretärin ... sie ist in Dallas geboren."

Foster sah eine ältere Frau zu ihnen kommen. „Ja, Ms. Hart?"

„Liz, dieser Gentleman sagt, dass hier früher ein Restaurant stand. Können Sie sich zufällig daran erinnern?"

„Oh ja, das Lazy Days. Das ist abgebrannt, wirklich eine Schande um das Lokal."

Einen Moment lang fürchtete Foster, er könnte das Bewusstsein verlieren. Fünfundzwanzig Jahre für nichts und wieder nichts gewartet. Alles vergebens.

„Abgebrannt?"

Sie nickte. „Bis auf die Grundmauern."

„Tja", murmelte er. „Da kann man wohl nichts mehr machen."

Foster stand auf und ging.

„Sir?" rief die junge Frau ihm nach. „Warten Sie. Was ist mit den Zinssätzen?"

„Nicht wichtig", gab er leise zurück. „Jetzt nicht mehr."

7. KAPITEL

Olivia war in Gedanken immer noch bei Nanna, als sie sich ihrer Ausfahrt näherte. Den Minivan, der sich von hinten näherte, bemerkte sie erst, als er auf gleicher Höhe mit ihr war und einen bedenklichen Schlenker auf ihre Spur machte.

Sie bekam das Gesicht des Fahrers nur kurz zu sehen, und das galt auch für die Waffe, die er auf sie richtete. Bereits im nächsten Augenblick zerbarst die Seitenscheibe.

Entsetzt schrie Olivia auf und verriss gleichzeitig das Lenkrad, ihr Geländewagen durchbrach die Leitplanke, flog ein Stück weit durch die Luft und schlug auf dem harten Untergrund auf. Sie wurde vom Sicherheitsgurt in den Sitz gepresst, zusätzlich schoss ihr der Airbag entgegen. Ein Stich jagte durch ihre Schulter, der sie aufschreien ließ. Sie hatte das Gefühl, Treys Namen zu rufen, während der Wagen sich überschlug. Dann wurde um sie herum alles schwarz.

Erst als Dennis sah, wie der Geländewagen auf die rechte Spur wechselte, wurde ihm klar, dass die Fahrerin den Freeway verlassen wollte. Seit er wusste, dass Olivia Sealy den Wagen fuhr, nicht aber Marcus, hatte er mit dem Gedanken gespielt, den Plan nicht auszuführen. Doch sie trug den gleichen Namen, und damit trug sie die Schande mit. Ehe er sich anders entscheiden konnte, gab er Gas, wechselte auf die rechte Fahrspur, bis er hinter dem Geländewagen war. Er wartete einen Moment, dann scherte er aus und beschleunigte, um auf gleiche Höhe zu gelangen. Während er so dicht an den anderen Wagen heranfuhr, wie er es für vertretbar hielt, richtete er die Waffe auf die Fahrerin, drückte ab und trat das Gaspedal durch.

Im Seitenspiegel sah er, wie der Geländewagen ins Schlingern geriet und die Leitplanke durchbrach. Vor Erleichterung kamen ihm die Tränen. Heute Nacht würde er frei von Schuldgefühlen schlafen können.

„Ja, Herr, es ist vollbracht", flüsterte er, ohne noch einen Blick in den Rückspiegel zu werfen.

Trey war auf dem Heimweg, als er über Funk von einem Unfall mit einer verletzten Person erfuhr. Er dachte darüber nach, wie vergänglich ein Menschenleben doch war. Für irgendjemanden würde die Welt von einer Sekunde auf die andere völlig anders aussehen. Trey hoffte für das Unfallopfer das Beste, widmete sich dann aber wieder anderen Themen.

Seit dem Morgen wollte ihm Livvie nicht mehr aus dem Kopf gehen. Das geteilte Banana Split hatte eine Fülle an Erinnerungen aufleben lassen. Erinnerungen an diese erste Liebe und an den Schmerz, als sie endete. Eine Weile hing er dem albernen Gedanken nach, ob es wohl möglich war, das wieder aufleben zu lassen, was einmal zwischen ihnen gewesen war. Doch da war auch die Erkenntnis, dass sich Livvie seit der Schule kaum verändert hatte. Sie war zwar eine erwachsene Frau, aber die Kontrolle über ihr Leben lag nicht in ihren Händen. So sehr er sich auch zu ihr hingezogen fühlen mochte, wusste er nur zu gut, dass er gar nicht erst etwas in dieser Richtung versuchen durfte.

Um sich davon abzulenken, widmete er sich der banalen Frage, ob er zum Abendessen die Reste vom Vortag aufwärmen oder irgendwo etwas zu essen mitnehmen sollte. Seine Meinung tendierte eben zu einer Portion Hähnchen, als sein Mobiltelefon klingelte. Er sah, dass Lieutenant Warren ihn zu erreichen versuchte, doch der Gedanke, zurück ins Büro zitiert zu werden, behagte ihm überhaupt nicht. Sekundenlang überlegte Trey, ob er sich einfach nicht melden sollte. Dann aber riss er sich zusammen und tat, wofür man ihn bezahlte.

„Ja?"

„Wo sind Sie, Trey?"

Am liebsten hätte er aufgestöhnt. Diese Frage genügte, um zu wissen, dass er gleich kehrtmachen durfte. Das kam davon, dass er auf den Anruf überhaupt erst reagiert hatte.

„Fast zu Hause, Sir. Was gibt es?"

„Probleme. Auf Olivia Sealy wurde geschossen, sie ist von der Fahrbahn abgekommen und wird im Moment ins Dallas Memorial gebracht. Fahren Sie sofort hin. Rodriguez und Sheets kümmern sich zwar um den Fall, aber Sie kennen die Familie gut. Wenn Sie irgendetwas herausfinden, lassen Sie es Rodriguez wissen."

„Geschossen? Habe ich das richtig verstanden?"

„Ja, geschossen. Eine Bestätigung liegt mir noch nicht

vor, aber es heißt, sie weise neben ihren anderen Verletzungen auch eine Schusswunde auf."

„Andere Verletzungen?"

„Ja, Trey, und …"

Entsetzt hielt er am Straßenrand an. Der Lieutenant redete zwar immer noch, doch seine Worte ergaben für Trey keinen Sinn mehr. Er konnte nur an Livvies ausgelassenes Lachen denken, als sie ihm am Mittag die heiße Soße von ihrem gemeinsamen Banana Split stibitzt hatte. Es dauerte ein paar Sekunden, bis er wieder Luft holen konnte, dann fragte er hastig: „Wie schwer ist sie verletzt? Ist der Schütze gefasst? Wurde Marcus Sealy informiert?"

„Ich habe noch keine präzisen Angaben zu ihren Verletzungen. Der Schütze konnte bislang nicht gefasst werden. Und Mr. Sealy wurde in Kenntnis gesetzt. Fahren Sie ins Krankenhaus und versuchen Sie, so viel wie möglich herauszufinden. Ich habe so ein Gefühl, dass es mit dem toten Mädchen in diesem Koffer zu tun hat, auch wenn ich mir nicht erklären kann, welchen Zusammenhang es da geben sollte."

„Bin schon unterwegs", sagte Trey und steckte sein Mobiltelefon ein. Er schaltete das rote Signallicht ein, wendete und fuhr in Richtung Krankenhaus.

Olivia roch und schmeckte Blut. Es musste ihr eigenes Blut sein, obwohl sie nicht wusste, wie das möglich sein konnte. Angst und Schmerz stürmten auf sie ein, als sie sich aufsetzen wollte, dann aber merkte, dass sie sich gar nicht bewegen konnte.

„Olivia? Olivia? Wissen Sie, wo Sie sind?“ fragte jemand und strich über ihre Stirn.

Nein, dachte sie und glaubte, sie hätte es auch laut ausgesprochen, bis sie hörte, dass die Stimme weiter auf sie einredete.

„Sie sind im Krankenhaus. Sie hatten auf dem Freeway einen Unfall, erinnern Sie sich?“

Eine Waffe … blauer Van … Schreie … jemand schreit … oh Gott, das bin ja ich. „Hilfe“, flüsterte sie.

„Wir helfen Ihnen ja, aber Sie müssen liegen bleiben.“

„Grampy … er muss es wissen …“

„Ihre Familie wurde informiert. Bewegen Sie sich bitte nicht.“

Sie nahm ihre Umwelt mit einem Mal wie in einer Art Dämmerlicht wahr, sie fühlte den Schmerz und hörte Stimmen, doch alles war weit entfernt, so als würde sie neben ihrem Körper stehen.

„Doktor! Ihr Blutdruck sinkt!“

„Die Kugel hat eine Arterie getroffen!“

„Blutgruppe bestimmen …“

„Blutverlust …“

„Sie ist stabilisiert …“

„In den OP mit ihr …“

Auf einmal wurde sie bewegt. Sie erkannte es daran, dass die Deckenleuchten vor ihren Augen vorbeihuschten.

Dann hörte sie eine Stimme, eine tiefe Stimme, die

angsterfüllt nach ihr rief. Eine Hand berührte ihre Wange, hastige Schritte neben dem Krankenbett, um mit ihr auf einer Höhe zu bleiben, während sie in den Operationssaal gefahren wurde.

Es war Trey!

Seine Gegenwart wahrzunehmen kam ihr wie ein Trost vor, der ihr zugleich Schmerzen bereitete. Er war zu ihr gekommen, als sie ihn am dringendsten brauchte, doch sie war sich nicht sicher, ob er verstehen würde, was sie wollte. Während sie gegen die Dunkelheit ankämpfte, die sie erneut zu umschließen drohte, hörte sie seine flehenden Worte.

„Livvie ... Livvie ... ich bin's, Trey. Halte durch, Baby. Tu's für mich!"

Trey ... ich bin hier. Muss dir etwas sagen. Über den Van. Oh Gott, die Waffe ... er hatte eine Waffe ... „Geschossen", war jedoch alles, was sie herausbrachte.

Er konnte nicht mit ansehen, wie sich das Blut auf ihrer Brust weiter ausbreitete. „Ich weiß, Baby, ich weiß. Hast du ihn gesehen? Weißt du, wer es war?"

Eine Krankenschwester schob Trey aus dem Weg, da sie sich dem OP näherten.

„Detective ... Sir ... Sie können nicht mitkommen."

Olivia fühlte Treys Hand auf ihrer. Mit aller Kraft, die sie noch aufbringen konnte, klammerte sie sich an ihm fest und zog ihn zu sich.

Er merkte, was sie vorhatte, und beugte sich über sie, da er sah, wie sie die Lippen bewegte. „Was ist, Livvie? Was willst du mir sagen?"

„Schütze … Kindermörder …“

„Ich verstehe nicht, Honey. Was soll das heißen?“

„Das reicht jetzt“, ging die Schwester dazwischen. „Gehen Sie bitte zur Seite.“

Alles roch nach frischem Blut. Er sah, wie ihre Augenlider flatterten, als sie noch einmal versuchte, etwas zu sagen. Doch jede weitere Verzögerung brachte ihr Leben mehr in Gefahr. Trey hätte alles dafür gegeben, um Gewissheit zu bekommen, dass sie überleben würde.

„Schon gut, Livvie, es ist gut. Du kannst es mir nachher sagen.“ Er gab ihr einen Kuss auf die Wange und flüsterte ihr ins Ohr: „Halt durch, Livvie. Verlass mich nicht noch einmal.“

Trey waren in seiner Karriere als Polizist oft genug Opfer von Schießereien zu Gesicht gekommen, doch nie hatte eines von ihnen ihm so nahe gestanden wie Olivia Sealy. Vor der Tür zum OP warten zu müssen, war mit das Schlimmste, was ihm je widerfahren war. Wie angewurzelt stand er da, zur Untätigkeit verdammt und von dem Gedanken erfüllt, den Bastard zu finden, der ihr das angetan hatte. Er holte tief Luft und legte eine Hand auf die Tür.

„Stirb mir bloß nicht, Livvie“, flüsterte er.

Als er sich umdrehte, sah er Marcus Sealy heranstürmen.

„Wo ist Olivia?“ rief er. „Geht es ihr gut?“

Panik stand dem Mann ins Gesicht geschrieben, woraufhin Trey ihm entgegenging und ihn zu einer Sitzgruppe führte.

„Mr. Sealy, setzen Sie sich, dann sage ich Ihnen, was ich weiß.“

Er zitterte so heftig, dass er kaum durchatmen konnte. „Ich bin nicht wie verabredet zum Mittagessen nach Hause gekommen. Hätte ich das bloß getan, dann wäre das alles nie passiert!“ Er vergrub das Gesicht in seinen Händen. „Ich kann sie doch nicht auch noch verlieren“, stöhnte er. „Das kann ich nicht.“

„Zunächst einmal“, erklärte Trey, „ist das nicht Ihr Fehler. Und auch nicht Livvies Fehler.“

Marcus hob langsam den Kopf, und zum ersten Mal sah Trey, was für den Mann wirklich wichtig war, der sich sonst nur für Geld und Macht zu interessieren schien. Dies ließ ihn menschlicher erscheinen.

„Wer hat ihr das angetan?“ wollte Marcus wissen. „Warum sollte jemand Olivia irgendetwas antun wollen? Sie ist in dieser Tragödie von Anfang an nur das Opfer gewesen. Sie hat ihre Eltern verloren, und jetzt steht ihre eigene Identität in Frage. Warum wünscht ihr nun auch noch jemand den Tod?“

„Ich weiß es nicht, Sir, aber wir werden es herausfinden.“

„Mein Gott, das ist ja wie in einem Albtraum.“

„Das kann man wohl sagen, Sir“, pflichtete Trey ihm leise bei.

Marcus sah auf und bemerkte, dass der Detective genauso erschüttert zu sein schien wie er selbst. Bonney hatte Olivia doch gerade eben Livvie genannt, ein Kosename, der eine gewisse Vertrautheit voraussetzte. Aber wie sollte das möglich sein, wenn sie sich doch vor kurzem zum ersten Mal begegnet waren?

„Hat Olivia etwas über den Schützen sagen können?" wollte er wissen.

Trey schüttelte den Kopf. „Jedenfalls nichts, was einen Sinn ergeben würde. Sie sprach von ..." Mitten im Satz hielt er inne, als ihm etwas bewusst wurde. „Ja, verdammt noch mal!"

„Was ist?"

„Ich glaube, ich weiß jetzt, was sie sagen wollte", erwiderte Trey. „Ich muss telefonieren."

„Warten Sie! Ich habe ein Recht zu erfahren, was ..."

„Wenn ich richtig liege, werden Sie es als Erster erfahren", gab Trey zurück und lief zum nächsten Ausgang. Er musste den Lieutenant anrufen, doch in diesem Teil der Klinik durfte er kein Mobiltelefon benutzen.

Draußen angekommen rief er auf der Wache an und wurde direkt zu Chia durchgestellt, die sich noch am Tatort aufhielt und Zeugen befragte. Beim ersten Klingeln meldete sie sich. „Rodriguez."

„Chia, ich bin's, Trey. Ich habe vielleicht eine Spur."

„Ich hoffe, die ist besser als das, was die Augenzeugen zu bieten haben. Zwei sahen einen schwarzen Van, einer einen blauen. Einer hielt den Fahrer für einen Mann, der andere ist sich nicht sicher, und der dritte sah dem Wagen nach, der die Leitplanke durchbrach. Das Kennzeichen hat sich keiner von ihnen gemerkt. Also, was hast du?“

„Hast du noch diesen Bekannten bei KLPG?“

„Ja, aber was hat das mit …“

„Lass mich erst erzählen“, unterbrach er sie. „Heute Morgen wimmelte es vor Reportern, als ich mit den Sealys am Labor ankam. Sie wollten unbedingt Sealy und seine Enkelin filmen, was sie ganz bestimmt auch geschafft haben.“

„Und?“

„Zwischen den Reportern hielt sich ein Typ auf, der einen wirren Eindruck machte und ein Plakat mit der Aufschrift ‚Kindermörder‘ hochhielt. Wenn ihn jemand gefilmt haben sollte, dann musst du ihn dir ansehen und herausfinden, wer er ist. Wenn du das geschafft hast, soll er dir erklären, welches Alibi er für die letzten drei Stunden hat.“

„Warum?“

„Bevor Olivia Sealy in den OP gebracht wurde, sagte sie zu mir: ‚Schütze … Kindermörder.‘ Dieser Auflauf vor dem Labor hatte ihr sehr zu schaffen gemacht, deshalb weiß ich nicht, ob sie jetzt nur etwas verwechselt oder ob sie mir sagen wollte, dass dieser Mann auf sie geschossen hat. So oder so müssen wir es herausfinden.“

„Geht klar“, erwiderte Chia. „Und danke.“

„Wenn du den Kerl findest, der auf sie geschossen hat, dann habe ich zu danken“, sagte Trey, beendete das Gespräch und kehrte ins Krankenhaus zurück.

Marcus saß noch immer da und wartete.

Obwohl es noch viel zu früh war, fragte Trey, während er sich zu ihm setzte: „Schon irgendetwas gehört?"

Der ältere Mann schüttelte den Kopf. „Wissen Sie inzwischen, wer ihr das angetan hat?"

Trey zögerte kurz. „Wir sind uns noch nicht sicher. Olivia sagte zwar noch etwas, aber das muss nichts zu bedeuten haben. Ich habe die Information weitergegeben, aber es kann noch eine Weile dauern, bis wir Genaueres wissen."

Während sich Marcus abwandte, streckte Trey die Beine aus, lehnte sich nach hinten und schloss die Augen. Er hatte sich noch nie auf dieser Seite eines Verbrechens befunden, und es gefiel ihm überhaupt nicht, so hilflos zu sein. Er versuchte, sich in Marcus' Lage zu versetzen, doch es war ihm nicht möglich, das zu begreifen, was dieser Mann fühlen musste. Er hatte bereits den Sohn und die Schwiegertochter durch ein schreckliches Verbrechen verloren, und nun kämpfte auch seine Enkelin mit dem Tode.

Nach einer Weile setzte er sich auf.

„Mr. Sealy?"

Marcus sah zu ihm. „Ja?"

„Möchten Sie einen Kaffee?"

„Nein, trotzdem vielen Dank."

Wieder verstrichen ein paar Minuten, dann war es abermals Trey, der dem Schweigen ein Ende setzte. „Kann ich irgendjemanden für Sie anrufen? Einen Verwandten … einen engen Freund der Familie?"

„Nein", entgegnete Marcus. „Es gibt niemanden, der …" Plötzlich stutzte er. „Oh nein, daran habe ich nicht gedacht. Sie wird es in den Nachrichten gehört haben und außer sich sein vor Sorge."

„Wer?" fragte Trey. „Ich kann gerne für Sie …"

„Nein, nein, schon gut. Vielen Dank. Es handelt sich um Olivias früheres Kindermädchen. Die beiden stehen sich sehr nah. Ich muss ihr von dem …" Seine Stimme versagte, und Tränen liefen ihm über die Wangen. „Ich kann es nicht in Worte fassen. Ich muss ein Telefon suchen, dann werde ich sie persönlich anrufen." Aufgeregt schaute er sich um, wo am ehesten ein Telefon zu finden sein könnte.

Trey zog sein Mobiltelefon aus der Tasche und hielt es Marcus hin, der soeben aufgestanden war.

„Danke, mein Sohn."

„Es ist nur ein Telefon."

„Ich meine, dass Sie hier sind … dass Sie hier mit mir warten."

Trey musste schlucken, ehe er antworten konnte: „Sir, ich möchte im Moment nirgendwo anders sein."

Er sah Marcus nach, der nun ebenfalls das Krankenhaus verließ, um zu telefonieren. Ein paar Minuten vergingen, dann kehrte er zurück und gab Trey das Telefon. „Schon etwas gehört?" fragte er.

„Nein, Sir."

Eine Weile beobachtete Marcus ihn und versuchte, aus Trey schlau zu werden. Sein Verhalten ging über das eines Cops hinaus, der ein Verbrechen aufklären wollte, doch das ergab keinen Sinn. Schließlich kannten sie sich doch erst seit zwei Tagen.

„Detective Bonney, darf ich Sie etwas fragen?"

„Natürlich, Sir."

„Als Sie vorhin von meiner Enkelin sprachen, da nannten Sie sie Livvie."

Treys Herz setzte einen Schlag lang aus. Es gab nichts, wofür er sich schämen musste. Eigentlich hätte er es gleich bei der ersten Begegnung sagen sollen. Langsam beugte er sich vor und sah Marcus an. „Tatsächlich?" entgegnete er. „Das war mir gar nicht aufgefallen. Aber es erstaunt mich nicht, immerhin habe ich sie auf der High School auch immer so genannt."

Marcus' Augen wurden größer. „Auf der High School? Sie und Olivia kennen sich seit der High School?" Er runzelte die Stirn. „Mich wundert, dass sie nie von Ihnen gesprochen hat."

„Nun, zu der Zeit fanden Sie, ich sei kein Umgang für Ihre Enkelin. Sie wird sicher angenommen haben, dass Sie noch immer so über mich denken." Mit einem Lächeln auf den Lippen zuckte er beiläufig die Schultern. „Aber das ist alles Jahre her, die Zeiten ändern sich, und die Menschen ändern sich schließlich auch, nicht wahr, Sir?"

Er versuchte, sich an eine Zeit zu erinnern, als er Olivia irgendetwas verboten hatte, und schüttelte schließlich den Kopf. „Sie müssen sich irren", sagte er leise. „Ich wüsste nicht, dass ich jemals …" In diesem Moment kehrte die Erinnerung zurück. „Bonney! William Bonney! Natürlich … Trey. Jetzt weiß ich es wieder. Sie waren der Junge, der …"

„Der Ihre Enkelin geliebt hatte?" warf Trey rasch ein. „Ja, genau, der war ich."

Marcus lehnte sich ungläubig zurück. „Ich hoffe, Sie tragen mir das nicht nach. Olivia war jung, und ich wollte sie nur beschützen."

Für einige Sekunden sah Trey ihn nur schweigend an, dann lächelte er höflich. „Natürlich nicht, Sir. Wir waren damals noch Kinder. Wie ich bereits sagte, die Zeiten ändern sich und die Menschen ebenfalls. Aber Livvies … ich meine, Olivias Wohl ist mir nach wie vor wichtig. Ich nehme an, Sie können mir zumindest das zugestehen."

Mit einem Mal schämte sich Marcus. Er wusste nicht warum, und er wusste auch nicht, was er sagen sollte, doch ihm war klar, er hatte es seinerzeit übertrieben. Olivia war so sehr von ihm behütet worden, dass es ihr gar nicht möglich gewesen war, eigenständig zu handeln. Dabei schmerzte es noch mehr, von ihr niemals Widerspruch gehört zu haben. In seinem Bemühen, sie zu beschützen, hatte er ihr die Möglichkeit genommen, eigene Entscheidungen zu treffen und dabei Fehler zu machen, aus denen sie hätte lernen können.

Entmutigt ließ er die Schultern sinken.

„Es tut mir Leid", sagte er leise. „Natürlich können und sollen Sie das tun, was Sie für richtig halten. Mir war nicht klar … ich meine, ich wollte niemals …" Sein Blick war auf den Fußboden gerichtet, er verschränkte die Hände und musste schlucken, da seine Stimme versagte. „Wenn das hier vorüber ist, würde ich Sie gern in meinem Haus als Gast willkommen heißen. Wann immer Sie wollen."

Trey konnte dem Mann anmerken, wie viel Überwindung es ihn gekostet hatte, sein damaliges Fehlverhalten einzugestehen. „Danke", erwiderte er ruhig. „Wenn das hier vorüber ist."

Nachdem sie beide wieder eine Weile geschwiegen hatten, fiel es Trey ein, Marcus nach dem Telefonat mit dem Kindermädchen zu fragen. „Sir", begann er.

Der ältere Mann sah auf. „Sagen Sie bitte Marcus."

Für einen Moment zögerte Trey, nickte dann aber. „Wenn Sie mich Trey nennen."

„Einverstanden, Trey. Was wollten Sie fragen?"

„Der Anruf ... konnten Sie das Kindermädchen erreichen?"

„Oh ja, zum Glück. Anna war entsetzlich aufgeregt, wie ich es erwartet hatte. Anna Walden war nicht nur Olivias Kindermädchen, sondern auch die einzige Mutterfigur, die meine Enkelin je hatte. Olivia fühlt sich ihr sehr verbunden, und sie war kurz vor dem ... dem Zwischenfall sogar noch bei ihr gewesen."

„Tatsächlich?" erwiderte Trey.

Marcus sah auf die Uhr. „Ich habe einen Wagen zu ihr geschickt, damit sie herkommen kann. Sie müsste bald eintreffen. Wenn Sie dann noch hier sind, werden Sie sie kennen lernen."

„Ich werde ganz sicher noch hier sein", gab Trey etwas

schroff zurück. „Ich bleibe hier, bis ich weiß, dass es Livvie gut geht."

„Ja, natürlich", seufzte Marcus leise. „Ich meinte es nicht so … Ich weiß gar nicht mehr, was ich eigentlich meine und rede." Er ließ den Kopf sinken, während er mit zitternder Stimme weitersprach: „Mein Gott, warum musste das bloß passieren? Warum musste das wieder passieren?"

Foster Lawrence ging wie in Trance durch die Straßen, seit er herausgefunden hatte, was mit dem Geld geschehen war. Er wusste nicht, wo er sich befand und wie er ins Hotel zurückkommen sollte, doch es kümmerte ihn auch nicht. Immer wieder dachte er über seine missliche Lage nach, und es gab einfach nichts, was er hätte unternehmen können. Vor fünfundzwanzig Jahren hatte er sich von der Aussicht auf eine Million Dollar den Kopf verdrehen lassen und war dafür im Gefängnis gelandet. Sein Wissen, wo das Lösegeld versteckt war, half ihm durch die Zeit der Haft. Und jetzt war dieses Geld verschwunden. Das einzig Gute war, dass er sich im Moment als freier Mann bezeichnen konnte. Wie lange das jedoch so bleiben würde, stand auf einem anderen Blatt. Nach allem, was er gehört hatte, wollten ihn die Behörden noch immer befragen.

Im Gefängnis in Lompoc war er sicherer gewesen als jetzt und hier. Er wusste nicht, was es mit diesem toten Baby auf sich hatte, doch wenn es einen Zusammenhang zur Sealy-Entführung gab, konnte er sich schon jetzt ausrechnen, wem man die Schuld in die Schuhe schieben würde. Sein Problem war, dass er nicht wusste, wo er mit seiner Suche nach dem wahren Schuldigen beginnen sollte. Er hatte ja nicht mal eine Ahnung, ob der noch lebte.

Vielleicht sollte er sofort zur Polizei gehen und sich die Fragen stellen lassen, auf die man von ihm Antworten hören wollte. Rückblickend hätte er schon damals alles sagen sollen, doch sein Hass auf die Behörden und seine emotionale Bindung zum Mörder waren zu stark gewesen, um klar denken zu können. Das hatte ihn eine Million Dollar und fünfundzwanzig Jahre seines Lebens gekostet. Und jetzt lief er Gefahr, seine neugewonnene Freiheit abermals zu verlieren. Doch diesmal würde er nicht wieder für fünfundzwanzig Jahre in den Knast wandern. Kein Grund konnte so gut sein, um das zu rechtfertigen.

Vor einem Schaufenster blieb er stehen und starrte mit leerem Blick auf die eingeschalteten Fernsehapparate, große, flache Geräte, die kaum noch an Fernseher erinnerten. Auf einmal war auf den gut dreißig Bildschirmen die gleiche Eilmeldung zu sehen, die für Foster bedeutete, dass sein Leben sich ab jetzt noch etwas schwieriger gestalten würde.

Er las die Zeilen, die unter den Bildern eingeblendet wurden, und erfuhr, dass jemand versucht hatte, Olivia Sealy umzubringen, die inzwischen ins Dallas Memorial Hospital eingeliefert worden war.

Als eine andere Meldung folgte, wandte er sich ab und ging langsam weiter. Es wurde zwar allmählich Nacht, aber das kümmerte ihn nicht. Am liebsten wäre er immer weiter und weiter gelaufen, bis er Dallas und schließlich ganz Texas hinter sich gelassen und vergessen hatte.

Doch egal, wie weit er lief, er würde diesem Schlamassel nicht entkommen können. Jemand hatte heute versucht, Olivia Sealy umzubringen, und obwohl nicht klar war, wie schwer ihre Verletzungen waren, würde man seinen Namen in diesem Zusammenhang wieder und wieder erwähnen. Wenn er jetzt die Stadt verließ, würde er vielleicht bis an sein Lebensende auf der Flucht sein. Wenn er sich allerdings der Polizei stellte, bestand die Gefahr, für den Rest seines Daseins wieder hinter Gittern zu verschwinden. Er wusste nicht, was er machen sollte.

Ein Polizeiwagen mit eingeschalteter Sirene raste vorüber, und aus Gewohnheit drückte Foster sich in eine dunkle Ecke, um zu warten, bis der Wagen außer Sichtweite war. Als er wieder hervorkam, hielt ein Taxi an, um einen Fahrgast aussteigen zu lassen. Spontan stieg er ein, nannte dem Fahrer die Adresse und ließ sich zu seinem Hotel bringen. Was er unternehmen sollte, war ihm noch nicht klar. Aber wenigstens würde er diese Nacht in seinem Hotelzimmer in relativem Komfort und in Sicherheit verbringen können.

Trey und Marcus saßen zur gleichen Zeit im Krankenhaus und warteten darauf, etwas Neues über Olivias Zustand zu erfahren. Hinzu kam die Sorge, dass Anna Walden noch immer nicht eingetroffen war. Marcus war beunruhigt, doch er wollte seinen Platz so lange nicht verlassen, bis er erfahren hatte, wie es seiner Enkelin ging. Vor drei Stunden hatte man mit der Operation begonnen, und mit jeder Minute in Ungewissheit wuchs die Angst.

Als Trey bereits zu glauben begann, er würde jeden Moment den Verstand verlieren, kam am anderen Ende des Korridors mit einem Mal Unruhe auf. Er und Marcus sahen in dem Moment auf, als eine untersetzte, in Tränen aufgelöste Frau um die Ecke geeilt kam.

„Oh“, sagte Marcus. „Das ist Anna.“ Er stand rasch auf und lief ihr entgegen, wobei ihm entging, dass sich aus der entgegengesetzten Richtung der Doktor näherte.

Trey dagegen sah den Mann und erhob sich sofort, während sich in der Magengegend ein flaues Gefühl regte. So sehr er wissen wollte, wie es Olivia ging, so sehr fürchtete er sich zugleich vor dem, was der Mediziner ihnen berichten würde.

„Gehören Sie zu Olivia Sealys Familie?“ fragte der Arzt ihn.

„Ja“, log Trey ohne zu zögern. „Aber lassen Sie mich erst ihren Großvater dazuholen.“ Er lief durch den Gang zu Marcus, nahm in der Eile jedoch von der Frau kaum Notiz. „Marcus, kommen Sie. Der Arzt will mit uns reden!“

„Oh ja, natürlich“, erwiderte er. „Kommen Sie, Anna, Sie werden das auch hören wollen.“

„Oh Gott, oh Gott … mein Baby … mein Baby“, jammerte Anna und ließ sich plötzlich gegen die Wand sinken.

Trey packte sie am Ellbogen, während Marcus sie auf der anderen Seite stützte. Mit vereinten Kräften gelang es ihnen, Anna durch den Gang zu führen. Trey sah, wie erregt und verwirrt die Frau war, doch das geriet sofort in Vergessenheit, als sich der Arzt ihnen zuwandte.

„Olivia hat die Operation hervorragend überstanden. Die Kugel traf sie von hinten in die Schulter und verletzte eine Arterie. In dem Moment, in dem der Schuss auf sie abgefeuert wurde, muss sie sich ein wenig zur Seite gedreht haben. Das Projektil ist unterhalb des Schlüsselbeins wieder ausgetreten."

Trey kamen vor Erleichterung die Tränen, als er den Arzt reden hörte.

„Alle übrigen Verletzungen sind vergleichsweise harmlos. Dank Sicherheitsgurt und Airbag hat sie keine Knochenbrüche erlitten. Sie hat eine leichte Gehirnerschütterung, aber das ist nur normal, da sich ihr Wagen mehrfach überschlagen hat. Allerdings hat sie viel Blut verloren und musste eine Transfusion bekommen."

Marcus sah entsetzt drein. „Benötigt sie noch mehr Blut? Ich spende gern, wir haben die gleiche Blutgruppe."

„Ich spende auch", meldete sich Trey zu Wort, fragte dann aber: „Welche Blutgruppe hat sie?"

„A negativ", antwortete der Arzt. „Eine von den selteneren."

„Oh, ich habe Null positiv."

Anna schien wie aus einer Trance aufzuwachen und erklärte: „Ich kann spenden."

„Welche Blutgruppe haben Sie?“

Wieder nahm sie diesen leicht verwirrten Ausdruck an. „Ich … ich weiß nicht. Aber ich kann ganz bestimmt helfen. Olivia ist mein kleines Mädchen. Ich habe sie großgezogen, müssen Sie wissen.“

Marcus tätschelte besänftigend ihren Arm. „Ja, das haben Sie, Anna, und ich wüsste nicht, was wir ohne Sie hätten tun sollen.“

„Aber ich will Blut spenden“, beteuerte sie.

Rasch mischte sich der Arzt ein: „Sie alle können gern spenden. Wir benötigen immer Blutkonserven.“

„Dann wäre das ja geklärt“, sagte Anna, nun wieder scheinbar ganz bei der Sache. „Meinem kleinen Mädchen wird es also wieder gut gehen, nicht wahr?“

„Ja, sofern keine Komplikationen eintreten, die wir jetzt noch nicht absehen können.“

„Ich möchte sie sehen“, erklärte Marcus.

„Ich komme mit.“ Anna war von ihrem Platz innerhalb der Familie fest überzeugt.

Trey fühlte sich ausgeschlossen. So sehr er Olivia auch sehen wollte, war ihm doch klar, dass es nicht dazu kommen würde.

Aber Marcus deutete seinen Gesichtsausdruck richtig und sagte zu Treys Überraschung: „Detective Bonney kommt ebenfalls mit. Er ist ein alter Schulfreund von Olivia.“

Anna horchte auf und betrachtete Trey interessiert. „Sie kannten mein kleines Mädchen?“

„Ja, Ma'am, das ist richtig. Wir waren zusammen auf der High School."

Sie machte eine nachdenkliche Miene, äußerte sich aber nicht weiter.

„Können wir jetzt zu ihr?" wollte Trey wissen.

„Sie ist noch nicht aufgewacht", erläuterte der Arzt. „Was halten Sie davon, wenn wir uns zuerst um die Blutspenden kümmern? Danach können Sie dann zu ihr."

„Gut, ich muss nur noch kurz telefonieren", entgegnete Trey. „Ich komme gleich nach."

Er entfernte sich von den anderen und rief Chia an. „Trey hier, hast du das Band?"

„Ja, wir haben mehrere Einstellungen, auf denen der Kerl gut zu sehen ist. Beim Sender kannte ihn niemand, aber wir durchsuchen gerade die Datenbank."

„Wenn du seine Adresse findest, dann lass es mich wissen. Ich will dabei sein, wenn du ihn festnimmst."

„Gibt es bei dem Fall irgendetwas, was du mir nicht gesagt hast?" fragte sie irritiert.

„Es ist etwas Persönliches", antwortete er leise. „Gib mir einfach nur Bescheid." Dann beendete Trey das Gespräch.

8. KAPITEL

„Olivia! Olivia! Wach auf. Die Operation ist überstanden, du kannst die Augen aufmachen. Hörst du mich? Du *musst* die Augen aufmachen.“

Sie stöhnte leise.

„Ich weiß, du hast Schmerzen. Es tut mir so Leid. Aber der Doktor hat dir ein Schmerzmittel gegeben, das wird bald wirken. Wir bringen dir erst mal eine warme Decke, wie wäre das?“

Wieder stöhnte sie und versuchte, die Augen zu öffnen. Sie musste sich an etwas Bestimmtes erinnern, doch es wollte ihr nicht einfallen. Während sie sich zu konzentrieren versuchte, spürte sie, dass ihr eine Decke übergelegt wurde. Sie nahm das Gewicht wahr, dann die angenehme Wärme, bis sie in eine beruhigende Bewusstlosigkeit fiel.

„Ist sie wach? Ich muss mit meinem Baby reden.“

Olivia nahm die Stimme wahr. *Nanna? Das klang nach Nanna.*

„Olivia, Darling. Ich bin es, Grampy. Wir sind für dich da, Darling, mach dir keine Sorgen. Alles wird wieder gut.“

Grampy! Das war Grampy. Aber wieso sind Nanna und Grampy bei mir im Schlafzimmer?

Sie wollte etwas erwidern, doch ihr Mund war so schrecklich trocken. Mit der Zunge strich sie über ihre Lippen und stöhnte wieder leise.

„Schmerzen …“

Jemand berührte ihre Hand, ihre Stirn. Sie spürte warmen Atem, der über ihre Wange strich.

„Ich weiß, Livvie. Es tut mir so Leid.“

Trey … bist du das?

Als hätte er ihre Gedanken lesen können, antwortete er: „Ich bin’s, Trey.“

Das Bild eines Mannes, der eine Waffe auf ihr Gesicht gerichtet hielt, tauchte vor Olivias geistigem Auge so plötzlich auf, dass sie zusammenzuckte. Die Bewegung löste einen stechenden Schmerz aus, durch den ihr Tränen kamen.

„Trey … Schmerzen“, flüsterte sie.

Er war sich noch nie so hilflos vorgekommen wie in diesem Moment. Am liebsten hätte er sie festgehalten, sie beschützt und ihr den Schmerz genommen, doch er konnte nichts anderes machen, als banale Sätze zu sprechen, die nichts bewirkten.

„Ich weiß, Honey. Es tut mir Leid, aber der Doktor sagt, dass du wieder ganz gesund werden wirst.“

Es tat ihr gut, das von Trey zu hören. Er würde sie nicht belügen. Trey war ein Cop, erinnerte sie sich. Sie musste ihm sagen, dass man auf sie geschossen hatte.

„Schuss.“

Trey verzog den Mund. „Ich weiß. Die Polizei sucht bereits nach dem Täter.“

Ihm hatte sie immer vertrauen können. Sie hätte wissen sollen, dass er die Sache in die Hand nehmen würde.

„Schlafen …“, sagte sie mit einem Seufzer.

Marcus kam ans Krankenbett und gab ihr einen Kuss auf die Wange. „Ja, Darling, schlaf ruhig. Wir werden hier auf dich warten.“

Anna verabschiedete sich von ihr mit einer sanften Berührung auf der Stirn. „Darling, ich bin es, deine Nanna. Mach dir keine Sorgen. Wenn du nach Hause kommst, werde ich mich wieder um dich kümmern. So wie damals, als du noch klein warst.“

Nanna? Nanna! Wieder zuckte Olivia zusammen. Daran hatte sie sich erinnern wollen.

„Grampy? *Grampy!*“

„Ich bin hier, mein Liebling.“

Abermals fuhr sie sich über die Lippen und bemühte sich, ihre Gedanken in Worte umzuformen. „Pass auf … Nanna … nicht ganz da …“

Sie wollte noch mehr sagen, doch das Schmerzmittel zeigte Wirkung und ließ ihre Gedanken so bleischwer werden wie ihre Arme und Beine. Langsam entglitt ihr die Realität, und sie versank in einem tiefen, schwarzen Loch.

Olivias Worte ließen Anna nervös werden. Sie zog sich vom Krankenbett zurück, ohne die beiden Männer anzusehen, dann strich sie sich die Haare aus dem Gesicht. Warum Olivia das gesagt hatte, war ihr nicht klar. Sie wusste nur, dass es ihr nicht gefiel. Die anderen sahen sie an, doch genau das behagte ihr nicht. Dass sie nicht mehr hübsch war, das war ihr sehr wohl bewusst. Was die anderen nicht wussten, war die Tatsache, dass es ihr egal war. Sie hatte den wertvollsten Teil ihres Lebens bereits hinter sich, von nun an ging es nur noch darum, die restliche Zeit totzuschlagen.

„Ich bin ganz da", murmelte sie. „Ich bin ganz da."

Marcus war aufgefallen, in welcher Verfassung Anna im Krankenhaus angekommen war, doch er hatte sich nichts dabei gedacht. Die Sorge um Olivia war größer gewesen, als sich damit zu befassen, welchen Eindruck Anna auf ihn machte. Doch jetzt betrachtete er sie mit anderen Augen und begann sich zu fragen, ob ihr leerer Blick tatsächlich nur Angst um Olivia widerspiegelte oder ob sie vielleicht auch Angst um sich selbst hatte.

„Anna", sagte er und nahm sie am Ellbogen. „Warum gehen Sie ni…"

„Ich bin doch ganz da, oder? Sie sehen mich doch … oder nicht?" fragte sie.

Trey sah zu Marcus, dann wandte er den Blick ab, als sei er Zeuge von etwas geworden, das ihn eigentlich nichts anging.

Für Marcus war bei diesen Worten klar, dass wirklich irgendetwas nicht stimmte. Olivia musste es als Erste bemerkt haben, und es machte ihr so sehr zu schaffen, dass sie darüber ihre Schmerzen zu vergessen schien.

„Ja, meine Liebe, wir alle können Sie sehen. Ich mache Ihnen einen Vorschlag. Wie wäre es, wenn wir zu Ihnen fahren und eine Tasche packen, damit Sie für ein paar Tage bei mir im Haus bleiben können?"

„Oh nein ... ich kann nicht weg ... das habe ich auch schon Olivia gesagt.“

Marcus legte einen Arm um ihre Schultern, um sie zu beruhigen. „Sie sollen Ihr Zuhause doch gar nicht verlassen. Ich möchte nur, dass Sie eine Weile mitkommen, damit Sie sich um Olivia kümmern können. Sie haben doch gesagt, Sie wollten mir helfen und auf Olivia aufpassen.“

„Ja ... ja“, gab sie nachdenklich zurück. „Auf Olivia aufpassen. Aber ... sie ist doch hier.“

„Noch ist sie hier, das ist richtig. Aber Sie müssen sich doch eingelebt haben, wenn Olivia nach Hause kommt, nicht wahr? Rose kocht immer noch für uns. Sie erinnern sich bestimmt noch an Rose. Sie würde sich über etwas Gesellschaft sicher freuen.“

„Rose macht guten Hackbraten“, erklärte Anna.

Marcus stieß einen leisen Seufzer aus. Er hatte nicht geahnt, dass mit ihr etwas nicht stimmte. Er vermutete, dass sie entweder einen Schlaganfall erlitten hatte, bei dem ein Teil ihres Gedächtnisses in Mitleidenschaft gezogen worden war, oder aber sie zeigte die ersten Symptome von Alzheimer. In jedem Fall hielt er es für das Beste, sie mit zu sich nach Hause zu nehmen.

„Ja, das stimmt“, bestätigte er. „Also? Kommen Sie für eine Weile zu uns?“

Sie sah zu Olivia, schließlich nickte sie. „Ja, bis es ihr besser geht. Dann muss ich zurück nach Hause, einverstanden?“

„Einverstanden“, sagte Marcus und sah zu Trey, der den Blick sofort richtig deutete.

„Gehen Sie ruhig und erledigen Sie, was Sie zu erledigen haben. Ich werde hier bleiben.“

„Sie haben ja meine Nummer.“

Trey klopfte auf die Jackentasche, in der Marcus’ Visitenkarte steckte. „Ja, und Sie wissen, wie Sie mich erreichen können.“

Es missfiel Marcus, Olivia so früh bereits wieder zu verlassen, doch Anna konnte unmöglich hier bleiben.

„Ist sie in Sicherheit?“ fragte er Trey. „Ich meine, der Mann, der auf sie geschossen hat, ist noch nicht gefasst. Was, wenn er …“

„Ich lasse einen Wachmann vor dem Zimmer postieren“, erwiderte er.

Marcus nickte, dann hielt er ihm die Hand hin. „Es tut mir Leid, dass wir uns unter diesen Umständen kennen lernen mussten, aber ich freue mich, Ihre Bekanntschaft gemacht zu haben.“

„Die Freude ist ganz meinerseits“, gab Trey zurück und schüttelte ihm die Hand.

Olivia stöhnte wieder leise auf. Trey drehte sich zu ihr um, während Marcus Anna aus dem Zimmer brachte.

Nachdem er sich einen Stuhl herangezogen hatte, setzte sich Trey neben das Krankenbett. Im Moment sollten die anderen Jagd auf Verbrecher machen. Für ihn war nur wichtig, dass keiner von denen in dieses Zimmer gelangte.

Dennis Rawlins war einen Schritt zu weit gegangen. Er war Teil jener Gewalt geworden, von der er behauptete, sie zu verabscheuen. Doch zu seiner Überraschung war ihm dieser Schritt gut gelungen. Bomben zu legen war etwas Anonymes, man sah seinen Opfern nicht in die Augen. Das war diesmal anders gewesen. Er hatte sich einen Plan zurechtgelegt, seiner Gegnerin in die Augen gesehen und sie dann ausgelöscht. Es bereitete ihm ein gutes Gefühl, aber es gab noch einige Dinge, die er zu erledigen hatte.

Nach dem Attentat hatte er den Freeway an der nächsten Ausfahrt verlassen, war auf direktem Weg zu einem ihm bekannten Schrottplatz gefahren, der um diese Zeit unbewacht war. Er benutzte das Zufahrtstor mit dem defekten Schloss und stellte den Van inmitten der rostigen Wracks ab. Der Wagen war alt genug und ausreichend ramponiert, um zwischen den anderen Karren nicht aufzufallen. Niemand würde den Van dort jemals entdecken.

Er nahm jeden Fetzen Papier aus dem Wagen, auf dem sein Name stand, verwischte die Fingerabdrücke und steckte Schlüssel und Waffe ein, dann verließ er den Platz auf dem Weg, den er gekommen war. Auf halber Strecke zum Tor fiel ihm ein größtenteils ausgeschlachteter 52er Chevrolet auf und er nahm spontan die Waffe aus der Tasche, um sie unter den halb verrotteten Rücksitz zu schieben.

Dann ging er weiter, zog das Tor hinter sich zu und schlenderte die Straße entlang, bis der Schrottplatz gut eine Meile hinter ihm lag. Niemand würde ihn hier noch mit den Autowracks in Verbindung bringen. Er winkte ein Taxi an den Straßenrand und ließ sich nach Hause fahren, wo er die Tür hinter sich verriegelte und sich auf dem Weg ins Schlafzimmer die Kleidung vom Leib streifte.

Nachdem er geduscht hatte, zog er eine Jogginghose an, ging in die Küche und machte sich ein Sandwich mit Wurst und Käse, goss sich ein Glas Milch ein, während er eine Melodie summte. Dann schüttete er eine Handvoll Chips auf den Teller zum Sandwich und hielt abrupt inne, da es soeben sechs Uhr wurde und die Kuckucksuhr über dem Telefon sich meldete.

Unwillkürlich musste er lächeln, als der kleine Mann hinter der rechten Klappe auftauchte und vor einer ebenso kleinen Frau davonlief, die ihm nachstellte. Die Uhr hatte früher seiner Mutter gehört. Soweit er zurückdenken konnte, hatte er immer dieses kleine Schauspiel beobachtet. Diese vertraute Szene vermittelte ihm ein trügerisches Gefühl von Sicherheit, so als befinde sich seine Mutter im Nebenzimmer und würde jeden Moment auftauchen. In Wahrheit war sie schon seit Jahren tot. Als die Verfolgungsjagd vorüber war, trug er den Teller ins Wohnzimmer, wo er während der Abendnachrichten essen wollte.

Er griff nach der Fernbedienung, schaltete den Fernseher ein und lehnte sich genüsslich nach hinten. Nach dem zweiten Bissen wurde Olivia Sealys erwähnt. Schnell stellte er den Ton lauter, um ja kein Detail zu versäumen, wenn über den tödlichen Unfall berichtet wurde.

„… am Nachmittag. Zeugenaussagen zufolge soll es sich beim Tatfahrzeug um einen älteren dunklen Van oder Geländewagen handeln. Der Fahrer soll ein Weißer sein, etwa fünfunddreißig bis vierzig Jahre alt, möglicherweise trug er eine weiße Baseballkappe. Wenn Sie Informationen zu diesem Verbrechen haben, setzen Sie sich bitte mit dem Dallas Police Department in Verbindung. Alle Anrufe werden vertraulich behandelt. Miss Sealy befindet sich weiterhin im Dallas Memorial, ihr Zustand wird als ernst, aber stabil bezeichnet.“

Dennis verschluckte sich vor Schreck und begann zu husten.

Sie war nicht tot? Wie zum Teufel konnte das sein? Er hatte aus nächster Nähe auf sie geschossen. Er hatte das ganze Magazin geleert, und er hatte gesehen, wie der Wagen die Leitplanke durchbrach und sich überschlug.

Und trotzdem war sie nicht tot?

Was hatte das zu bedeuten?

Er sah auf sein Essen und stellte den Teller zur Seite. Ihm wurde übel, seine Hände zitterten.

„Oh Herr … ich habe es doch versucht“, flüsterte er, ging dann auf die Knie und betete.

Als er die Augen schloss, sah er wieder die toten Kinder, die auf dem Rasen verstreut lagen und deren verdrehte, blutige Leiber ihn an sein Versagen erinnerten.

„Ich habe es versucht“, wiederholte er. „Oh Gott, vergib mir.“ Er stöhnte und beugte sich vor, bis sein Gesicht den Boden berührte, während er weiter den Gott anbetete, der in seinem Kopf lebte. „Gib mir noch eine Chance, Herr. Diesmal werde ich alles richtig machen, ich verspreche es dir.“

Entweder wollte Gott nicht mit ihm reden, oder er war einfach nicht zu Hause, denn Dennis hörte nichts weiter als sein eigenes Schluchzen. Er konnte nur wieder die Augen schließen und weiter beten, damit er von seinen Sünden reingewaschen wurde.

Es war nach Mitternacht, als Trey den Korridor betrat. Er musste dafür nicht auf die Uhr sehen, ein Blick zu den Schwestern genügte, um zu wissen, dass die Nachtschicht ihren Dienst angetreten hatte. Für eine Weile blieb ihm nichts anderes übrig, als Olivias Zimmer zu verlassen, damit ihre Verbände gewechselt und ihr Zustand kontrolliert werden konnte.

Nur wenige Schritte hinter der Tür bleib er stehen. Mehr Abstand wollte er nicht zwischen Olivia und sich kommen lassen. Einmal pro Stunde rief Marcus an, um sich nach seiner Enkelin zu erkundigen. Der alte Mann tat ihm Leid, fühlte er sich doch offenbar hin und her gerissen zwischen der Sorge um Olivia und der Sorge um eine Frau, die sichtlich Schwierigkeiten hatte, sich um sich selbst zu kümmern.

Trey fühlte mit dem Mann mit, doch insgeheim war er froh darüber, mit Olivia allein sein zu können. Immer wieder wachte sie kurz auf, aber es reichte nie, um zu verstehen, was um sie herum vorging. Doch dieser gelegentliche Blick in ihre blauen Augen und das Wissen, dass ihr Zustand stabil war und sich allmählich verbesserte, genügte ihm bereits.

Bei den Schwestern hatte er sich beliebt gemacht, seit die wussten, dass er und Olivia in ihrer Jugend ein Paar gewesen waren. Seitdem war es ihm gestattet, den Pausenraum der Krankenschwestern zu benutzen. Worauf er bislang aber vergeblich wartete, war die Mitteilung, der Schütze sei gefasst. Dass der Kerl, der Livvie hatte umbringen wollen, noch immer auf freiem Fuß war, gefiel ihm gar nicht. Umso wachsamer beobachtete er jeden Mann, der an dem Krankenzimmer vorüberging. Der einzige Mann, der zu Olivia durfte, war ihr Arzt, und Trey wusste, er würde den Täter auf den ersten Blick erkennen. Mehr konnte er nicht tun, alles andere musste jetzt das Department leisten.

Am Ende des Korridors angekommen, starrte er auf den Parkplatz, als eine der Schwestern nach ihm rief. „Detective Bonney … Detective Bonney."

Er drehte sich um.

„Sie können jetzt wieder hineingehen", sagte sie.

Trey bedankte sich mit einem Kopfnicken und verließ den Platz am Fenster in dem Moment, als ein Taxi vor dem Eingang zum Krankenhaus anhielt und einen Fahrgast aussteigen ließ.

Die Besuchszeit war längst vorüber, doch Dennis kannte sich im Krankenhaus gut aus. Seine Mutter hatte die letzten acht Wochen ihres Lebens hier verbracht, während ein Tumor in ihrem Bauch sie langsam aufgezehrt hatte. Einige Wochen vor der Diagnose, dass sie an Krebs erkrankt war, hatte er ihr eines Abends im Vollrausch gestanden, für den stümperhaften Bombenanschlag auf die Abtreibungsklinik verantwortlich zu sein. Seine Mutter hatte mit Entsetzen reagiert und ihn aus dem Haus geworfen, das er als sein Heim betrachtete. In den folgenden Tagen betete sie zu Gott, er möge sie von ihrer Schuld freisprechen, die sie mittrug, weil sie eine so bösartige Kreatur zur Welt gebracht hatte. Als der Tumor festgestellt wurde, hielt sie das für ein Zeichen Gottes, der sie damit für ihre Mitschuld bestrafte, und weigerte sich, einer Operation oder einer anderen medizinischen Behandlung zuzustimmen.

Schließlich wurden die Schmerzen so schlimm, dass sie seine Mutter an den Rand des Wahnsinns trieben. Dennis setzte sich daraufhin über ihren Entschluss hinweg und brachte sie ins Krankenhaus. Die Ärzte bemühten sich um eine Behandlung, doch sie weigerte sich, nannte aber auch keine Begründung für ihr Verhalten. Sie nahm den Tod als jene Strafe hin, die sie von ihrer Schuld befreite.

Zwar war sie vor nunmehr neun Jahren gestorben, doch Dennis bekam sofort eine Gänsehaut, als er die Notaufnahme betrat. Seine Vermutung, dass dort Hochbetrieb herrschen würde, erwies sich als richtig. Das Wartezimmer war voll, und das Personal hatte mehr als genug damit zu tun, die Patienten aufzunehmen. Er setzte sich auf einen

Platz nahe der Tür, verlor sich eine Weile im Lärm und in der Menge, bis er herausgefunden hatte, welche Mitarbeiter sich wohin begaben.

Auf einmal fuhr ein Rettungswagen vor, gefolgt von zwei Polizeifahrzeugen. Dennis stand auf, und nutzte die allgemeine Unruhe des offensichtlich schwer verletzten Neuzugangs, um durch die Tür zu schlüpfen, die nur dem Personal Zutritt gestattete. Er begab sich zum Materialraum, den er von seinem Platz aus hatte sehen können, und zog die Tür hinter sich zu, gleichzeitig schaltete er das Licht ein.

Schnell fand er einen Overall und zog ihn an, dann nahm er einen Putzeimer auf Rollen, einen Mop, mehrere Putzlappen und eine Sprühflasche Desinfektionsmittel, verließ den kleinen Raum und machte sich auf den Weg durch das Gebäude.

Niemand nahm von ihm Notiz, während er sich auf den Weg zum dritten Stock machte. Olivia Sealy musste dort untergebracht sein, da er sich noch gut daran erinnern konnte, wohin Patienten unmittelbar nach einer Operation kamen. Zielstrebig ging er durch die Korridore und schob mit dem Mop den Eimer vor sich her.

Auf der Etage herrschte aufgrund des Schichtwechsels ein geschäftiges Treiben. Das war sein Glück, denn so konnte er sich auf der Station bewegen, ohne allzu schnell aufzufallen. Kaum war das Schwesternzimmer einen Moment lang unbeaufsichtigt, nutzte er seine Chance. Keine halbe Minute später hatte er herausgefunden, wo Olivia Sealy lag, dann ging er zum nächsten Materialraum.

Eine Schwester mit einem Tablett in der Hand kam ihm entgegen und warf ihm nur einen flüchtigen Blick zu, dann eilte sie weiter. Er zog sich in den Raum zurück, nahm eine Rolle Papiertücher aus dem Regal, riss einige davon ab und stopfte sie in den Eimer. Er zündete sie mit einem Streichholz an und wartete nur lange genug, um sicher zu sein, dass die Tücher Feuer gefangen hatten, dann verließ er rasch den Raum. Olivias Zimmer war im Flur das drittletzte. Langsam bewegte er sich dorthin und hielt die Tür im Auge.

Nur wenige Sekunden vergingen, dann bahnte sich der Rauch seinen Weg unter der Tür des Materialraums hindurch in den Korridor. Dass Dennis damit eine weitere Katastrophe auslösen könnte, war ihm nicht bewusst. Er dachte nicht darüber nach, ob das Feuer womöglich außer Kontrolle geraten und noch mehr unschuldige Menschen ihr Leben verlieren könnten. Ihm ging es nur darum, vor seinem Schöpfer Wiedergutmachung zu leisten.

Eine Minute war inzwischen verstrichen. Eine Krankenschwester kam aus einem Zimmer in den Flur, ging aber in die andere Richtung weg und sah nichts von der Rauchwolke, die allmählich dichter wurde. Plötzlich schrillte der Feueralarm los, der jeden, der sich aus eigener Kraft bewegen konnte, aus den Zimmern in den Gang eilen ließ.

Irgendjemand schrie, ein anderer brüllte etwas Unverständliches, fast gleichzeitig setzte die Sprinkleranlage ein.

Als die Tür, an der Dennis stehen geblieben war, geöffnet wurde, machte er einen Schritt nach hinten, da ein großer, kräftiger Mann aus dem Zimmer gelaufen kam, in dem Olivia Sealy lag.

Dennis zuckte zusammen. Mit diesem Mann hatte er nicht gerechnet. Ihm kam in den Sinn, dass sein Plan womöglich nicht ausgereift war, doch es war längst zu spät, um jetzt noch einen Rückzieher zu machen.

Kaum war ihm der Mann nicht mehr im Weg, schlüpfte Dennis in das Zimmer und schloss die Tür hinter sich ab. Mit einem Mal empfand er einen solchen inneren Frieden, dass ihm die Tränen kamen. Das Wasser aus der Sprinkleranlage lief ihm übers Gesicht, doch er konnte Olivia klar und deutlich sehen. Durch sie würde er sich von allen Sünden reinwaschen. Er holte tief Luft und näherte sich dem Bett.

Trey erkannte schnell, woher der Rauch kam. Als er die Tür zum Materialraum öffnete, sah er den brennenden Eimer und zog ihn sofort nach draußen in den Flur, ehe die Flammen auf die Putzmittel übergreifen konnten. Eine Schwester kam mit einem Feuerlöscher zu ihm gelaufen und erstickte das Feuer, während Trey dastand und verwundert den Eimer betrachtete.

„Lassen Sie die Sprinkleranlage abstellen", sagte er zu der Krankenschwester. „Das war's."

Sie lief zum Telefon, während ihre Kolleginnen Aufnehmer und Tücher holten, um das Wasser aufzuwischen.

Jemand hatte eine Rolle Papiertücher in Brand gesetzt … aber warum? Der Rauch verzog sich bereits, und Trey wunderte sich, was dieses Manöver hatte bewirken sollen. Warum sollte jemand …?

Sein Herz stockte einen Moment lang, als er sich umdrehte und sah, dass die Tür zu Livvies Zimmer geschlossen war. Er wusste mit Sicherheit, er hatte sie offen gelassen.

„War irgendjemand in Olivia Sealys Zimmer?" rief er panisch.

Die Schwestern sahen sich gegenseitig an, schüttelten dann aber den Kopf.

„Rufen Sie den Sicherheitsdienst", wies er sie an und stürmte auf die Tür zu.

Wasser strömte Dennis über den Hinterkopf und die Hände, als er sich über Olivia Sealy beugte. Seine Finger umschlossen ihre Kehle, er spürte, wie warm ihre Haut war, er fühlte ihren Puls unter der Haut. Ein Schauer lief ihm über den Rücken. Die Macht über Leben und Tod lag buchstäblich in seinen Händen.

So also muss sich Gott fühlen.

Er atmete langsam aus, sein Herz schlug vor Aufregung schneller.

„Im Namen des Vaters, des Sohnes und …"

Plötzlich wurde Dennis nach hinten gerissen, das Wasser lief ihm ins Gesicht. Seine Knie knickten ein, als er eine tiefe, wütende Stimme dicht an seinem Ohr hörte.

„Nimm die Hände weg, sonst bist du ein toter Mann."

Dennis erstarrte und blinzelte, um besser sehen zu können, doch das Wasser tropfte ihm weiter in die Augen und machte es ihm unmöglich, etwas zu erkennen. Der Gedanke, Widerstand zu leisten, kam ihm nie in den Sinn. Was ihm jedoch bewusst wurde, war die Tatsache, dass er neun Jahre lang auf diesen Moment gewartet hatte. Die Gerechtigkeit hatte ihn ereilt, bevor er Wiedergutmachung hatte leisten können. Ein wenig überraschte es ihn, darüber Erleichterung zu empfinden.

„Der Herr befahl es mir. Ich tue nur, was er mir ..."

„Kein Wort mehr, und nimm jetzt endlich die Hände von ihr!" brüllte Trey, während er den Mann an den Schultern packte und mit einem kräftigen Ruck nach hinten zerrte.

Kaum hatte Dennis die Hände ein Stück hochgenommen, wurde er rückwärts aus dem Zimmer geschleift. Die Sprinkleranlage wurde abgeschaltet, und er konnte den Mann erkennen, der seinen Plan vereitelt hatte.

Er spürte den Zorn des Mannes, als habe der körperliche Gewalt angewendet. Etwas verriet ihm, dass dieser Fremde ihm ohne zu zögern das Genick brechen würde, wenn er sich ihm widersetzte. Es war ein verlockender Gedanke, weil er Dennis damit von seinem Elend erlösen würde.

Nur eine kleine Bewegung, die als Widerstand zu deuten war.

Komm schon, Dennis, tu wenigstens einmal in deinem Leben das Richtige.

Die höhnische Aufforderung erschien ihm so real wie der Mann, in dessen Griff er sich befand.

Eine Bewegung. Ein Aufbegehren, und dann würde er vor Gott treten.

Doch ihm fehlte der nötige Mut, und damit ging für Dennis Rawlins die Erkenntnis einher, dass sich seine größte Angst erfüllen würde. Sobald er seinem Schöpfer gegenübertrat, würde das Blut von Kindern an seinen Händen kleben. Und er würde eingestehen müssen, dass er zu feige war, das Richtige zu tun, wenn es hart auf hart kam.

Trey drückte den Mann mit dem Gesicht gegen die Wand und legte ihm Handschellen an, noch bevor sich der Sicherheitsdienst um ihn kümmern konnte. Als er ihn sich genauer ansah, erkannte er den Mann wieder, der vor dem kriminaltechnischen Labor mit einem Protestplakat umhergelaufen war.

„Halten Sie ihn fest!" wies er den Sicherheitsmann an und lief zurück zu Olivias Bett.

Obwohl Bettwäsche und Kleidung durchnässt waren, schlief Livvie immer noch fest und ahnte nicht, wie nah sie ein weiteres Mal dem Tod gekommen war.

Er berührte ihren Arm und lauschte auf den gleichmäßigen Herzschlag, den die Apparaturen neben ihrem Bett als leise Piepstöne hörbar machten. Alles war noch so wie kurz zuvor, ehe er in den Flur gelaufen war. Als er mit dem

Handrücken über ihre Wange streichen wollte, merkte er, wie sehr er zitterte.

Zum zweiten Mal hätte er Livvie beinah verloren. Der bloße Gedanke bereitete ihm Übelkeit. Er strich ihr eine nasse Haarsträhne aus dem Gesicht, dann atmete er tief durch, um sich zu beruhigen.

Sie hatte den Mund leicht geöffnet, die Unterlippe war ein wenig angeschwollen. Kleinere Schrammen waren auf ihrer Wange zu sehen, außerdem ein größerer Kratzer auf ihrer Stirn. Livvie wirkte, als hätte sie sich einen Nahkampf mit einer Wildkatze geliefert und verloren.

Zugleich hatte sie noch nie schöner ausgesehen als in diesem Moment.

Er drückte ihr einen zarten Kuss auf die Wange, dann auf die Stirn. Von ihren Lippen war er nur ein paar Zentimeter entfernt, als er flüsterte: „Oh, Livvie … du ahnst gar nicht, was du in mir bewegst." Wieder beugte er sich ein Stück weit vor, und diesmal berührte er ihren Mund, aber so hauchzart, dass es fast nicht zu spüren war. Als er sich aufrichtete, standen ihm Tränen in den Augen.

Während er zur Tür ging, zog er sein Mobiltelefon aus der Tasche und rief Chia Rodriguez an. Als sie sich meldete, hörte er ihrer Stimme an, dass sie verschlafen und wütend war.

„Ich hoffe, es ist etwas Wichtiges", brummte sie.

„Chia, ich bin's, Trey. Ich habe den Schützen."

„Was soll das heißen, du hast ihn?" fragte sie und war sofort hellwach.

„Ich weiß nicht, wie er heißt, aber er liegt im Krankenhausflur und trägt meine Handschellen. Der Sicherheitsdienst bewacht ihn im Moment, aber es ist dein Fall, und ich dachte mir, du würdest ihn vielleicht gern selbst einkassieren."

„Was ist denn passiert? Wie kannst du …?"

„Ich erkläre es dir, wenn du herkommst", unterbrach er sie und beendete das Telefonat.

9. KAPITEL

Auf dem Weg zur Polizeiwache versuchte Dennis Rawlins zu beten, doch er fühlte sich leer. So sehr er sich auch anstrengte, er konnte Gott nicht mehr hören. Was es zu bedeuten hatte, wusste er nicht mit Sicherheit, doch er erinnerte sich noch gut an seine Kindheit. Wenn seine Mutter wütend auf ihn war, sprach sie auch nicht mit ihm. Folglich mochte es gut sein, dass Gott auch wütend auf ihn war. Dennis konnte es ihm nicht verübeln. Seit Jahren hatte er mit seinem Leben nichts Vernünftiges angestellt, da war es gar kein Wunder, wenn Gott sich irgendwann von ihm abwenden würde.

Als man Dennis ins Gefängnis steckte, hatte er nichts zu sagen. Allein der Versuch, ihnen zu erklären, warum er Olivia Sealy töten wollte, bereitete ihm Kopfschmerzen. Er wusste, er würde von dem Bombenanschlag auf die Abtreibungsklinik nichts sagen. Dennis war besessen, aber er war kein Dummkopf.

Während er auf seinen Pflichtverteidiger wartete, saß in einem anderen Viertel der Stadt Foster Lawrence auf der Bettkante und fragte sich, was er als Nächstes tun sollte.

Vielleicht würde er nach Florida reisen.

Er hatte immer überlegt, an einem Ort zu wohnen, wo immer die Sonne schien. Aber natürlich hatte er ein Leben im Luxus führen wollen, doch dieser Traum war ihm zunichte gemacht worden. Allein der Gedanke, dass eine Million Dollar in Rauch aufgegangen war, machte ihn rasend vor Wut. Und es war ein Albtraum, dass die Polizei ihm schon wieder auf den Fersen war. Er konnte nicht zurück ins Gefängnis gehen – und er würde es auch nicht tun!

Unwillkürlich musste er daran denken, warum er überhaupt hinter Gittern gelandet war. Wie würde wohl sein Leben heute aussehen, wenn er sich damals bei dieser Sache mit den Sealys nicht von seinen Gefühlen hätte beeinflussen lassen? Ganz sicher wäre er zumindest nicht im Gefängnis gelandet.

Doch an dem Tag, an dem er sich in das alte Haus am See begeben und das kleine Kind gesehen hatte, da war er wie vor den Kopf gestoßen gewesen. Mit Entsetzen hatte er auf die Erklärung reagiert, das Mädchen sei gekidnappt worden. Er konnte sich noch immer lebhaft daran erinnern, wie die Kleine durch das Haus lief, ihre Schmusedecke in der Hand hielt und nach ihrer Mommy rief.

Von dem Moment an, als er das Kind gesehen hatte, fühlte er sich hin und her gerissen. Sollte er ein Mitglied seiner eigenen Familie ans Messer liefern, oder sollte er einfach schweigen? Sagte er nichts, machte er sich automatisch der Beihilfe schuldig. Was ihn zusätzlich verwirrte, war die Tatsache, dass es keine Lösegeldforderung gab und auch nicht geben würde. Was das Ganze sollte, konnte er einfach nicht verstehen.

Rückblickend musste er sich fragen, warum um alles in der Welt er nur geblieben war. Und warum war er nur auf die verrückte Idee gekommen, selbst ein Lösegeld zu fordern, obwohl er mit dem Verbrechen überhaupt nichts zu tun hatte. Von einem Mord hatte er nichts gewusst, bis darüber in der Zeitung geschrieben wurde. Doch da steckte er bereits bis zum Hals mit in der Sache.

Der Regen prasselte gegen das Fenster auf der anderen Seite des Betts, was ihn an die Nacht erinnerte, als er das Lösegeld abholte. Da hatte es auch geregnet.

Oh Gott.

Hätte er doch bloß nie angerufen und das Geld gefordert. Hätte er das Kind doch einfach nur mitgenommen und im Einkaufszentrum abgesetzt, dann sofort Texas verlassen und niemals zurückgeblickt. Damals wartete in Amarillo eine anständige Frau auf ihn. Wie würde sein Leben wohl heute aussehen, wenn er zu ihr zurückgekehrt wäre, anstatt seiner Habgier nachzugeben?

Er stand auf, ging ans Fenster und sah hinunter auf die Straße. Die vorbeifahrenden Wagen spritzen Wasserfontänen auf den Fußweg, wenn sie mit hoher Geschwindigkeit durch die großen Pfützen fuhren.

Eine Handfläche drückte er leicht gegen die Scheibe, während er sich vorstellte, er könnte spüren, wie die Tropfen auf das Glas trafen. Was war wohl aus der Frau in Amarillo geworden? Wie hieß sie noch gleich? Linda? Nein, Lydia. Ja, genau. Lydia Dalton. Sie war ein zierliches Ding gewesen, aber ihr Lachen war einzigartig.

Lydia Dalton.

Er wandte sich vom Fenster ab, ging zurück zum Bett und legte sich hin. Er könnte sich auch morgen noch Gedanken darüber machen, was er als Nächstes tun sollte. Jetzt wollte er einfach nur schlafen und die letzten fünfundzwanzig Jahre vergessen.

Marcus Sealy lag in seinem Bett und schlief, Anna war einige Zimmer weiter einquartiert worden.

Nachdem sie ihre Taschen ausgepackt, Rose begrüßt und mit Marcus gegessen hatte, war sie auf ihr Zimmer gegangen. Als sie geduscht und sich fürs Bett fertig gemacht hatte, war ihr der Bezug zu ihrer Welt abhanden gekommen. Eine Zeit lang wusste sie nicht, warum sie hier war und wo sie sich überhaupt befand. Die Erinnerung kehrte nur bruchstückhaft zurück. Sie wusste, sie hatte Marcus versprochen, auf Olivia aufzupassen, doch sie konnte sie nirgends finden. Stundenlang lief sie durch die Flure des weitläufigen Hauses, während sie nach dem Baby suchte und lauschte, ob sie es irgendwo weinen hörte.

Schließlich war sie zu erschöpft, um weiter nach Olivia zu suchen, außerdem machte das Prasseln des Regens sie müde, so dass sie sich in der Bibliothek auf das Sofa legte und einschlief.

Olivia erwachte kurz vor Tagesanbruch. Sie hörte, wie der Regen gegen das Fenster in ihrem Zimmer trommelte. Das war gut, denn sie brauchten schon länger Regen. Als sie dann die Augen öffnete, fiel ihr Blick als Erstes auf Trey, der auf einem Stuhl neben ihrem Bett saß und schlief. Sie wusste nicht, warum er und nicht ihr Großvater Wache bei ihr hielt, aber der Anblick rührte sie zu Tränen.

Eine Weile sah sie ihn einfach nur an, wie er dasaß, die Beine lang ausgestreckt. Der Stoff seiner Jeans lag eng um seine muskulösen Oberschenkel, und mit einem mal musste sie daran denken, wie es sich angefühlt hatte, wenn er diese Beine um ihre legte, wenn sie sich geliebt hatten. Sie erinnerte sich sehr lebhaft an diese Zeit, an das Kribbeln, das er bei ihr auslöste, wenn sie ihn nur betrachtete.

Doch das war inzwischen alles Jahre her. Jetzt saß er dicht neben ihrem Bett, aber die Distanz zwischen ihnen beiden hätte nicht größer sein können. Es kam ihr wie eine Ewigkeit vor, als sie das Banana Split geteilt hatten. Sie fragte sich, wie viel Zeit seitdem wirklich vergangen sein mochte und wie lange sie geschlafen hatte. Wäre sie doch bloß bei ihm geblieben, anstatt nach Hause zurückzukehren. Dann hätte sie sich wohl nicht auf den Weg zu Anna gemacht und wäre nicht in dem Moment auf dem Freeway unterwegs gewesen, als jemand versuchte, sie umzubringen. Trey hatte gewollt, dass sie bei ihm blieb, doch sie war zurückgewichen, so wie sie es immer tat – und was hatte es ihr eingebracht?

Ihr Blick ruhte weiter auf Trey, und sie fragte sich, wie sehr sich der Junge, an den sie sich erinnerte, verändert hatte, seit er ein Mann war. Ob er sich wohl immer noch so wie früher zusammenrollte, wenn er im Bett lag und schlief? Ob er um Mitternacht immer noch gern ein Sandwich mit Erdnussbutter und sauren Gurken aß? Sie fragte sich auch, wie lange sein Hass auf sie wohl angehalten hatte, nachdem sie dem Wunsch ihres Großvaters nachgekommen war, sich nicht mehr mit ihm zu treffen. Sie war sich allerdings sicher, dass sie selbst sich viel länger dafür gehasst hatte.

Als sie einen leisen Seufzer ausstieß, verspürte sie Schmerzen. Sie biss sich auf die Unterlippe, ehe sie wieder nervös zu Trey sah und dabei bemerkte, dass er wach war und sie beobachtete.

Ihr Herz schlug prompt schneller, woraufhin sich die gleichmäßige Geräuschkulisse der Geräte neben ihrem Bett prompt veränderte. Trey setzte sich zu ihr auf die Bettkante.

„Ich bin hier, Baby“, sagte er leise. „Hast du Schmerzen? Soll ich eine Krankenschwester holen?“

Als er seine Hand an ihr Gesicht legte, ließ sie den Kopf dagegensinken und hielt ihre Tränen nicht zurück. „Du bist geblieben“, sagte sie.

Trey sah in ihren Augen, welche Frage sie ihm damit eigentlich stellen wollte, doch er war sich nicht sicher, ob sie für die Antwort bereit war.

„Ich musste wissen, ob es dir gut geht.“

„Gehört das zu deinem Job?“

Wieder ein Zögern, dann ein leises Seufzen. „Nein, Livvie. Es gehört nicht zu meinem Job.“

„Ist es zu spät?“ fragte sie.

„Zu spät wofür, Honey?“

„Für uns.“

Treys Puls wurde schneller, gleichzeitig brach ihm der kalte Schweiß aus, da er daran denken musste, dass es um ein Haar für alles zu spät gewesen wäre. Auch wenn er sich wieder in eine Welt würde begeben müssen, in der er nicht erwünscht war, konnte er sich nicht dazu durchringen, nein zu sagen.

„Willst du denn, dass es ein ‚Uns' gibt?" erwiderte er.

Sie nickte.

„Und dein Großvater?"

„Er wird dich auch mögen", sagte sie und schloss die Augen. Es kostete sie zu viel Kraft, weiter wach zu bleiben. Da sie wusste, dass Trey bei ihr war, fühlte sie sich in Sicherheit.

Trey dachte über Olivias Worte nach und fragte sich, ob sie wirklich noch Gefühle für ihn hegte. Das würde nur die Zeit zeigen, und im Moment reichte es ihm vollauf, dass sie überlebt hatte.

Während sie wieder einschlief, überlegte er, ob und wie Dennis Rawlins in den Fall passte, an dem Trey arbeitete. Der Mann war sicher nicht alt genug, um vor fünfundzwanzig Jahren an einem Mord beteiligt gewesen zu sein.

Es ergab auch keinen Sinn, warum er Olivia hatte umbringen wollen, doch Trey beschlich das Gefühl, dass es mit Blick auf Rawlins auch keinen Sinn ergeben musste. Wenn er sich nicht täuschte, war dieser Mann nicht ganz bei Verstand. Es wäre nicht das erste Mal, dass ein geistig Verwirrter in ein Verbrechen verwickelt wurde, mit dem er gar nichts zu tun hatte. Rawlins hatte für den Augenblick nur noch mehr Verwirrung in einen ohnehin schon undurchsichtigen Fall gebracht. Chia und ihr Partner David Sheets würden sich darum kümmern müssen, was mit Rawlins wirklich los war. Trey selbst hatte genug mit der Kinderleiche zu tun, deren Identität noch nicht geklärt war.

Marcus schreckte aus dem Schlaf hoch und sah auf den Wecker. Neun Uhr! Stündlich hatte er im Krankenhaus angerufen, um sich nach Olivia zu erkundigen, doch dann war er irgendwann eingeschlafen. Er setzte sich auf, griff nach dem Telefon und wurde erst ruhiger, als eine Schwester ihm versicherte, Olivias Zustand sei stabil. Richtig erleichtert war er, als er hörte, Detective Bonney sei die ganze Nacht über bei ihr geblieben. Diese Informationen halfen ihm, ein wenig zur Ruhe zu kommen, ehe er sich auf den Weg ins Krankenhaus machte.

Er fragte sich, wie es wohl Anna ging, stand auf, zog Jogginghose und T-Shirt an und begab sich in Annas Zimmer.

„Oh nein“, murmelte er, als er das unberührte Bett sah, und ging nach unten.

Rose war in der Küche, als er hereinkam. „Haben Sie Anna gesehen? In ihrem Zimmer scheint sie nicht geschlafen zu haben.“

„Sie schläft in der Bibliothek“, antwortete sie und reichte ihm eine Tasse Kaffee. „Da habe ich sie heute Morgen entdeckt. Ich nehme an, es geht ihr gut. Vielleicht konnte sie in dem fremden Bett nicht schlafen.“

Marcus seufzte erleichtert und nahm einen Schluck aus der Tasse.

„Möchten Sie frühstücken?“ fragte Rose.

„Nein, heute muss ein Kaffee genügen. Ich will so früh es geht ins Krankenhaus, aber ich weiß nicht recht, was ich mit Anna machen soll.“

Rose winkte beiläufig ab. „Oh, fahren Sie ruhig, und machen Sie sich um sie keine Sorgen. Ich komme schon mit ihr klar.“

„Ich weiß nicht“, gab Marcus zu bedenken. „Sie ist ein wenig ...“

„Ja, ich weiß“, unterbrach Rose ihn. „Ich habe gemerkt, dass sie ein wenig durcheinander ist. Aber das ist nicht schlimm, ich passe schon auf, dass sie sich nichts tut.“

„Vielen Dank“, sagte er. „Ich sehe nur kurz nach ihr, dann ziehe ich mich um und fahre los. Vermutlich werde ich den ganzen Tag unterwegs sein, Sie müssen also nichts zu essen für mich vorbereiten.“

„Ja, Sir“, erwiderte Rose. „Bestellen Sie Olivia einen Gruß von mir, und sagen Sie ihr, alles wird wieder gut werden.“

Mit einer Mischung aus Erleichterung und Bewunderung betrachtete er die große Frau, die sich durch nichts aus der Ruhe bringen ließ. „Das richte ich aus“, versicherte er ihr rasch. „Und was Anna angeht ... wenn etwas ist, rufen Sie mich sofort an.“

Rose legte die Stirn in Falten. „Wenn der Tag kommt, an dem ich nicht mal mit einer schrulligen alten Frau zurechtkomme, werde ich meine Kündigung einreichen." Dann fügte sie an: „Nicht, dass schrullig zu sein etwas Schlechtes wäre. Manche Menschen sind halt so."

Marcus lächelte, dann verließ er mit seinem Kaffee die Küche und sah nach Anna, die auf dem großen Sofa lag. Rose hatte ihr eine Decke übergelegt und sie weiterschlafen lassen.

Er betrachtete aufmerksam ihr Gesicht und suchte vergeblich nach der Frau, die er seit so vielen Jahren kannte. Da war nichts mehr von dieser Lebenslust zu erkennen. Er sah nur noch eine alte, verwirrte Frau.

Zurück in seinem Zimmer zog er sich um, während ihm bewusst wurde, dass er sich wohl nicht nur mit Olivias Genesung und Anna Waldens Geisteszustand befassen musste, sondern auch mit Terrence Sealy. Der war im Begriff, in Marcus' Leben zurückzukehren, was alte Wunden öffnen und unerfreuliche Erinnerungen wecken würde – Dinge, auf die er gern verzichtet hätte.

Das Klingeln des Telefons riss ihn aus seinen Gedanken, die um die bevorstehende Ankunft von Carolyn und Terrence kreisten.

Es war Trey.

„Detective Bonney? Ich bin gerade auf dem Weg ins Krankenhaus."

„Ich bin noch hier. Ich wollte nur wissen, wann Sie kommen."

„In einer halben Stunde sollte ich wohl da sein. Sehen wir uns dann noch?"

Trey erkannte an der Art, wie Marcus redete, dass er heute Morgen keine Nachrichten gehört hatte und von dem zweiten Anschlag auf Olivias Leben noch nichts wusste. Warum das Department sich nicht gemeldet hatte, war ihm zwar nicht klar, doch vermutlich war Lieutenant Warren davon ausgegangen, Trey würde das erledigen.

„Ja", bestätigte er. „Sir … hat das Dallas Police Department heute Morgen bei Ihnen angerufen?"

Marcus stutzte. „Nein, wieso? Ist irgendetwas …?"

„Kein Grund zur Sorge", unterbrach Trey ihn. „Es ist alles in Ordnung, Olivia geht es gut."

„Einen Moment lang dachte ich, Sie hätten schlechte Nachrichten für mich."

„Ganz im Gegenteil. Wir konnten gestern Abend den Mann festnehmen, der auf Livvie geschossen hat."

„Das ist ja großartig", freute sich Marcus. „Aber warum hat mich niemand angerufen?"

„Sicher nur ein Missverständnis", sagte Trey. „Vermutlich dachte mein Chef, ich würde das erledigen, und ich war der Meinung, die beiden Detectives würden sich darum kümmern, die den Fall bearbeiten."

„Wer ist dieser Mann? Hat er gesagt, warum er das getan hat?"

„Seine Name ist Dennis Rawlins, aber wir kennen sein Motiv nicht. Bislang hat er nichts gesagt, was einen Sinn ergibt."

„Na ja, wenigstens ist es jetzt vorüber", erklärte Marcus, erleichtert über die Nachricht.

„Richtig, Sir, aber Sie sollten auch wissen, dass dieser Mann gestern Abend noch einmal versucht hat, Livvie zu ermorden.“

„Mein Gott“, murmelte Marcus. „Konnte er ihr etwas antun?“

„Livvie hat nicht mal mitbekommen, dass er da war.“

„Ganz sicher?“

„Ja, ganz sicher.“

Marcus hielt kurz inne, dann wurde ihm etwas bewusst. „Sie haben den Mann festnehmen können, richtig?“

„Ja, Sir.“

„Ich bin Ihnen mehr schuldig, als Sie sich vorstellen können“, erwiderte Marcus mit bebender Stimme.

„Sie sind mir nichts schuldig“, widersprach Trey. „Ich habe nur meinen Job getan. Außerdem hätte ich nicht mit dem Wissen leben könnte, dass Livvie meinetwegen etwas zugestoßen wäre.“

„Ich verstehe“, sagte er.

„Das hoffe ich sehr, Sir. Ich habe nämlich Livvie mehr oder weniger mein Wort gegeben, dass ich nicht wieder sang- und klanglos aus ihrem Leben verschwinde. Und was ich verspreche, halte ich auch.“

„Sie bedauert die verlorenen Jahre, nehme ich an“, meinte Marcus leise.

Trey seufzte. „Ganz so wie ich, Sir.“

„Das ist alles meine Schuld. Ich wusste nicht … ich sah nicht …“

„Hören Sie, wir waren damals noch Kinder“, unterbrach Trey ihn. „Aber das nun anders. Ich will keine Probleme zwischen Ihnen und Livvie heraufbeschwören, aber ich werde nicht noch einmal den Rückzug antreten."

„Olivia ist eine erwachsene Frau, die ihre eigenen Entscheidungen treffen kann", entgegnete Marcus. „Glauben Sie mir, es liegt mir fern, ihr irgendwie wehzutun. Sie sind ganz offensichtlich ein aufrichtiger Mann, und ich verdanke Ihnen Olivias Leben."

„Sie sind mir deshalb aber nichts schuldig", betonte Trey. „Wir sehen uns gleich." Dann beendete er das Gespräch.

Gerade steckte er sein Mobiltelefon ein, als er jemanden seinen Namen rufen hörte. Er drehte sich um und sah Chia, die aus dem Aufzug kam. „Hey, Cowboy", rief sie ihm zu. „Hast du noch ein paar Verbrecher gefangen?"

Er grinste sie an, ging aber über ihre Bemerkung hinweg, und fragte sie über Rawlins aus. „Hat er gesagt, warum er Olivia umbringen wollte?"

Sie verdrehte die Augen. „Er ist durchgeknallt, aber das ist ein anderes Thema. Rat mal, was wir gefunden haben, als wir seinen Namen eingaben?"

„Sag schon."

„Er wird in Verbindung mit dem Bombenanschlag auf eine Abtreibungsklinik in Boston vor gut neun Jahren gesucht."

„Ehrlich?"

„Ehrlich", wiederholte sie. „Sieben Kinder und ihre Lehrerin kamen dabei ums Leben."

„Was hatten die mit dem Anschlag zu tun?"

„Der Bus, mit dem sie unterwegs waren, hatte ein Panne, und dann fing er auch noch Feuer. Die Lehrerin sorgte dafür, dass die Kinder alle ausstiegen, und weil es schneite, sollten sie sich im Eingang zu dieser Abtreibungsklinik unterstellen, damit sie geschützt waren, bis ein Ersatzbus kam. Aber bevor das geschah, ging die Bombe hoch."

„Und Rawlins soll dafür verantwortlich sein?"

„Er war einer der Hauptverdächtigen", erklärte Chia. „Auf einmal war er untergetaucht. Warum er Olivia Sealy umbringen wollte, ist nach wie vor rätselhaft. Falls es eine Verbindung zu deinem toten Baby gibt, haben wir sie bislang noch nicht entdecken können."

„Trotzdem danke", sagte Trey.

Sie zuckte mit den Schultern. „Lieutenant Warren will dich sehen."

„Ich werde ihn anrufen. Hier gehe ich erst weg, wenn Olivias Großvater eingetroffen ist."

„Was denn? Wir haben den Kerl geschnappt. Das heißt, *du* hast ihn geschnappt. Jetzt dürfte ihr doch nichts mehr passieren."

„Ich weiß, aber ich bleibe trotzdem hier", murmelte Trey. „Und ich bin erst beruhigt, wenn ich weiß, dass es ihr gut geht."

„Was ist los, Cowboy? Sag nicht, der große Bonney hat sich in das arme reiche Mädchen verliebt. Wenn du mich fragst, dann ging das aber verdammt schnell, sogar für deine Verhältnisse."

„Gar nichts ist los. Und ich habe dich auch nicht gefragt.“

„Oh, tut mir Leid“, erwiderte Chia. „Ich wollte dir nicht zu nahe treten.“

Trey schüttelte den Kopf. „Schon gut, ich muss mich entschuldigen. Ich habe etwas wenig Schlaf bekommen in der letzten Zeit. Aber damit du es weißt: Verdammt schnell ist hier gar nichts gegangen. Ich kenne Livvie schon seit der High School.“

Chia schluckte die spitze Bemerkung herunter, die ihr gerade noch auf der Zunge gelegen hatte. „Tatsächlich?“

„Ja, tatsächlich“, antwortete er und fuhr sich durchs Haar.

„Okay, dann … dann sprechen wir uns später?“

„Ja, später.“ Mit diesen Worten ging er zurück in Olivias Zimmer.

Jemand war bei ihr im Zimmer. Anna wusste es, noch bevor sie die Augen öffnete. Sofort überkam sie Panik, und sie setzte sich abrupt auf.

„Wer sind Sie?“ rief sie erschrocken.

Rose stellte eine Tasse Kaffee auf den Tisch, der vor dem Sofa stand, auf dem Anna die Nacht verbracht hatte.

„Sie wissen, wer ich bin“, erklärte Rose. „Ich bin’s, Rose. Ich bin die Haushälterin von Olivia und Mr. Marcus. Und Sie sind Anna. Sie haben auf Olivia aufgepasst, als sie noch klein war.“

Was die Frau sagte, klang vertraut. Anna beugte sich

vor, nahm die Kaffeetasse und roch daran, als wolle sie sicher sein, dass man ihr nicht irgendein Mittel verabreichte.

Der Duft war angenehm, sie nahm einen Schluck und stellte fest, dass es noch besser schmeckte. Sie sah Rose wieder an, und diesmal lächelte sie.

„Sie machen guten Hackbraten“, erklärte sie, woraufhin Rose zu lächeln begann.

„Vielen Dank, Anna. Kommen Sie, ich mache Ihnen Frühstück, danach können Sie sich umziehen und mir in der Küche helfen.“

Anna stand langsam auf. Sie hatte jetzt einen Plan, was sie machen sollte. Pläne waren gut, die gaben ihr eine Aufgabe.

„Ich nehme zwei weichgekochte Eier“, sagte Anna auf einmal. „Und Speck. Oh, ist überhaupt Speck da?“

„In diesem Haus ist immer Speck da“, meinte Rose lachend.

Anna begann zu lächeln. Hier gefiel es ihr, hier war sie nicht so einsam wie zu Hause. Sie folgte Rose in die Küche. Mit jedem Schritt entfernte sie sich dabei ein Stück mehr von ihrem bisherigen Leben und kam der Welt aus ihrer Vergangenheit näher.

10. KAPITEL

Drei Tage waren seit Olivias Operation vergangen, drei Tage, die Treys Leben auf den Kopf gestellt hatten. Er war so in Sorge um sie gewesen, dass er völlig spontan reagiert hatte, als sie ihn um eine zweite Chance bat. Jetzt zählte er jede Stunde seines Arbeitstages bis zum Feierabend, bis er endlich zu ihr ins Krankenhaus zurückkehren konnte. Auch wenn sie die meiste Zeit schlief, genügte es ihm, sie beobachten zu können, wie sie dalag, ruhig atmete und sich von dem Anschlag erholte.

Zwar hatte Dennis Rawlins seine Verbrechen gestanden, doch seine geistige Verfassung war für den Richter Grund genug gewesen, eine umfassende psychologische Untersuchung anzuordnen. Vorübergehend war er in eine psychiatrische Einrichtung eingewiesen worden, was für Trey nichts anderes bedeutete, als dass der Mann für seine Morde nicht würde büßen müssen.

Eine Erkenntnis hatte Rawlins Festnahme zumindest erbracht. Zur Zeit der Entführung und der Morde an den Sealys war Rawlins vierzehn Jahre alt und in einer Militärakademie untergebracht gewesen, so dass es keine Verbindung zwischen seinem Mordversuch und dem ersten Verbrechen geben konnte.

Trey wusste, dass es hilfreich war, mögliche Verdächtige ausschließen zu können, doch es brachte ihn nicht wirklich weiter. Foster Lawrence wurde nach wie vor gesucht, aber das hatte keine Priorität für die Polizei, da man ihm lediglich einige Fragen stellen wollte. Abgesehen davon war Trey ohnehin davon überzeugt, dass Lawrence sich längst abgesetzt hatte, falls er überhaupt hergekommen war. Ihm blieb für den Moment nichts anderes übrig, als auf die DNS-Ergebnisse und auf die Ankunft von Terrence und Carolyn Sealy aus Mailand zu warten. Wenn sich auch daraus nichts ergeben sollte, dann steckte er endgültig in einer Sackgasse.

Angesichts dieser entmutigenden Perspektive wollte er sich noch einmal die Dinge ansehen, die sich im Koffer mit der Kinderleiche befunden hatten. Vielleicht war ihnen irgendein Detail entgangen, das sie auf eine andere Fährte bringen konnte.

Trey war mit seinen Gedanken ganz bei der Arbeit. Als er sich zur Asservatenkammer begab, warf der diensthabende hagere Sergeant ihm einen neugierigen Blick zu, als er sich eintrug.

„Hey, Bonney, hast du wieder mal eine Frau aus einer misslichen Lage gerettet?“ fragte der Mann.

„Was ist los mit dir, Bodine? Eifersüchtig?“ gab Trey zurück.

„Nein, bin ich nicht“, entgegnete Bodine. „Es war nur eine Frage.“

Trey grinste ihn an. Er wusste, dass Russell um jede Frau, die nicht seine eigene war, einen weiten Bogen machte. Jeder bei der Polizei kannte seine Frau Peggy, und jeder wusste auch von dem Messer.

In sechs Monaten würde Russell Bodine pensioniert werden, er war seit fast vierzig Jahren verheiratet, und das einzige Mal, dass er seine Frau betrogen hatte, war es bekannt geworden, noch bevor er nach Hause gekommen war. Er hatte sich ins Bett fallen lassen und war wieder aufgewacht, als er in seinem Schritt die kalte Klinge eines Messers spürte.

Wortlos begann Peggy, ihm mit dem Messer die Schamhaare zu rasieren, während er sie anflehte, sie möge ihm nicht wehtun. Er versprach ihr hoch und heilig, ihr nie wieder untreu zu werden, wenn sie ihm bloß seine Männlichkeit beließ. Das tat sie auch, allerdings sorgte sie dafür, dass er sein Versprechen nie vergaß. Das Letzte, was er jeden Abend sah, bevor er das Licht im Schlafzimmer ausmachte, war eben jenes Messer, das gegenüber seinem Bett an der Wand hing.

„Was brauchst du denn?“ fragte Russell, während er Trey die Tür aufschloss.

„Die Sachen aus dem Koffer vom Lake Texoma, der mit dem toten Kind.“

Russell schüttelte den Kopf und ging zwischen den Regalen vor ihm her. „Muss schon ein richtiger Mistkerl gewesen sein, der einem Baby so etwas antut“, sagte er und zog einen Karton hervor, den er auf einem Tisch abstellte. „Brauchst du die Sachen länger?“

„Ich weiß nicht mal, ob ich sie überhaupt brauche. Wenn das Labor bei den DNS-Tests nicht findet, haben wir gar nichts in der Hand. Von daher möchte ich nur sicher gehen, dass wir nicht doch vielleicht etwas übersehen haben."

„Na, dann viel Glück", gab Russell zurück und fügte an: „Meine Bemerkung vorhin war übrigens nicht so gemeint."

„Ist schon okay", sagte Trey.

Russell wandte sich ab, ging wieder nach vorn und ließ Trey mit der Kiste allein. In ihr befand sich der Koffer, ferner lagen vier kleine Plastikbeutel darin, die beschriftet und mit Datum versehen waren. Vier Überreste eines jungen Lebens, das viel zu früh ausgelöscht worden war.

Er betrachtete aufmerksam den Koffer, kam jedoch zum gleichen Schluss wie vor ihm Jenner. Der Koffer sah aus wie Tausende andere, die in den siebziger Jahren verkauft wurden, und wies kein Detail auf, das geholfen hätte, den damaligen Eigentümer zu identifizieren. Trey stellte ihn zur Seite und widmete sich den Plastikbeuteln.

Im ersten von ihnen befand sich eine einzelne Socke, die gerade mal so lang war wie sein Zeigefinger. Ursprünglich musste sie weiß gewesen sein, hatte jetzt aber eine schmutzige Färbung angenommen. Am oberen Rand war ein kleiner gelber Punkt zu sehen. Bei genauem Hinsehen kam Trey zu der Ansicht, dass es sich um den Rest einer gelben Ente handeln musste, die aufgestickt worden war. Es brachte ihn aber nicht weiter.

Der zweite Beutel enthielt ein kleines, rosafarbenes Nachthemd. An der Schulter und über den Rücken verteilt waren mehrere dunkle Flecken zu sehen, vermutlich getrocknetes Blut. Er strich über die Stelle, an der das Labor ein Stück Stoff herausgeschnitten hatte, um diese Flecken genauer zu untersuchen. Ihm fiel auf, dass das Etikett abgetrennt worden war, doch aus Erfahrung wusste er, viele Menschen taten das, weil diese oftmals kratzten. Er selbst machte das bei jedem neuen T-Shirt, daher war das Fehlen kein Indiz, das auf den Täter hätte hindeuten können.

Er legte den Beutel zur Seite und griff nach dem dritten, der zugleich der größte war, da sich in ihm ein Großteil einer Babydecke befand. Der Stoff hatte einen blassen Roséton und war verschmutzt, außerdem waren die ausgefransten Überreste einer Einfassung aus Satin zu erkennen. Es gab kein Herstelleretikett und keinerlei Merkmale, die ihm irgendwie hätten helfen können, das tote Baby zu identifizieren.

Auch die Decke legte er weg und widmete sich dem vierten und letzten Beutel. Das Holzkreuz darin war schätzungsweise dreißig Zentimeter groß und eindeutig handgemacht. Er holte es heraus und suchte vergeblich nach einem Hinweis auf den Künstler, der es angefertigt hatte.

Er drehte es um und betrachtete die sechs Worte, die in das Holz eingebrannt worden waren.

Nun ruht sie bei den Engeln

Was sollte das heißen? Hatte jemand das Kind umgebracht und danach dieses Kreuz hergestellt? Oder war es dem Mörder nur zufällig in den Sinn gekommen, das Kreuz in den Koffer zu legen? Ihm schauderte bei dem Gedanken, jemand sei einerseits abgebrüht genug, ein Baby zu töten, in einen Koffer zu stecken und einzumauern, andererseits aber so mitfühlend, dass er ein religiöses Symbol mitgab.

Frustriert packte er alles wieder in die Kiste und ließ die auf dem Tisch stehen, damit Russell sie wieder an den richtigen Platz zurückstellte.

Der sah erstaunt auf, als Trey mit leeren Händen nach vorn kam. „Nichts gefunden?"

Trey schüttelte den Kopf.

„Zu schade", meinte Russell. „Ich hoffe, du bekommst den Mistkerl zu fassen."

„Oh ja, ich auch", erwiderte er. „Danke für deine Hilfe. Und grüß Peggy von mir."

Russell verzog den Mund. „Peggy ist im Moment sauer auf mich."

„Sauer genug, um das Messer von der Wand zu nehmen?" fragte Trey.

Russell hasste es, dass jeder auf dem Revier von der Geschichte mit dem Messer wusste, aber er konnte es den anderen nicht verübeln, wenn sie darauf zu sprechen kamen. Immerhin war er so dumm gewesen, sich zu betrinken und ihnen allen davon zu erzählen. Kein Wunder, wenn sie ihn nun alle damit aufzogen.

„Nein, so sauer nicht, aber es reicht, dass ich wohl versuchen muss, mich mit Schmuck bei ihr einzuschmeicheln. Peggy mag Schmuck, musst du wissen."

„Und *was* hast du angestellt?"

„Den Rasen gemäht und dabei irgendeine von den

Blumen abgeschnitten, die sie gehegt und gepflegt hat. Das Ding sah aus wie ein verdammtes Unkraut, also bin ich mit dem Rasenmäher drüber, weil sie sich sonst immer aufregt, wenn irgendwo was stehen bleibt, was da nicht hingehört."

Trey grinste.

„Manchmal ist es sauschwer, einer Frau alles recht zu machen", murmelte Russell. „Du lebst allein, und wenn du klug bist, dann sorgst du dafür, dass es auch so bleibt."

Er musste an Olivia denken und schüttelte den Kopf. „Ich glaube, manchmal lohnt es sich, das Risiko einzugehen."

Russell dachte einen Moment lang nach, dann nickte er zustimmend. „Ja, könntest Recht haben. Sag mir Bescheid, wenn ich dir noch irgendwie helfen kann."

„Wird gemacht", entgegnete Trey und ging fort.

Olivia saß auf der Bettkante. Sie presste den Mund zusammen, um den Schmerz zu unterdrücken, der mit der Bewegung aufgekommen war. Schweiß stand ihr auf der Stirn. Ihre linke Schulter war dick verbunden, den Arm trug sie in einer Schlinge. Im rechten Handrücken steckte die Nadel, an die der Infusionsschlauch angeschlossen war, so dass sie sich kaum irgendwo hätte festhalten können, wenn sie aufgestanden wäre. Dazu würde es aber so schnell ohnehin nicht kommen, da sie noch zu unsicher auf den Beinen war. Als Folge der Gehirnerschütterung hatte sie starke Kopfschmerzen, und ihre Unterlippe war nach wie vor ein wenig angeschwollen. Das Einzige, was sie essen konnte, ohne vor Schmerz zusammenzuzucken, waren Dinge wie Pudding und Eiscreme, obwohl sie beides allmählich leid war.

Vom Bett bis zum Badezimmer waren es nur ein paar Schritte, aber der Weg kam ihr unendlich weit vor. Sie wollte schon nach der Krankenschwester klingeln, als die Tür aufging und Trey hereinkam.

„Livvie, Sweetheart", rief er besorgt und eilte zu ihr. „Was machst du denn da? Warum klingelst du nicht, damit jemand herkommt?"

„Ich wollte nur ins Badezimmer", murmelte sie und begann gleich darauf zu weinen.

„Oh, Honey, nicht doch", sagte er und nahm sie in seine Arme. „Ich helfe dir. Kannst du den Infusionsständer selbst schieben, oder soll ich das machen?"

„Ja, das kann ich schon", erwiderte sie und unterdrückte einen Schluchzer.

Im Badezimmer angekommen wartete er lange genug, bis er sicher war, dass sie nicht fallen würde. „Kann ich dich ab hier allein lassen?" wollte er wissen.

Sie mied seinen Blick und nickte nur.

„Das ist schon okay", sagte er leise. „Dafür sind Freunde da."

Mit Tränen in den Augen sah sie hoch zu ihm. „Sind wir Freunde, Trey? Richtige Freunde?"

Er beugte sich vor und küsste sie auf die Wange, da ihre Lippe zweifellos noch schmerzte. „Ja, Baby … richtige

Freunde. Ich warte vor der Tür. Wenn du so weit bist, rufst du mich, dann bringe ich dich zurück ins Bett."

Nach einigen Minuten hörte er die Toilettenspülung, dann rief er: „Livvie?"

Die Tür ging auf, und sie kam mit unsicheren Schritten zurück ins Zimmer.

„Komm her, Darling." Er hob sie hoch und trug sie zum Bett, während sie den Infusionsständer vor sich her schob.

Augenblicke später lag sie wieder im Bett, Trey nahm den Waschlappen vom Nachttisch und wischte ihr über das Gesicht und die Hände, wobei er darauf achtete, nicht an die Nadel zu kommen.

Olivia weinte noch immer, ohne einen Laut von sich zu geben. Der Anblick der Tränen, die ihr über die Wangen liefen, war einfach zu viel für ihn.

Er nahm ein Taschentuch, tupfte die Tränen ab, dann beugte er sich spontan vor und küsste sie auf den Mund.

Es war eine sanfte Berührung, die erste seit elf Jahren, doch ihm kam es so vor, als habe es diese elf Jahre nie gegeben. Diese Sehnsucht nach ihr war so vertraut wie der Klang ihrer Stimme, wenn sie seinen Namen aussprach. Als er sich wieder aufrichtete, öffnete Olivia die Augen. Noch immer glänzten sie von ihren Tränen.

„Oh, Trey", flüsterte sie und streckte ihre Hand nach ihm aus.

Er ergriff sie und küsste sie zart.

„Was geschieht gerade?" wollte Livvie wissen.

„Meinst du, was hier und jetzt geschieht, oder was in der Welt allgemein passiert?“

„Beides.“

„Was das Hier und Jetzt angeht, ist es so, dass ich mich gerade wieder in dich verliebe. Was die Welt im Allgemeinen angeht, na ja … da könnte man wohl sagen, dass es schon mal besser lief.“

„Tatsächlich?“ fragte Olivia. „Du verliebst dich wieder in mich?“

Sein Blick verfinsterte sich, doch er konnte sie nicht belügen.

„Ja.“

Sie versuchte ein Lächeln, doch die Tränen wollten nicht versiegen.

„Das sollte dich eigentlich freuen“, murmelte Trey, als er wieder nach einem Taschentuch griff und ihre Wangen trockentupfte.

„Ich bin ja gar nicht traurig. Es rührt mich nur, dass du mir vergeben kannst.“

Trey seufzte. „Ach, Livvie … wir waren doch noch Kinder. Ich habe dich damals wirklich geliebt, aber wenn wir beide es zusammen versucht hätten, wäre es schief gegangen. Das weißt du so gut wie ich.“

„Vielleicht.“ Dann drehte sie sich so, bis sie ihm ins Gesicht sehen konnte. „Hast du mal darüber nachgedacht, dass wir uns vielleicht niemals wiedergesehen hätten, wenn nicht dieses arme kleine Baby gefunden worden wäre?“

„Ja, das habe ich. Weißt du, was ich glaube?“

Sie sah ihn fragend an.

„Ich glaube, Dinge geschehen aus einem bestimmten Grund, und zwar dann, wenn sie geschehen sollen. Letzte Woche hätte ich mir nicht träumen lassen, dich je wiederzusehen. Vor ein paar Tagen warst du dann auf einmal wieder da, und ich hätte dich fast wieder verloren – und das alles in nur vierundzwanzig Stunden. Als ich von deinem Unfall hörte … ich kann dir nur sagen, ich möchte niemals wieder so empfinden müssen wie in dem Augenblick."

„Weißt du, was ich dachte, als sich mein Wagen das erste Mal überschlug?"

„Sag es mir", bat er sie.

„Ich dachte, wie glücklich ich sein darf, die Liebe meines Lebens nicht nur einmal, sondern zweimal zu finden, und wie dumm ich sein muss, dass ich sie beide Male verliere. Ich wünschte mir, ich hätte dich nicht verlassen. Und ich wünschte mir, ich müsste nicht sterben."

„Du wirst auch nicht sterben, dafür sorgen hier ganz viele Leute."

„Du gehörst zu den Leuten", erwiderte sie. „Ich habe die Schwestern reden gehört. Der Mann, der auf mich geschossen hat …"

„Was ist mit ihm?"

„Er war hier, nicht wahr? Er kam noch am gleichen Abend her, um sein Werk zu vollenden."

Trey seufzte. Früher oder später musste sie von dem Zwischenfall erfahren, jedoch wäre es ihm lieber gewesen, wenn das noch eine Weile gedauert hätte.

„Ja, er war hier. Aber er konnte dir nichts tun, das habe ich verhindern können.“

„Ich weiß“, sagte Olivia. „Du hast mir das Leben gerettet.“

Er reagierte mit einem Schulterzucken.

„Was ist mit dem Mann? Ist er im Gefängnis?“

„Rawlins ist hinter Schloss und Riegel, er wird weder dir noch sonst jemandem je wieder gefährlich werden.“

„Und nun? Was ist mit dem Baby?“

„Der Fall kommt nicht voran. Und das bereitet mir Kopfzerbrechen. Ich habe das Gefühl, dass ich es dem Mädchen schuldig bin.“

„Und die DNS-Tests? Wann bekommst du da Resultate?“

„Keine Ahnung. Ich habe darum gebeten, dass die Proben möglichst schnell bearbeitet werden, aber so etwas braucht seine Zeit. Außerdem muss Terrence Sealy auch noch getestet werden.“

Olivia nickte.

„Was ist eigentlich zwischen ihm und deinem Großvater vorgefallen?“ wollte Trey wissen.

Sie legte die Stirn in Falten, dann antwortete sie: „Weißt du, bis zu dem Tag, an dem du gesagt hast, dass er zurück in die Staaten kommt, wusste ich gar nicht so genau, dass zwischen ihnen Streit herrscht. Ich kann mich daran erinnern, wie mein Großvater davon sprach, sie würden zu Feiertagen nach Hause kommen, also an Thanksgiving, Weihnachten und so weiter. Aber ich war zu jung, ich kann mich nicht daran erinnern. Ich glaube, sie zogen schon vor der Entführung nach Italien." Einen Moment lang dachte sie nach, dann fügte sie an: „Tante Carolyn ist deutlich jünger als Onkel Terrence."

„Wie viel jünger?"

„Ich bin mir nicht sicher, aber zwanzig Jahre Unterschied dürften es bestimmt sein. Sie ist etwa so alt, wie mein Vater heute wäre."

Ein Gedanke ging Trey so schnell durch den Kopf, dass er ihn beinahe ignoriert hätte, doch dann fragte er: „Sag mal, Honey, kannst du dich eigentlich daran erinnern, ob dein Großvater an Weihnachten oder Thanksgiving jemals von deinen Eltern sprach? Du weißt schon, Bemerkungen in der Art, wie sehr sie ihm fehlen? Oder hat er von ihnen erzählt?"

„Nein. Niemand hat in meiner Gegenwart jemals von meinen Eltern gesprochen."

„Wieso nicht?"

„Ich glaube, sie hatten Angst, das könnte bei mir Erinnerungen wecken. Aber in Wahrheit ist es so, dass ich mich überhaupt nicht an sie erinnern kann. Weder an ihre Gesichter noch an irgendwas, was wir gemeinsam unternommen haben."

Auf einmal wurde ihre Miene ernst, und Olivia begann, nervös an der Decke zu ziehen.

„Findest du, das ist seltsam?" fragte sie. „Meinst du nicht auch, ich müsste mich doch wenigstens an irgendeine Sache erinnern?"

Trey bemerkte ihren ängstlichen Blick und verfluchte sich dafür, dass er das Thema angeschnitten hatte. Sie musste sich auf ihre Genesung konzentrieren, sie durfte sich nicht in Zweifeln ergehen, ob sie womöglich bei der falschen Familie aufgewachsen war.

„Nein, das ist gar nicht seltsam. Ich kenne niemanden, der sich an Dinge erinnern kann, die er in dem Alter erlebt hat", widersprach er.

Olivia seufzte leise.

„Was ist los? Rede mit mir."

„Ich kann mich nur an Anna, Grampy und Rose erinnern."

„Und deswegen glaubst du, du hättest davor woanders gelebt? Willst du dir einreden, den Sealys wurde das falsche Kind zurückgegeben?"

Sie sah zur Seite.

„Ja? Ist es das?" bohrte er nach.

Wieder zog sie an der Decke. Trey sah, wie ihre Hände zitterten.

„Livvie … Darling … was immer geschehen ist, es war nicht deine Schuld. Du warst … und du bist das unschuldige Opfer."

„Ich weiß, aber …"

„Nein, kein Aber. Außerdem musst du immer eine Sache bedenken."

Sie sah ihm in die Augen, die von seiner Liebe zu ihr erfüllt waren.

„Denk stets daran, dass es egal ist, wer du vielleicht

einmal warst, aber für mich warst du immer Livvie. Ich habe dich damals geliebt, und ich verliebe mich gerade noch einmal in dich. Du wirst immer meine Livvie sein, verstehst du?“

„Ach, Trey, ich habe dich eigentlich gar nicht verdient, aber ich bin so froh, dass du wieder in meinem Leben bist.“

„Ja, Baby, mir geht es genauso“, antwortete er sanft, und als er sie diesmal küsste, erwiderte sie den Kuss.

Die Berührung ihrer Lippen war zart, ihr Atem auf seiner Haut noch zarter. Trey dachte zurück an ihren heftigen, unregelmäßigen Atem, als sie sich geliebt hatten, an die Art, wie sie sich im Moment des Höhepunkts an ihn gepresst hatte. Es war die pure Leidenschaft gewesen, lange bevor ihnen beiden das Herz gebrochen wurde. Er wollte sie wieder lieben, er wollte Olivia als Frau genauso kennen, wie er sie als Mädchen gekannt hatte.

11. KAPITEL

Anna gewöhnte sich besser an Rose, als Marcus es sich hätte träumen lassen. Und so konnte er Olivia guten Gewissens versichern, dass es Anna gut ging. Der geistige Verfall ihres einstigen Kindermädchens machte seiner Enkelin sehr zu schaffen, und so wie er selbst wurde sie von Schuldgefühlen geplagt, dass sie sich so lange Zeit nicht mehr um Anna gekümmert hatte. Worüber er jedoch nicht sprach, das war die bevorstehende Ankunft seines Cousins Terrence.

Marcus dachte zurück an das, was in der Familie über Terrence' Vater gesagt worden war. Der war das schwarze Schaf der Sealys gewesen, und Terrence hatte das sehr wohl gewusst.

Damals lernten Marcus und Terrence auf einer Party ein Mädchen namens Amelia Fisher kennen, beide verliebten sich in sie, doch sie entschied sich für Marcus. Als sie beide zwei Jahre später heirateten, blieb Terrence der Hochzeitszeremonie fern.

Als Marcus und Amelia ihre Flitterwochen verbrachten, brach sie auf einmal in Weinkrämpfe aus und gestand ihm unter Tränen, dass Terrence sie im Vollrausch am Abend vor der Hochzeit vergewaltigt hatte. Der Schock und die Scham darüber waren zu groß, als dass sie irgendjemandem davon hätte erzählen können. Marcus war zunächst fassungslos, dann wurde er wütend genug, um Terrence umbringen zu können. Noch während er Amelia versicherte, er gebe ihr nicht die Schuld und er werde sie so oder so für alle Zeit lieben, plante er bereits seinen Rachefeldzug gegen Terrence.

Seine Geduld und Liebe sorgten dafür, dass sie ihre Flitterwochen glücklich verbringen konnten, auch wenn jeder Gedanke an Terrence ihn innerlich rasend vor Wut machte. Als sie schließlich wieder zu Hause ankamen, hielt Marcus es nicht länger aus.

Eines Nachts – Amelia war bereits eingeschlafen – schlich er sich aus dem Haus und fuhr zu Terrence' Apartment. Mit dem Ersatzschlüssel, der unter einer Topfpflanze im Flur versteckt war, gelangte er unbemerkt in die Wohnung und schloss leise die Tür hinter sich ab.

Terrence lag im Bett und wachte auf, als er Schritte im Flur hörte. Noch bevor Marcus in der dunklen Türöffnung auftauchte, wusste er bereits, wer in sein Apartment eingedrungen war. Einerseits hatte er sich vor diesem Moment so sehr gefürchtet wie vor nichts anderem in seinem Leben, auf der anderen Seite war er aber fast schon erleichtert, dass es so weit war. Nachdem er nämlich seinen Rausch ausgeschlafen und begriffen hatte, was er getan hatte, war er voll des Ekels über sich selbst. Doch es war längst zu spät, noch etwas zu ändern.

Nun erwartete ihn seine gerechte Strafe, und er war froh darüber. Er schlug die Bettdecke zur Seite und setzte sich auf, als Marcus das Zimmer betrat.

„Es tut mir Leid", sagte er leise. „Es tut mir wirklich Leid." Mehr brachte er nicht heraus.

Mit geballter Faust holte Marcus aus und schlug Terrence auf den Mund. Der Aufprall hallte in seinem Kopf wie das Knallen einer Peitsche nach, Blut verteilte sich in seinem Mund. Ehe Terrence aufstehen konnte, packte Marcus ihn an den Haaren und zerrte ihn aus dem Bett.

„Du Hurensohn!“ presste Marcus heraus. Seine Stimme bebte vor unbändiger Wut. „Du bist es nicht wert, als Mensch bezeichnet zu werden, du bist ein Tier, nichts weiter. Dir sollte es Leid tun, dass du überhaupt geboren wurdest!“

Die Worte schmerzten mehr als der Treffer in sein Gesicht, doch er konnte nicht widersprechen, denn es stimmte, was Marcus sagte.

Dann traf ihn der nächste Schlag.

Terrence versuchte, sich zur Wehr zu setzen, doch gegen die Wut seines Cousins konnte er nicht ankommen. Die Fausthiebe nahmen kein Ende, während Marcus seinem Zorn freien Lauf ließ. Möbel wurden umgeworfen, Lampen zertrümmert. Als Terrence bereits glaubte, er würde das nicht überleben, war es auf einmal vorbei.

Marcus taumelte ein paar Schritte nach hinten, dann drückte er den Rücken durch und straffte die Schultern. Aus einer Platzwunde über dem Auge lief Blut über sein Gesicht, seine Lippen waren blutig und geschwollen. Er hatte sich zwei Finger gebrochen und einen Knöchel ausgerenkt. Die Hände waren so angeschwollen, dass er keine Faust mehr machen konnte, und anstelle dieser unbändigen Wut verspürte er einen schrecklichen Verlust, denn in dieser Nacht war die Einheit ihrer Familie unwiederbringlich zerstört worden.

Um Amelias Ruf und Stolz zu wahren, entschied er, nie wieder ein Wort über das Geschehene zu verlieren, doch die Kluft zwischen ihnen wäre niemals mehr zu kitten. Terrences schändliche Tat würde immer zwischen ihnen stehen.

Als er heimkam, wartete Amelia bereits an der Tür auf ihn. Sie sah das Blut in seinem Gesicht und an den Händen, und sofort begann sie zu weinen. In jener Nacht wurde kein Wort gewechselt, doch langsam schien Amelia sich zu erholen. War sie bislang ernst und verschlossen gewesen, begann sie auf einmal wieder zu lachen. Marcus' Tat gab ihr offenbar das Gefühl, dass er für Gerechtigkeit gesorgt hatte.

Jahre später war es ausgerechnet Amelia, die sich dafür einsetzte, dem erbitterten Schweigen zwischen den beiden Cousins ein Ende zu setzen. Als Terrence Carolyn heiratete, erklärte sie Marcus, diese offene Feindschaft müsse beigelegt werden. Sie wollte nicht, dass Carolyn darunter litt, von einer Familie ausgeschlossen zu werden, in die sie gerade erst eingeheiratet hatte. Wider jede Vernunft gab er Amelias Wunsch nach.

Olivias Geburt war ein Ereignis, das von der Familie groß gefeiert wurde, und Terrence machte sich voller Stolz den Titel des Onkels zu eigen, obwohl er nur ein Cousin war. Als er und seine Frau dann wegzogen, war Marcus erleichtert, auch wenn es nichts an den Erinnerungen änderte, mit denen er leben musste. Manchmal liefen die alten Bilder immer noch wie ein Film vor seinem inneren Auge ab.

So viele Jahre waren seitdem vergangen, doch er hasste diesen Mann noch immer. Er hatte gehofft, ihn nach dem Wegzug nach Italien nie wiedersehen zu müssen. Durch die Entdeckung des toten Babys war diese Hoffnung nun zunichte gemacht worden. Marcus dachte unwillkürlich darüber nach, ob Terrence wohl der Vater dieses Kindes war. Zumindest würde es eine Menge erklären. Nach dem, was dieser Mann Amelia angetan hatte, war Marcus davon überzeugt, Terrence könnte auch seine Ehefrau betrogen haben. Allerdings konnte er sich nicht dazu durchringen, in seinem Cousin einen potentiellen Mörder zu sehen, erst recht keinen, der sein eigenes Kind umbrachte. Er hatte Olivia nach allen Regeln der Kunst verwöhnt, bis er schließlich ihr liebster Verwandter geworden war – abgesehen natürlich von ihrem Grampy. Aber damals war sie auch noch ein kleines Kind gewesen. Terrence und Carolyn waren fortgezogen, noch bevor die Entführung geschah.

Und morgen würden diese beiden in sein Leben zurückkehren. Es war fast mehr, als Marcus ertragen konnte, zumal er jeden Tag mit all diesen schrecklichen Erinnerungen zu Olivia ins Krankenhaus ging.

Olivia saß auf einem Stuhl und sah den beiden Krankenschwestern zu, wie die das Bettzeug wechselten. Ihr Geplapper nahm sie kaum wahr. Erst als Treys Name fiel, horchte sie auf. Immer wieder hatte sie bruchstückhaft etwas darüber mitbekommen, wie heldenhaft er gewesen war, aber sie wollte die ganze Geschichte hören.

„Entschuldigung, aber was haben Sie da gerade eben über Detective Bonney gesagt?“ warf sie ein.

Die kleinere, rothaarige Krankenschwester verdrehte amüsiert die Augen. „Sie meinen, abgesehen von der Tatsache, dass er ein solcher Schatz ist?“

Olivia grinste sie an. „Ja, abgesehen davon.“

„Ach, wir sprachen nur gerade darüber, wie er den Kerl geschnappt hat, der im Materialraum das Feuer gelegt hatte.“

„Der Mann, der mich umbringen wollte?“ fragte Olivia.

Die Schwester nickte, dann schilderte sie äußerst lebhaft, wie Trey den Mann überwältigt hatte. „Das war wie in einem Actionfilm“, fügte sie dann noch an.

Olivia lief ein eisiger Schauer über den Rücken. Sie hatte den Mann gesehen, das wahnsinnige Aufblitzen in seinen Augen bemerkt. Dass er es bis in dieses Zimmer geschafft hatte und ihrem Leben fast ein Ende gesetzt hätte, war ein schrecklicher Gedanke. Ohne Treys Einschreiten wäre es ihm gelungen, seinen Plan in die Tat umzusetzen.

Ein paar Minuten später waren die Schwestern fertig. „Möchten Sie sich wieder hinlegen?“ fragte die Rothaarige.

„Nein, ich glaube, ich bleibe lieber noch eine Weile hier sitzen.“

„Der Doktor meint, Sie können morgen zurück nach

Hause“, merkte die Schwester an. „Sie sind bestimmt froh darüber, aber Sie haben sich auch gut erholt, wissen Sie?“

„Ja, ich weiß“, entgegnete Olivia. „Ich habe großes Glück gehabt.“

„Oh ja, das haben Sie, Honey. Sie müssen einen sehr aufmerksamen Schutzengel haben … abgesehen natürlich von diesem Detective, den ich zum Anbeißen finde.“

Olivia lächelte, obwohl ihr nicht danach war. Der Stress der letzten zwei Wochen holte sie nun allmählich ein, und kaum hatten die Krankenschwestern das Zimmer verlassen, begann sie wieder zu weinen. Zum ersten Mal in ihrem Leben war ihr bewusst geworden, wie schnell alles vorüber sein konnte. Sie und ihr Großvater hatten eben noch ein privilegiertes Leben im Luxus geführt, und nur einen Tag später wurde ihre ganze Vergangenheit in den Zeitungen ausgebreitet. Noch bevor sie das hatte verarbeiten können, versuchte jemand, sie umzubringen – und das gleich zweimal. Sie wollte wieder ihr sicheres Leben zurückhaben.

Schweren Herzens verließ Marcus den Aufzug und zwang sich, durch den Flur zu Olivias Zimmer zu gehen. Er musste dieses Gefühl eines drohenden Unheils in den Griff bekommen, doch wie er das anstellen sollte, wusste er nicht. Das Interesse der Medien, die polizeilichen Ermittlungen und die Rückkehr unerwünschter Verwandter war mehr, als er bewältigen konnte. Ein Teil von ihm wünschte sich, er könnte mit Olivia noch einmal diese

Reise nach Europa unternehmen, allerdings dieses mal ohne Rückflugticket.

Hinzu kamen die Sorgen um Anna. Ihre Anwesenheit in seinem Haus hätte ihm eigentlich normal erscheinen sollen, schließlich war sie sechzehn Jahre lang Mitglied dieses Haushalts gewesen, ehe sie mit einer großzügigen Pension, einem Haus und einem Auto in den Ruhestand gegangen war. Doch ihre schlechte geistige Verfassung machte Marcus nur noch mehr zu schaffen, der mit Olivias Zustand und den ständigen Nachfragen der Medien bereits mehr als genug belastet war.

Und dann waren da noch seine Gewissensbisse, die Olivias Leben angingen. Er wusste nicht, worüber er sich mehr ärgern sollte – darüber, dass er jeden Mann vergrault hatte, an dem sie jemals interessiert gewesen war, oder darüber, dass sie es wortlos hingenommen hatte. Erst jetzt wurde ihm allmählich bewusst, wie sehr Olivia ihr Leben lang von Schuldgefühlen heimgesucht worden sein musste. Aus irgendeinem Grund gab sie sich die Schuld am Mord an ihren Eltern und an ihrer eigenen Entführung. Eine solche Denkweise ergab zwar keinen Sinn, aber Schuld war auch selten ein rationales Gefühl.

Er dachte an Terrence und Carolyn, die bald eintreffen würden, und fragte sich, ob es tatsächlich eine Verbindung zwischen den Sealys und dem Mord an einem Kind geben konnte. Wenn ja, wer war dann dieses kleine Mädchen gewesen?

An der Tür zu Olivias Zimmer angekommen, verdrängte er diese düsteren Gedanken. Sie brauchte seine positive Unterstützung, nicht noch mehr Probleme. Doch als er eintrat, wurde ihm klar, dass sie selbst auch keinen guten Tag hatte.

Olivia zitterte am ganzen Körper, so heftig schluchzte sie. Sie bekam nichts davon mit, dass ihr Großvater ins Zimmer kam. Erst als sie seine Stimme hörte, sah sie auf.

„Olivia, Darling! Was ist los? Ist etwas passiert?“

Sie versuchte, sich zusammenzureißen, aber dafür war es längst zu spät. „Ach, Grampy … es ist alles so schrecklich.“

Sanft zog Marcus sie vom Stuhl hoch und drückte sie an sich. „Ich weiß, mein Darling, ich weiß. Aber alles wird wieder besser werden.“

„Aber ich weiß nicht, wie ich das alles aushalten soll. Jedes Mal, wenn jemand ins Zimmer kommt, den ich nicht kenne, frage ich mich, was derjenige von mir denkt. Jemand wollte mich umbringen, und dann ist da noch das arme Baby. Letzte Nacht habe ich geträumt, ich bin in dem Koffer, und ich weine und weine, aber niemand kommt, um mich zu retten.“

Marcus stöhnte leise auf. „Oh, Sweetheart, das ist alles viel zu viel für dich. Du weißt, du warst nicht in diesem Koffer. Und ich hätte alles gegeben, wenn dieser Verrückte nicht hinter dir, sondern hinter mehr her gewesen wäre. Ich wünschte, ich könnte dir beweisen, dass du meine Enkelin bist. Aber ich kann dir nur immer und immer wieder sagen, was ich glaube. Du bist meine Enkelin. Du hast an nichts Schuld, und du bist das Opfer gewesen. Morgen bringe ich dich zurück nach Hause, wo du hingehörst."

„Ich möchte jetzt gehen", erklärte Olivia. „Ich will hier nicht noch eine Nacht verbringen. Hier habe ich Angst, die Augen zuzumachen, weil wieder ein Verrückter hereinkommen könnte, der das zu Ende führt, was der andere Mann nicht geschafft hat."

„Ich werde mit dem Arzt reden", versprach er ihr. „Wenn er dich noch nicht entlassen will, dann werde ich einen Wachdienst beauftragen, damit niemand hereinkommt, der hier nichts zu suchen hat."

Olivia drückte sich an ihren Großvater und weinte noch immer ungehemmt, als Trey ins Zimmer kam.

Seit er die Auswertung der DNS-Proben erhalten hatte, war ihm unwohl bei dem Gedanken, Olivia zu besuchen. Anstatt für Klarheit zu sorgen, hatten die Ergebnisse die Verwirrung nur noch größer werden lassen. Als er im Haus der Sealys anrief, um mit Marcus zu sprechen, erfuhr er, dass der bereits auf dem Weg ins Krankenhaus war. So sehr Trey sich innerlich auch sträubte, den beiden gegenüberzutreten, war er doch dankbar dafür, den Sachverhalt nur einmal erklären zu müssen.

Sofort war er zum Krankenhaus gefahren. Am Abend zuvor hatte er Olivia noch gesehen, und da war es ihr gut gegangen. Umso erstaunter war er, sie nun in Tränen aufgelöst vorzufinden.

„Was ist passiert?“ rief er besorgt und eilte zu ihr.

Marcus schüttelte den Kopf. „Es ist alles in Ordnung. Ihr geht es gut, jedenfalls in körperlicher Hinsicht.“

Erleichtert strich Trey ihr über den Hinterkopf und berührte sie dann an der Schulter.

„Honey, wir müssen uns unterhalten“, erklärte er.

Als sie sich zu ihm umdrehte, verließ ihn der Mut. Wenn sie so bestürzt war, wie sie aussah, würden seine Neuigkeiten alles nur noch schlimmer machen.

„Was gibt es denn?“ wollte sie wissen.

„Die DNS-Ergebnisse sind eingetroffen.“

Olivia versteifte sich, als würde sie sich gegen einen Schlag in die Magengegend wappnen. „Und?“

„Du bist zweifelsfrei eine Sealy“, begann er. „Das lässt sich eindeutig beweisen.“

„Gott sei Dank“, seufzte sie und schwankte leicht.

Ehe Marcus sie festhalten konnte, hatte Trey sie bereits in den Arm genommen und brachte sie zurück zum Bett.

„Leg dich hin, Livvie, du bist ja kreidebleich.“

Erst als sie ihren Kopf auf das Kissen sinken ließ, merkte Olivia, wie sehr sie zitterte. Ihr brach der kalte Schweiß aus, während es ihr vorkam, als würde sich das Bett um sich selbst drehen.

„Mir geht's gut“, murmelte sie, kniff aber die Augen zu, bis das Schwindelgefühl nachließ.

„Es geht dir nicht gut“, widersprach Marcus. „Du bist schon viel zu lange auf, und unsere Unterhaltung war auch nicht gut für dich.“

Trey sah aufmerksam zwischen den beiden hin und her, wollte aber nicht fragen, was Marcus damit meinte.

„Es ist vorbei, nicht wahr, Trey?“ fragte sie. „Michael und Kay Sealy sind tatsächlich meine Eltern, stimmt's?“

Einen Moment lang zögerte er. Was er zu sagen hatte, würde alles nur noch verworrener machen. „Das kann ich nicht mit Sicherheit sagen, aber du bist eindeutig Marcus' Enkelin.“

Beide sahen sie ihn irritiert an. „Was soll das heißen?“ fragte Marcus.

„Olivias DNS und die DNS des toten Babys zeigen, dass die beiden mit Ihnen verwandt sind.“

Der alte Mann stand sprachlos da. „Mein Gott“, flüsterte er schließlich und ließ sich auf den nächstbesten Stuhl sinken.

„Ich verstehe das nicht“, sagte Olivia.

„Michael“, murmelte ihr Großvater.

Trey atmete erleichtert auf, dass er Marcus nicht die Bedeutung dieser Erkenntnis erklären musste.

Der schien auf dem Stuhl in sich zusammenzusinken, aber Olivia verstand noch immer nicht.

„Würde mir freundlicherweise jemand erklären, was hier los ist?“ verlangte sie aufgebracht.

Trey setzte sich auf die Bettkante und legte eine Hand auf ihren Arm, während er sich wünschte, es ihr irgendwie schonender beibringen zu können. „Michael und Kay Sealy hatten eine Tochter namens Olivia.“

„Ja, das bin ich“, erwiderte sie.

„Nicht unbedingt." Trey mied es, ihr in die Augen zu sehen. „Du und das tote Baby, ihr hattet beide denselben Vater, aber nicht dieselbe Mutter. Ohne eine DNS-Probe von Kay Sealy können wir nicht beweisen, wer wer ist." Er sah zu Marcus. „Lebt noch irgendjemand von Kays Familie?"

„Nicht dass ich wüsste."

„Das macht es natürlich noch etwas komplizierter", meinte Trey, während Olivia seine Hand umklammerte.

„Aber selbst wenn sie meine Halbschwester gewesen wäre, hätten wir doch nicht so identisch ausgesehen, dass Grampy mich nicht erkannt hätte." Sie warf ihrem Großvater einen Blick zu, damit der ihre Worte bestätigte. „Das hast du doch gesagt, nicht wahr, Grampy? Du hättest es gemerkt, wenn sie das falsche Baby zurückgegeben hätten."

„Auf jeden Fall", beteuerte Marcus, war sich aber längst nicht mehr so sicher.

„Ich muss Ihnen noch ein paar Fragen stellen", sagte Trey nach einer kurzen Pause.

„Wussten Sie, dass Ihr Sohn eine Affäre hatte?"

Die Frage traf Marcus wie ein Schlag ins Gesicht. Olivia betrachtete ihn und wurde von neuen Zweifeln geplagt, als sie seine Miene sah. „Oh Gott, Grampy. Was ist, wenn …"

„Hör auf", unterbrach er sie. „Kein Wort mehr. Ich sagte, ich habe meine Enkelin wiedererkannt, oder etwa nicht? Ich werde das nicht noch einmal sagen." Egal, wie oft er es noch beteuern würde, die aufgekommenen Zweifel ließen sich nicht mehr ausräumen.

Olivia schlug die Hände vors Gesicht und rollte sich auf die Seite. „Das ist doch alles ein einziger Albtraum“, flüsterte sie.

Trey hätte alles dafür gegeben, diese Nachricht nicht überbringen zu müssen, doch er hatte keine andere Wahl. Erneut sah er zu Marcus und wartete auf eine Antwort. Als nichts geschah, hakte er nach: „Marcus?“

„Ich wusste nichts davon, wirklich nicht. Michael ging immer so liebevoll mit Kay um. Die einzige Frau, der er außer Kay Aufmerksamkeit schenkte, war Carolyn, die Frau von Terrence, aber sie gehörte da schon zur Familie.“

„Das hat nichts zu sagen“, wandte Trey ein. „Sind Sie sich sicher, dass es keine anderen Frauen gab? Vielleicht auf der Arbeit? Jemand, mit dem er täglich zu tun hatte? Gab es irgendeine Frau, die zur gleichen Zeit schwanger war wie Kay?“

„Mein Gott“, entgegnete Marcus. „Das kann nicht wahr sein. Ich werde nicht glauben, dass mein Sohn sein eigenes Kind ermorden ließ!“

„So muss es auch nicht gewesen sein“, gab Trey zu bedenken. „Sie sollten keine voreiligen Schlüsse ziehen, solange wir nicht mehr wissen.“

„Was soll es da sonst noch zu wissen geben?“ konterte Marcus. „Mein Sohn hat zwei Frauen geschwängert, nahezu gleichzeitig. Sie sagten doch, das tote Baby müsse etwa zur gleichen Zeit zur Welt gekommen sein wie Olivia, nicht wahr?“

„Der Gerichtsmediziner glaubt, zum Zeitpunkt der Entführung dürfte der Altersunterschied nicht mehr als einen Monat betragen haben."

„Ich glaube, ich verstehe noch immer nicht, um was es eigentlich geht", warf Olivia ein.

„Als das Verbrechen geschah", erklärte Trey, „konnten die Behörden nicht mit Sicherheit sagen, dass Foster Lawrence der einzige Entführer war. Er holte zwar das Lösegeld ab, doch man konnte ihn nie mit den Morden in Verbindung bringen. Das war einer der Gründe, warum er von der Todesstrafe verschont blieb. Von meinem Lieutenant weiß ich, dass man immer von einem zweiten Täter ausgegangen war, der auch die Morde begangen hatte. Vor Gericht beharrte Lawrence darauf, er habe mit den Morden nichts zu tun, er habe nur das Baby freigelassen. Er sagte, wo er an dem Einkaufszentrum geparkt und wo er das Baby im Gebäude zurückgelassen hatte. Ein Angestellter konnte bestätigen, dass ein Mann, der wie Lawrence aussah, um die besagte Zeit das Einkaufszentrum betrat. Sollte Lawrence einen Komplizen gehabt haben, dann hat er ihn bis heute nicht verraten."

„Und Sie denken jetzt, dieser Komplize könnte eine Frau gewesen sein", folgerte Marcus.

„Möglich wäre es", bestätigte Trey.

„Ich weiß nicht, ich kann keinen klaren Gedanken fassen", meinte Marcus. „Ich muss nach Hause fahren. Vielleicht fällt mir etwas ein, wenn ich unsere alten Fotoalben durchsehe."

„Und was ist mit Onkel Terrence und Tante Carolyn?" wollte Olivia wissen. „Wenn mein Vater ... der Vater von beiden Kindern ist, dann ist Onkel Terrence doch aus dem Schneider."

„Ja, das wird wohl so sein", gab Trey zurück. „Aber da wir jetzt nach einer Frau suchen müssen ... was ist mit Carolyn? Sie sagten, sie und Michael hätten sich gut verstanden?"

Marcus' Gesicht lief rot an. „Sie kann unmöglich eine Verdächtige sein! Ich habe nie ihren Ruf schädigen wollen! Ich wollte lediglich damit sagen, dass sie und Michael gut miteinander auskamen. Ich sollte wohl anfügen, dass Kay ihre beste Freundin war. Es ist völlig undenkbar, dass Carolyn Sealy von meinem Sohn schwanger war, das Kind bekam und dann ein zwei Jahre altes Mädchen vor der ganzen Familie verschwieg, bis ... bis sie es umbrachte und einmauerte!"

„Ich wollte damit nicht unterstellen, Carolyn Sealy sei die Mutter", entgegnete Trey. „Aber wenn sie sich gut mit Ihrem Sohn verstand, wusste sie vielleicht über das Doppelleben, das Michael allen anderen verschwieg, seine Frau und Sie selbst eingeschlossen. Ich werde mit ihr reden müssen."

Wieder sackte Marcus in sich zusammen, und Trey bedauerte es, so wütend geworden zu sein. „Hören Sie, Marcus, ich versuche, es für Sie so leicht wie möglich zu machen. Ich weiß, wie sehr Ihnen und Olivia das Ganze zu schaffen macht, aber Sie sollten nicht vergessen, wie das alles angefangen hat. Ein Kind wurde ermordet, und ich habe nichts weiter als ein paar Knochen, einen Koffer, ein Söckchen, ein blutiges Nachthemd, ein Holzkreuz und eine rosafarbene Decke. Ich sagte Ihnen bereits, ich werde den Mörder finden, und so lange werde ich keine Ruhe geben."

Marcus nickte knapp. „Es tut mir Leid. Das ist Ihre Ermittlung, und ich will Sie dabei nicht beeinflussen. Ich versuche lediglich, meine Familie zu beschützen."

„Das verstehe ich", sagte Trey. „Aber nach allem, was Sie mir erzählt haben, werden Sie verstehen können, warum ich Ihre Familie nicht aus dem Fall heraushalten kann. Ihr Sohn ist der Vater des toten Babys. Wenn wir herausfinden, wer die Mutter war, können wir vielleicht auch aufdecken, wer Micheal und Kay umbrachte und wer Olivia entführte."

„Aber wer hat das Baby ermordet?" wollte Marcus wissen.

Trey konnte Olivia nicht ansehen, während er antwortete: „Ich glaube, das werden wir wissen, wenn klar ist, welches Baby damals gestorben ist."

Olivia rollte sich auf dem Bett zusammen. Ihr war schlecht, und sie hatte Angst.

Marcus wollte mit ihr reden, doch die Enthüllungen hatten ihn so sehr mitgenommen, dass er sich nur entschuldigen konnte und dann das Zimmer verließ, während er ihr noch versprach, sie in Kürze anzurufen.

12. KAPITEL

Trey wartete, bis Marcus gegangen war, dann setzte er sich wieder zu Olivia auf die Bettkante.

Olivia hatte kein Wort mehr gesagt, und er fürchtete, sie könnte ihm die Schuld an den bitteren Neuigkeiten geben, die er doch nur überbracht hatte. Als er eine Hand auf ihre Schulter legte, zuckte sie zusammen.

„Livvie?"

„Geh weg, Trey. Ich will nicht mehr darüber reden", sagte sie.

Er hörte, dass ihre Stimme tränenerstickt war. „Es tut mir wirklich Leid", erklärte er leise.

Vorsichtig drehte sie sich zu ihm um. „Du musst dich nicht entschuldigen. Du hast selbst gesagt, dass du hier bist, weil du einen Mörder suchst."

„Das ist mein Job", gab er zurück. „Dass ich dich liebe, ist eine ganz andere Sache, und ich möchte dich bei der Gelegenheit an eines erinnern: Ich werde mich nicht noch einmal dazu drängen lassen, dich aufzugeben. Und mir ist dabei egal, ob es deinem Großvater gefällt oder nicht."

Eine Weile sahen sie sich schweigend an.

„Ist das für dich okay?" fragte er schließlich.

Olivia musste schlucken, dann nickte sie.

„Also gut", fuhr er etwas leiser fort, legte seine Hände um ihr Gesicht und beugte sich vor, bis er sie küssen konnte. Diesmal war es ein Kuss mit all jener Leidenschaft, die er zuvor unterdrückt hatte. Er spürte das leichte Beben ihrer

Lippen, hörte, wie sie nach Luft schnappte. Er wusste, sie fühlte das Gleiche wie er.

Als er sich wieder von ihr löste, zitterte sie leicht und flüsterte: „Ich kann mich gut daran erinnern, wie es war, mit dir zu schlafen."

„Oh, Baby, daran kann ich mich auch noch gut erinnern. Wenn du wieder ganz gesund bist, werden wir dafür sorgen, dass wir uns später an noch mehr erinnern können. Einverstanden?"

„Mehr als nur einverstanden", flüsterte sie.

Mit einer Fingerspitze strich er noch einmal über ihre Lippen, dann hob er ihren Kopf leicht an. „Sieh mich an", bat er sie.

Ihre Blicke trafen sich.

„Ganz egal, was dieser Fall ergeben wird, zwischen uns wird sich nichts ändern, okay?"

Diesmal zögerte sie keine Sekunde: „Okay."

„Morgen geht es zurück nach Hause?" fragte er lächelnd.

„Ja, keinen Tag zu früh. Irgendwie fühle ich mich hier beobachtet."

„Ich kann einen Wachposten vor dem Zimmer aufstellen lassen."

„Grampy hat das auch vorgeschlagen, aber das ist nicht nötig. Morgen um diese Zeit bin ich schon längst hier raus."

„Dann werde ich wohl öfters am Tag zwischen der Wache und deinem Zuhause pendeln müssen", meinte er.

„Das solltest du auch besser."

Er deutete auf die Schlinge. „Wie lange musst du die noch tragen?"

„Nicht mehr lange. Der Doktor will mir Krankengymnastik verordnen, um die Muskeln zu lockern. Wir haben zu Hause im Keller eine komplett ausgestattete Fitnesshalle. Ich muss nur wissen, welche Übungen ich machen soll, den Rest kann ich dann allein erledigen."

Trey nickte. „Ich muss mich jetzt wieder auf den Weg machen, Honey. Ich sehe heute Abend noch einmal nach dir."

„Okay."

Als er gegangen war, dachte Olivia weiter an den Kuss, den er ihr gegeben hatte.

Foster Lawrence hatte sich für einen Plan entschieden. Er würde Dallas verlassen, und wenn er per Anhalter fahren musste. In der Tasche hatte er nicht mal mehr dreihundert Dollar, und wenn er nicht bald einen Job annahm, würde er völlig ohne Geld dastehen. Doch arbeiten konnte er erst, sobald er sich eine neue Identität zugelegt hatte, die ihn aber mehr als dreihundert Dollar kosten würde.

Dass der Kerl festgenommen worden war, der Olivia Sealy hatte ermorden wollen, registrierte er mit Erleichterung, weil es eine Sache weniger war, die man ihm anhängen konnte. Aber da war immer noch dieses tote Baby und der Koffer. Er hatte zwar nichts mit eigenen Augen gesehen, dennoch wusste er, wer dafür die Verantwortung trug. Aber selbst wenn er der Polizei den Namen nannte, wusste er nicht, wo sie mit der Suche beginnen sollte. Er wusste zugleich, dass man versuchen würde, ihm diese Information zu entlocken, ehe man ihn wieder auf freien Fuß ließ.

Sein verbliebenes Geld hatte er je zu einem Drittel an verschiedenen Stellen deponiert. Ein Teil steckte in seiner Tasche, ein anderer in seiner Brieftasche, der Rest war im Strumpf versteckt. In der Hosentasche trug er ein Springmesser mit sich herum, und er hatte sich den Kopf frisch rasiert, damit ihn niemand erkannte. Ein letztes Mal sah er sich im Hotelzimmer um und vergewisserte sich, dass er nichts vergessen hatte, dann ging er nach draußen und zog die Tür hinter sich zu.

Im Treppenhaus roch er auf einmal Rauch, dachte sich aber nichts dabei. Irgendjemand ließ etwas auf einer Kochplatte anbrennen, die er in seinem Zimmer angeschlossen hatte. Das war zwar verboten, aber es war sicher nicht das erste Mal, dass diese Vorschrift ignoriert wurde.

Er korrigierte den Gurt an seinem Matchbeutel, bis der richtig saß, dann ging er weiter, bis ihm ein Stockwerk tiefer Rauch entgegenschlug, der wie in einem Kamin durchs Treppenhaus zog.

„Verdammter Mist“, murmelte Foster und ging ein paar Stufen weiter, bis der Rauch so dicht wurde, dass er den Rest der Treppe nicht mehr erkennen konnte. Es dauerte nur ein paar Sekunden, dann sah er, wie der dunkle Qualm ihn bereits bis zu den Knien umgab.

„Oh Gott, nein! Nein!“ rief er, dann schrie er los: „Feuer! Feuer! Hilfe, es brennt!“

Wie angewurzelt stand er da, bis ihm bewusst wurde, dass die Temperatur im Treppenhaus rasch anstieg. Sofort machte er kehrt und lief nach oben. Irgendwo musste es doch eine zweite Nottreppe geben!

Als er wieder Halt machte, stand er vor der Tür, die aufs Dach führte. Von unten waren Schritte, Rufe und Schreie zu hören, und der Rauch drang immer weiter vor.

Er trat die Tür ein und lief hinaus aufs Dach, einen Moment von dem Wunschdenken angetrieben, er könnte dem Feuer davonlaufen. Doch dann stürmten hinter ihm die anderen Hotelgäste ins Freie und eilten zur Brüstung, beugten sich vor und schrien um Hilfe, während sich vor dem Gebäude die ersten Schaulustigen versammelten.

Foster konnte in weiter Ferne bereits die heulenden Sirenen der Feuerwehrwagen hören, die auf dem Weg hierher waren. Er sah, dass die Flammen den zweiten und dritten Stock erfasst hatten und Rauch auch aus den Fenstern im vierten Stock quoll.

Würde er etwa so enden? überlegte Foster in Panik. Sollte er so in Rauch aufgehen wie das Geld, das er sich vor einem Vierteljahrhundert ergaunert hatte? Das konnte nicht sein, auch wenn es wie eine grausame, fast schon gerechte Ironie des Schicksals wirkte.

So schnell er konnte, lief er an der Brüstung entlang auf dem Dach umher, um nach einem Fluchtweg zu suchen. Der Qualm stieg aber nun zu allen Seiten auf, was die anderen Hotelgäste ebenfalls in Panik ausbrechen ließ. Zwei von ihnen entdeckten einen Stapel Holzbohlen und begannen, sie über die Dachkante zu schieben, um einen Übergang zum nächsten Gebäude zu schaffen. Doch im nächsten Augenblick mussten sie einsehen, dass ihnen gut ein Meter bis zur rettenden anderen Seite fehlte.

Die Menge stieß einen entsetzten Aufschrei aus, da die einzige Fluchtmöglichkeit sich als Sackgasse erwiesen hatte.

„Die Feuerwehr! Sie ist da!“ rief jemand und zeigte auf den Löschzug, der um die Ecke gefahren kam.

„Wir sind gerettet!“ rief ein anderer.

Foster war davon allerdings nicht so überzeugt. Er konnte sich nicht vorstellen, wie man sie retten sollte, wenn die Feuerwehrleute wegen des Qualms von den Menschen auf dem Dach nichts sehen konnten. So wie er die Situation beurteilte, würden sie alle bei lebendigem Leib geröstet werden.

Gerade war er im Begriff, seine Sünden zu beichten und Gott um Vergebung zu bitten, als er vom Gebäude nördlich des Hotels Rufe hörte. Das Haus war mindestens sechs Stockwerke höher als das Hotel, doch als er an der Dachkante mehrere Feuerwehrleute sah, die ihre Rettungsausrüstung anlegten, wurde ihm klar, was sie versuchen wollten.

„Da!“ brüllte er und zeigte auf den gerade eintreffenden Hubschrauber, der langsam tiefer sank. Gleichzeitig wurde eine Strickleiter ausgerollt.

Die Rotorblätter pressten die Luft mit so viel Wucht nach unten, dass die Leute auf dem Dach sich kaum auf den Beinen halten konnten. Ein Feuerwehrmann kletterte auf der Leiter vorsichtig nach unten, bis er sich vorbeugen konnte und eine Frau packte, um sie zu sich auf die Leiter zu ziehen. Er drückte sich gegen den Rücken der Frau, damit die durch ihn zusätzlichen Halt bekam, dann stieg der Helikopter langsam auf und setzte die Frau auf dem höher gelegenen Dach ab.

Einen nach dem anderen rettete die Feuerwehr auf diese Weise vom Dach, bis nur noch zwei Hotelgäste übrig waren – Foster und ein älterer Mann, von dem er wusste, dass er Ralph hieß. Die Hitze des Feuers drang bereits durch das Dach, und als der Helikopter ein weiteres Mal angeflogen kam, da wusste Foster, dass die Zeit wohl nur noch reichen würde, um einen von ihnen zu retten. Wenn der Feuerwehrmann vor der Wahl stand, würde er sich sicher nicht für ihn entscheiden. Er packte Ralphs Arm und lief mit dem Mann zusammen zu der Strickleiter.

Kaum waren sie beide losgelaufen, brach das Dach an der Stelle ein, an der sie eben noch gestanden hatten. „Schnell!“ brüllte er und bedeutete dem Feuerwehrmann, er solle nach oben klettern, um ihnen Platz zu machen.

Der Feuerwehrmann zeigte auf die entlegene Ecke des Dachs, die dem Feuer nach wie vor standhielt. In diesem Moment stolperte Ralph, aber es war purer Reflex, kein todesmutiger Akt, dass Foster den Mann unter den Armen packte und ihn hochzog. Mit einem letzten verzweifelten

Sprint rannten sie in Sicherheit und erreichten die Ecke, als die Leiter eben vor ihm auftauchte. Foster packte eine Sprosse und schrie dem Mann ins Ohr, um den Lärm zu übertönen: „Legen Sie die Arme um meinen Hals, und lassen Sie auf keinen Fall los."

„Wir werden abstürzen", jammerte der alte Mann.

„Wollen Sie sterben?"

„Nein!" erwiderte Ralph.

„Dann halten Sie sich verdammt noch mal an mir fest. Wenn Sie nicht loslassen, lasse ich auch nicht los", versprach er.

Ein weiterer Teil des Dachs stürzte ein, und Foster bemerkte, dass die Außenmauer in Bewegung geriet.

„Jetzt!" rief er.

Der alte Mann legte seine Arme um den Hals, dann packte Foster die Leiter mit beiden Händen und schlang seine Beine um die Taille des Mannes. Er sah nach oben und erkannte das rußgeschwärzte Gesicht des Feuerwehrmanns.

Dann stieg der Hubschrauber auf. Der alte Mann war schwerer, als Foster gedacht hatte. Kaum zog dessen ganzes Gewicht an ihm, spürte er, wie seine Muskeln zu brennen begannen. Er ignorierte den Schmerz und konzentrierte sich ganz darauf, sich an der Strickleiter festzuhalten.

Der Flug dauerte nur ein paar Sekunden, dennoch kam es ihm wie eine Ewigkeit vor. Er fürchtete bereits, sich nicht länger halten zu können, als er Rufe hörte und merkte, wie nach seinen Knöcheln und Beinen gegriffen wurde, um ihn auf das andere Dach zu ziehen.

„Lassen Sie los, Mann! Loslassen!“ brüllte jemand und versuchte, seine Finger von der Leitersprosse zu lösen.

Er lockerte seinen Griff und sackte ein Stück weit nach unten, dann wurde er von kräftigen Armen aufgefangen. Einige Sekunden verstrichen, bis er begriff, dass sie in Sicherheit waren. Er öffnete die Augen und bemerkte, dass er von Leuten umringt war, die ihn besorgt ansahen. Jemand zog ihn hoch. „Können Sie gehen?“ fragte ein anderer.

Foster nickte.

„Kommen Sie mit“, wies ihn ein Feuerwehrmann an.

Er tat, was man ihm sagte. Erst als er auf der Straße ankam, konnte er noch immer nicht glauben, dass sie alle gerettet worden waren. Einen Moment lang stand er einfach nur da, seine Beine zitterten, sein Herz raste wie verrückt, dann sank er auf die Knie.

„Gut gemacht“, sagte irgendjemand und klopfte ihm auf die Schulter.

„Tolle Leistung, Mister“, lobte ihn ein anderer.

Er versuchte noch, wieder zu Atem zu kommen, da packten ihn zwei Männer und zogen ihn mit sich zur anderen Straßenseite.

„Hey … es ist alles in Ordnung“, murmelte er. „Lassen Sie mich doch los.“

Sie klopften ihm aufmunternd auf den Rücken, drückten ihm eine Flasche Wasser in die Hand und legten ihm eine Decke um, dann liefen sie zurück, um sich um die anderen Geretteten zu kümmern.

Rose bereitete in der Küche das Gemüse fürs Abendessen zu. Ein Stück weit entfernt stand der kleine tragbare Fernseher, auf dem sie ihre Lieblings-Soaps verfolgte. Während sie arbeitete, lauschte sie den Dialogen und hielt ab und zu inne, um einen Blick auf den Bildschirm zu werfen.

„Dieses verrückte Weib", murmelte sie und deutete auf den Fernseher. „Vor der ist doch keine Beziehung sicher. Man sollte meinen, dass es wenigstens einen Mann gibt, der ihr widerstehen kann."

Anna nickte zustimmend, auch wenn sie keine Ahnung hatte, wovon Rose redete. Ihr Blick war auf ein Paar Topflappen mit Gänseblümchenmuster gerichtet, die neben dem Ofen an einem Wandhaken hingen.

„Ich mag Gänseblümchen", sagte Anna.

Allmählich gewöhnte sich Rose an die sprunghaften Gedankengänge der anderen Frau und nickte, ohne erst herauszufinden, was diese Bemerkung ausgelöst haben mochte.

„Ja, ich auch", erwiderte sie. „Und Zinnien. Die mag ich ganz besonders. Ich weiß, sie sind nicht so zierlich, und die Farben sind etwas kräftiger, aber dafür sind sie auch robuster. Ich mag robuste Pflanzen, weil die besser halten."

Anna ging zu den Topflappen, während Rose sich dem Fernseher widmete, da die Handlung auf einen Höhepunkt zustrebte.

„Dieses Flittchen!" rief sie aus. „Jemand sollte ihr mal eine Lektion erteilen!"

Jeden Augenblick würde es eine wichtige Enthüllung in der Handlung geben, da wurde die Sendung von Nachrichten unterbrochen.

„Oh, verdammt!" murrte Rose. „Sie wollten doch gerade ..." Dann verstummte sie, als von einem Brand in einem Hotel in der Innenstadt berichtet wurde. „Oh, Anna! Sehen Sie sich dieses Feuer an!"

Rose sah wie gebannt zu, wie man mit einem Helikopter Menschen vom Dach des Gebäudes rettete, während Anna hinter ihr einen der Topflappen nahm und auf den Herd legte, wo er sofort Feuer fing. Im nächsten Moment schaltete sie die Dunstabzugshaube ein, worauf die Flammen bis in die Entlüftung durchschlugen.

„Feuer", sagte Anna beiläufig.

„Ja, sogar ein großes Feuer", stimmte Rose ihr zu. „Aber es sieht so aus, als hätten sie alle retten können."

„Feuer", wiederholte sie.

Sie drehte sich zu Anna um, dann riss sie entsetzt die Augen auf und stieß einen Schrei aus.

„Oh Gott, oh Gott! Es brennt! Anna, was haben Sie gemacht?"

Schnell schaltete sie den Ofen und die Abzugshaube aus, dann nahm sie das Telefon, und während sie den Notruf wählte, fasste sie Anna an der Hand und rannte mit ihr aus der Küche.

Marcus unterzeichnete die letzten Dokumente, als auf einmal sein Mobiltelefon klingelte. Er sah verwundert nach der Nummer des Anrufers, dann nahm er das Gespräch an.

„Hallo?“

Rose war zu hören, im Hintergrund ertönten Sirenen. „Oh, Mr. Marcus ... das Haus, das Haus ... Anna hat es in Brand gesteckt ... ich habe nur für einen Moment woanders hingesehen ... und da ...“

„Sind Sie oder Anna verletzt?“ fragte er, während er ein Aufstöhnen unterdrückte.

„Ja, ja, uns geht es gut. Die Feuerwehr hat den Brand unter Kontrolle, aber die Küche ist ruiniert, und das Feuer ist auf das Zimmer über der Küche übergesprungen. Oh, es tut mir so Leid.“

„Rose, das ist doch nicht so schlimm. Das kann man alles reparieren, wichtig ist nur, dass Sie beide unversehrt sind.“

Er hörte sie schluchzen.

Was war nur mit dieser Familie los? Er zwang sich, sein Selbstmitleid zu verdrängen, und sprach mit fester Stimme: „Rose, meine Liebe, hören Sie auf zu weinen. Es ist nicht Ihr Fehler, sondern meiner. Ich hätte Ihnen nicht zumuten dürfen, auf Anna aufzupassen. Wir wussten, sie hat Probleme, und ich hätte mich lägst um professionelle Hilfe kümmern müssen. Das haben wir nun davon.“

„Was soll ich machen?“ wollte Rose wissen.

„Ich komme sofort nach Hause. Passen Sie nur auf Anna auf. Sobald ich da bin, werde ich mich um alles kümmern.“

„Ja, Sir, Mr. Marcus. Es tut mir wirklich schrecklich Leid."

Er steckte das Mobiltelefon ein und nahm sein Jackett, als seine Sekretärin ins Zimmer kam. „Devon", erklärte er. „Ich muss nach Hause fahren. Es hat gebrannt."

„Oh nein! Kann ich Ihnen irgendwie helfen?"

Er dachte an Olivia, die am nächsten Tag aus dem Krankenhaus entlassen würde, und an Terrence und Carolyn, die ihre Ankunft für den Nachmittag angekündigt hatten. An der Tür blieb er stehen und nickte. „Ja, rufen Sie Detective Trey Bonney beim Dallas Police Department an. Sagen Sie ihm, er soll sich so bald wie möglich bei mir melden. Ich möchte nicht, dass Olivia davon aus den Nachrichten erfährt und sich noch mehr sorgt. Sie hat schon genug durchgemacht."

„Ja, Sir, wird sofort erledigt", erwiderte Devon. „Sonst noch etwas?"

„Ja, eigentlich wäre da noch etwas." Er zeigte auf den Tisch. „Sehen Sie die Broschüren?"

Sie nickte, nahm sie an sich und folgte ihm aus dem Büro zum Aufzug.

„Das sind Wohnanlagen für betreutes Wohnen. Stellen Sie fest, wo es noch freie Apartments gibt. Ich rufe Sie später an, dann können Sie mir sagen, was Sie erfahren haben."

„Ja, Sir", sagte sie. „Es tut mir Leid, was passiert ist."

„Das lässt sich beheben. Hauptsache, Rose und Anna geht es gut."

„Kann ich sonst nichts mehr für Sie tun?“ wollte Devon wissen.

Er dachte an Terrence und Carolyn. Sie sollten mit dem Taxi vom Flughafen zu ihm nach Hause fahren, doch das war nun nicht mehr möglich. Zum Glück hatte Rose eine Schwester, die ganz in der Nähe wohnte. Er wusste, sie würde dort unterkommen.

„Doch, eine Sache noch“, erklärte er dann. „Rufen Sie das Hotel Mansion on Turtle Creek an. Lassen Sie ein Zimmer für mich reservieren, außerdem ein Doppelzimmer für Terrence und Carolyn Sealy. Die beiden treffen heute Nachmittag ein, wann sie wieder abreisen, ist noch unklar. Und schicken Sie eine Limousine zum Flughafen, die sie abholen soll. Erklären Sie ihnen, was passiert ist, geben Sie ihnen die Nummer meines Mobiltelefons und sagen Sie ihnen, wir treffen uns zum Abendessen im Hotel … sagen wir um etwa acht Uhr. Wenn sonst noch etwas ist, lasse ich es Sie wissen.“

Die Aufzugtür öffnete sich und Marcus verabschiedete sich ein letztes Mal.

Der Anruf aus Marcus’ Büro erreichte Trey, als er an dem ausgebrannten Hotel anhielt. Vier Leichen waren von den Feuerwehrleuten aus dem eingestürzten Gebäude geborgen worden, über ein Dutzend Menschen hatte man vom Dach retten können. Der Brandspezialist war bereits damit beschäftigt, die Ruine zu untersuchen und dafür zu sorgen, dass keine entscheidenden Spuren vernichtet wurden.

Trey stellte den Wagen ab, stieg aus und wählte gleichzeitig Marcus' Nummer.

„Marcus, hier ist Trey. Was gibt es?"

„Wir haben zu Hause ein Problem. Ich weiß, ich falle Ihnen damit bestimmt zur Last, aber ich möchte nicht, dass Olivia es von anderer Seite erfährt und sich unnötig aufregt."

Marcus' Stimme zitterte, und er klang erschöpft, was Trey von dem Mann nicht kannte.

„Was ist passiert?"

„Anna hat die Küche in Brand gesteckt. Das Feuer ist auf die Zimmer im Stockwerk darüber übergesprungen, ehe es unter Kontrolle war. Verletzt wurde niemand, aber im Moment ist das Haus nicht bewohnbar. Olivia kann nicht aus dem Krankenhaus in ein solches Chaos kommen. Und Rose ist völlig aufgelöst."

„Machen Sie sich um Olivia keine Sorgen", versicherte Trey. „Ich nehme sie mit zu mir nach Hause. Geht es Ihnen gut?"

Marcus seufzte. „Ja, das geht schon. Hauptsache, ich weiß, dass Olivia in guten Händen ist. Ich muss für Anna eine Unterkunft suchen, und dazu kommt auch noch die Rückkehr eines Cousins, den ich nicht leiden kann. Abgesehen davon ist aber alles in Ordnung. Ach so, ja, ich wohne vorübergehend im Mansion on Turtle Creek."

„Ich weiß Bescheid", erwiderte Trey. „Machen Sie sich keine Sorgen, was Olivia angeht. Ich werde es ihr schonend beibringen."

„Danke“, sagte Marcus. „Das bedeutet mir mehr, als Sie sich vorstellen können.“

„Ganz im Gegenteil. Ich sollte Ihnen dankbar sein, dass Sie mir so sehr vertrauen. Ich weiß, wie viel Olivia Ihnen bedeutet. Sie sollen wissen, ich werde alles tun, damit es Olivia gut geht. Haben Sie etwas zu schreiben zur Hand? Dann gebe ich Ihnen meine Adresse und meine Privatnummer.“

„Ja, bin bereit“, antwortete Marcus einen Moment später.

Trey nannte ihm Straße und Nummer, dann beendete er das Gespräch. Er musste das hier so schnell wie möglich hinter sich bringen und dann ins Krankenhaus zu Olivia fahren.

13. KAPITEL

Foster hatte sich nie zuvor auf der Seite des Rechts befunden. Er überlegte, ob er bleiben und den Ruhm einstreichen sollte, mit dem die Medien ihn überschütten würden. Aber wenn er sich nicht bald absetzte, würde ihm dieser Ruhm auch nichts einbringen.

„Hey, Mister! Sehen Sie zu mir! Hierher!“ rief ein Reporter.

Er sah auf und stellte fest, dass eine Kamera auf ihn gerichtet war. Am liebsten hätte er sich abgewendet, doch er war so überrascht, dass er wie erstarrt dreinblickte.

Der Kameramann kam näher, der Reporter hielt ihm ein Mikrofon dicht vor den Mund, nachdem er gefragt hatte: „Wie war das dort oben auf dem Dach? Dachten Sie, Sie müssten sterben?“

„Ähm …“

Weiter kam Foster nicht, da sich in diesem Moment ein weiterer Reporter zu ihnen stellte. „Wie heißen Sie? Wissen Sie, was das Feuer ausgelöst hat? Ist der Mann, den Sie gerettet haben, Ihr Freund?“

Foster hob den Arm vors Gesicht und tat so, als sei er von den Ereignissen überwältigt.

„Aus dem Weg!“ rief ein Sanitäter, packte Foster am Arm und begann, ihn auf eine Trage zu ziehen. Gerade als sie ihn festschnallten, kam Trey dazu und hielt seine Dienstmarke hoch.

„Wohin bringen Sie ihn?“ fragte er.

„Dallas Memorial“, erwiderte der Sanitäter und schob die Trage zum bereitstehenden Rettungswagen.

Trey nickte nur, schloss die Tür hinter den beiden und gab dem Fahrer ein Zeichen, dass er losfahren konnte.

Während sich der Rettungswagen auf den Weg machte, sah sich Trey um und entdeckte Chia, die ein paar Meter entfernt stand. „Wie sieht's aus?“ fragte er, nachdem er zu ihr gegangen war.

Sie strich sich eine Locke aus der Stirn. „Wir haben mindestens vier Tote. Verdacht auf Brandstiftung. Mehr kann ich noch nicht sagen.“

„Warren hat mir gesagt, du und Dave, ihr würdet den Fall übernehmen. Was soll ich tun?“

Chia überflog ihre Notizen, dann erklärte sie: „Du kannst dem Rettungswagen ins Dallas Memorial nachfahren und unseren großen Helden befragen. Vielleicht weiß er etwas, das uns weiterhilft.“

„Wird erledigt“, erwiderte Trey. „Sonst noch was?“

„Die Opfer mit den schwersten Verbrennungen haben sie bereits dort hingebracht“, überlegte Chia. „Du kannst ja mal nachfragen, ob ihnen irgendetwas aufgefallen ist. Dave und ich kümmern uns hier um alles. Wir können nachher die Ergebnisse austauschen.“

Trey nickte, dann lief er zu seinem Wagen. Angesichts des Interesses der Medien an den Sealys war davon auszugehen, dass man in Kürze auch über den Brand in Marcus' Haus berichten würde. Bevor es dazu kam, musste er Olivia informiert haben.

Olivia schlief fest, das Laken wirr um sich gewickelt. Der Arm war aus der Schlinge gerutscht und lag quer über der Brust. Auf ihr Drängen hin war die Kanüle entfernt worden, dafür war an der Stelle, an der die Nadel gesessen hatte, ein großer blauer Fleck zu sehen. Ihr Gesicht war mit Kratzern und blauen Flecken überzogen, die alle im Heilen begriffen waren. Die Haare waren ein Wust aus Locken, die sie auf dem Kopf zusammengebunden hatte. Der Mund war leicht geöffnet, so dass es aussah, als würde sie schwach lächeln. Im Schlaf war es ihr möglich, in eine Zeit zurückzukehren, in der Tragödien der Vergangenheit angehörten und es für sie nur eine strahlende, hoffnungsvolle Zukunft gab. Eine Zeit, in der die Liebe ihres Lebens ihr gezeigt hatte, was es hieß, eine Frau zu sein.

Dallas, Texas – Elf Jahre zuvor

Es war der Abend des Heimspiels. Olivia blieb nur eine Stunde, um sich umzuziehen und zeitig zum Anpfiff im Stadion zu sein. Sie wollte auf keinen Fall zu spät kommen. Mit Lockenwicklern im Haar und noch immer barfuß lief sie durchs Haus, aber wenigstens war sie schon teilweise fertig angezogen. Die weiche Cordhose und der Rollkragenpullover fühlten sich auf ihrer Haut wundervoll an. Es war ganz ihr Stil, lediglich die Farbe trug sie extra für Trey. Für ihren Trey. Er liebte Blau, und sie liebte ihn, also war es nur logisch, dass sie diese Farbe ausgewählt hatte. Sie nahm gerade den letzten Lockenwickler heraus, als an der Tür geklopft wurde.

„Ja“, rief sie, warf die Lockenwickler aufs Bett und eilte zum Schuhschrank.

„Olivia, ich …“

„Oh, Grampy, ich bin ja so froh, dass du zu Hause bist. Ich dachte, ich würde dich nicht mehr sehen, bevor ich mich auf den Weg mache.“

„Darüber wollte ich mit dir …“

Olivia nahm ein Paar Schuhe heraus und setzte sich auf die Bettkante, um sie anzuziehen. „Heute Abend ist das Heimspiel, habe ich dir das erzählt?“ redete sie weiter. „Tammy Wyandotte holt mich in einer Viertelstunde ab.“

Marcus seufzte. Er hatte ihr vorschlagen wollen, an diesem Abend zu Hause zu bleiben, weil er besorgt war, was ihre Freundschaft zu einem bestimmten Jungen anging. Jedoch wusste er nicht, wie er das Thema am besten anschneiden konnte. Das war eine von diesen Situationen, in denen ein Mädchen seine Mutter brauchte, aber sie würde sich mit ihm zufrieden geben müssen. Ihm war bekannt, dass sie ihre Zeit mit einem Jungen aus einer alles andere als standesgemäßen Familie verbrachte, und ihm machten die Konsequenzen dieser Beziehung große Sorgen. Doch die Begeisterung und die Freude, die er aus ihrer Stimme heraushören konnte, hatte etwas Ansteckendes. Anstatt ihr zu sagen, weshalb er eigentlich zu ihr gekommen war, nahm er sie in den Arm, erklärte, sie müsse bis Mitternacht zurück sein, und dann gab er ihr einen Abschiedskuss.

„Hast du genug Geld dabei?“ fragte er.

„Ja, Grampy, ganz bestimmt. Drück unserem Team die Daumen, okay?“

Er brachte es nicht übers Herz, ihr diese augenblickliche Freude zu nehmen, also erwiderte er lächelnd: „Auf jeden Fall.“

„Oh, Grampy, du bist der Beste“, flüsterte sie ihm ins Ohr, als sie die Arme um seinen Hals schlang.

Es klingelte an der Haustür. „Das ist bestimmt Tammy!“ rief sie, griff nach ihrer Handtasche und stürmte aus dem Zimmer.

Marcus folgte ihr bis zur Treppe, dann sah er ihr nach, wie sie das Haus verließ.

Als sie und Tammy den Football-Platz erreichten, stand der Captain jedes Teams beim Schiedsrichter, der gerade eine Münze warf.

Tammy johlte, als sie sich setzten. „Wir haben gewonnen, wir haben Anstoß!“ rief sie und winkte ausgelassen ihrem Freund zu, der als Quarterback eingesetzt war.

Zwar nickte Olivia zustimmend, doch ihre Aufmerksamkeit galt nur dem großen Spieler, der als Running Back eingesetzt wurde und in diesem Moment nahe der Bank stand. Sein volles, schwarzes Haar trug er so lang, dass es die Schulterpolster berührte, und er hatte eine trotzige Miene aufgesetzt.

Trey Bonney.

Ihr Herz machte einen Satz, wenn sie nur an seinen Namen dachte. Vor zwei Wochen hatte ihre Beziehung einen entscheidenden Schritt nach vorn gemacht, seitdem waren sie nicht mehr bloß Freund und Freundin, sondern ein Liebespaar. Olivia hatte vor diesem Augenblick schreckliche Angst gehabt, doch es war die wunderbarste Erfahrung ihres Lebens gewesen.

In Trey Bonneys Armen war aus dem Mädchen Olivia Sealy eine Frau geworden, und seitdem dachte sie nur noch daran, diese Erfahrung sobald wie möglich zu wiederholen und ihr Leben an der Seite dieses Mannes zu verbringen.

Trey würde im Frühjahr seinen Abschluss machen, sie selbst hatte dann noch ein Jahr High School vor sich. Sie planten bereits jetzt, gemeinsam aufs College zu gehen und ein Apartment zu teilen. Beide waren sie so auf den jeweils anderen fixiert, dass ihnen überhaupt nicht der Gedanke kam, der Rest der Welt könnte etwas dagegen einzuwenden haben.

Gebannt beobachtete sie ihn und wünschte sich, er würde sich zu ihr umdrehen – was in diesem Moment auch geschah. Sie sah den überraschten Ausdruck, der über sein Gesicht huschte, und dann lächelte er sie auf diese Weise an, die so unnachahmlich sexy war. Er zwinkerte ihr zu, setzte seinen Helm auf und lief aufs Feld.

Von dem eigentlichen Spiel bekam Olivia kaum etwas mit. Und genauso wenig interessierte es sie, dass nicht sie, sondern eine Freundin zur Homecoming Queen gekrönt worden war. Für sie zählte nur das Zusammensein mit Trey, sobald das Spiel vorüber war. Als die letzten Sekunden abgelaufen waren und der Schiedsrichter die Partie abpfiff, sprang Olivia auf und lief zur Umkleidekabine. Trey wusste, sie würde dort auf ihn warten, und wenn er sich beeilte, blieben ihnen beiden zwei ungestörte Stunden, bevor sie wieder zu Hause sein musste. Schnell zog er sich um, packte seine Sachen und rannte los.

Nervös sah sie auf die Uhr, kostbare Minuten verstrichen, dann endlich kam er aus der Kabine und lief zu ihr, um sie in die Arme zu nehmen und begierig zu küssen.

Olivia stöhnte auf und seufzte schließlich.

„Du warst heute Abend großartig", sagte sie leise.

Trey grinste, beugte sich vor und küsste sie unter dem Ohr auf den Hals. „Danke, Livvie, aber der Abend ist noch lange nicht vorüber."

Seine Anspielung ließ sie prompt erröten, doch ihr Herz war bereit für alles, was kommen würde.

„Ich liebe dich, Trey."

Er wurde ernst, während er sie fest an sich drückte. „Ich liebe dich auch, Baby", hauchte er. „Mehr als du dir vorstellen kannst."

In der Dunkelheit konnte er nicht sehen, dass Livvies Wangen noch röter wurden.

„Um Mitternacht muss ich zu Hause sein."

„Dann haben wir noch eineinhalb Stunden", erwiderte

er nach einem kurzen Blick auf seine Uhr. Schnell startete er den Wagen, und bei lauter Musik fuhren sie los.

Eine Viertelstunde später hatten sie einen abgelegenen Park erreicht, in dem sich um diese Uhrzeit niemand mehr aufhielt.

Trey stellte den Motor ab, drehte das Radio leiser und nahm Olivia in die Arme. Von der Nervosität, die ihnen beiden beim ersten Mal zu schaffen gemacht hatte, war nun nichts mehr zu spüren. Jede Bewegung war auf eine wunderbare Weise vertraut, während sie sich von ihrer Lust leiten ließen. Nur Minuten später legte sich Olivia auf die Rückbank, nachdem sie ihre Cordhose ausgezogen hatte.

Sie schob ihre Hände unter Treys Sweater und strich über seinen muskulösen Oberkörper. „Oh, Trey …"

„Schhht", machte er leise, während er ein Kondom überstreifte. Dann rutschte er ein Stück nach vorn, bis er mit einer fließenden Bewegung in sie eindringen konnte. Ohne Vorspiel und ohne Zögern liebten sie sich auf eine unschuldige und ungeduldige Weise.

Olivia schnappte nach Luft, als er in sie eindrang, und als er sich bewegte, legte sie die Arme um seinen Hals und schlang die Beine um ihn. Die Hitze, die ihre erregten Körper ausstrahlten, ließ die Scheiben beschlagen. Während im Radio dem langsamen Liebeslied etwas Schnelleres, Härteres von den Rolling Stones folgte, passten sie beide ihr Tempo unbewusst an den Rhythmus an, bis sie den Höhepunkt erreichten.

Trey fragte in der Notaufnahme nach, ob der Mann, den er sprechen wollte, noch behandelt wurde. Die Schwerverletzten lagen auf der Intensivstation, was für ihn bedeutete, dass er sie an diesem Abend nicht mehr würde befragen können. Nachdem eine der Krankenschwestern ihm versprochen hatte, ihn anzurufen, sobald er den Held des Tages unter vier Augen sprechen konnte, machte Trey sich auf den Weg zu Livvie.

Sie stöhnte in dem Moment leise auf, als er ihr Zimmer betrat. Schnell ging er zu ihrem Bett und beugte sich über sie. „Livvie … Darling … Hast du Schmerzen?"

Wieder ein Stöhnen, dann ein Seufzer. Sie konnte Trey noch immer reden hören und wollte nicht aus diesem Traum aufwachen.

„Livvie?"

Plötzlich zuckte sie zusammen und öffnete die Augen.

„Trey? Du bist hier?"

Er runzelte die Stirn. „Wo sollte ich sonst sein, Honey?"

„Ich habe geträumt." Sie fuhr sich übers Gesicht.

„Ich hoffe, du hast von mir geträumt", meinte er grinsend.

„Ja."

„Tatsächlich? Und was habe ich getan?"

„Du hast mich auf dem Rücksitz eines Autos geliebt. Es war der Wagen deiner Mutter."

Trey musste tief durchatmen. „Mein Gott, Livvie", hauchte er. „Und das erzählst du mir einfach so?"

„Es war ein schöner Traum."

„Danke", sagte er, während sie ihn anlächelte und ihren Arm um seinen Hals legte, damit sie ihn enger an sich ziehen konnte.

„So könnte ich jeden Tag aufwachen", meinte sie.

Er beugte sich noch ein Stückchen weiter vor, bis sich ihre Lippen fast berührten. Olivia legte ihre Hand an seinen Hinterkopf und drückte ihn nach unten, damit er sie küsste. Es wäre so einfach gewesen, sich in diesem Moment zu verlieren und die Welt ringsum zu vergessen, doch dafür war er nicht hergekommen. Dennoch musste er sich überwinden, um sich aus ihrer Umarmung zu lösen.

„Honey … wir müssen reden", begann er nach kurzem Zögern.

Sein besorgter Tonfall blieb ihr nicht verborgen. „Sag bitte nicht, dass schon wieder etwas passiert ist", gab sie zurück.

„Dein Großvater rief mich an und bat mich, es dir zu sagen, ehe du davon aus den Nachrichten erfährst."

„Ist Anna etwas zugestoßen?" fragte sie ängstlich. „Oder Rose?"

„Alle sind wohlauf", versicherte Trey. „Aber was Anna angeht, liegst du richtig. Irgendwie hat sie es geschafft, die Küche in Brand zu setzen. Das Feuer ist gelöscht, aber die Küche und das Zimmer darüber wurden in Mitleidenschaft gezogen. Grund zur Sorge gibt es dennoch nicht. Alle Schäden lassen sich beheben."

„Oh mein Gott, armer Grampy! Jetzt auch noch so etwas. Das ist alles meine Schuld. Ich hätte nicht darauf bestehen sollen, sie zu uns zu holen. Mir war aufgefallen, dass sie den Bezug zur Wirklichkeit verloren hat, aber dass es so schlimm ist ... Was hat Grampy jetzt vor? Wo sollen wir wohnen?"

„Das ist alles geregelt", erklärte er. „Wenn es dir nicht behagt, finden wir eine andere Lösung, und ich werde auch nicht beleidigt sein."

„Warum sollte es mir nicht behagen?"

„Ich sagte deinem Großvater, ich würde dich morgen mit zu mir nach Hause nehmen, wenn du entlassen wirst. Meine Nachbarin wird sich gern tagsüber um dich kümmern, während ich arbeite. Sie heißt Ella Sumter, ist einundachtzig und eine unglaubliche Frau. Jeden Morgen macht sie Tai Chi-Übungen im Vorgarten, und du würdest sie auf höchstens sechzig schätzen."

Olivia schmunzelte. „Das klingt doch großartig."

Trey musste sich zwingen, nicht in lauten Jubel auszubrechen. „Wirklich?"

„Ja, natürlich, und vielen Dank für das Angebot. Und was macht Grampy?" wollte sie wissen.

„Er übernachtet im Mansion on Turtle Creek, genauso wie Terrence und Carolyn. Er lässt ausrichten, du sollst dir keine Sorgen machen, sondern einfach nur bald wieder gesund werden."

„Das ist ja wirklich eine schöne Bescherung", seufzte sie.

Ehe Trey antworten konnte, meldete sich sein Pieper. „Honey, es tut mir Leid, aber ich muss nach unten in die Notaufnahme. Es wird nicht lange dauern, okay?"

„Natürlich, geh nur. Tu, was ein guter Detective tun muss. Ich habe da noch einen Traum, den ich zu Ende träumen will."

„Halt mir einen Platz in deinem Traum frei", meinte er amüsiert.

„Nicht nötig, schließlich bist *du* der Traum."

Er dachte noch immer an Livvie, als er aus dem Aufzug kam, wurde aber sofort misstrauisch, als er sah, wie der Mann in Richtung Ausgang eilte, den er befragen wollte.

„Hey!" rief er und lief ihm nach.

Foster drehte sich um und sah, dass es sich um den Cop handelte, der dem Rettungswagen zum Krankenhaus gefolgt war. Die Krankenschwestern hatten über ihn geredet, der Mann wollte ihn zu dem Hotelbrand befragen. Bei seinem bisherigen Glück würde man ihm auch noch unterstellen, das Feuer gelegt zu haben. Er sah zur Tür. Die Freiheit war nur ein paar Schritte entfernt, doch der Cop hatte ihn fast erreicht.

Dennoch konnte ein Versuch nicht schaden, aber kaum war er weitergegangen, hielt vor der Tür ein Streifenwagen an. Das war's.

„Hey, Mann, wohin wollen Sie?" fragte Trey.

„Raus hier“, erwiderte Foster. „Ich mag keine Krankenhäuser.“

„Kann ich gut verstehen, aber ich benötige Ihre Hilfe. Ich bin Detective Bonney.“

Der Mann erwiderte nichts, aber Trey ließ sich nicht anmerken, dass er dieses Verhalten merkwürdig fand. „Geht es Ihnen gut? Das war ja eine beachtliche Rettungsaktion, die Sie da hingelegt haben.“

Ein kurzer Blick in das Gesicht des Detective verriet Foster, wie entschlossen dieser Cop war. Selbst wenn er jetzt wegzulaufen versuchte und ihm sogar entkommen würde, war es nur eine Frage der Zeit, bis man ihn aufspürte. Er war es leid, immer nur auf der Flucht zu sein und sich zu verstecken. Einmal hatte er einen Fehler gemacht, der ihm fünfundzwanzig Jahre hinter Gittern beschert hatte. Das würde ihm nicht noch mal passieren.

„Ja, alles in Ordnung“, erwiderte er und zeigte seine Handflächen. „Ich habe mir bloß an der Strickleiter die Hände aufgescheuert, und ich brauche neue Schuhe.“

Er zeigte nach unten, und Trey sah, dass die Sohlen durch die Hitze unter dem Dach geschmolzen waren.

„Setzen wir uns irgendwohin, um zu reden“, sagte Trey. „Ich möchte gern wissen, was Sie mir zu dem Feuer sagen können.“

Trotzig hob Foster sein Kinn an. Der Zeitpunkt war gekommen, um reinen Tisch zu machen. „Kommen wir doch lieber gleich zur Sache. Sie wollen eigentlich nur wissen, ob ich was mit dem Feuer zu tun habe.“

Trey sah ihn verwundert an. „Und … haben Sie etwas damit zu tun?"

„Nein, Sir, habe ich nicht. Sonst wäre ich wohl kaum so dumm gewesen, mich selbst von den Flammen einschließen zu lassen."

„Klingt plausibel", musste Trey ihm zustimmen. „Können wir uns jetzt trotzdem unterhalten?"

„Von mir aus gern", murmelte Foster. „Ich habe eine ganze Menge zu erzählen – zu einigen Themen." Diese Ankündigung ließ Trey aufhorchen.

„Sollten wir dann besser aufs Revier fahren?"

Foster zuckte mit den Schultern. „Ich dachte zwar mehr an Florida, aber im Moment habe ich sowieso nichts Besseres vor."

„Ich habe meinen Wagen draußen geparkt", sagte Trey und verließ mit ihm das Krankenhaus.

Am Wagen angekommen, zeigte Foster auf die hintere Tür. „Ich schätze, ich soll wohl hinten Platz nehmen."

„Wie kommen Sie darauf?"

„Na ja, soweit ich weiß, sucht mich das Dallas Police Department schon seit einer Weile, weil man mit mir reden will."

Trey ignorierte den Wunsch, vorsichtshalber seine Waffe zu ziehen. „Und warum?"

„Keine Ahnung. Ich saß in meinem Hotelzimmer, kümmerte mich um meinen Kram, als auf einmal im Fernsehen mein Name fällt."

Noch während der Mann redete, wusste Trey, wen

er vor sich hatte. Er musste dennoch fragen, um keinen Fehler zu machen.

„Und wie heißen Sie?"

„Foster Lawrence. Letzte feste Adresse das Bundesgefängnis in Lompoc, bis heute im Henry-Dean Hotel abgestiegen.

„Ich fasse es nicht", sagte Trey, woraufhin Foster zu grinsen begann und ihm die Hände entgegenstreckte.

„Das ist nur zur Vorsicht", erklärte er. „Sobald wir auf der Wache sind, nehme ich sie Ihnen wieder ab."

Foster machte ein ernstes Gesicht. „Das habe ich schon mal gehört. Damit Sie's gleich wissen: Ich habe keine Ahnung, was es mit dem toten Baby auf sich hat, und ich wusste vor fünfundzwanzig Jahren auch nichts von diesen Morden. Damals wollte mir niemand glauben, deshalb verstehen Sie vielleicht, warum ich so lange gezögert habe."

Ohne ein Gitter zwischen den Vorder- und den Rücksitzen gefiel es Trey gar nicht, Lawrence allein in seinem Wagen zu haben. Er packte ihn am Ellbogen und führte ihn zu dem Streifenwagen, der ein Stück entfernt stand. Einer der Polizisten lehnte sich gegen den Wagen, der andere unterhielt sich mit einem Sanitäter.

Als der Mann die Handschellen sah, wurde er aufmerksam.

„Das hier ist Foster Lawrence", erklärte Trey. „Er hat sich bereit erklärt, mit auf die Wache zu kommen und einige Fragen zu beantworten. Könnten Sie mir einen Gefallen tun und ihn hinfahren? Ich fahre hinterher und übernehme ihn dann."

„Bin ich jetzt festgenommen?" fragte Foster erschrocken.

„Nein", entgegnete Trey. „Es sei denn, Sie wollen, dass ich Sie festnehme."

„Ich will so einiges, aber das ganz bestimmt nicht", sagte Foster und stieg in den Polizeiwagen ein, als Trey ihm die Tür öffnete. „Bis gleich."

Trey musterte den Mann mit den geschmolzenen Schuhsohlen, den verbundenen Händen, der roten Gesichtsfarbe. Welche Ironie, dass dieser Mann bis gerade eben noch ein Held gewesen war und jetzt wie ein Verdächtiger behandelt wurde. Wie es schien, hatte das Glück Foster Lawrence im Stich gelassen.

14. KAPITEL

Trey rief Olivia vom Wagen aus an, als er zurück zur Wache fuhr. Sie meldete sich nach dem zweiten Klingeln.

„Olivia, Honey. Ich bin's."

„Oh, hallo ‚Ich'", erwiderte sie amüsiert.

Unwillkürlich musste Trey lächeln und begann zu überlegen, wann er sich das letzte Mal so gut gefühlt hatte.

„Ich wollte dir nur sagen, dass etwas dazwischengekommen ist. Ich bin jetzt auf dem Weg zurück zum Revier. Das war ein hitziger Abend in der Stadt, so wie es aussieht. In Downtown ist ein altes Hotel abgebrannt, und ich muss einige Überlebende befragen."

„Oh, wie schrecklich."

„Ja. Auf jeden Fall kann ich heute Abend nicht noch mal vorbeikommen. Schlaf dich aus, dann hole ich dich morgen früh ab."

„Gut, und du, pass auf dich auf", sagte Olivia.

„Das mache ich doch immer, Honey. Außerdem verbringe ich die nächsten Stunden nur auf dem Revier, da kann nichts passieren. Schlaf gut und träum noch ein bisschen von mir. Bis morgen."

Olivia legte den Hörer auf, dann drehte sie sich um und schloss die Augen. Je eher es Morgen war, umso eher würde sie endlich das Krankenhaus verlassen können. Bevor sie jedoch einschlafen konnte, klingelte erneut das Telefon.

„Hallo?"

„Darling, ich bin es", sagte Marcus.

„Grampy? Ich bin ja so froh, deine Stimme zu hören. Trey hat mir erzählt, was passiert ist. Wie geht es Rose und Anna inzwischen?“

„Gut, nur ein wenig aufgewühlt. Anna konnte ich für den Augenblick in einer Einrichtung für betreutes Wohnen unterbringen, auch wenn sie sich die ganze Zeit über dagegen gesträubt hat. Rose ist bei ihrer Schwester, und die Handwerker können erst in ein paar Tagen am Haus arbeiten. Mehr konnte ich nicht tun.“ Olivia war erleichtert darüber, dass er alles so gut geregelt hatte.

„Ach, Grampy, es tut mir Leid, dass ich dir nicht helfen kann.“

„Da, wo du im Moment bist, bist du besser aufgehoben. Außerdem gibt es nichts zu helfen. Trey hat dir alles erzählt, sagtest du?“

„Ja, er war hier. Morgen früh kommt er mich abholen. Eine Nachbarin wird tagsüber auf mich aufpassen, auch wenn ich keine Babysitterin brauche.“

„Lass ihn für dich sorgen, Darling. Ich möchte dich nicht vom Krankenhaus in ein Hotel umquartieren, sonst würde ich dich abholen kommen.“

„Ich weiß“, erwiderte Olivia. „Aber ich fühle mich nicht von allen verlassen, sondern schuldig.“

„Wieso schuldig?“ fragte Marcus.

„Wegen Anna.“

„Nun hör aber auf, Darling. Sie braucht Hilfe, und außer uns hat sie niemanden. Sie gehört zur Familie, und die Familie lässt man nicht im Stich.“

„Apropos Familie ... sind Onkel Terrence und Tante Carolyn schon angekommen?“

„Ja, ich treffe mich in einer Stunde mit ihnen im Hotel.“

„Grüß sie bitte von mir.“

„Das werde ich machen“, erwiderte Marcus. „Und jetzt schlaf gut, Darling. Ich rufe dich morgen an.“

„Grampy?“

„Ja?“

„Glaubst du, das mit Daddy ... glaubst du, das stimmt?“

Marcus sank ein wenig in sich zusammen, als er sie fragen hörte. „Ich möchte es nicht glauben, aber ehrlich gesagt wüsste ich keine andere Erklärung.“

„Tut mir Leid“, entgegnete Olivia leise.

„Wieso?“ fragte er erstaunt. „Nichts von alledem ist deine Schuld.“

„Mir tut es Leid, dass diese Dinge passieren. Ich kann mich nicht an meine Eltern erinnern, du schon. Ich weiß, du bist traurig. Es tut mir Leid, dass du das alles durchmachen musst.“

Er unterdrückte die Tränen, die ihm bei ihren Worten kamen. „Ich danke dir, Darling. Ich wüsste nicht, was ich ohne dich machen sollte.“ Dann wurde ihm bewusst, wie besitzergreifend sich das womöglich anhörte, und fügte rasch an: „Aber es könnte sein, dass ich mir selbst vielleicht damit geschadet habe, indem ich so über dich und deine Zeit verfügt habe. Hätte ich nicht so kurzsichtig gehandelt, wäre ich heute vielleicht schon Urgroßvater." Wieder fühlte er deutlich, wie sehr er seine Enkelin liebte.

Olivia wusste, es war die einzige Art, wie er sich dafür entschuldigen konnte, dass er sie so viele Jahre lang unter Druck gesetzt hatte, damit sie bei ihm blieb. Rückblickend musste sie einräumen, an dieser Situation mindestens die gleiche Schuld zu tragen. Sie hatte sich von ihm ihr Leben bestimmen lassen, weil es einfacher gewesen war als sich gegen ihn zu stellen. Es war schade, dass sie erst dem Tod so nahe hatte kommen müssen, ehe sie den Mut fand, das zu tun, was sie wollte. Sie musste an Trey denken. „Oh, Grampy, ich glaube, es ist nie zu spät, um etwas wiedergutzumachen."

Als Marcus in diesem Moment überlegte, wie lange er schon ohne seine Amelia lebte, fühlte er sich mit einem Mal alt. „Weißt du was, Darling? Du hast Recht. Und nun schlaf gut, wir sprechen uns morgen."

„Schlaf auch gut, Grampy", erwiderte sie und wartete, bis die Leitung unterbrochen wurde, dann erst legte sie auf.

Einige Minuten lang lag sie da und überlegte, was die Zukunft ihr wohl bringen würde. Als sie einschlief, träumte sie wieder von Trey, und diesmal auch von Babys mit dunkelbraunen Augen und einem bezaubernden Lächeln auf den Lippen.

Foster saß auf einem Stuhl neben Treys Schreibtisch und trug noch immer seine Handschellen, als Trey eintraf. Chia

Rodriguez betrachtete ihn eindringlich und versuchte sich vorzustellen, ob dieser Mann so kaltherzig sein konnte, ein totes Baby in einen Koffer zu stecken. Ihr Partner David Sheets hatte die Arme verschränkt und lehnte sich gegen den benachbarten Schreibtisch. Beide drehten sich zu Trey um, als der hereinkam.

„Wie machst du das nur?" fragte Sheets, während Trey dem Mann die Handschellen abnahm.

„Wie mache ich was?"

„Dass du immer wie der strahlende Held dastehst? Ich und Chia, wir schuften wie die Verrückten, und du bist mal hier, mal da, und zwischen zwei Kaffeepausen schnappst du mal eben einen Kriminellen. Wir stehen wie die Trottel da."

„Ach, halt die Klappe, Sheets", sagte Chia. „Das tut nun wirklich nichts zur Sache."

„Wir sind ein Team", gab Trey zurück. „Das solltet ihr nie vergessen. Bleibt bei dem Verhör auch ruhig dabei. Vielleicht weiß er etwas über das Feuer, das euch nützen könnte."

Foster sah die Polizistin an. „Das Feuer im Hotel? Warum haben Sie nicht sofort was gesagt? Ich dachte, Sie bewundern, wie mein Schädel das Licht reflektiert."

Chia ging über seinen Sarkasmus hinweg. „Erzählen Sie mir, was Sie gesehen haben."

„Ich wollte gerade Dallas hinter mir lassen", berichtete er. „Eine Viertelstunde oder vielleicht eine halbe Stunde früher, und ich hätte von dem Feuer gar nichts mitbekommen."

„Konnten Sie irgendetwas Verdächtiges beobachten?" fragte sie.

„Nein, ich ging die Treppe nach unten und stand auf einmal mitten in diesem Rauch. Der stieg immer höher, und ich bin daraufhin wieder nach oben gelaufen. Es wurde immer wärmer, ich habe ‚Feuer' gerufen und lief weiter nach oben. Die anderen kamen auch die Treppe nach oben gerannt, und dann waren wir auch schon auf dem Dach. Den Rest der Story kennen Sie ja."

„Als Sie auf dem Dach waren, hat sich da irgendjemand eigenartig geäußert?"

„Lady, die Leute auf dem Dach haben alle nur in Panik geschrien."

„Ja, schon klar. Aber wenn Ihnen irgendetwas einfällt ..."

„Ich werde Sie dann ganz bestimmt anrufen", sagte Foster, sah dann aber zu Trey. „Das heißt, das hängt davon ab, wie viele Telefonate ich führen darf."

„Ich sagte bereits, Sie sind nicht verhaftet."

„Dann schießen Sie mal los", redete Foster weiter. „Es hieß, man wollte mir Fragen stellen, also stellen Sie bitte Ihre Fragen. Ich habe auch noch ein Privatleben."

Trey setzte sich auf die Tischkante. „Als Sie aus Lompoc entlassen wurden, wieso kamen Sie nach Dallas zurück?"

„Um das Lösegeld zu holen, das ich hier versteckt hatte", antwortete Foster.

Mit dieser Antwort hätte Trey niemals gerechnet. „Und? Haben Sie es geholt?"

„Oh ja, sicher, darum habe ich ja auch wie ein König im Henry-Dean Hotel gelebt, als es in Flammen aufging." Dann begann er zu lachen. „Ich habe allmählich das Gefühl, dass ich Brände magisch anziehe."

„Wie soll ich das verstehen?"

„Na ja, das Lösegeld ... ich hatte es im Keller eines Restaurants versteckt, im Lazy Days. Als ich herkomme, um das Geld zu holen, muss ich erfahren, dass die ganze verdammte Bude vor Jahren abgebrannt ist." Er lachte lauthals und klatschte sich auf die Schenkel. „Ist das nicht der Brüller? Das Geld ist weg. Und als wäre das nicht schon schlimm genug, baut man ausgerechnet da eine Bank hin. Überall Wachen, und ich habe natürlich keinen Bock, wieder hinter Gitter zu wandern. Also nehme ich mir ein Zimmer und überlege, was ich jetzt machen soll, und siehe da – das Hotel geht auch in Flammen auf. Ich denke, es wird Zeit, aus Dallas zu verschwinden, und dann tauchen Sie auf, und jetzt sitze ich hier."

Die Geschichte war so abstrus, dass Trey sie ihm abnahm. Außerdem hatte er andere Probleme als einen Stapel Geldscheine, die sich in Rauch aufgelöst hatten.

„Da Sie wissen, dass wir Ihnen einige Fragen stellen möchten, wird Ihnen wohl auch der Grund dafür bekannt sein", sagte Trey.

„Jemand hat ein totes Baby gefunden", sagte Foster, ohne die Miene zu verziehen.

„Stimmt, jemand hat ein totes Baby gefunden. Oder die Überreste, um es genauer zu sagen."

„Ich habe mit dem toten Baby nichts zu tun. Babys umzubringen, liegt mir nicht."

„Aber es lag Ihnen, ein Kind zu rauben und Lösegeld zu fordern."

Foster überlegte, was genau er eigentlich wusste, und kam zu dem Schluss, dass er sich mit jedem weiteren Wort womöglich um Kopf und Kragen redete. „Ich habe damals gesagt, was Sache ist, und trotzdem wurde ich ins Gefängnis gesteckt. Darum halte ich es für keine gute Idee, wenn ich es jetzt noch mal erzähle. Aber ich hatte weder mit einem Mord noch einer Entführung irgendetwas zu tun. Ich bin erst darauf gestoßen, als es passiert war, und dann habe ich etwas verdammt Dämliches gemacht. Ich dachte, ich komme auf die Tour schnell an sehr viel Geld. Außerdem wäre das Kind ohne mich nie freigelassen worden."

Trey stand auf, ging um den Tisch und sah die Akte über den Fall durch. „Das haben Sie damals nicht gesagt", erklärte er.

„Was hab ich nicht gesagt?" gab Foster nervös zurück.

„Dass Olivia Sealy ohne Sie nicht freigelassen worden wäre."

„Aber klar hab ich das gesagt. Ich habe das Kind ja auch in das Einkaufszentrum gebracht, oder etwa nicht?"

„Das ja, aber es war nie die Rede davon, dass Sie das gegen den Willen des Entführers gemacht haben", stellte Trey klar.

Foster rutschte nervös auf dem Stuhl hin und her und schaute zu Boden.

„Wer war diese andere Person, die an der Entführung beteiligt war?“

„Ich habe meine Zeit abgesessen“, raunte Foster. „Sie können mich dafür nicht noch mal in den Knast bringen. Warum lassen Sie mich nicht endlich in Ruhe?“

„Ich will Ihnen nicht die Entführung anhängen“, gab Trey zurück. „Ich rede von Mord. Jemand hat ein Baby umgebracht, in einen Koffer gesteckt und dann eingemauert.“

„Ich war's nicht.“

„Sie waren an der Entführung des einen Kindes beteiligt. Warum sollte ich Ihnen glauben, dass Sie das andere Kind nicht umgebracht haben?“

Foster legte die Stirn in Falten. „Ich kapier das nicht. Was haben die beiden Sachen miteinander zu tun?“

„Beide Babys waren fast im gleichen Alter, beide wurden mit einem linken Daumen zu viel geboren – eine Anomalie, die für die Familie Sealy typisch ist –, und beide Kinder haben denselben Vater.“

Ungläubig schüttelte Foster den Kopf. „Ich habe nur ein Kind gesehen ... und das habe ich ins Einkaufszentrum gebracht. Ich weiß nichts von einem zweiten Kind.“ Schweiß trat ihm auf die Stirn und die Oberlippe. „Das müssen Sie mir glauben, ich weiß nichts davon.“

Trey sah zu Chia und Sheets, die von den Enthüllungen so gebannt zu sein schienen wie Foster Lawrence. Er wusste nicht, ob er dem Mann glauben sollte oder nicht. Chia wirkte ebenfalls unentschlossen. „Also gut, Lawrence. Dann erzählen Sie mir mal, wie Sie eigentlich in diese Entführung gerieten."

Weil er damals den Mund gehalten hatte, war er für fünfundzwanzig Jahre ins Gefängnis geschickt worden. Und jetzt sah es so aus, als sollte sein Schweigen ihn abermals in Schwierigkeiten bringen. Er würde sich nicht noch einmal wegsperren lassen.

„Ich will einen Anwalt", erklärte Foster. „Ich traue keinem von Ihnen über den Weg. Wenn Sie von mir irgendwas wissen wollen, dann nur, wenn ich von Ihnen diese kleine Karte ‚Sie kommen aus dem Gefängnis frei' bekomme."

Trey unterdrückte einen Fluch. Er war so dicht davor, die Wahrheit zu erfahren, und ausgerechnet jetzt musste Lawrence sich hinter einem Anwalt verstecken.

„Wenn Sie einen Anwalt wollen, dann dürfen Sie im Gefängnis auf ihn warten", sagte er und legte Foster die Handschellen wieder an.

Foster wurde bleich, lenkte jedoch nicht ein. „Zum Teufel mit Ihnen", murmelte er.

„Nein, zum Teufel mit Ihnen", gab Trey zurück. „Jemand hat ein Baby ermordet, und ich glaube, Sie wissen, wer der Täter ist. Sie beschützen einen Kindesmörder. Da können Sie sogar die Dallas Cowboys ganz allein von einem brennenden Dach retten, ein Held sind Sie deshalb noch lange nicht."

„Ich wollte auch kein Held sein", meinte Foster. „Ich wollte nur mein Leben retten."

„Ja, das passt zu Ihnen." Trey stieß ihn an, damit er weiterging.

Er brachte Foster zur Arrestzelle, übergab ihn an den zuständigen Kollegen und erledigte den Papierkram. Als Trey fortging, hörte er Foster unablässig von Rechten und von einem Anwalt reden.

Marcus hatte Tabletten gegen seine Kopfschmerzen genommen, hatte sich geduscht und rasiert, obwohl es ihn im Augenblick nicht kümmerte, wie er aussah. Er wollte nur diesen Abend hinter sich bringen. Mit Terrence an einem Tisch zu sitzen, würde eine Qual werden. Es grenzte an ein Ding der Unmöglichkeit, sich mit diesem Mann zivilisiert zu unterhalten, und wäre Carolyn nicht mitgekommen, hätte es diese Begegnung gar nicht erst gegeben.

Im Restaurant des Hotels war ein Tisch reserviert, während er im Foyer auf ihre Ankunft wartete.

Carolyn entdeckte Marcus zuerst, warf die Arme vor Begeisterung in die Luft und kam zu ihm. Sie umarmte ihn, küsste ihn auf beide Wangen, dann drehte sie sich zu ihrem Ehemann um. „Terrence, sieh dir nur Marcus an. Ich könnte schwören, er ist keinen Tag älter geworden, seit wir weggezogen sind."

Terrence Sealy nickte und lächelte, aber er fühlte sich so unwohl in seiner Haut wie Marcus. „Ich fürchte, ich kann das von mir nicht behaupten", sagte er und klopfte sich auf den Bauch. „Zu viele Nudeln und zu guter Wein."

Carolyn lächelte ihn an. „Ach, Terry, für mich siehst du immer wundervoll aus."

„Glaub nicht, ich wüsste das nicht zu schätzen", entgegnete er mit sanfter Stimme.

„Unser Tisch ist fertig", wechselte Marcus abrupt das Thema.

Sie setzten sich, bestellten Vorspeisen und Wein, und kamen dann auf den Grund ihres Besuchs zu sprechen.

„Soll das heißen, dass meine DNS auf einmal nicht mehr benötigt wird?" fragte Terrence.

Marcus wusste nicht, was er antworten sollte. „Ich kann es nicht mit Gewissheit sagen, aber es ist zumindest zweifelhaft. Leider wart ihr schon auf dem Weg hierher, sonst hättet ihr euch nicht herbemühen müssen."

„Ach, wir hätten doch sowieso nicht unbedingt herkommen müssen", widersprach Carolyn. „Den Test hätten wir auch zu Hause vornehmen lassen können. Aber wir wollten dir Rückhalt geben, weil das alles so schrecklich ist, was da passiert ist."

„Danke", sagte Marcus. „Es ist nur schade, dass Olivia heute nicht bei uns sein kann."

Carolyn spielte nervös mit dem Besteck. „Ich kann es noch immer nicht fassen, was ihr passiert ist. Das ist so entsetzlich. Es stimmt doch, dass irgendein Verrückter sie völlig ohne Grund angegriffen hat, nicht wahr?" Für sie war es immer noch eine unglaubliche Tat.

„Im Wesentlichen ja", erwiderte er. „Er hatte Wahnvorstellungen und Schuldgefühle wegen eines früheren Verbrechens, und er dachte, wenn er Olivia tötet, würde Gott ihm seinen ersten Fehler vergeben.“

Terrence’ Miene verfinsterte sich. Keiner von beiden hätte es zugeben wollen, doch mit zunehmendem Alter waren sich die Männer immer ähnlicher geworden. Carolyn ließ es sich jedoch nicht nehmen, dies anzusprechen. „Sieh ihn dir nur an“, sagte sie und zeigte auf ihren Mann. „Ihr zwei könntet Brüder sein.“

Als Terrence wegsah, legte Carolyn eine Hand auf Marcus’ Arm und senkte ihre Stimme. „Das muss doch schlimm für dich sein, das mit Michael … du weißt schon …“

„Sie werden dir einige Fragen stellen“, entgegnete er.

„Mir? Wieso denn?“

„Weil ich den Fehler gemacht habe, zu erwähnen, dass du mit Michael gut befreundet warst. Detective Trey Bonney hofft, von dir etwas zu erfahren, was ihn zu der Mutter des anderen Babys führen könnte.“

Carolyn wurde erst rot, dann kreidebleich.

„Es tut mir Leid, Carolyn, aber ich wollte dich vorwarnen.“

Terrence zog wütend die Augenbrauen zusammen. „Hör zu, Marcus. Nur weil …“

„Nein, Liebling“, fiel sie ihm ins Wort. „Hier ist etwas Schreckliches passiert, und ich bin froh, wenn ich ein wenig zur Aufklärung beitragen kann. Aber um ehrlich zu sein, ich glaube nicht, dass ich wirklich behilflich sein kann.“

„Trotzdem danke“, sagte Marcus. „Oh, da kommen ja die Getränke.“

„Die Vorspeisen sehen köstlich aus“, warf Carolyn ein.

Sie nahm eine halbe Scheibe Toast mit Roastbeef und einem Klecks Meerrettich darauf und biss ab. „Mmh, das schmeckt so gut.“ Sie nahm eine zweite Scheibe und hielt sie Terrence vor. „Mund auf.“

Er gehorchte und gab einen angenehm überraschten Laut von sich, während Marcus ihn zum Teufel wünschte.

Der Rest des Abends verstrich ebenso belanglos wie er begonnen hatte.

Anna weinte. Sie wusste weder, wo sie war, noch wie sie dorthin gekommen war. Immer wieder sah sie in den Schrank und betrachtete die Kleidung, die dort auf den Bügeln aufgehängt war. Ihr Blick wanderte über die Schublade, in der ihre Unterwäsche zusammengefaltet lag. Sie war sich sicher, dass diese Dinge ihr gehörten, da sie sich erinnern konnte, sie gewaschen zu haben. Wo allerdings die Waschmaschine und der Trockner geblieben waren, wusste sie nicht. Sobald sie draußen danach suchen wollte, ließ man sie nicht von dieser Etage fort.

Sie kam sich vor wie eine Gefangene, dabei hatte sie doch nichts verbrochen. Von jedem bekam sie zu hören, sie sei ein so guter Mensch. Außerdem suchte sie noch immer ihre kleine Olivia. Sie hatte Mr. Marcus versprochen, mit ihm nach Hause zu gehen und auf Olivia aufzupassen, doch nirgends war eine Spur von ihr. Sie hatte telefonieren wollen, aber diese Frau bestand darauf, dass sie in ihr Zimmer zurückkehrte, dann nahm sie Annas Arm und brachte sie zurück.

Nun saß Anna im Dunkeln auf der Bettkante und betrachtete die ständig wechselnden Bilder im Fernsehen, ohne zu begreifen, was sie dort sah. Erst als die Nachrichten begannen und über ein Feuer in einem Hotel in Downtown berichtet wurde, stöhnte sie leise auf. Sie ahnte, dass diese Bilder etwas mit ihr selbst zu tun haben könnten.

Es war ein großes Feuer. Menschen standen auf einem Dach und schrien, während ein Hubschrauber sie nach und nach in Sicherheit brachte.

Bei Anna zu Hause hatte es auch gebrannt. Nein, das war nicht bei ihr zu Hause, sondern woanders gewesen. Dort war auch die Feuerwehr gekommen, um das Feuer zu löschen. Sie schloss die Augen und versuchte, sich zu erinnern.

Rose war mit ihr in der Küche, sie kochten, der Fernseher lief. Rose sah das Feuer auch, es hatte das ganze Gebäude erfasst.

Gänseblümchen. Da waren Gänseblümchen an der Wand. *Ich nahm sie von der Wand und legte sie hin. Gänseblümchen sollen nicht an der Wand hängen. Sie sollen im Wasser stehen. Aber da war kein Wasser, nur Feuer.*

Anna ließ sich von der Bettkante gleiten und kroch in eine Ecke des Zimmers, dann drehte sie sich so, dass sie die Wand anstarrte. Nach einer Weile kam jemand herein und rief einen Namen, den sie nicht kannte. Die Schritte kamen näher, eine Hand berührte ihre Schulter.

„Anna, soll ich Ihnen ins Bett helfen?“

„Wer ist Anna?“

„Sie sind Anna. Und jetzt stehen Sie doch einfach auf, dann können Sie sich ins Bett legen."

Anna fasste die Hand und zog sich hoch. „Sie müssen mir helfen, ich habe mich verirrt. Ich weiß nicht, wie ich zurück nach Hause komme. Jemand muss mich abholen, ich will nach Hause."

„Ich weiß, meine Liebe. Aber im Moment fühlen Sie sich nicht besonders gut, und erst mal muss es Ihnen etwas besser gehen, finden Sie nicht auch?"

Sie ließ sich zum Bett führen, wo die Frau ihr aus den Schuhen und dem Sweater half. Nachdem sie die Decke aufgeschlagen hatte, half sie Anna beim Hinlegen. „So, das ist doch gleich viel angenehmer, nicht wahr?" sagte die Frau.

„Ich kann meine Olivia nicht finden", erwiderte Anna. „Sie mag es, wenn ich sie in den Schlaf wiege, aber ich kann sie nicht finden."

„Ich helfe Ihnen morgen bei der Suche nach ihr, okay? Und jetzt machen Sie den Mund auf."

Anna gehorchte und spürte, wie etwas auf ihre Zunge tropfte.

„Und jetzt trinken Sie einen Schluck, das hilft Ihnen beim Einschlafen."

„Ich bin müde, nicht wahr?" fragte Anna.

Die Frau strich ihr sanft übers Gesicht. „Ja, ich glaube, das sind Sie."

Anna seufzte. Es war gut, wenn ihr jemand solche Dinge sagte. Als sie allein war, hatte sie so vieles vergessen, da tat es gut, wenn ihr jemand erklärte, was sie tun sollte.

15. KAPITEL

Terrence studierte sein Spiegelbild und suchte nach Spuren des Mannes, der er einmal gewesen war. Er wusste nicht, ob er sich etwas vormachte. Vielleicht redete er sich auch nur ein, dass der nicht mehr existierte, weil er es nicht ertrug, in der Haut dieses Mannes zu stecken.

Er berührte sein Gesicht, strich über die hängenden Wangen. Da war diese flüchtige Erinnerung an seinen Vater, dem er ein wenig ähnlich sah, auch wenn die Augen völlig anders waren. Sein Vaters hatte einen viel zügelloseren Eindruck gemacht. Er war ein Mistkerl gewesen, doch so sehr Terrence ihn auch hasste und so sehr er versucht hatte, anders zu sein als er, war er so wie sein Vater geworden.

Nicht ein Tag verging, an dem er bereute, was er Amelia angetan hatte. Genauso wenig konnte er Marcus' hasserfülltes Gesicht vergessen, als der in seine Wohnung gekommen war. An manchen Tagen konnte er mit diesen Dingen klarkommen, aber dieser Abend war einer von den Momenten, in denen er sich wünschte, Marcus hätte ihn zu Tode geprügelt.

Hinter sich hörte er ein Geräusch. Er musste nicht hinsehen, sondern wusste auch so, dass es Carolyn war. Als sie im Spiegelbild auftauchte, bemerkte er ihre Tränen. Er hasste es, wenn sie weinte.

„Nicht", sagte er, drehte sich zu ihr um und streckte seine Arme aus.

„Du bist ein guter Mann, Terrence Sealy."

Er stieß einen Seufzer aus, als er sie an sich zog. „Du bist die Einzige, die so denkt."

„Du hast es nicht mit Absicht getan. Du warst verletzt, und du hattest getrunken."

Nachdrücklich schüttelte er den Kopf. „Ich habe die Verlobte meines Cousins vergewaltigt, einen Tag vor ihrer Hochzeit. Wäre es dir egal gewesen, wenn es nicht ihr, sondern dir zugestoßen wäre?"

„Ich liebe dich, Terry. Ich habe dich immer geliebt, und ich werde dich immer lieben", erwiderte sie.

„Ich weiß … und dafür danke ich Gott jeden Tag, doch das ändert nichts daran, wie ich mich selbst sehe."

„Wir hätten nicht zurückkommen sollen. Es ist alles meine Schuld, weil ich unbedingt herkommen wollte. Ich habe nicht darüber nachgedacht, was es für dich bedeuten könnte."

„Nein, sag so etwas nicht. Wir hatten keine andere Wahl, und das weißt du. Wir konnten Marcus das nicht allein durchstehen lassen." Dann sah er Carolyn tief in die Augen. „Weißt du etwas?"

„Wissen? Was soll ich wissen?"

„Ob Michael eine Affäre hatte, meine ich."

Sie legte die Stirn in Falten. „Nein … jedenfalls … ich glaube nicht."

„Wie meinst du das?"

Carolyn lehnte sich gegen Terrence und genoss den Trost, den seine Umarmung ihr spendete. „Ein- oder zweimal habe ich Kay weinen sehen. Damals dachte ich mir nichts dabei. Du weißt schon ... ein Ehestreit. Aber ging es doch um mehr."

„Was wirst du der Polizei sagen?"

Sie zuckte mit den Schultern. „Die Wahrheit, was sonst?"

Rose saß bei ihrer Schwester im Wohnzimmer und versuchte, die laute, aufdringliche Stimme ihres Schwagers zu ignorieren. Bis zum heutigen Tag konnte sie nicht verstehen, warum ihre Schwester diesen Mann geheiratet hatte. Als Kinder waren sie die Lieblinge der Familie gewesen, als Jugendliche hatten ihnen so viele Möglichkeiten offengestanden, und nun? Sie war die Köchin eines reichen Mannes, ihre Schwester musste sich mit einem Säufer abgeben.

Es kam nur selten vor, dass Rose über die Vergangenheit nachdachte. Dabei war alles so gut gelaufen. Da war ein Mann gewesen, der sie liebte – jedenfalls hatte sie das geglaubt –, das Versprechen auf ein glückliches Leben. Wahr geworden war davon nichts.

Sie faltete die Hände und legte sie in den Schoß, dann wartete sie lächelnd darauf, bis ihr Schwager eingeschlafen war, der ein Stück weit von ihr entfernt in seinem Sessel saß. Rose war bestürzt über das, was geschehen war. Sie hatte Mr. Marcus versichert, Anna unter Kontrolle zu haben. Kaum aber drehte sie der Frau den Rücken zu, steckte die das Haus in Brand. Am liebsten hätte sie geheult. Sollte man ihr kündigen, wäre sie am Boden zerstört. Doch so war Mr. Marcus nicht, sagte sie sich. Man würde ihr nicht die Schuld geben für das, was diese verrückte Frau getan hatte.

Rose wippte mit dem Schaukelstuhl sanft vor und zurück, der bei jeder Bewegung leise knarrte. Eine der Holzstreben saß locker und musste geleimt werden. Sie selbst hätte das längst erledigt, und sie verstand nicht, warum ihre Schwester so nachlässig war. Doch dann wanderte der Blick zu ihrem Schwager, der schief in seinem Sessel hing und schnarchte. Wenn sie mit einem solchen Mann hätte leben müssen, wäre ihr ein knarrender Schaukelstuhl vielleicht auch egal gewesen.

„Rose … das Essen ist fertig! Kommst du?"

Sie zuckte zusammen. Ihre Schwester musste nicht so laut rufen, schließlich befand sie sich im Nebenzimmer. Doch Rose konnte froh sein, hier untergekommen zu sein, da wollte sie sich nicht auch noch beklagen. Sie stand auf und ging in die Küche, während sie versuchte, jeden Gedanken an die Frau zu verdrängen, die ihre Welt in Brand gesteckt hatte.

Trey war seit Stunden auf und ging immer wieder jedem Detail über das tote Baby nach. Er hatte recherchiert, was es über den Kofferhersteller zu erfahren gab, war auf die Suche nach Künstlern gegangen, die mit Holz arbeiteten und einen Hang zum Religiösen aufwiesen, und er hatte die Akte über Foster Lawrence durchforstet.

Die Ermittlungen hatten ergeben, dass Lawrence das jüngste von fünf Kindern gewesen war. Wie es schien, hatte die alleinstehende Mutter ihren Lebensunterhalt dadurch bestritten, dass sie Kinder zur Welt brachte, denn mit jedem Baby machte die staatliche monatliche Unterstützung einen deutlichen Sprung nach oben.

Das erste Kind war ein Junge namens James, der mit sechzehn bei einem Bandenkrieg umkam. Es folgte ein Mädchen namens Cheryl, mit zweiundzwanzig Jahren durch eine Überdosis ins Koma gefallen und seitdem in einer Einrichtung in Cleveland untergebracht. Die nächsten beiden Kinder waren Zwillinge, Laree und Sheree. Was mit ihnen nach dem achtzehnten Lebensjahr geschehen war, wusste er nicht. Foster war der jüngste Sohn, der sich bis auf ein paar kleine Ausreißer in seiner Jugend nie etwas zuschulden hatte kommen lassen. Bis zur Sealy-Entführung.

Für Trey ergab das keinen Sinn. Entführung war ein Kapitalverbrechen. Wer sich als Krimineller auf so etwas einließ, konnte üblicherweise auf ein langes Vorstrafenregister zurückblicken. Dass jemand aus heiterem Himmel ein solches Verbrechen begeht, war keineswegs normal – es sei denn, er rutschte tatsächlich irgendwie hinein. Bisher hatte er noch keine Erklärung für dieses seltsame Verhalten gefunden.

Manchmal kam es vor, dass ein Elternteil das eigene Kind entführte, das nach der Scheidung dem anderen Partner zugesprochen worden war. Doch jemand wie Foster Lawrence würde sich nicht in eine solche Sache hineinziehen lassen, wenn es nur um das Geld ginge. Trey musste ihn dazu bringen, ihm alles zu sagen.

In der Nacht hatte er sogar von dem Fall geträumt und überlegt, welchen Grund es geben könnte, dass ein halbwegs anständiger Kerl wie Foster Lawrence in einen Fall von Mord und Entführung verstrickt wird.

Dieser Gedanke beschäftigte Trey, als er aufwachte. Er wusste nur, was mit einer Schwester und einem Bruder geschehen war, über die Zwillinge lag ihm dagegen nichts vor. Wenn Foster mit ihnen den Kontakt aufrechterhalten hatte, wussten sie womöglich etwas über seinen damaligen Umgang. Das konnte die Spur sein, die ihn vielleicht weiterbringen konnte. Gerade schlug er die letzte Akte zu, da klingelte der Wecker.

„Oh verdammt“, murmelte er, als ihm klar wurde, dass es Zeit war, einen neuen Tag in Angriff zu nehmen – einen neuen Tag, an dem er Livvie nach Hause holen würde.

Die Müdigkeit war verflogen, noch bevor er sich duschen ging.

Olivia wartete bereits fertig angezogen, als sie Treys Schritte im Flur hörte. Erwartungsvoll stand sie auf, aber nicht nur, weil sie endlich das Krankenhaus verlassen würde, sondern weil Trey herkam, um sie mit zu sich nach Hause zu nehmen. Während ihrer Zeit auf der High School hatte sie sich stets gewünscht, das würde geschehen, doch es war nie dazu gekommen.

Damals hatte er eine Familie gehabt, die noch so fehlbar

sein mochte, dennoch war sie immer neidisch darauf gewesen. Treys Vater hing der Ruf an, ein starker Trinker zu sein, trotzdem liebte Trey ihn. Seine Mutter, die er verehrte, war Kellnerin in einem Restaurant und bezahlte von den Trinkgeldern die Stromrechnung. Er hatte zwei ältere Brüder, einer war beim Militär, der andere Feuerwehrmann in Houston, beide prahlten sie damals mit ihrem kleinen Bruder, dem Football-Star. Die Bonneys hätten die Hypothek für ihr Haus von dem zurückzahlen können, was Olivia in einem Jahr für Kleidung ausgab. Sie hatten Olivia nicht an Treys Seite sehen wollen, und Marcus war genauso dagegen gewesen, dass Trey sich mit seiner Enkelin abgab. Und nun, elf Jahre später, waren sie doch wieder zusammen. Für Olivia war es ein Traum, der damit Wirklichkeit wurde.

Ihr Blick war gebannt auf die Tür gerichtet, und als sie endlich geöffnet wurde, hielt sie unwillkürlich den Atem an. Dann sah sie Trey als Silhouette in der Tür stehen, doch ein paar Tränen sorgten dafür, dass sein Anblick einen Moment lang verschwommen war.

„Hey, du bist ja schon fertig“, stellte Trey fest und nahm sie behutsam in die Arme, beugte sich leicht vor und küsste sie auf den Mund.

Olivia stöhnte leise auf, während er eine Hand auf ihren Hinterkopf legte und sie an seine Brust drückte.

„Bist du bereit?“ fragte er.

„Ich muss an der Schwesternstation nur noch irgendwelche Papiere unterschreiben, dann können wir gehen.“

„Ist das da drüben dein Rollstuhl?“ Er deutete zur Wand.

„Ja, sie wollen nicht, dass ich zu Fuß das Krankenhaus verlasse“, erklärte sie.

„Kein Problem, ich werde die Regeln befolgen.“ Trey nahm sie am Arm und führte sie zum Rollstuhl. „Deine Kutsche steht bereit, meine Liebe.“

„Bin ich das, Trey?“ fragte sie, während sie sich setzte.

„Bist du was, Livvie?“ Er hockte sich hin und klappte die Fußstützen um.

„Deine Liebe?“

„Oh ja, das bist du.“

„Findest du nicht, dass das alles viel zu schnell geht?“

„Findest du es denn?“

Sie schüttelte den Kopf und legte eine Hand auf Treys Wange. „Keinesfalls. Aber mein Leben wäre fast viel zu schnell vorüber gewesen. Das hat mir einen großen Schreck eingejagt. Als ich wieder wach wurde und merkte, dass ich immer noch atme, da nahm ich mir vor, keinen Tag etwas bereuen zu müssen. Darum öffne ich dir mein Herz, Trey. Als ich um eine zweite Chance bat, da meinte ich das ernst. Wir haben eine Menge nachzuholen, aber ich bin bereit, das in Angriff zu nehmen.“

„Ich auch, Livvie, ich auch“, erwiderte er, stand auf, hängte sich ihre Tasche über die Schulter und schob den Rollstuhl vor sich her. „Lass uns von hier verschwinden.“

„Ja, bitte.“

Nach nicht ganz einer Stunde bog er in die Auffahrt

zu seinem Haus ein. Ihm gefiel sein Haus, da es ihm allen Komfort bot, der ihm wichtig war. Doch einen Moment lang fragte er sich, wie Olivia es wohl empfinden würde.

Der Flachbau aus roten Ziegelsteinen war mittlerweile rund zwanzig Jahre alt, seit fast zehn Jahren wohnte Trey dort. Im Lauf der Jahre hatte er eine Veranda angebaut und hinten im Garten einen Pool angelegt. Immergrüne Büsche ersetzten den Gartenzaun, und Olivia konnte den schweren, süßlichen Duft der Blüten wahrnehmen, als er ihr die Tür öffnete.

„Das sieht wunderschön aus", sagte sie anerkennend. „Hast du den Garten angelegt?"

Er zuckte mit den Schultern. „Ich habe mir Mühe gegeben. Hinter dem Haus rund um den Pool gibt es noch mehr von der Art."

„Einen Pool hast du auch? Das ist hervorragend. Der Arzt hat gesagt, Schwimmen wäre gut für meine Schulter." Sie betrachtete ihn und grinste. „Und dich in einer Badehose zu sehen, dürfte auch nicht so schlecht sein."

Trey beugte sich vor, bis sein Mund nur noch ein paar Zentimeter von ihren Lippen entfernt war. „Wenn ich schwimme, trage ich keine Badehose", flüsterte er.

Sie sah ihn mit großen Augen an. „Und was ist mit den Nachbarn?"

„Der Zaun ringsum ist hoch genug."

„Aha."

„Jetzt komm, Livvie, es wird Zeit, dich ins Bett zu bringen."

„Ist ja typisch“, murmelte sie. „Bloß keine Zeit mit dem Vorspiel vergeuden.“

Trey machte eine finstere Miene. „Ich bringe dich ins Bett, damit du dich *ausruhen* kannst.“

„Ich weiß, ich wollte dich nur auf die Probe stellen.“

Er schrieb ihren Sarkasmus der Tatsache zu, dass sie nervös war.

„Komm schon, Livvie, entspann dich. Du musst nach drinnen und die Beine hochlegen. Ella kommt rüber, sobald ich sie anrufe. Das heißt, du wirst nicht allein sein, wenn ich weg muss.“

Olivia kam sich ein wenig verwundbar vor und wusste nicht, was sie davon halten sollte, den Tag mit einer fremden Frau zu verbringen. Allerdings war das die letzte Woche im Krankenhaus nicht anders gewesen.

„Ja, okay“, lenkte sie ein. „Ich fühle mich auch etwas erschöpft.“

Kaum war sie ausgestiegen, hob er sie hoch und trug sie zum Haus. Dort setzte er sie gerade so lange ab, dass er aufschließen konnte, dann brachte er sie nach drinnen.

Aus dem Augenwinkel nahm sie große, weite Zimmer wahr, einen großen Fernseher, bequeme Polstermöbel, Parkettboden und einen Schreibtisch, auf dem ein Computer stand, neben dem sich Aktenberge türmten.

„Das ist dein Zimmer“, erklärte er, als er sie auf ein großes Bett setzte und die Tagesdecke wegzog. „Mein Zimmer ist direkt gegenüber, du musst nur rufen, dann bin ich sofort für dich da.“

„Okay."

Er legte eine Hand an ihr Gesicht. „Entspanne dich, Livvie. Wir haben noch unser ganzes Leben vor uns, um diese etwas seltsame Phase zu überwinden. Im Moment will ich nur, dass du wieder gesund wirst." Liebevoll schaute er ihr in die Augen.

„Ich weiß. Ich will das ja auch."

„Soll ich dir dein Nachthemd raussuchen?"

„Ich würde ja lieber mein altes T-Shirt tragen, aber das liegt zu Hause. Da werde ich mich wohl mit dem Nachthemd begnügen müssen."

„Was ist an diesem T-Shirt so besonders?"

„Nichts, es ist einfach nur weit, alt und flauschig."

„Warte mal", sagte Trey und verließ das Zimmer. Als er zurückkam, schien er in einer Hand einen großen weißen Lappen zu halten. „Versuch das mal", schlug er vor und breitete es auf dem Bett aus. Auf der Vorderseite stand DPD geschrieben, darunter das Logo des Dallas Police Department.

Olivia grinste. „Seit wann hast du das denn schon?"

„Seit der Polizeiakademie … also mindestens seit zehn Jahren."

„Und du hast nichts dagegen, wenn ich es anziehe?"

„Honey, die Polizei von Dallas und ich würden sich geehrt fühlen, wenn du es trägst." Er sah zu ihrer Schulter und fragte ernsthaft: „Brauchst du Hilfe beim Umziehen?"

„Nein, ich glaube, das kriege ich hin."

„Gut, dann hole ich deine Tasche aus dem Wagen. Mach es dir in der Zwischenzeit bequem."

Er zwinkerte ihr zu, während er sich abwandte und aus dem Zimmer ging. Olivia verspürte den Wunsch, sich zu kneifen, um aus diesem absurden Traum aufzuwachen. Noch vor einem Monat war sie mit Grampy in Europa unterwegs gewesen und hatte sich mit einem Leben als Single abgefunden. Und nun hatte sich in so kurzer Zeit so viel geändert. Am unglaublichsten von allem war, dass sie nun in Trey Bonneys Haus war.

Vorsichtig zog sie sich aus und streifte sein altes T-Shirt über, dessen weicher, stellenweise verschlissener Stoff sich sanft um ihren Körper legte. Sie genoss dieses Gefühl und ließ sich auf das Bett sinken, dann zog sie die Decke über sich und wand sich einen Moment lang, bis sie die ideale Position gefunden hatte. Die Laken und der Kissenbezug verströmten einen schwachen Duft, der sie an die Hecke vor dem Haus erinnerte.

Minuten später kam Trey zurück, brachte die Tasche sowie ein Glas Wasser mit. Er zog die Schmerztabletten heraus, gab ihr die verschriebene Dosis und reichte ihr das Glas.

„Hier, Honey, damit wirst du besser schlafen."

Sie schluckte die Tabletten und ließ sich wieder auf das Kissen sinken. Diesmal spürte sie, wie anstrengend die Fahrt vom Krankenhaus gewesen war.

„Danke", sagte sie leise.

„Gern geschehen, Baby. Ich rufe Ella an, damit sie herkommt. Ihr beide könnt euch ja später immer noch miteinander bekannt machen. Du kannst dich ausruhen, und du weißt, dass jemand hier ist, wenn du Hilfe brauchst."

Olivia sah Trey an, der über das Bett gebeugt stand. „Mach dir um mich keine Sorgen. Geh du lieber und leg ein paar Verbrechern das Handwerk. Ich warte hier auf dich, bis du zurückkommst."

Überwältigt von seinen Gefühlen wurden ihm die Knie weich. Er konnte einfach nicht fassen, dass Olivia wirklich in seinem Bett lag. Er wollte glauben, dass etwas Gutes dabei herauskommen würde, dass sie beide für den Rest ihres Lebens zusammen sein würden, doch ein Teil von ihm ermahnte ihn daran, dass er sich schon einmal die Finger verbrannt hatte. Es würde sich erst noch zeigen müssen, ob die Erinnerung an ihre damalige Liebe stark genug war, um mehr als nur Leidenschaft zwischen ihnen wiederaufleben zu lassen.

„Ich liebe dich, Baby", flüsterte er.

Sie hatte bereits die Augen geschlossen, doch nach einem wohligen Seufzer erwiderte sie: „Ich liebe dich auch."

Trey wartete, bis sie eingeschlafen war, erst dann ging er hinaus, um Ella anzurufen.

Nach dem ersten Klingeln meldete sie sich: „Bin schon auf dem Weg."

„Woher wussten Sie, dass ich das bin?"

„Anruferkennung", erwiderte sie mit einem spitzbübischen Tonfall und legte auf.

Lächelnd ging Trey zur Tür. Als er sie öffnete, stand Ella bereits auf der Veranda. Sie trug eine rosafarbene Jogginghose und ein dazu passendes T-Shirt.

„Ich bin Ihnen wirklich dankbar", sagte er, während er versuchte, nicht ihre riesigen silbernen Ohrringe anzustarren.

„Hey, ich bin froh, wenn ich meinen Teil dazu beitragen kann, dass Sie endlich unter die Haube kommen", gab Ella zurück und fuhr sich durch ihr weißes Haar, das sie hochgefönt hatte. „Wie finden Sie meine neue Frisur?"

„Ziemlich scharf", antwortete er grinsend. „Sie sehen aus, als hätten Sie es auf jemanden abgesehen. Wer ist denn der Glückliche?"

„Hershel Mynor. Ihm gehört ein Beerdigungsinstitut, genauer gesagt sogar eine Kette. Ziemlich praktisch, was? Vielleicht komme ich auf die Tour kostenlos unter die Erde."

„Meine Güte, Ella. Darüber machen Sie sich Gedanken?"

„Na, so sind Leute in meinem Alter nun mal. Wir können ja nicht unsere Kinder alles erledigen lassen. Außerdem lässt der Geschmack meiner Schwiegertochter sehr zu wünschen übrig. Die würde garantiert einen Sarg aussuchen, der so geschmückt ist, dass ich am Ende aussehe wie die Siegerin bei irgendeiner Pferdeshow."

Trey musste lachen, dann umarmte er Ella. „Gute Frau, wenn ich etwas älter wäre, müssten Sie sich vor mir schwer in Acht nehmen."

„Da muss ich Sie enttäuschen, Cowboy. Sie sind nämlich nicht mein Typ. Und jetzt zeigen Sie mir das Mädchen."

„Sie schläft", sagte er.

„Schon okay, ich will ja nicht mit ihr reden. Ich will nur wissen, wie die Frau aussehen muss, die Ihnen den Kopf verdreht."

Gemeinsam gingen sie durch den Flur, dann warf sie einen Blick in das Schlafzimmer, in dem Olivia lag.

Ella sah sie an, dann Trey. Sein Gesichtsausdruck verriet ihr, dass er sein Herz wirklich an diese Frau verloren hatte. Zurück im Wohnzimmer erklärte sie: „Ich sage dazu nur, dass sie Sie besser gut behandeln sollte. Ich möchte nur ungern jemanden ohrfeigen müssen, der so viel durchgemacht hat wie sie."

„Gehen Sie behutsam mit ihr um, Ella. Sie hat eine schreckliche Woche hinter sich."

„Ich weiß, ich habe es in den Nachrichten gehört." Sie hielt einen Moment lang inne. „Reich und berühmt zu sein, ist wohl auch nicht immer so toll, nicht wahr, Junge?"

„Nein, Ma'am, das ist es wirklich nicht."

„Gut, dann machen Sie jetzt mal Ihre Arbeit. Wir werden hier auf Sie warten."

Er gab ihr einen Kuss auf die Wange und erwiderte: „Sie haben was bei mir gut."

„Sie können im Herbst an meinem Haus die Regenrinnen sauber machen", schlug sie vor und lachte, als sie ihn entsetzt aufstöhnen hörte, während er zur Tür ging.

16. KAPITEL

Trey kehrte ins Büro zurück, als Chia und Sheets von Lieutenant Warren kamen.

„Gibt es was Neues über das Feuer?“ fragte Trey sofort.

„Wieso? Hast du schon wieder jemanden festgenommen?“ gab David Sheets zurück und spielte mit einer Locke, die ihm in die Stirn gefallen war.

„Schneid das verdammte Ding endlich ab“, raunte Chia ihm zu und strich ihm die Locke zurück.

David verzog keine Miene, als er erwiderte: „Mache ich glatt, sobald du dir deine Mähne stutzen lässt, Chia.“

Seine Anspielung auf ihren wüsten Lockenkopf ließ sie mit einem Grinsen an sich abgleiten und schenkte sich eine Tasse Kaffee ein.

„Es ist wirklich rührend, euch beide zu erleben, wie liebevoll ihr miteinander umgeht“, meinte Trey. „Aber könnte ich bitte mal eine Antwort auf meine Frage bekommen?“

„Ja, wir wissen, wer das Feuer gelegt hat, auch wenn uns das nichts mehr bringt.“

„Wieso?“

David verzog das Gesicht. „Eine drogensüchtige Mutter hatte ihre drei Kinder allein im Zimmer gelassen, sieben, vier und zwei Jahre alt. Der Vierjährige fand ein Feuerzeug, den Rest kannst du dir wohl denken.“

„Das ist hart“, erwiderte Trey. „Wie habt ihr das herausgefunden?“

„Die Siebenjährige konnte gerettet werden", erklärte Chia. „Sie konnte es uns noch erzählen, bevor sie ihren Verletzungen erlag."

Trey hielt den Atem an und wandte sich ab. Manchmal war es einfacher zu schweigen. Er setzte sich an seinen Schreibtisch, fuhr den Computer hoch und nahm sich eine Akte vor. Aus dem Augenwinkel sah er, dass Chia zu ihm kam.

„Wie geht es deiner Kleinen?" fragte sie.

„Gut. Sie wurde heute Morgen aus dem Krankenhaus entlassen."

Chia runzelte die Stirn. „Ich dachte, bei den Sealys hätte es auch gebrannt."

„Stimmt."

„Dann ist das Haus noch bewohnbar?"

Trey seufzte. Er kannte Chia und wusste, sie würde erst dann keine Fragen mehr stellen, wenn sie alles erfahren hatte.

„Ich habe sie für ein paar Tage bei mir einquartiert. Meine Nachbarin Ella passt tagsüber auf sie auf."

„Ach, Olivia Sealy ist also bei dir zu Hause."

„Ja."

„*Sehr* interessant."

„Chia?"

„Was denn?"

„Halt die Klappe."

Er hörte sie schnauben, konzentrierte sich aber auf den Monitor. Einige Minuten verstrichen, ohne dass etwas geschah, dann versuchte Chia einen erneuten Anlauf. Sie fragte ihn nun mit sanfterer Stimme.

„Wonach suchst du?“

„Ich will wissen, ob die Zwillingsschwestern von Foster Lawrence jemals polizeilich aufgefallen sind.“

„Und, schon was gefunden?“

„Noch nicht.“

„Soll ich dir helfen? Ich kann so was besser als du.“

Trey grinste sie an. „Das heißt noch gar nichts. Jeder kann besser am Computer arbeiten als ich.“

„Gib mir die Akten“, sagte sie. „Und sag mir, was du genau willst.“

„Ich will wissen, wo diese Zwillingsschwestern abgeblieben sind. Sie heißen Laree und Sheree Lawrence, eineiige Zwillinge. Nach ihrem achtzehnten Lebensjahr tauchen sie nirgendwo mehr auf.“

Chia nickte.

„Und welches Ergebnis erhoffst du dir?“ Sie setzte sich an ihren Computer.

„Keine Ahnung. Vielleicht gar nichts, vielleicht aber auch irgendetwas, das erklärt, warum Lawrence in die Entführung und die Morde verstrickt wurde.“

Sie gab die Namen ein, aber da Trey ihr weiter zusah, drehte sie sich zu ihm um. Ihre wieder aufkommende Ungeduld konnte sie nicht verbergen. „Hast du nichts zu tun? Hast du keine reichen Erbinnen, denen du den Hof machen kannst? Oder irgendwelche Schurken, die von dir festgenommen werden möchten?“

„Du klingst jeden Tag mehr nach deinem Partner", sagte Trey.

„Tut mir Leid, aber heute war ein wirklich mieser Morgen."

Trey musste an das siebenjährige Mädchen denken, das erst vor ein paar Stunden gestorben war. „Ich kann es mir vorstellen. Danke für deine Hilfe. Ich muss mich mit ein paar Verwandten von Sealy unterhalten, die gestern aus Italien angereist sind. Könnte sein, dass diese Mrs. Sealy etwas weiß."

„Wenn ich etwas über diese Lawrence-Zwillinge finde, rufe ich dich an", erwiderte Chia.

„Nochmals danke." Dann machte Trey sich auf den Weg.

Das Mansion on Turtle Creek war eines der besten Restaurants in Dallas und entsprach in Stil und Klasse dem angeschlossenen Hotel. Trey entging nicht die steife Art des Personals, als er durch das Foyer zur Rezeption ging.

„Ich möchte zu Mr. Terrence Sealy", sagte er und hielt seine Dienstmarke hoch. „Würden Sie ihm bitte sagen, dass Detective Bonney auf ihn wartet?"

Der Mann am Empfang verzog keine Miene, während er mit betonter Gelassenheit nach dem Hörer griff.

„Mr. Sealy, hier spricht Carlos von der Rezeption. Detective Bonney möchte Sie sprechen."

Als der Anruf kam, sah Terrence zu Carolyn und nickte ihr zu. „Schicken Sie ihn rauf."

„Ja, Sir, danke, Sir“, sagte der Mann, nannte Trey die Nummer der Suite und zeigte in Richtung der Aufzüge.

Trey bedankte sich mit einem knappen Nicken. Wenige Minuten später verließ er den Lift, orientierte sich kurz auf dem Stockwerk und ging nach rechts. In Gedanken war er bei dem toten Baby und bei dem Versprechen, das er ihm gegeben hatte. Wenn er den Mörder wirklich finden wollte, benötigte er allmählich eine brauchbare Spur.

Als er an der Suite anklopfte, wurde sofort geöffnet. „Detective Trey Bonney, Mordkommission“, stellte er sich vor und zeigte seine Dienstmarke.

Terrence Sealy nickte und begrüßte Trey mit Handschlag. „Kommen Sie herein, Detective Bonney. Das ist meine Frau Carolyn. Können wir Ihnen etwas zu trinken anbieten? Kaffee? Saft?“

„Nein, danke“, erwiderte er und wandte sich der Frau zu. Sie war groß und so dünn, dass sie bereits mager wirkte. Ihr schulterlanges Haar hatte einen verblassten Blondton. Das Make-up war so gut aufgetragen, dass es über ihr Alter hinwegtäuschte. „Mrs. Sealy, freut mich, Sie kennen zu lernen.“

Sie lächelte ihn an, doch Trey bemerkte, dass dieses Lächeln von Traurigkeit geprägt war.

„Nehmen Sie doch bitte Platz“, sagte sie und führte ihn zur Sitzgruppe. Als sie saßen, ergriff sie das Wort. „Marcus sagte uns, Sie und Olivia seien alte Freunde.“

Einen Moment lang stutzte Trey, hielt sich dann jedoch

vor Augen, dass er damit hätte rechnen sollen. Seine Verwunderung überspielte er, indem er sein Notizbuch aus der Tasche zog.

„Ja, Ma'am, wir gingen gemeinsam auf die High School."

„Es tut uns so Leid, dass sie all das durchmachen muss, nicht wahr, Terry?"

Terrence Sealys Bestürzung wirkte echt. Trey konnte sehen, dass der Anschlag auf Olivias Leben sie beide tief getroffen hatte.

„Ich kann nicht fassen, dass all diese Dinge geschehen", erwiderte er schließlich.

„Marcus erwähnte auch, Sie haben Olivia mit zu sich genommen, damit sie sich in Ruhe erholen kann, während die Brandschäden repariert werden."

„Richtig, Ma'am. Meine Nachbarin passt tagsüber auf sie auf, wenn ich nicht da bin."

„Ich kann es kaum erwarten, sie zu sehen", erklärte Carolyn.

Bei diesen Worten wurde Trey bewußt, wie eng er plötzlich mit Olivias Einzug bei ihm mit jener Familie in Verbindung stand, gegen die er eigentlich ermitteln sollte. Er würde den Lieutenant darauf ansprechen müssen.

„Ich gebe Ihnen gleich meine Telefonnummer und Adresse", sagte er. „Ich weiß, Livvie möchte Sie auch sehen."

Carolyn lächelte. „Sie war erst zwei, als wir fortzogen, aber wir schreiben uns regelmäßig."

„Ich wechsele nur ungern so abrupt das Thema“, gab Trey zurück, „aber ich hoffe, Sie können mir etwas über Michael Sealys Privatleben sagen.“ Erwartungsvoll schaute er ihr direkt in die Augen.

Sie wurde blass, hielt seinem Blick aber stand.

„Weder Terry noch ich wussten von einer Affäre. Wir erfuhren erst nach unserer Ankunft davon, dass er noch ein anderes Kind hatte.“

„Dem kein langes Leben beschieden war“, warf Trey leise ein.

Carolyn hob ein wenig den Kopf, ging aber weiter nicht auf die Verärgerung ein, die aus Treys Worten herauszuhören war. „Wie kann ich Ihnen helfen?“

„Hatten Sie tatsächlich keinen Verdacht, wer die Frau sein könnte, mit der Michael eine zweite Tochter gezeugt hatte?“

„Nein“, antwortete sie ohne zu zögern. „Jetzt, da ich es weiß, fallen mir nachträglich allerdings ein paar Dinge ein, die wohl verräterisch gewesen wären, wenn ich mich intensiver damit befasst hätte.“

„Was für Dinge waren das?“

„Ein- oder zweimal sah ich Kay weinen“, erklärte sie. „Sie war damals meine beste Freundin. Wir waren fast im gleichen Alter, müssen Sie wissen.“

„Meine Frau ist fast zwanzig Jahre jünger als ich“, meldete sich Terrence zu Wort, fragte sich aber gleich darauf, warum er das gesagt hatte.

Trey nickte nur, während sie nach Terrence’ Hand griff

und sie festhielt, als brauche sie diesen Kontakt, um sich weiter konzentrieren zu können.

„Sprachen Sie sie an, warum sie weinte?"

„Ja, aber sie antwortete nur sehr vage. Ich nahm an, die beiden hätten Streit, und ich wollte mich da nicht einmischen."

„Haben Sie Michael jemals mit einer anderen Frau gesehen … vielleicht eine Frau, die Sie nicht kannten?"

„Nein, und ich denke darüber schon nach, seit ich das von dem anderen Kind weiß. Ich wünschte, ich wüsste etwas, aber da ist nichts."

Wieder schwand für Trey ein Stück Hoffnung, den Fall jemals zu klären.

Da meldete sich Terrence wieder zu Wort: „Weißt du nicht mehr, Carolyn? Wir haben Michael doch einmal mit dieser Frau aus einem Bürogebäude in Downtown kommen sehen. Erinnerst du dich? Es war kurz nach Weihnachten, und sie trug einen Pelzmantel. Du sagtest etwas in der Art, da hätte aber jemand tolle Weihnachten gefeiert. Ich weiß es noch, weil wir kurz zuvor deinen Pelzmantel verkauft hatten, um unsere Rechnungen zu bezahlen." Zu Trey gewandt erklärte er: „Wir brauchten das Geld für unseren Umzug."

Trey seinerseits sah zu Carolyn und beobachtete ihre nachdenkliche Miene. „Nein, ich … oh, warte! Ja, natürlich! Aber hat er nicht gesagt, die Frau sei von seiner Versicherung? Kay hatte doch am Tag zuvor den neuen Wagen zu Schrott gefahren. Sie war auf Glatteis ins Rutschen gekommen, und zum Glück war ihr nichts passiert."

„Ich kann mich an den Unfall erinnern", bestätigte Terrence. „Aber was, wenn diese Frau gar nichts mit der Versicherung zu tun hatte? Wenn ich mich nicht irre, ließ Marcus alle Fahrzeuge der Familie auf seinen Namen versichern. Es hätte also gar keinen Grund gegeben, sich mit der Versicherungsagentin zu treffen, weil er gar nichts mit ihr regeln konnte."

„Wie sah diese Frau aus?" wollte Trey wissen. „Können Sie sich erinnern, ob er ihren Namen erwähnte?"

„Sie war nicht allzu groß, sie reichte Michael gerade mal bis zur Schulter. Sie hatte dunkles langes Haar, aber daran kann ich mich auch nur so genau erinnern, weil es geringfügig heller war als der Nerz, den sie trug. Doch was Namen angeht, habe ich ein miserables Gedächtnis. Falls er sie uns vorgestellt haben sollte, kann ich mich nicht mehr daran erinnern."

„Ich glaube, ich kann mich erinnern", sagte Terrence. „Fragen Sie mich nicht, warum mir das so viele Jahre lang im Gedächtnis geblieben ist, aber es ist so."

„Der Name", drängte Trey. „Wie lautete er?"

„Ich weiß jetzt, warum ich mich erinnern kann. Denn zuerst dachte ich, sie würde Larry heißen. Ich war entsetzt, dass jemand seine Tocher Larry nannte. Dann wiederholte er den Namen, und ich begann zu verstehen. Sie hieß Laree, mit Betonung auf der zweiten Silbe. Verstehen Sie? La-*ree.*"

Trey hielt inne. „Sind Sie sich da sicher?"

„So sicher, wie sich ein Mann von zweiundsiebzig Jahren sein kann." Terrence sah ihn an. „Sagt Ihnen der Name etwas?"

„Das könnte sein", antwortete Trey. „Auf jeden Fall danke ich Ihnen, dass Sie die weite Reise unternommen haben. Sie haben mir gerade eben womöglich den entscheidenden Hinweis gegeben, nach dem ich die ganze Zeit über suche."

Terrence wirkte zufrieden. „Werden Sie uns wissen lassen, wenn sich etwas ergibt?"

„Die Familie Sealy wird als Erste informiert werden", versprach Trey ihnen.

„War es das?" fragte Carolyn, während sie aufstand.

Trey notierte Telefonnummer und Adresse auf einen Notizzettel und gab ihn ihr. „Livvie schlief, als ich heute Morgen gegangen bin, aber Ella geht auf jeden Fall ans Telefon. Sollte Livvie wach sein, dann kann ich mir vorstellen, dass sie gern mit Ihnen reden würde."

„Mir fällt auf, dass Sie sie Livvie nennen", merkte Carolyn an.

„Ja, Ma'am. Ich habe sie früher immer damit aufgezogen, dass Olivia viel zu förmlich klingt und nicht zu einem Mädchen passt, das ein Banana Split in weniger als fünf Minuten verspeisen kann."

Terrence lachte auf. „Ja, das passt zu ihr."

„Detective, irre ich mich, oder empfinden Sie viel für unsere Olivia?" wollte sie wissen.

„Nein, Ma'am, Sie irren sich nicht."

„Gut. Sie hat viel zu viel Zeit ihres Lebens bei Marcus verbracht."

Trey gab den beiden die Hand. „Vielen Dank, dass Sie Zeit für mich hatten. Sie haben mir womöglich sehr geholfen."

„Es war uns ein Vergnügen", sagte Terrence und begleitete ihn bis zur Tür. „Ich bin sicher, wir werden uns noch mal sehen."

„Vermutlich ja", stimmte Trey ihm zu. „Wenn sich weitere Fragen ergeben, rufe ich Sie an."

„Ja, natürlich", erwiderte Terrence.

Trey verließ die Suite und wollte nichts anderes, als so schnell wie möglich mit Chia Kontakt aufnehmen, um zu erfahren, ob sie etwas über die Lawrence-Zwillinge herausgefunden hatte. Zum ersten Mal, seit er an diesem Fall arbeitete, begannen sich Teile des Puzzles zusammenzufügen. Wenn man sich in Schwierigkeiten gebracht hatte, an wen wandte man sich dann? An jemanden, dem man vertraute. Dieser Jemand war für viele Menschen ein naher Angehöriger. Sollte Laree Lawrence eine Affäre mit Michael Sealy gehabt haben, dann ließ sich vielleicht besser erklären, warum Foster auf einmal in die Kriminalität abgerutscht war. Mit dieser neuen Erkenntnis gewappnet, würde er noch einmal mit Lawrence reden.

Lawrence hatte seine Ankündigung wahrgemacht und sich hinter einem Anwalt verschanzt. Die Fahrt zum Gefängnis war ein Reinfall, da Lawrence nur in Anwesenheit seines Anwalt mit Trey reden wollte. Der war aber durch einen Gerichtstermin nicht abkömmlich.

Foster hatte Trey nur einmal wütend angesehen und sich um nichts von den Dingen gekümmert, die sein Besucher ihm zu sagen hatte. Als Trey ging, war er stinksauer, weil das System Kriminellen mehr Rechte einräumte als denen, die sich gesetzestreu verhielten. Außerdem war Foster davon überzeugt, dass er so oder so wieder ins Gefängnis geschickt würde, ganz gleich, was er tat oder sagte.

Trey rief Chia an, musste von ihr aber erfahren, dass sie und David sich um ein neues Verbrechen kümmern mussten. Ein Anhalter hatte auf dem Highway 75 nahe der Ausfahrt zum Highway 635 einen verlassenen Wagen bemerkt, aus dem ein stechender Gestank austrat. Chia und David waren hingeschickt worden und hatten im Kofferraum des Wagens eine Leiche entdeckt, weshalb sie sich nicht weiter mit der Suche hatte beschäftigen können.

Als der Feierabend nahte, beschloss er, seinen Frust für diesen Tag zu vergessen, und machte sich auf den Heimweg. Seit Mittag hatte er nicht mehr mit Livvie gesprochen, und er konnte nur hoffen, dass sie und Ella gut miteinander auskamen.

Zu Hause angekommen wurde schnell offensichtlich, dass er sich keine Gedanken hätte machen müssen. Livvie und Ella saßen am Küchentisch und spielten Karten.

„Hey, wie geht's denn meinen beiden liebsten Frauen?" rief er, als er in die Küche kam.

Ella rümpfte die Nase. „Ich werde ausgenommen", beklagte sie sich mit gespielt ernster Miene.

Olivia grinste und zeigte auf Streichhölzer, die sie rechts von sich aufgehäuft hatte. „Ich räume richtig ab."

„Was spielt ihr denn?" wollte er wissen.

„Poker", entgegnete Ella. „Sie behauptet, sie hätte das noch nie gespielt."

„Hast du etwa ein wenig Anfängerglück?" fragte Trey amüsiert.

„Ein wenig?" konterte Ella. „Wenn wir um Geld spielen würden, dann würde ihr jetzt schon mein Haus gehören."

„Sie könnten doch auch aufgeben", schlug Olivia vor.

„Ich gebe nie auf."

„Es geht aber nur um Streichhölzer", betonte sie.

„Nein, es geht ums Prinzip", widersprach Ella.

„Soll ich besser wieder gehen?" fragte Trey.

Ella legte ihre Karten auf den Tisch und stand auf, warf Olivia aber einen warnenden Blick zu. „Glauben Sie ja nicht, dass Sie so einfach davonkommen."

Olivia drehte Ellas Blatt um und rief triumphierend: „Und schon wieder gewonnen!"

„Nein, stimmt nicht. Ich habe längst aufgegeben."

„Ich dachte, Sie geben nie auf", wunderte sich Olivia.

Statt einer Antwort zeigte Ella nur auf sie: „Vergessen Sie nicht, um sieben Ihre Medizin zu nehmen!"

„Sehen wir uns morgen wieder?"

„Darauf können Sie Gift nehmen", gab Ella zurück, dann stürmte sie ohne ein weiteres Wort aus dem Haus.

Trey ging zu Olivia, um sie zu trösten. „Honey, es tut mir Leid. Ich dachte, ihr beide würdet euch verstehen. Für morgen werde ich mir etwas ..."

„Ich mag sie", erklärte sie. „Sie ist der netteste Mensch, den ich je kennen gelernt habe."

„Aber ihr zwei habt euch ..."

„Wir sind beide gleich", sagte Olivia. „Wir verlieren nun mal nicht gern. Morgen ist sie wieder besser drauf."

„Woher willst du das wissen?"

„Weil ich sie morgen gewinnen lasse."

Trey grinste. „Okay. Na, dann werde ich mich nur mal schnell bei ihr bedanken und über den Rest kein Wort verlieren."

Sie winkte ihm nach, dann sortierte sie die Streichhölzer zurück in die Schachtel.

Als Trey bei Ella klingelte, erwartete er ihren Wutausbruch, doch sie öffnete die Tür und grinste ihn an. „Also Sie hätte ich jetzt noch nicht hier erwartet. Ich dachte, Sie würden erst mal Ihren Schatz umarmen und an sich drücken."

Es kam ihm vor, als würde er neben sich stehen. Er hatte die beiden beobachtet, als sie sich wie zwei gereizte Hunde um einen Knochen stritten, und jetzt waren auf einmal alle bester Laune. Wie war diese plötzliche Veränderung nur möglich?

„Ich wollte mich nur davon überzeugen, dass es Ihnen gut geht."

Ella zog verblüfft die Augenbrauen hoch. „Natürlich geht es mir gut. Warum auch nicht?"

„Nun, Sie kamen mir so aufgeregt vor, und ich wollte nicht …"

Sie legte eine Hand auf seinen Arm und schüttelte den Kopf. „Honey, keine Sorge. Das war alles nur Theater. Ich dachte mir, sie muss moralisch ein bisschen aufgebaut werden, darum habe ich sie gewinnen lassen. Aber beim Poker macht man so was eigentlich nicht. Und deshalb werde ich sie morgen ausnehmen."

Trey war sich nicht sicher, ob er in diesem Moment grinste. „Gut, solange alles in Ordnung ist."

„Alles bestens. Und damit Sie's wissen, sie ist ein guter Fang!"

„Ich gehe jetzt nach Hause", erklärte er, drückte ihr einen Kuss auf die Wange, dann überquerte er den Rasen.

Zurück im Haus sah er, wie Olivia eine Dose Limonade in ein Glas voller Eiswürfel goss. „Möchtest du auch ein Glas?" fragte sie.

„Ich brauche was Stärkeres", murmelte er.

„Was hast du gesagt?"

„Nichts, Honey. Ist gut, ich nehme eine Pepsi. Aber lass mich das machen."

„Ich kann dir ein Glas eingießen", erklärte sie.

„Ich weiß, aber könnte es nicht sein, dass ich dich erst

mal eine Weile verwöhnen will?“ fragte Trey und nahm ihr die Dose aus der Hand.

Olivia wollte widersprechen, doch dann sah sie das Verlangen in seinen Augen.

„Ich gehe ins Wohnzimmer und lege die Beine hoch“, sagte sie. „Ich warte dann darauf, von dir verwöhnt zu werden.“ Sie zwinkerte ihm zu und verließ die Küche.

Treys Hände zitterten, als er eine Dose öffnete. Was die nächsten Wochen bringen würden, wusste er nicht. Ihm war nur klar, dass er es kaum erwarten konnte.

17. KAPITEL

Trey grillte Steaks. Es war so ziemlich das Einzige, was er zubereiten konnte, ohne etwas anbrennen zu lassen. Den Salat hatte er fertig gekauft, so dass er ihn nur noch in eine Schüssel geben und zusammen mit der Flasche Dressing auf den Tisch stellen musste. Er war gerade auf der Suche nach den Steakmessern, als der Küchenwecker klingelte und ihn daran erinnerte, die Folienkartoffeln aus dem Backofen zu nehmen. Nachdem er ihnen beiden Eistee eingegossen und Teller mitsamt Besteck auf dem Tisch plaziert hatte, begann er zu überlegen. Irgendetwas hatte er vergessen, doch es wollte ihm nicht einfallen.

In diesem Moment kam Olivia frisch geduscht in die Küche. Sie schaute auf den Tisch, stieß einen anerkennenden, leisen Pfiff aus und sah Trey an. „Ich bin beeindruckt."

Er reagierte mit einem Grinsen, bis sie wieder den Blick über den Tisch wandern ließ. „Hast du keine Steaksoße?"

„Das war's!" rief er aus und ging zurück zum Kühlschrank, um eine Flasche Ketchup herauszuholen. „Das Abendessen ist serviert."

„Das nennst du Steaksoße?" wunderte sie sich.

„Ich habe irgendwo Steaksoße, aber ich weiß nicht wo." Dann widmete er sich wieder den Steaks auf dem Grill.

Olivia schüttelte den Kopf, öffnete die Vorratskammer und präsentierte ihm kurze Zeit später eine Flasche Soße, die noch ungeöffnet war.

„Wo hast du die denn entdeckt?“ fragte er verblüfft.

„Im Vorratsschrank.“

„Ich habe in den zehn Jahren, die ich jetzt hier lebe, nie ein System entwickelt, wohin ich etwas stellen soll, damit ich es wiederfinde. Ich wusste, ich hatte vor ein paar Wochen Soße gekauft, aber die hätte ich da mit Sicherheit nicht vermutet. Und du bist noch keine vierundzwanzig Stunden hier und findest sie auf Anhieb. Wie geht das?“

„So was nennt man weibliche Intuition“, erwiderte sie. „Können wir essen?“

„Jeden Moment.“ Er zog für sie den Stuhl zurück und fasste sie am Ellbogen, während sie sich setzte. „Was macht deine Schulter? Starke Schmerzen?“

„Es geht so“, antwortete Olivia.

Ohne zu fragen, zerteilte Trey das Stück Fleisch in mundgerechte Bissen, dann legte er die geteilte Folienkartoffel und Butter dazu. „Salat?“

„Ja, unbedingt.“

Er legte Salat auf und setzte sich, doch anstatt selbst etwas zu essen, konnte er den Blick nicht von Olivia abwenden.

„Was ist?“ fragte sie schließlich.

„Ich denke immer, das ist nur ein Traum, ich wache jeden Moment auf, und dann bist du verschwunden.“

„Ich werde nicht verschwinden.“

Trey wollte das Thema wechseln, nahm dann jedoch seine Gabel und begann ebenfalls zu essen.

Die nächsten Minuten verbrachten sie schweigend,

reichten sich mal das Salz, mal den Pfeffer, dann wieder die Flasche mit der Steaksoße. Es waren alles reflexartige Handlungen, die es ihnen beiden erlaubte, sich mit der Situation zu befassen, in der sie sich nun befanden.

Olivia hatte ihn um eine zweite Chance gebeten, ohne zu ahnen, dass sie nicht einmal eine Woche später bei ihm zu Hause sein würde. Trey seinerseits schwankte zwischen der Freude, sie um sich zu haben, und der Angst, der Fall des toten Babys könnte etwas ergeben, was ihrer gerade erst wiederauflebenden Beziehung ein jähes Ende bereiten würde.

Schließlich hatten sie aufgegessen, Olivia ging ins Wohnzimmer und legte sich auf die Couch, während Trey sich um den Abwasch kümmerte. Als er fertig war, brachte er ihr die Schmerztabletten und ein Glas Wasser.

„Danke", sagte sie, nachdem sie die Tabletten genommen und sich wieder hingelegt hatte.

„Ich hätte den Kerl im Krankenhaus erschießen sollen", murmelte Trey, als er sah, wie Olivia beim Hinlegen den Mund verzog, da die Bewegung ihr Schmerzen bereitete.

Sie griff nach seiner Hand und zog ihn zu sich auf die Couch. „Du hast mir das Leben gerettet, das war genug."

Sein Blick ruhte einen Moment auf dem blauen Fleck auf ihrem Handrücken und wanderte dann weiter zu den Kratzern und Schrammen in ihrem Gesicht, die allmählich heilten.

„Oh, Livvie, was sollte ich bloß ohne dich machen? Du

musst mich nur ansehen, und schon weiß ich nicht mehr ein noch aus. Und dabei hat man dir so wehgetan."

„Aber nichts davon war deine Schuld, Trey. Es war nur ein Zufall, dass du derjenige sein solltest, der sich mit den Problemen befassen muss, in denen meine Familie steckt."

Obwohl er sie bei sich haben wollte, musste Trey erst noch lernen, sich in Olivias Gegenwart zu entspannen. Er vermutete, es hatte etwas mit Vertrauen zu tun.

„Ich weiß. Dennoch fällt es mir nicht leicht, dich so leiden zu sehen. Erst recht, wenn ich daran denke, dass ich bereits meine Hände um den Hals dieses Dreckskerls gelegt hatte."

„Du hast das Richtige getan", widersprach sie. „Du bist mein Held."

„Das möchte ich gern sein", sagte er leise. „Das und noch viel mehr."

„Mir genügt es, wenn du mich liebst und mir vergibst", erklärte Olivia.

Er sah sie sekundenlang einfach nur an, dann gelang ihm ein schwaches Lächeln. „Wir werden das wirklich versuchen, oder irre ich mich, Honey?"

„Wir sind schon längst dabei", entgegnete sie und strich ihm durchs Haar, während er wieder ernst wurde.

„Und du wirst bei mir bleiben, ganz gleich wie dieser Fall ausgeht?"

„Ja, Trey, ich werde so oder so bei dir bleiben."

Dann konnte er sich ein selbstbewusstes Grinsen nicht

verkneifen. „Eines sollst du wissen. Es ist ein verdammt gutes Gefühl, nach Hause zu kommen und zu wissen, dass du da bist.“

„Dann sollst du auch etwas wissen. Für mich war es ein verdammt gutes Gefühl, hier auf deine Rückkehr zu warten.“

Als er freudig lachte, wusste sie, sie würde diesen Augenblick niemals vergessen.

Es war kurz nach eins in der Nacht, als Trey zum dritten Mal aufstand, um nach Livvie zu sehen. Jedes Mal, wenn er fast eingeschlafen war, sah er sie wieder vor sich, wie man sie in die Notaufnahme gebracht hatte – verletzt, blutverschmiert und dem Tode nah. Diese entsetzliche Erinnerung ließ ihn immer wieder hochschrecken, aufstehen und sein Zimmer verlassen, um nach dem Rechten zu sehen.

Da er in der Nacht zuvor auch schon kaum Schlaf bekommen hatte, sollte er sich besser wieder hinlegen, um sich zumindest noch ein wenig auszuruhen, ehe um sechs Uhr der Wecker klingelte. Doch er schaffte es nicht, den Blick von Olivia zu nehmen. Vor langer Zeit einmal hatte er davon geträumt, dass ihm die Zukunft ein Leben mit ihr bringen würde. Aber es war Jahre her, dass er daran hatte denken müssen, wie wichtig sie ihm und wie schmerzhaft das Ende ihrer Beziehung gewesen war. Jetzt gab das Schicksal ihm eine zweite Chance, und die würde er sich durch nichts verderben lassen.

„Trey?“

Er erschrak. Erst als sie ihn ansprach, wurde ihm klar, dass sie längst wach gewesen war.

„Ja, ich bin’s.“ Er kam zu ihr ans Bett. „Du könntest jetzt wieder eine Schmerztablette nehmen, falls du sie brauchst.“

„Nein, ist nicht nötig.“

„Etwas zu trinken?“

„Nein.“

„Okay … dann werde ich mal wieder …“

„Würdest du dich zu mir legen?“

„Ich fürchte, ich würde …“

„Du hast schon mindestens zweimal nach mir gesehen, seit ich mich hingelegt habe. Ich vermute, es ist die einzige Möglichkeit, damit wir beide etwas Schlaf bekommen.“

Er seufzte. „Ich wollte dich nicht stören, ich war nur besorgt.“

„Dann leg dich zu mir. Auf die Weise bist du nah genug, um sofort zu merken, ob ich irgendetwas brauche.“

„Ich fürchte, wenn ich mich zu dir lege, wirst du wohl merken, was *ich* brauche“, meinte er in sarkastischem Tonfall.

„Wenn du mir noch ein paar Tage Zeit lässt, werde ich sehen, was sich da machen lässt.“

„Ach, Livvie, ich lasse dir alle Zeit der Welt. Wenn du wirklich meinst, dass es das Richtige ist, lege ich mich zu dir.“

Olivia musste auf dem großen Bett nicht zur Seite rutschen, um für Trey Platz zu machen, der sich so hinlegte, dass er ihr ins Gesicht sehen konnte.

„Du bist nicht zugedeckt“, erklärte sie.

„Das macht nichts. Wichtig ist nur, dass du jetzt die Augen zumachst und schläfst.“

Sie seufzte, schloss die Augen und war fast sofort wieder fest eingeschlafen.

Trey betrachtete sie und stellte beruhigt fest, wie gleichmäßig sie atmete, während sich ihre Brust mit jedem Atemzug hob und senkte. Trotz der Dunkelheit konnte er ihr vollkommenes Profil sehen, den sinnlichen Schwung ihrer Lippen, die im Schlaf leicht geöffnet waren. Ihre Haare wirkten wie dunkle Seide auf dem dunklen Kissen. Er stellte sich vor, wie sie mit zwei Jahren genauso dagelegen und geschlafen hatte, damals noch unschuldig und völlig ahnungslos, wie schnell das Leben aus den Fugen geraten konnte.

Als kleines Mädchen hatte Olivia den Mörder ihrer Eltern gesehen. Er begann sich zu fragen, ob sie gewusst hatte, dass da noch ein Kind war. Hatte sie es gesehen, vielleicht sogar geahnt, es war ihre Halbschwester?

Von Olivias Vergangenheit hatte er nie viel gewusst. Für ihn war sie das hübsche Mädchen gewesen, das sich genauso Hals über Kopf in ihn verliebt hatte, wie er Livvie verfallen war. Dass sie das Opfer eines grässlichen Verbrechens gewesen war, hatte damals in ihrer Beziehung keine Rolle gespielt.

Doch inzwischen waren sie beide erwachsen.

Und inzwischen war er mit ihrer Vergangenheit hautnah in Berührung gekommen. Er hatte die Knochen in diesem Koffer gesehen, und mit einem Mal begriff er, dass Olivia auch so hätte enden können. Hätte nicht das Schicksal in Gestalt von Foster Lawrence eingegriffen und dieses Mädchen aus der Hölle geholt und in dem Einkaufszentrum ausgesetzt ... Zum ersten Mal war Trey Lawrence fast schon dankbar für dessen Einmischung.

Es schmerzte ihn zu wissen, was Olivia in ihrer frühesten Kindheit durchgemacht hatte, doch er sehnte sich nach der Frau, die sie heute war. Und wenn es das Letzte sein sollte, was er tun konnte, er würde den Verantwortlichen finden und dafür bezahlen lassen.

Sie stöhnte im Schlaf leise auf.

Sofort war er hellwach, und sah, wie sie sich auf die andere Seite drehte, auf die unverletzte Schulter, ein Kissen gegen die Brust drückte und sich wieder zu Trey umdrehte.

Er musste schlucken, so dicht lag sie nun neben ihm, dann schob er behutsam seinen Arm um ihre Taille und zog Olivia an sich.

Erst dann schloss er wieder die Augen.

Erst dann kam es ihm wirklich so vor, als könnte er für ihre Sicherheit garantieren.

Erst dann.

Rose drehte sich im Schlaf um und zog das Laken etwas höher über ihre Schulter, da die Klimaanlage im Fenster beständig kalte Luft in ihre Richtung blies. Sie träumte von dem Tag, an dem das Haus der Sealys renoviert war und sie dorthin zurückkehren konnte.

Terrence konnte nicht schlafen und war so unruhig, dass Carolyn darüber aufwachte. Es war nicht das erste Mal, dass sie sich mitten in der Nacht liebten, um die Geister der Vergangenheit zum Schweigen zu bringen. Sie hätten ihre Rastlosigkeit dem Jetlag zuschreiben können, doch das wäre gelogen gewesen. Die Vergangenheit lastete einfach zu schwer auf ihnen, auch wenn sie sich alle Mühe gaben, sie in den Griff zu bekommen.

Marcus saß im Hotelzimmer auf einem Stuhl nahe dem Fenster und starrte hinaus in die Nacht. Der kleine, kreisrunde Innenhof des Hotels war so beleuchtet, dass er besonders gut zur Geltung kam, doch davon nahm er nichts wahr. In Gedanken war er in die Vergangenheit zurückgekehrt und suchte dort mit der Verzweiflung eines Vaters, der wusste, er hatte versagt, nach dem Moment, an dem alles aus den Fugen geraten war.

War es Amelias Tod gewesen, der Michael in eine Richtung hatte abgleiten lassen, die sich als so zerstörerisch entpuppen sollte? War der Verlust der Mutter für den damals siebzehn Jahre alten Michael Auslöser für eine extreme Unsicherheit? Wie konnte er zwei voneinander völlig getrennte Leben geführt haben, von denen nicht mal der eigene Vater wusste?

Er lehnte sich nach vorn und legte die Hände vors Gesicht. Das war alles seine Schuld. Wäre er nicht immer nur auf noch mehr Geld aus gewesen, hätte er vielleicht noch rechtzeitig bemerkt, was sich da abspielte. Dann wären Michael und Kay vielleicht nicht ermordet und ihr Baby nicht in der Nacht entführt worden. Und vielleicht wäre das andere Baby, das tote Baby, nie ein Thema geworden, da es gar nicht erst geboren worden wäre.

Anna lag zusammengerollt in ihrem Bett und schlief ruhig und fest. An sich gepresst hielt sie die Babypuppe, die ihr jemand klugerweise gegeben hatte. Deren große Augen, die sich nicht schlossen, und das erstarrte Lächeln hatten fast schon etwas Obszönes an einem Ort, an dem Traurigkeit und Verwirrung herrschten. Dennoch war die Gegenwart der Puppe für Anna Grund genug gewesen, ruhiger zu werden. Sie war schon immer zielstrebig gewesen, bereits als Kind. In ihrem Geist hatten die letzten Jahre nie stattgefunden. Sie war immer noch die Frau, die Marcus Sealy als Kindermädchen eingestellt hatte. Die kleine Olivia hatte sie von Herzen geliebt, doch dann war da ein Feuer gewesen, und man hatte Anna fortgebracht. Dabei hatten sie das Baby verloren, und Anna war erschüttert gewesen, bis diese Schwester ihr dieses Kind in die Arme gelegt hatte. Wie glücklich war sie darüber, ihr Baby wieder bei sich zu haben.

Für den Moment war die Welt für sie wieder in Ordnung.

Foster Lawrence wusste nicht, was er machen sollte. Er kam sich vor, als sei er in eine Zeitschleife geraten, die es verhinderte, dass er den größten Fehler seines Lebens hinter sich lassen konnte. Sein Anwalt bedrängte ihn, er solle mit den Behörden kooperieren und sagen, was er wusste, wenn er seine Haut retten wollte. Genau das wollte er ja auch lieber als alles andere. Doch er schaffte es nicht, dem einen Menschen in den Rücken zu fallen, der zwischen ihm und der Freiheit stand.

Olivia erwachte in Treys Armen. Für ein paar Sekunden glaubte sie zu träumen, doch als er auch die Augen öffnete, wusste sie, dass dies hier real war. Sie sah das kurze Aufflodern von Verlangen in seinem Blick, das er prompt kaschierte.

„Guten Morgen, Honey", sagte er leise und küsste sie auf die Wange. „Hast du gut geschlafen?"

„Ausgezeichnet. Aber ich glaube, das lag an dem Mann, mit dem ich das Bett geteilt habe."

Er grinste sie an. „Ich habe zwar kaum geschlafen, dafür aber so gut wie schon lange nicht mehr."

Olivia begann zu lachen. „Ich freue mich so auf unser gemeinsames Leben."

„Ich mich auch, Livvie, ich auch."

„Ich muss aufstehen", sagte sie.

„Okay, Honey. Brauchst du Hilfe?"

„Vielleicht ja", antwortete sie. „Morgens bin ich noch etwas steif, aber im Lauf des Tages bessert sich das."

Er stand auf und half ihr hoch, dann begab er sich ins Badezimmer, um zu duschen und um sich zu rasieren. Erst mal galt es einen Fall zu lösen, bevor sie sich einem gemeinsamen Leben widmen konnten.

Sheree Collier lehnte sich im Sessel nach hinten und legte die Beine übereinander, während sie eine Zigarette anzündete. Ihre Familie bedrängte sie schon seit Jahren vergeblich, endlich das Rauchen aufzugeben. Heute Morgen hatte sie den fünften großen Abschluss in diesem Monat gemacht, und sie fand, das war Grund genug zum Feiern. Sie zog an der Zigarette, inhalierte den Rauch bis tief in ihre Lungen und stieß ihn dann durch die Nase wieder aus. Ihr Ehemann Doug hasste es, wenn sie das tat. Er sagte, es gehöre sich nicht für eine Lady und es lasse sie wie eine billige Nutte aussehen. Sheree ging meistens darüber hinweg, doch manchmal verachtete sie ihn für diese Bemerkung.

Heute war sie aber zu gut gelaunt, um irgendjemanden oder irgendetwas zu hassen. Sie verstand es, Immobilien zu verkaufen, und sie hatte vor, Miamis Immobilienmaklerin des Jahres zu werden.

Im Vorzimmer klingelte das Telefon. Sheree sah durch die Glaswand, die das Vorzimmer von ihrem Büro abteilte, und beobachtete, wie ihre Sekretärin das Gespräch annahm. Als die Frau sich umdrehte und zwei Finger in Sherees Richtung hochhielt, wusste sie, das Gespräch war für sie. Sie drückte die Zigarette aus, räusperte sich und drückte auf den Knopf für Leitung zwei.

„Hallo, Sie sprechen mit Sheree."

„Mrs. Sheree Lawrence Collier?"

Sie stutzte. Der Tonfall des Mannes verriet ihr sofort, dass er nicht wegen einer Immobilie anrief.

„Ja, und wer sind Sie?"

„Mrs. Collier, mein Name ist Detective Trey Bonney vom Morddezernat des Dallas Police Department."

„Wenn Sie wegen meines Bruders anrufen – ich weiß von nichts", erwiderte sie knapp.

Treys Griff um seinen Stift wurde fester. Er hatte sie gefunden!

„Dann sind Sie also die Schwester von Foster Lawrence."

„Bedauerlicherweise ja."

„Und Sie haben eine Zwillingsschwester namens Laree?"

Sie schnappte unwillkürlich nach Luft. „Ist 'Ree was zugestoßen? Oh Gott, das habe ich schon seit Jahren befürchtet. Sie verschwand von einem Tag auf den anderen, obwohl wir uns so nahe gestanden hatten. Ich wusste immer, dass irgendwas passiert sein musste. Sie hätte nie im Leben einfach nichts mehr von sich hören lassen."

„Moment, nicht so schnell", sagte Trey. „Sie haben das falsch verstanden. Ich habe keine Informationen darüber, wo Ihre Schwester sich aufhält, vielmehr versuche ich, sie ausfindig zu machen."

„Oh Gott." Sheree zog ein Kosmetiktuch aus der Schachtel auf ihrem Schreibtisch und tupfte ihre Augen trocken. „Sie haben mir vielleicht einen Schreck eingejagt!“

„Entschuldigen Sie“, erklärte er. „Aber ich habe das richtig verstanden, dass Sie von Ihrer Schwester nichts mehr gehört haben?“

„Nein … das heißt, ja, das haben Sie richtig verstanden. ’Ree … Laree ist meine Zwillingsschwester, wir haben immer alles zusammen unternommen.“

„Wie lange ist es her, als Sie sie zum letzten Mal sahen?“

Sherees Stimme zitterte. Mit einem Mal war es nicht mehr wichtig, ob sie Maklerin des Jahres wurde oder nicht. „Jahre … bestimmt über zwanzig Jahre, vielleicht sogar fünfundzwanzig.“

Mist! Schon wieder eine Sackgasse!

„Wo hat sie zu der Zeit gelebt?“

„Natürlich in Dallas. Da sind wir alle aufgewachsen, obwohl … wenn man es genau nimmt, wuchsen wir in Irving auf, aber das ist ja heute mehr wie ein Vorort von Dallas. Unsere Mutter führte ein Motel am Highway 75, und abends bediente sie im Café des Motels.“

„Und was machte Ihre Schwester zu der Zeit, als sie plötzlich verschwand?“

„Also zu der Zeit war ich bereits weggezogen. Mein Mann diente bei der Air Force und war in Kalifornien stationiert. Ich schrieb ihr regelmäßig, nach einiger Zeit kamen die Briefe mit dem Vermerk ‚Unbekannt verzogen‘ zurück. Deshalb hörte ich auf, ihr zu schreiben.

Es war schrecklich – so als hätte ich einen Teil von mir verloren."

„Und Ihre Mutter?"

„Sie starb, kurz nachdem wir aufs College gewechselt waren. Deshalb wohnte Foster auch bei uns. 'Ree und ich, wir teilten uns damals ein Apartment. Foster war erst zwölf. Tagsüber ging ich arbeiten, danach besuchte ich die Abendschule. 'Ree arbeitete abends und nachts und ging am Tag zum Unterricht. Sie verbrachte mehr Zeit mit ihm, deshalb hatten die beiden eine engere Bindung."

Trey schrieb mit, während sie redeten. Die Teile seines Puzzles fügten sich immer besser zusammen. Wenn Michael Sealy mit Laree ein Verhältnis gehabt hatte – und wenn sie wirklich die Mutter des toten Babys war –, würde es erklären, wieso Foster in diese Sache hineingezogen worden war.

„Wie alt war denn Foster, als sich die Spur Ihrer Schwester verlor?"

„So Anfang zwanzig, würde ich sagen."

Er überflog die Akte und sah, dass Foster mit dreiundzwanzig seine Haftstrafe angetreten hatte. Es passte immer besser zusammen.

„Kurz danach war er an dieser Entführung beteiligt, auch wenn ich noch immer nicht glauben kann, dass er etwas so Schreckliches machen würde", sagte Sheree. „Das passte überhaupt nicht zu ihm."

„Hatten Sie während des Verfahrens irgendwann Kontakt zu Ihrem Bruder?"

„Nein. Mein Mann fürchtete, jemand könnte dahinterkommen, dass wir verwandt sind. Heute muss ich sagen, das war ein Fehler von mir. Aber ich ließ mich von ihm dazu überreden, und nach einer Weile war es zu spät, um noch etwas wiedergutzumachen. Da hatte man ihn schon in irgendein Gefängnis in Kalifornien gesteckt." Jetzt wollte sie alles besser machen als damals.

„Wussten Sie irgendetwas, irgendeine Kleinigkeit über das Privatleben Ihrer Schwester aus der Zeit, als sie verschwand?"

Sheree dachte nach, dann kehrte eine vage Erinnerung zurück. „Ja, aber nichts Genaues. Ich glaube, sie hatte da einen Typen an der Angel, irgendeine große Nummer. Sie sagte, er sei reich und er würde sie aus dem ganzen Elend herausholen."

„Erwähnte sie irgendwann einmal seinen Namen?"

„Nein, ich glaube nicht. Falls doch, dann habe ich ihn längst vergessen."

Trey hatte noch eine Frage zu stellen, doch in dem Moment kam Sheree Collier ihm zuvor.

„Sie haben mir noch nicht gesagt, wieso Sie Laree eigentlich suchen."

Er zögerte, weil er diese Frau nicht vor den Kopf stoßen wollte, wenn er vielleicht doch noch auf ihre Mitarbeit angewiesen war. „Es ist ein wenig verwirrend, und im Augenblick ist es auch nur eine Theorie."

„Und?"

„Sie wissen, Ihr Bruder ging ins Gefängnis, weil er an

der Entführung eines Mädchens namens Olivia Sealy beteiligt gewesen war."

„Ja, aber wie ich sagte: Ich bin überzeugt davon, dass er damit nichts zu tun hatte."

„Ich weiß, Ma'am, aber er war auch derjenige, der das Mädchen zurückbrachte."

„Davon wusste ich nichts", sagte Sheree verblüfft. „Das freut mich zwar, aber was hat Laree damit zu tun?"

„Möglicherweise hat Ihre Schwester das Verbrechen angezettelt. Es könnte sein, dass sie eine Affäre mit Michael Sealy hatte, dem Vater des Mädchens, und als der seine Frau nicht verlassen wollte, brachte sie Michael und Kay Sealy um und nahm das Kind an sich."

„Das ist unmöglich!" rief Sheree. „Das würde sie niemals machen."

„Ich kann Ihre Reaktion gut verstehen, aber Sie sagten auch, dass sie nicht glauben wollten, Ihr Bruder könnte in ein solches Verbrechen verwickelt werden."

„Ja, aber ich wüsste nicht ..."

„Was wäre, wenn es Ihre Schwester war, die ihn da hineinzog? Angenommen, sie geriet über irgendetwas in Panik, wäre es da nicht denkbar, dass er ihr geholfen hat, ganz egal, was sie getan hatte?"

Es folgte langes Schweigen, dann ein Seufzer. „Ja, vielleicht haben Sie Recht. Das heißt also, Sie suchen sie, weil sie zwei Menschen ermordet hat?"

„Nein, drei."

„Sie sprachen aber nur von ..."

„Vor zwei Wochen wurde die Leiche eines Kindes entdeckt, das zum Zeitpunkt der Entführung genauso alt war wie Olivia Sealy. Wir konnten bereits herausfinden, dass das tote und das freigelassene Baby denselben Vater haben. Wir wissen aber nicht, welches von ihnen zu welcher Mutter gehört und wer das andere Baby umgebracht hat."

„Wollen Sie mir etwa erzählen, die beiden Babys hätten so gleich ausgesehen, dass man sie nicht voneinander hätte unterscheiden können?"

„Nicht unbedingt. Wie gesagt, das ist alles nur eine Theorie."

„Und was wollen Sie von *mir?*"

„Da Sie nicht wissen, wo Ihre Schwester ist, möchte ich Sie um eine DNS-Probe bitten. Da Sie eineiige Zwillinge sind, können wir Ihre DNS mit der der beiden Mädchen vergleichen. Damit würde klar werden, ob sie die Mutter eines der Kinder ist. Wenn sie das nicht ist, würden Sie dazu beitragen, Ihre Schwester von einem Verdacht reinzuwaschen."

„Und wenn sie es doch getan hat, helfe ich Ihnen, dass man sie zum Tode verurteilt."

„Hören Sie, das kleine Mädchen war nicht mal zwei Jahre alt, als man ihm den Schädel einschlug, es in einen Koffer steckte und dann einmauerte. Finden Sie wirklich, eine solche Tat soll ungesühnt bleiben?"

Das nackte Grauen packte Sheree, als sie diese Sätze hörte. „Schon gut, ich werde Ihnen helfen."

Trey atmete erleichtert auf. „Ich kann alles so arrangieren, dass die DNS-Probe bei Ihnen in der Nähe entnommen wird.“

„Ist mein Bruder wieder im Gefängnis?“

„Ja.“

„In Dallas?“

„Ja, Ma’am.“

„Wird ihm schon etwas Konkretes zur Last gelegt?“

„Noch nicht, aber man könnte ihn belangen, weil er Informationen zurückgehalten hat oder weil er zumindest ein Mitwisser des Mordes war. Wir bekommen ihn nicht dazu, den Mund aufzumachen.“

Sheree kam sich mit einem Mal alt vor.

„Ich komme zu Ihnen. Ich müsste noch einen Nachtflug erwischen, dann bin ich morgen da“, sagte sie. „Ich will mit Foster reden. Wenn er ’Ree beschützt, und es geht wirklich um etwas so Schreckliches, dann soll er wissen, dass es okay ist, wenn er die Wahrheit sagt.“

„Danke, Mrs. Collier. Ich gebe Ihnen meine Telefonnummer, dann können Sie mich anrufen, sobald Sie in Dallas sind. Ich werde alles arrangieren, damit Sie Ihren Bruder besuchen können.“

„Ja, ist gut“, entgegnete sie und legte auf.

Einige Sekunden lang starrte sie auf die Zigarette, die sie vor dem Telefonat ausgedrückt hatte. Dann drehte sich ihr der Magen um und sie schaffte es noch gerade rechtzeitig bis zur Toilette, wo sie sich übergeben musste. Als sie an ihren Schreibtisch zurückkam, stand ihre Sekretärin an der Tür und sah sie besorgt an. „Mrs. Collier? Ist alles in Ordnung?"

Sherees Kinn zitterte. „Nein, und möglicherweise wird nie wieder etwas in Ordnung sein."

„Kann ich etwas für Sie tun?"

„Buchen Sie mir den nächsten Flug nach Dallas, und sagen Sie für die nächsten Tage alle meine Termine ab. Ich rufe Sie an, wenn ich weiß, wann ich zurückkomme."

„Ja, Ma'am. Ich möchte nicht, dass das zu persönlich klingt, aber ich hoffe, Sie haben keine allzu schlechte Nachricht bekommen."

„Honey", erwiderte Sheree. „Ich weiß Ihre Sorge zu schätzen, aber ich glaube, eine schlechtere Nachricht als die könnte ich gar nicht bekommen."

„Oh weh. Es tut mir wirklich Leid. Sie haben mein ganzes Mitgefühl."

„Tja, ich werde wohl eine ganze Menge mehr brauchen", entgegnete Sheree, nahm ihre Handtasche und verließ das Büro.

18. KAPITEL

Ella trug Rot, weil sie es für eine kräftige Farbe hielt. Und mit einundachtzig Jahren konnte sie alle Kraft gebrauchen, die sie fand.

Olivia hatte wieder den blauen Morgenmantel angezogen, mit dem sie hergekommen war, und der Anblick der ganz in Rot gekleideten Ella machte sie neidisch. Sie war Nachthemden und Hausanzüge leid, umso mehr freute sie sich auf einen Besuch von Marcus, der ihr von zu Hause etwas anderes zum Anziehen mitbringen wollte. Er hatte sie gewarnt, der Brandgeruch könnte in den Stoff eingezogen sein, doch das war für sie das kleinste Problem. Hauptsache, sie konnte sich wieder normal kleiden.

Der Physiotherapeut hatte mit ihr eine Reihe von Übungen durchgesprochen, die sie täglich machen musste. Er war damit einverstanden, dass sie dafür den Pool hinter dem Haus benutzte. Daraufhin hatte sie noch schnell ihren Großvater angerufen, damit der ihr auch einen Badeanzug mitbrachte.

An diesem Morgen war Ella ungewöhnlich ruhig, während sie im Haus aufräumte und Staub saugte.

Kaum war das Telefonat mit ihrem Großvater beendet, ging Olivia duschen, danach suchte sie Ella und fand sie in der Küche vor, wie sie einen Keksteig zubereitete.

„Kann ich helfen?“ fragte sie.

Ella sah Olivias leicht gerötete Wangen und die Art, wie sie ihren Arm hielt, dann zeigte sie auf den Stuhl. „Ja,

Missy, indem Sie sich hinsetzen, bevor Sie noch zusammenbrechen."

„Sehe ich so schlecht aus?" entgegnete sie, während sie sich setzte.

„Sie haben bestimmt schon mal besser ausgesehen", meinte Ella leise und gab etwas Bittermandelöl in den Teig.

Olivia lachte, was sie mit einem Grinsen kommentierte.

Es klingelte an der Haustür. „Ich mache schon auf", rief sie.

Ella richtete den Holzlöffel auf sie und sagte mit ernster Stimme: „Sitzen bleiben. Ich habe hier das Sagen."

„Das ist bestimmt Grampy."

„Na und? Ich habe doch keine Angst vor irgendeinem alten Mann." Mit diesen Worten stolzierte sie aus der Küche und hatte noch immer den Holzlöffel in der Hand.

Olivia verdrehte die Augen, stand auf und folgte Ella zur Tür. Wie ihr Großvater reagieren würde, wenn ihn eine feurige Hausfrau in eben solchem Rot begrüßte, konnte sie nicht einschätzen, daher wollte sie lieber mit dabei sein.

Sorgen hätte sie sich aber nicht machen müssen, denn so wie es aussah, sorgte Marcus' Charme dafür, dass Ella sofort auftaute und förmlich dahinschmolz.

„Geben Sie mir den Koffer, ich stelle ihn in Olivias Zimmer, während Sie Ihr Mädchen begrüßen", sagte sie und nahm ihm den Koffer ab, dann ging sie an Olivia vorbei und zwinkerte ihr zu.

„Olivia, Darling", rief Marcus, kam auf sie zu und küsste sie auf die Wange. „Es ist so schön, dich wohlauf zu sehen."

Sie schloss die Augen, genoss den Duft seines Aftershave und das angenehm vertraute Gefühl, von ihm in die Arme genommen zu werden.

„Wie geht es dir? Hast du alles, was du brauchst?"

„Es geht mir gut", erwiderte sie. „Du bist derjenige, der im Hotel wohnen muss. Hat das Feuer großen Schaden angerichtet?"

„Setz dich lieber hin", sagte er und deutete aufs Sofa.

„Dann setzen wir uns aber in die Küche", entgegnete Olivia. „Ella will Kekse backen, und ich bin die offizielle Vorkosterin."

„Seit wann denn das?" wunderte sich Ella, die soeben in die Küche zurückkam.

„Seit Sie mir gesagt haben, ich soll mich hinsetzen, bevor ich umfalle!"

Ella schürzte die Lippen und sah Marcus vorwurfsvoll an. „Die Kleine ist verwöhnt, aber ich nehme an, das wissen Sie, weil Sie wahrscheinlich der Übeltäter sind."

„Nicht verwöhnt", korrigierte er. „Nur sehr geliebt."

Olivia verzog den Mund. „Sie ist nur so giftig, weil ich ihr gestern Abend beim Pokern jeden Cent abgenommen habe."

Einen Moment lang reagierte Marcus verwundert auf

den zänkischen Tonfall der beiden, dann aber erkannte er, wie viel Humor dahintersteckte. „Poker? Du hast gepokert?"

Ella rümpfte die Nase. „Eine Pokerpartie hat noch niemandem geschadet."

„Stimmt", meinte er und hätte sich vor Freude darauf fast die Hände gerieben. „Ich weiß gar nicht, wann ich das letzte Mal Karten gespielt habe."

„Sobald die Kekse fertig sind, könnten wir ja ein oder zwei Runden spielen", schlug Ella vor.

„Sehr gerne", antwortete Marcus erfreut, während Ellas Augen funkelten.

„Machen Sie sich bloß keine falschen Hoffnungen", warnte Olivia. „Was ich über Karten weiß, habe ich alles von Grampy gelernt."

„Sie lasse ich wieder gewinnen", meinte Ella. „Aber er ist auf sich allein gestellt."

„Was heißt hier ‚wieder'?" rief Olivia aus. „Ich habe fair gewonnen. Das sagen Sie nur, weil Sie Ihr Gesicht wahren wollen!"

Wieder zeigte Ella mit dem Holzlöffel auf sie. „Honey, ich bin einundachtzig Jahre alt, ich habe es längst nicht mehr nötig, mein Gesicht zu wahren." Dann betrachtete sie Marcus nachdenklich und fügte an: „Wenn wir spielen, dann aber nicht nur wieder um Streichhölzer."

Er nickte. „Einverstanden."

Nachdem Ella auch das letzte Blech mit frischgebackenen Keksen aus dem Ofen geholt hatte, während

Olivia und ihrem Großvater das Wasser im Mund zusammenlief, stellte sie jedem ein Glas Eistee hin und begann, die Karten zu mischen.

„Ich nehme keine Gefangenen", warnte sie und gab die Karten aus.

„Ich mag Frauen, die keine Angst kennen", gab Marcus zurück und aß einen Keks.

Zwei Runden lang spielte Olivia mit, dann zog sie sich zurück, um sich eine Weile hinzulegen – was die beiden anderen jedoch kaum registrierten …

Zufrieden lächelnd schlief Olivia wenig später ein.

Mit schwungvollen Schritten kam Trey ins Büro. David Sheets nickte ihm beiläufig zu, stutzte dann aber, als er Treys fröhlichen Gesichtsausdruck bemerkte. Chia sah es ebenfalls und zog verwundert die Augenbrauen zusammen. Trey begann zu lachen, weil es einfach ein schöner Tag war. Die Nacht hatte er mit Olivia verbracht, und als er aufgewacht war, hatte er als Erstes ihr Lächeln gesehen. Die Aussicht darauf, jeden Morgen so erwachen zu dürfen, gab ihm das Gefühl, im siebten Himmel zu sein.

Außerdem trug der Volltreffer namens Sheree Collier einiges dazu bei, seinen Frust etwas abzubauen, den der Fall des toten Babys ihm bislang bereitet hatte.

„Was strahlst du denn so?" wollte Sheets wissen, als Trey sich an seinen Schreibtisch setzte.

„Dank deiner Partnerin haben wir jetzt vielleicht den

großen Durchbruch, was den Mord an dem Baby angeht", erwiderte er.

Chia stieß einen Freudenschrei aus.

„Beim dritten Anruf hatte ich eine Sheree Lawrence Collier aus Miami, Florida, am Apparat."

„Phantastisch! Dann weißt du jetzt, wo Laree abgeblieben ist?"

„Nein, und es kommt noch schlimmer. Sheree hat seit Fosters damaliger Verhaftung nichts mehr von ihrer Schwester gehört oder gesehen."

Lieutenant Warren kam zu ihnen, während Trey erzählte. „Höre ich richtig? Sie haben eine Verbindung zwischen Michael Sealy und Laree Lawrence?"

„Nein, was ich habe, ist eine Verbindung zwischen Foster und Laree. Von Sheree weiß ich, dass Laree einen reichen Freund hatte, der sie angeblich zu einer glücklichen Frau machen wollte."

Warren runzelte die Stirn. „Mit der Verbindung kommen wir vor Gericht aber nicht weiter."

„Noch nicht, doch das dürfte sich ändern", sagte Trey.

„Und wie?"

„Eineiige Zwillinge haben die gleiche DNS, und Sheree Lawrence Collier ist auf dem Weg hierher. Sie will freiwillig eine DNS-Probe abgeben. Wenn die auf das tote Baby oder auf Olivia Sealy passt, dann wissen wir, wer außer Foster noch an der Entführung beteiligt war. Sie will auch mit ihm reden, weil sie hofft, ihn dazu zu bringen, endlich zu sagen, was er weiß."

Warren grinste breit und schlug Trey leicht auf den Rücken. „Gut gemacht."

„Chia können Sie auch gratulieren. Ohne sie wären wir auf diese Spur nicht gekommen."

Sie nickte kurz, als Warren ihr mit einem Blick zu verstehen gab, wie sehr er ihre Arbeit schätzte.

„Wann kommt die Schwester her?" fragte er dann.

Trey sah auf seine Armbanduhr. „Wenn sie keine Verspätung hatte, müsste sie bereits gelandet sein. Sie hat ein Zimmer im Adam's Mark. Sobald sie dort ist, ruft sie an. Ich bringe sie ins Labor, danach besuchen wir ihren Bruder."

„Okay", sagte Warren. „Halten Sie mich auf dem Laufenden. Je eher wir diese Sache hinter uns haben, umso erfreuter wird der Commissioner sein. Ich esse heute mit ihm zu Mittag und werde ihm schon mal sagen, was wir bislang haben."

Ehe Trey etwas erwidern konnte, klingelte sein Mobiltelefon. „Das ist das Adam's Mark", sagte er, nachdem er aufs Display gesehen hatte, dann meldete er sich: „Detective Bonney."

Die Frauenstimme klang ein wenig nervös. „Detective, hier ist Sheree Collier."

„Ja, Ma'am. Kann ich Sie abholen?"

„Je eher, umso besser."

„Ich bin in einer halben Stunde da", sagte er.

„Gut, ich warte im Foyer auf Sie. Ich trage ein hellblaues Kleid."

Trey legte auf und sah zu Chia und David. „Wollt ihr mit dabei sein, wenn sie mit ihrem Bruder redet?“

„Auf jeden Fall“, antwortete Chia.

„Dann treffen wir uns in etwa eineinhalb Stunden im Gefängnis.“

„Wir werden da sein“, rief Chia ihm nach.

„Ich frage mich, warum er auf einmal so großmütig ist“, sagte David.

Chia sah ihren Partner nachdenklich an. „Weißt du, dass ich allmählich verstehe, warum Bonney lieber allein arbeitet?“

„Wieso?“

„Du bist eifersüchtig“, erklärte sie.

„Bin ich nicht“, widersprach David.

„Oh doch, das bist du. Du bist so verdammt eifersüchtig, dass du dich selbst nicht ausstehen kannst. Du benimmst dich immer mehr wie ein zickiges Mädchen. Wenn du nicht aufpasst, bekommst du demnächst noch PMS.“

Sheets Gesicht lief vor Wut rot an. Er zeigte auf Chia, doch ihm wollte nichts einfallen, was er sagen konnte, ohne sich noch mehr um Kopf und Kragen zu reden. Frustriert schüttelte er den Kopf und ging hinaus, während Chia ihm grinsend nachsah.

Sheree Collier bemerkte einen großen, gutaussehenden Mann, der das Foyer des Hotels betrat. Er trug eine Jeans, dazu ein weißes Hemd mit schmalen blauen Streifen und ein braunes Jackett. Als ihr die Dienstmarke auffiel, die er am Gürtel trug, stand sie auf.

Trey nahm die Bewegung aus dem Augenwinkel wahr, noch bevor er die Frau an sich sah. Er drehte sich zu ihr um und erkannte auf Anhieb die Ähnlichkeit zu Foster Lawrence. Die Frau war gut gekleidet und wirkte gepflegt, und hätte er nicht in den Akten ihr Geburtsdatum gesehen, wäre es ihm nicht möglich gewesen, ihr Alter zu erraten.

„Mrs. Collier?“ fragte er.

Sheree nickte und reichte ihm die Hand.

„Sie machen das Richtige“, erklärte Trey.

Sie reagierte mit einem schiefen Lächeln. „Das sage ich mir auch schon die ganze Zeit.“

„Ich weiß, es muss hart für Sie sein.“

„Bringen wir es hinter uns, okay?“ meinte sie seufzend.

„Ja, gut.“

Minuten später waren sie auf dem Weg zum Labor, das vom Hotel nicht allzu weit entfernt lag. Als er auf den Parkplatz einbog, musste er daran denken, welcher Trubel beim letzten Mal hier geherrscht hatte. Heute dagegen war nirgends auch nur ein einziger Reporter zu sehen.

Zum Teil mochte das damit zu tun haben, dass der Fall Sealy für die Medien längst abgehakt war, weil es Aktuelleres gab. In erster Linie hing es aber wohl damit zusammen, dass niemand den Zusammenhang zwischen seinem Fall und Sheree Collier ahnte, so dass die undichte

Stelle gar nicht auf die Idee gekommen war, etwas auszuplaudern.

„Das dauert nicht lange", erklärte er, nachdem sie ausgestiegen waren. „Danach fahren wir sofort zu Ihrem Bruder."

Sheree nickte und klammerte sich so sehr an seinem Arm fest, dass er fühlen konnte, wie sie zitterte.

„Sie müssen nicht nervös sein", beteuerte er. „Ich werde nicht von Ihrer Seite weichen."

„Ich weiß das zu schätzen", erwiderte sie. „Aber Sie können sagen, was Sie wollen, nichts davon wird mich davon ablenken, dass ich meine eigene Familie hintergehe."

Trey legte die Stirn in Falten. „Warum sagen Sie so etwas? Sie hintergehen nicht Ihre Familie, sondern Sie versuchen, Foster davor zu bewahren, dass er wieder ins Gefängnis geht."

„Ja, und gleichzeitig schiebe ich meiner Schwester die Schuld zu."

„Sie sind sich wohl ziemlich sicher, dass sie die Mutter eines der beiden Kinder ist, nicht wahr?"

Sheree nickte nur.

„Wie kommt das?"

„Nach unserem gestrigen Telefonat sind mir verschiedene Dinge wieder eingefallen."

„Zum Beispiel?"

„Zum Beispiel die Tatsache, dass da ein Kind in ihrem Haus war, als ich mich mit Laree in den zwei Jahren traf, bevor Foster verhaftet wurde."

Treys Herz machte bei diesen Worten einen Satz.

„Ein kleines Mädchen?“

Abermals nickte sie.

„Was sagte sie über das Kind?“

„Nicht viel. Sie behauptete, sie würde sich als Babysitterin nebenbei Geld verdienen.“

„Und Sie haben ihr das geglaubt?“

„Sie war mein Zwilling. Wir haben in unserer Jugend vielen Leuten irgendwas vorgemacht, aber nie gegenseitig.“

„Ich darf wohl nicht annehmen, dass Sie ein Foto von den beiden haben, oder?“ fragte Trey.

„Nein.“

Trey dachte nach, dann versuchte er einen anderen Weg. „Würden Sie das Kind auf einem Foto wiedererkennen?“

„Könnte sein. Vorausgesetzt, das Foto ist von damals.“

„Wie alt war das Mädchen?“

„Hm, vielleicht eineinhalb bis zwei Jahre.“

„Mal sehen, was ich machen kann“, sagte Trey. „So, dann bringen wir den Test mal hinter uns, damit Sie mit Ihrem Bruder reden können.“

Sheree kniff die Augen zu. Im Gegensatz zu diesem Detective war sie nicht so überzeugt davon, dass ihr Bruder überhaupt mit ihr reden wollte.

„Hey, Lawrence, da will Sie jemand sehen“, sagte der Wärter, als er die Zellentür aufschloss und die Handschellen vom Gürtel nahm. „Arme ausstrecken." Doch entgegen der Aufforderung bewegte er sich nicht.

Foster blieb auf seinem Bett sitzen. „Ist mein Anwalt da?"

„Ja, aber da sind auch noch ein paar andere Leute."

„Und wer?"

„Ich bin nicht Ihr Sekretär, Lawrence", raunte der Wärter ihn an. „Entweder Sie stehen jetzt auf und kommen mit, oder Sie vergessen's einfach. Aber wenn ich so tief in der Scheiße stecken würde wie Sie, dann würde ich mir zweimal überlegen, ob ich mir eine mögliche Chance entgehen lassen will."

Es war pure Neugier, die Foster antrieb. Er ließ sich die Handschellen anlegen und in den Verhörraum führen. Als er durch das Fenster in der Tür sah, dass sein Anwalt wirklich gekommen war, schöpfte er Hoffnung. Vielleicht gab es ja gute Neuigkeiten. Gebrauchen konnte er sie weiß Gott mehr als alles andere. Doch er würde weiterhin sehr vorsichtig sein und nicht alles sagen.

Der Wärter öffnete die Tür, legte eine Hand an Fosters Rücken und schob ihn in den Raum. Er sah den Cop, der ihn festgenommen hatte, außerdem die beiden, denen er nach der Festnahme auf der Wache begegnet war. Gerade wollte er protestieren, dass gleich drei Cops angerückt waren, um ihn zu verhören, da bemerkte er eine Frau, die hinter Trey gestanden hatte und nun nach vorn kam. Wer sie war, wusste er nicht. Ihm war nur eines klar: Das hier gefiel ihm gar nicht.

Die Frau lächelte ihn an, und im gleichen Augenblick erstarrte Foster mitten in der Bewegung.

„Hallo, Fossie … lange nicht gesehen."

„Schwesterherz? Bist du das?"

Sheree sah zu Trey. „Darf ich ihn umarmen?"

Foster trug die Handschellen, außerdem stand der Wärter hinter ihm.

„Ja, sicher."

Sie näherte sich langsam ihrem Bruder, bis sie dicht vor ihm stand. „Du hast eine Glatze", stellte sie fest.

„Nein, ich hab mir nur den Kopf rasiert."

„Oh."

Einige Sekunden lang herrschte betretenes Schweigen, dann warf Trey Chia und David einen Blick zu, der sie erkennen ließ, dass sie sich in eine Ecke des Raums zurückziehen sollten. Der Wärter ging nach draußen und zog die Tür hinter sich zu. Eine gespannte Ruhe breitete sich im gesamten Raum aus.

Fosters Anwalt ging ebenfalls einige Schritte nach hinten, um seinem Mandanten und dessen Schwester so viel Privatsphäre zu geben, wie es unter diesen Umständen möglich war.

Trey stand da und steckte die Hände in die Hosentaschen, während er Fosters starren Blick erwiderte.

„Fossie."

Der Spitzname aus seiner Kindheit rührte ihn an, und als er sich wieder der Frau zuwandte, beugte er sich vor und flüsterte: „Schwesterherz?"

Sie umarmte ihn und zog ihn an sich, woraufhin Foster den Kopf auf ihre Schulter legte.

„Oh, Fossie, so viel Zeit ist vergangen ..."

„Oh Mann, welche bist du?" fragte er.

Für einen Moment war Sheree wie vor den Kopf gestoßen. Sie und ihre Schwester hatten immer identisch ausgesehen, aber die Familie hatte die beiden stets unterscheiden können. Andererseits waren seit ihrer letzten Begegnung über fünfundzwanzig Jahre vergangen, und so konnte es gut sein, dass er wirklich nicht wusste, wen von beiden er vor sich hatte. Sie konnte es kaum glauben, dass sie so lange keinerlei Verbindung hatten.

„Ich bin's, Sheree", antwortete sie und bemerkte den enttäuschten Ausdruck in seinen Augen, den er aber sofort überspielte.

Er nickte. „Ich war mir nicht sicher. Ist das nicht komisch?"

„Es ist nur verständlich, schließlich ist es lange her."

Wieder ein Nicken.

„Komm, setzen wir uns", sagte sie.

Foster ließ sich zum Tisch in der Mitte des Raums führen und nahm Platz, während sich Sheree ihm gegenüber hinsetzte. Sein Blick wanderte zu Trey, dann zurück zu seiner Schwester.

„Was machst du hier?" wollte er argwöhnisch wissen.

Sheree seufzte. „Ich kann gut verstehen, dass du überrascht bist. Es ist schon so lange her."

Er verzog das Gesicht, aber sein Mienenspiel verriet

mehr Schmerz als Zorn. „Tja, ich war eine Weile weg. Und du?"

„Ich war auch eine Weile weg, aber jetzt bin ich wieder da."

„Und warum?"

Tränen stiegen ihr in die Augen, und zum ersten Mal seit ihrer Begegnung sah Trey ihr ihre sechzig Jahre an.

„Wie bist du in diese Sache reingeraten?" fragte sie, aber Foster antwortete nicht. „Foster, war es 'Ree?"

„Ich weiß nicht, was du da redest", erwiderte er hastig.

„Ich glaube, du weißt das sehr gut."

Er beugte sich vor und sagte noch eine Spur leiser: „Halt den Mund, du weißt ja nicht, was du da tust."

„Ach, Foster", gab sie zurück, während ihr Tränen über die Wangen liefen. „Ich wünschte, ich wüsste es wirklich nicht, aber … du mußt es uns sagen."

Er sah zur Seite.

„Wie bist du da reingeraten, Foster? Was hat 'Ree von dir gewollt?"

Wieder schwieg er.

„Wusstest du von ihrem Baby?"

Foster zuckte zusammen, als hätte sie ihm eine Ohrfeige gegeben. „Sie hatte kein Baby."

„Ich wusste es auch nicht", fuhr Sheree fort. „Aber ich glaube, heute wissen wir es beide, nicht wahr?"

Dann begann er ebenfalls zu weinen.

„Was geschah damals, Foster? Sag es mir."

Er stöhnte leise auf. „Oh Gott … es fing alles mit einer Wand an. Sie rief mich an, um eine Wand zu verputzen."

„Was für eine Wand?" wollte Sheree wissen.

Resigniert sank Foster in sich zusammen. Vor den Cops hätte er das bis zum Jüngsten Tag verschweigen können, aber nicht vor ihr. „Was weiß ich? Halt eine Wand. Sie sagte, dass sie in einem Haus am See mit Freunden gefeiert hatte, irgendwer war im besoffenen Kopf gegen eine Wand gerannt und hatte ein riesiges Loch reingeschlagen. Sie sagte, dass sie Ärger bekommt, wenn das nicht repariert wird. Also packte ich mein Zeug zusammen und fuhr von Amarillo aus hin."

Sheree sah zu Trey. „Foster hat damals in der Baubranche gearbeitet."

Trey nickte nur.

Dass dieser Cop anwesend war, wollte Foster nicht zur Kenntnis nehmen, doch ein Teil von ihm war froh, dass endlich alles ans Licht kam. Er hatte dieses Geheimnis schon viel zu lange mit sich herumgetragen.

„Also bist du hin, um die Wand zu reparieren", sagte Sheree, um ihn zum Weiterreden zu bewegen.

„Es war ein Haus am Lake Texoma. Weißt du noch, wie wir am vierten Juli immer da hingefahren sind?" Sie nickte. „Jedenfalls komme ich an, und da ist dieses riesige Loch in der Wand. Sie hatte schon eine Rigipsplatte vorgeschnitten und versucht, sie festzunageln, aber sie wusste nicht, was sie weiter machen sollte. Ich mache also alles sauber, verputze die Wand und sage ihr, sie soll sie ein paar

Tage trocknen lassen. Wenn sie dann drüberstreicht, ist alles wieder wie neu. Ich will gerade wieder abfahren, da kommt dieses kleine Mädchen ins Zimmer gelaufen."

„Was sagte 'Ree dazu?" wollte sie wissen.

„Ich hab sie gefragt: ‚Wer zum Teufel ist denn das?' Und sie sagt: ‚Meine Tochter.' Ich flippe bald aus darüber und frage: ‚Deine Tochter? Was soll das heißen?' Sie lacht daraufhin wie verrückt, das Kind fängt an zu heulen … na ja, und dann gerät auf einmal alles aus den Fugen."

„Aus den Fugen? Wie meinst du das?"

„Sie nimmt das Kind hoch, damit es aufhört zu heulen, aber es wird nur noch schlimmer. Die Kleine schreit ständig nach ihrer Mama. 'Ree dreht langsam durch und drückt das Kind zu fest an sich. Ich sag ihr, sie soll aufhören, weil sie der Kleinen wehtut. Aber sie will nicht loslassen. Ich nehme ihr das Kind weg und hau ihr eine runter, damit sie wieder ruhig wird."

„Half das?"

Foster nickte. „Ja, aber daraufhin bekommt sie einen völlig irren Blick und schreit mich an, damit ich ihr das Baby zurückgebe. Ich frage sie, ob sie das Kind wieder so behandeln will, und sie sagt, das würde mich nichts angehen. Ich sag ihr, ich lasse das Kind erst los, wenn sie damit rausrückt, was eigentlich los ist."

„Was machte das Kind währenddessen?" warf Trey ein.

Nach kurzem Überlegen begann Foster, mit dem Stuhl vor und zurück zu wippen. „Das Mädchen heulte, bis es in meinen Armen eingeschlafen ist.“ Er beugte sich über den Tisch und verbarg das Gesicht.

„Und dann?“ drängte Sheree.

„Dann hat ’Ree die Kleine genommen und hingelegt. Ich bin ihr ins Nebenzimmer gefolgt, und da hab ich das Blut gesehen.“

„Blut?“ wiederholte Trey.

„Überall auf dem Boden im Schlafzimmer war Blut, auch auf dem Schlafanzug des Babys. Ich frage ’Ree, was hier passiert ist, und sie sagt, dass das Kind Nasenbluten hatte. Weil die Kleine nicht verletzt war, hab ich mir eingeredet, dass es stimmt. Dann forderte sie mich zum Gehen auf. Ich wünschte, ich hätte auf sie gehört.“

„Wenn Sie so um die Sicherheit des Kindes besorgt waren, wieso stellten Sie dann eine Lösegeldforderung?“ bohrte Trey nach.

Foster sah auf, sein Gesicht war grau und wie versteinert.

„Weiß der Teufel. Ich war einen Moment lang bescheuert, ich war auf das Geld scharf.“ Sein Blick kehrte zurück zu Sheree, er machte eine zerknirschte Miene. „Es tut mir so schrecklich Leid. Ich wusste, es war verkehrt.“

„Ich weiß“, entgegnete sie. „Ich weiß.“

„Erzählen Sie zu Ende“, forderte Trey ihn auf.

„Tja, also wir streiten uns, die Kleine wird wieder wach und klettert vom Bett. Sie spielt mit einem alten tragbaren Fernseher rum und macht ihn aus Versehen an. Erst bekomme ich einen Schreck, und dann sehe ich auf einmal, was da gesendet wird. Es geht um die Sealy-Entführung, und plötzlich zeigen die ein Foto von dem verschwundenen Kind. Mir bleibt fast das Herz stehen. Ich frage 'Ree, was das soll, und da erzählt sie mir vom Vater dieses Mädchens. Er soll ihr versprochen haben, mit ihr irgendwohin zu gehen, und dann hat er sie sitzen lassen. Sie sagt, er soll für seine Lüge bezahlen. In dem Moment denke ich natürlich, dass sie schon ein Lösegeld gefordert hat. Als ich sie nach der Summe frage, meint sie nur, dass sie kein Lösegeld fordert, weil sie das Kind nicht zurückgeben wird."

„Mein Gott", stöhnte Sheree auf. „Was hat sich 'Ree nur dabei gedacht?"

„Gar nichts", erwiderte Foster. „Sie war verrückt. Du konntest es in ihren Augen sehen. Also bin ich geblieben. Nach ein paar Tagen ziehe ich dann die Nummer mit dem Lösegeld durch. Ich rufe an, und alles läuft ganz einfach. Sie zahlen, ich nehme das Kind mit, gebe ihm ein Schlafmittel und lasse es im Parkhaus im Truck zurück. Und als ich dann losgehe, um das Geld zu holen, da sehe ich, dass die Cops mir folgen. Ich kann sie abschütteln, dann verstecke ich das Geld im Keller in einem Restaurant, in dem ich mal gearbeitet hatte. Ich gehe zurück, hole das Mädchen aus dem Wagen und bringe es in das Einkaufszentrum, damit es auch ja gefunden wird." Er zitterte am ganzen Leib. „Ich wollte nicht, dass der Kleinen was passiert. Hätte ich sie bei 'Ree gelassen … ich weiß nicht, was sie ihr vielleicht alles angetan hätte."

Sheree stand auf, ging um den Tisch herum und nahm Foster in die Arme. Sie weinte um ihn, um ihre Schwester, um das tote Baby und um das Baby, dessen Leben nie wieder so sein würde wie früher.

„Wusstest du, dass 'Ree ein Kind mit diesem Mann hatte?"

Er schüttelte den Kopf. „Nein, und das schwöre ich bei Gott. Bis vor ein paar Wochen hatte ich keine Ahnung davon. Als ich herkam, dachte ich, ich hole mir mein Geld und mache mir ein schönes Leben. Aber dann sucht mich die Polizei, weil sie mir Fragen stellen will, und *dann* muss ich auch noch erfahren, dass mein Geld vor Jahren in Flammen aufgegangen ist."

„Warum hast du das nicht den Cops gesagt, als du damals verhaftet wurdest?" fragte Sheree.

Foster sah sie an, als hätte sie den Verstand verloren. „Sie war meine Schwester. Ich konnte doch nicht zulassen, dass ihr etwas passiert."

Sheree packte ihn an den Schultern und schüttelte ihn wie ein Kind, das nicht hören wollte. „Foster! Um Gottes willen! Es war doch schon längst etwas passiert! Du musstest doch gemerkt haben, dass mit ihr etwas nicht stimmte, sonst hätte sie nicht etwas so Entsetzliches getan. Wohin ist sie? Hast du danach noch mal von ihr gehört? Weißt du, wo sie ist?"

„Ich habe sie nicht mehr gesehen seit dem Tag, an dem ich das Mädchen aus dem Haus geschafft habe. Als ich wegfuhr, hörte ich sie schreien, aber ich habe mich nicht umgedreht. Ich hätte es nicht ertragen, sie so zu erleben."

„Und sie hat sich auch niemals bei Ihnen gemeldet? Sie hat geschwiegen, während gegen Sie die Gerichtsverhandlung lief?" warf Trey ein.

„Nein, nie."

Trey fluchte stumm. Jetzt wussten sie zwar, wer die Morde begangen hatte, doch der Gerechtigkeit war damit längst nicht gedient.

„Was glauben Sie, warum sie eines der Kinder umgebracht hat?" wollte er wissen.

Foster sah ihn lange an. „Wenn ich *das* wüsste. Ich hatte ja nicht mal eine Ahnung davon, dass es zwei Kinder waren."

„Es waren aber zwei Kinder, und wir müssen wissen, welches von beiden getötet wurde."

„Was soll das heißen?" entgegnete Foster verwundert.

„Möglicherweise sahen sich die beiden Mädchen so ähnlich, dass das falsche Kind an Marcus Sealy zurückgegeben wurde", erklärte Trey.

Foster schüttelte den Kopf. „Davon weiß ich nichts. Ich habe nur ein Kind gesehen, und das habe ich freigelassen."

„Was passiert jetzt mit Foster?" wollte Sheree wissen.

„Wir beantragen, dass er sofort aus der Haft entlassen wird", erklärte der Anwalt. „Für das eine Verbrechen, das er begangen hat, war er lange genug im Gefängnis."

„Darüber wird der Bezirksstaatsanwalt entscheiden", hielt Trey dagegen.

Sheree wischte sich die Tränen ab und stand auf, während Foster vor sich hin starrte.

Damit waren sie wieder am Anfang angekommen, dachte Trey. Solange die DNS-Untersuchung lief, konnte niemand sagen, welches Mädchen überlebt hatte und welches ermordet worden war.

Auf einmal drehte sich Sheree zu ihm um. „Detective Bonney, wieso können Sie Laree nicht anhand ihrer Sozialversicherungsnummer ausfindig machen?“

„Auf diese Weise haben wir Sie gefunden, aber ihre Nummer taucht nach dem Zeitpunkt der Morde und der Entführung nirgendwo mehr auf.“

„Glauben Sie, sie ist tot?“

„Ich glaube gar nichts“, erwiderte Trey. „Ich orientiere mich nur an Fakten.“

„Und wohin ist sie verschwunden? Was hat sie gemacht? Wenn sie noch leben würde, müsste sie arbeiten, um Geld zu verdienen, und dann würde ihre Nummer auftauchen.“

„Sie könnte sich eine neue Identität zugelegt haben“, meinte Foster. „Von den Jungs im Knast weiß ich, dass sie das öfters machen. Ist einfacher, als du dir vorstellen kannst.“

„Stimmt das, Detective?“ wollte sie wissen.

„Leider ja.“

„Und wie sollen wir sie dann finden? Wie sollen wir erfahren, was aus ihr geworden ist?“

„Ich weiß nicht, Ma'am“, sagte Trey. „Aber dank Ihnen

und Ihrem Bruder wissen wir jetzt schon einiges mehr als noch vor einer Woche. Immerhin ist uns jetzt klar, nach wem wir suchen müssen."

„Aber nach all den Jahren? Vielleicht hat sie zugenommen, oder sie ist grau geworden. Sie würde ganz anders aussehen. Ich färbe meine Haare immer noch in der Farbe, die sie hatten, als ich jung war, und selbst da hat mich mein Bruder nicht sofort erkannt", gab Sheree zu bedenken.

„Wir könnten ein aktuelles Foto von Ihnen machen und es bearbeiten, um einen Eindruck zu bekommen, wie sie vielleicht heute aussieht."

Sheree nickte. „Warum nicht? Ich komme mir sowieso schon wie eine Verräterin vor."

„Nein", widersprach Foster. „Du hast schließlich nichts getan. Wir waren es. Wir haben die Fehler begangen."

„Und warum komme ich mir dann so mies vor?"

Foster konnte nichts darauf erwidern. Es gab nichts mehr dazu zu sagen.

19. KAPITEL

Es wurde bereits dunkel, als Trey zu Hause ankam. Ella war im Garten und goss die Geranien, und als er sie in roter Hose und Bluse dort stehen sah, musste er innerlich grinsen. In ihrer Aufmachung passte sie perfekt zur Farbe der Blumen, um die sie sich kümmerte.

„Hallo, Schönheit“, rief Trey ihr zu, nachdem er ausgestiegen war.

„Auch hallo“, gab sie zurück und drehte den Gartenschlauch, um ihn aufrollen zu können. „Ich habe einen Braten gemacht, der noch im Backofen steht. Im Kühlschrank steht ein Bananenkuchen, außerdem der Salat zum Braten. Sie müssen bei Gelegenheit wieder Milch kaufen, und die Eier sind fast aufgebraucht. Ich habe eine Einkaufsliste angefangen, sie liegt auf dem Tresen.“

„Meine Güte, Ella. Ich wollte Sie nicht als meine Haushälterin einstellen, Sie sollten doch nur Livvie etwas Gesellschaft leisten, bis sie wieder bei Kräften ist.“

Ella schürzte die Lippen, während sie die Hände in die Hüften stemmte. „Ich habe nur getan, was ich tun wollte. Außerdem habe ich mich schon seit Jahren nicht mehr so nützlich gefühlt. Das tut gut, also verderben Sie's mir nicht.“

Trey grinste. „Schon kapiert, aber arbeiten Sie bitte nicht so viel, okay?“

„Wie Sie meinen“, murmelte sie. „Ihre Süße ist hinten im Pool, und ihr Großvater war auch da.“

„Marcus? Ist er noch hier?“

„Nein, er ist gegangen, nachdem ich ihn beim Poker ausgenommen habe.“

„Sie haben wieder gepokert?“

„Ja.“

„Um Streichhölzer? Wie immer?“

„Also bitte! Natürlich um Geld.“ Sie klopfte auf ihre Hosentasche. „Ich habe ihm fast zweihundert Mäuse abgeknöpft. Natürlich habe ich ihm noch genug gelassen, damit er das Taxi für die Heimfahrt bezahlen konnte, ich bin ja schließlich nicht völlig herzlos.“

„Unfassbar“, meinte Trey.

„Was?“

„Ich bin Cop, und Sie spielen in meinem Haus um Geld. Eigentlich ist das überhaupt nicht in Ordnung, aber ich bin zu erschlagen, um mich jetzt noch damit zu befassen.“

Ella rümpfte die Nase. „Nun kriegen Sie sich mal wieder ein. Das wird schon nicht wieder vorkommen, allerdings vor allem aus dem einen Grund, dass ich Marcus Sealy nicht für einen Dummkopf halte. Einmal habe ich ihn geschlagen, aber den Fehler wird er nicht noch mal machen.“

„Der Grund ist mir egal“, sagte Trey. „Hauptsache, mein Haus wird nicht zu einem Spielcasino.“

„Nun, dann gehe ich jetzt nach Hause. Gleich kommt meine Lieblingsserie. Schönen Abend noch, und sagen Sie Olivia, dass ich morgen wieder herkomme.“

„Okay, und nochmals danke.“ Dann eilte er ins Haus, während Ella den Garten verließ. Drinnen roch es nach dem Braten, unter dessen Aroma sich der Geruch von Möbelpolitur mit Zitronenzusatz mischte. In der Luft hing eine Energie, die bis zu Olivias Ankunft immer gefehlt hatte – fast so, als hätte erst sie das Haus mit Leben erfüllt. Doch Trey wusste, dass diese Energie nicht nur von den Menschen ausging, die hier lebten, sondern vor allem von der Liebe zu Livvie, die ihm das Gefühl gab, wirklich daheim zu sein.

Er schloss die Tür hinter sich, hängte sein Jackett auf einen Haken und legte das Schulterhalfter zusammen mit der Waffe in die Schreibtischschublade. Als er aus dem Küchenfenster sah, entdeckte er Olivia, die auf einem aufgepumpten Reifenschlauch im Pool trieb. Von dem schwarzen Bikini, den sie trug, konnte er nicht viel erkennen, doch es genügte, um ihn anzutreiben, damit er sich zu ihr gesellte. Ein paar Minuten später kam er in eine Badehose gekleidet aus dem Schlafzimmer.

Olivia hörte das Gartentor knarren, wollte aber nicht die Augen öffnen. Egal, was es war, Ella würde es ihr schon sagen.

Als sie dann aber hörte, wie das Wasser im Pool hochschlug, befürchtete sie, Ella könnte ausgerutscht und hineingefallen sein. Sie drehte sich auf dem Reifen um, da tauchte auf einmal Trey neben ihr aus dem Pool auf und grinste sie breit an.

„Hey, du“, sagte sie und spritzte ihm ausgelassen etwas Wasser ins Gesicht.

„Selber hey“, gab er zurück und schob ihren Reifen an den Poolrand, damit er neben ihr stehen konnte.

Olivia wollte ihn eigentlich nicht anstarren, doch ihr Gehirn gehorchte ihr nicht. Sie konnte nicht anders, als seine breiten Schultern, die muskulösen Arme und den flachen Bauch zu bewundern. Immer wieder hatte sie sich gefragt, wie sich wohl der Körper des Jungen entwickelt haben mochte, als er zum Mann geworden war. Jetzt kannte sie die Antwort darauf.

Während ihr Blick zurück zu Treys Gesicht wanderte, lächelte sie noch, doch dann sah sie seine besorgte Miene. Prompt wurde sie ernst und legte eine Hand über die Schusswunde an ihrer Schulter.

Trey nahm ihre Hand aber und drehte sie derart, dass er ihre Innenfläche so intensiv küssen konnte, bis sie lustvoll aufstöhnte.

Sie wollte ihn. Als Siebzehnjährige hatte sie den Jungen kennen gelernt, doch noch viel lieber wollte sie jetzt den Mann erobern.

„Trey …“

„Schhht“, machte er und drehte den Reifen so, dass sie ihm den Rücken zuwandte.

Sie fühlte seine Lippen in ihrem Nacken, dann am Ohr. Langsam wanderte er mit dem Mund weiter bis zu der Stelle an ihrer Schulter, an der die Kugel eingedrungen war. Er hielt inne, und sie hörte, wie er heftig einatmete.

Dann legte er seine Arme um sie und ließ die Stirn auf ihrem Kopf ruhen.

„Trey?“

„Noch nicht“, sagte er mit zittriger Stimme.

„Mir geht es gut“, fuhr sie leise fort.

„Lieber Gott, Livvie! Aber mir geht es nicht gut, verstehst du? Lass mich dich einfach nur festhalten.“

Sie legte den Kopf in den Nacken, bis sie seine Brust berührte, dann schloss sie die Augen. Auch wenn sie ein Trauma davongetragen hatte, würde ihr nie Leid tun, dass es geschehen war. Erst recht nicht, wenn dadurch Trey in ihr Leben zurückgekehrt war.

Trey schluckte, um gegen die Emotionen anzukämpfen, die ihm einen Kloß im Hals bescherten. Der Anblick der Wunde an ihrer Schulter war für ihn wie ein Schlag ins Gesicht, der den Zorn auf Dennis Rawlins wieder in ihm hochsteigen ließ.

Schließlich bewegte er sich, und Olivia spürte ein Schaudern, das sich auf ihren Körper übertrug. Während er tief durchatmete, lehnte sie sich weiter zurück, bis sie ihn kopfüber ansehen konnte.

„Du siehst witzig aus, wenn ich dich so von unten betrachte“, meinte sie lachend.

„Du auch“, gab er zurück. Er wusste, sie scherzte nur, um seine Laune zu bessern.

„Willst du ein Wettschwimmen?“ fragte sie.

„Was ich will, hat mit dem Pool absolut nichts zu tun.“

Olivia setzte eine ernstere Miene auf, dann ließ sie den

Blick über seinen Oberkörper wandern. Von der Taille abwärts war er durch das Wasser nur verzerrt zu sehen.

„Hast du nicht gesagt, du trägst keine Badehose, wenn du schwimmen gehst."

„Das lässt sich schnell ändern", erwiderte er.

Ihr fehlte der Mut, auf diesen Bluff einzugehen. Als sie wieder hochsah, war sein Gesicht ausdruckslos.

Chaos regierte in diesem Moment in Treys Kopf. Er wollte sie lieben, doch für mehr als leidenschaftliche Küsse war sie nicht in der Verfassung. Dann aber überraschte sie ihn mit ihrer Frage.

„Das, was du willst ... hat das irgendetwas mit einem Bett zu tun?"

„Das ist nicht witzig", erwiderte er.

„Lache ich etwa?"

„Wir können nicht ... noch nicht."

„Wieso nicht? Er hat mir in die Schulter geschossen, nicht in den Hintern."

Trey stutzte, da sie ihn schon wieder überrascht hatte.

„Weißt du, Livvie, seit damals hast du dich doch ein wenig verändert."

„Wenn du damit meinst, dass ich jetzt sage, was ich denke, dann liegst du richtig. Du warst so gut, mir eine zweite Chance zu geben. Ich will alles, was mit dieser zweiten Chance zu tun hat – auch mit dir schlafen."

„Mein Gott, Livvie. Meinst du, ich will das nicht? Aber einer von uns beiden muss noch einen Rest von Vernunft bewahren. Wenn du wieder völlig gesund bist, wirst du dir vielleicht wünschen, du hättest dieses Feuer nie wieder entfacht."

„Ich *bin* gesund … jedenfalls gesund genug." Dann glitt sie aus dem Reifen und ging auf Trey zu. „Siehst du? Ich stehe vor dir, fest auf beiden Beinen, und ich bettele dich schamlos an."

„Du musst nicht betteln."

„Wirklich nicht?"

Er schüttelte amüsiert den Kopf. „Also gut, Frau, du hast gewonnen. Beweg deinen begnadeten Körper aus meinem Pool und ab ins Haus mit dir. Ich gebe dir zwei Minuten, um es von der Hintertür bis ins Bett zu schaffen."

Olivia stieg ein Stück weit auf der Leiter am Beckenrand nach oben und griff nach ihrem Handtuch, als er seine Finger unter den Verschluss ihres Bikinioberteils schob und ihn öffnete. Der wenige Stoff begann zu rutschen, noch ehe sie davon etwas bemerkte.

Sie drehte sich um und bedeckte reflexartig ihre Blöße, während sie ihn mit großen Augen ansah. Die Leidenschaft in seinem Blick war für einen kurzen Moment erschreckend, dann aber erregte sie sie.

„Nur noch eine Minute", sagte er.

Nachdem sie kurz auf das Oberteil gesehen hatte, das auf dem Boden gelandet war, lief sie los zur Hintertür. Kaum war sie im Haus, hörte sie, wie hinter ihr die Tür zugeworfen und abgeschlossen wurde. Bevor sie wusste, wie ihr geschah, war er bereits bei ihr.

Im Flur zögerte sie kurz, da sie nicht wusste, in welches Schlafzimmer sie gehen sollte.

„Die Zeit ist um", rief er, schnappte sie und trug sie in sein Schlafzimmer. Er setzte sie kurz ab, um ihr den Slip auszuziehen, dann schlug er die Decke zur Seite und legte Olivia mitten auf sein Bett.

„Trey, alles wird doch nass!"

„Na und? Mich stört's nicht." Er streifte seine Badehose ab und ließ sie einfach auf dem Boden liegen.

Sekundenlang starrte Olivia seinen Körper an, der von feinen Wassertropfen überzogen war.

„Nicht bewegen", sagte er leise und legte sich zu ihr ins Bett.

Ihr stockte der Atem, als er näher kam, und sie wollte nach ihm greifen.

„Verdammt, Livvie ... ich sagte doch, du sollst dich nicht bewegen."

„Trey Bonney! Ich will dich berühren und dich halten, ich will wissen, was das für ein Gefühl ist, wieder von dir geliebt zu werden."

Er stützte sich auf Händen und Knien ab, damit sein Gewicht nicht auf ihr ruhte. „Oh, Sweetheart, das werde ich dir schon zeigen, das und noch viel mehr. Schließ die Augen und genieße es einfach."

Olivia tat, was er sagte.

Zunächst merkte sie gar nichts, außer dass er sein Gewicht auf der Matratze verlagerte. Dann spürte sie etwas Warmes an ihren Brustspitzen, aber keine Berührung. Sie wusste, es war sein Atem. Er war ihr ganz dicht, doch er berührte sie noch immer nicht. Ihr war, als würde ihr Herz stehen bleiben.

Der warme Hauch wanderte weiter bis zu ihrem Bauch, und dann musste sie unwillkürlich aufstöhnen, als seine Zunge ihren Bauchnabel berührte. Er bewegte sich noch ein Stück weiter nach unten. Sie spürte die Hitze, die von seinem Körper ausging, und automatisch versuchte sie sich ihm zu öffnen, damit er in sie eindringen konnte.

Wieder flüsterte er ihr etwas zu. „Olivia … nicht bewegen."

Ihr lief ein wohliger Schauer über den Rücken, sie wollte ihn berühren … sie wollte sich berühren. Doch beides war nicht möglich.

Jetzt spürte sie seinen heißen Atem auf ihren Oberschenkeln, an ihren Knien. Als er ihre Knöchel umfasste, musste sie einen Aufschrei unterdrücken.

„Langsam", hauchte er ihr zu. „Lass es geschehen."

Er hielt ihre Knöchel umfasst, lockerte den Griff dann so sehr, dass seine Hände bis zu ihren Knien wandern konnten. Sie kehrten zu den Knöcheln zurück, strichen aber so sanft über ihre Haut, dass Olivia wusste, er war noch da.

Sie zitterte am ganzen Leib. „Trey … Trey."

„Schhht."

Seufzend konzentrierte sie sich wieder darauf, was er tat. Langsam streichelte er ihre Beine, fuhr mit den

Händen auf und ab, bis sie sich in einer trügerischen Sicherheit wähnte, was er als Nächstes machen würde.

Dann jedoch packte er erneut ihre Fußknöchel und spreizte ihre Beine.

Abermals schnappte sie nach Luft. Endlich war es so weit.

Doch er nahm sie nicht, noch nicht.

„Hör auf damit", wisperte sie.

„Willst du das?" fragte er. „Soll ich wirklich aufhören?"

„Oh Gott, nein, so meine ich das doch nicht."

Sie glaubte, sein Lachen zu hören, doch das Blut rauschte so laut in ihren Ohren, dass sie sich auch irren konnte.

Seine Hände befanden sich nun auf ihren Oberschenkeln und strichen weit genug nach oben, dass er sie dort hätte berühren können, wo sie es unbedingt wollte, aber er ließ sich weiter Zeit.

Wieder ließ er sie in dem Glauben, zu wissen, was als Nächstes kommen würde, doch völlig überraschend hob er ihre Beine hoch und winkelte ihre Knie an. Ehe sie verstand, was mit ihr geschah, spürte sie auf einmal, wie sein Daumen ihren empfindlichsten Punkt berührte.

Sie wollte sich gegen ihn drücken, um das Gefühl ganz auszukosten, doch Trey ließ es nicht zu, sondern sagte so leise, dass sie Mühe hatte ihn zu verstehen: „Ich sagte es doch, Livvie. Beweg dich nicht."

Stattdessen bewegte er sich, oder besser gesagt: seinen

Daumen. Olivia hielt vor Lust den Atem an, was ihr erst auffiel, als er sie aufforderte, sie solle atmen, wenn sie nicht ohnmächtig werden wolle.

Trey erhöhte nur langsam das Tempo, doch für sie gab es längst kein Halten mehr. Sie wollte mehr, brauchte mehr. Sie flehte ihn an, bis sie nicht mehr in der Lage war, ein vernünftiges Wort über die Lippen zu bringen.

Das Feuer, das er mit der ersten Berührung in ihr entfacht hatte, wurde zu einer Explosion der Lust, zu einem Feuerwerk der Sinne, wie sie es noch nie erlebt hatte. Sie bäumte sich auf, und gerade als sie losschreien wollte, presste er seinen Mund auf ihre Lippen und hielt sie fest. Erst als er merkte, dass die letzten Wogen ihres Höhepunkts abebbten, rutschte er ein Stück höher und drang behutsam in sie ein.

Olivia lag reglos da, während er sich vor und zurück bewegte. Sie war nicht imstande, eine aktive Rolle zu übernehmen, und konnte nur das genießen, was folgte.

Er war größer gebaut, als sie es in Erinnerung hatte, doch sobald er sich bewegte, war es, als würde sie von Seide berührt werden. Alles war wieder so wie damals, sie beide passten einfach perfekt zusammen. Mit jeder Faser ihres Körpers fühlte sie ihr Glück. Sein Rhythmus stand im vollkommenen Einklang mit ihrem Herzschlag.

Als er kam, schrie sie lustvoll auf, auch wenn sich ein wenig Wehmut darunter mischte, weil sie so viele Jahre verloren hatten, ehe sie wieder an diesem Punkt angelangt waren.

Eben noch hatte Trey in tiefem Schlaf im Bett gelegen, Olivia an sich gedrückt. Im nächsten Moment saß er aufrecht da, ohne den Grund zu kennen. Er lauschte aufmerksam auf die Geräusche im Haus und versuchte sich zu erinnern, ob er etwas Ungewöhnliches gehört hatte.

Alles war ruhig.

Er sah auf den Wecker. Kurz nach zwei.

Olivia drehte sich zu ihm um, sah ihn verwundert an und fragte mit heiserer Stimme: „Was ist los? Stimmt etwas nicht?"

„Nein, Baby, es ist alles in Ordnung. Schlaf weiter."

Während sie die Augen wieder schloss, stand Trey auf.

Seine Badehose lag noch da, wo er sie hingeworfen hatte. Er hob sie auf, ging ins Badezimmer und legte sie auf den Beckenrand, damit sie trocknen konnte. Vom Haken an der Tür nahm er eine Shorts und zog sie an, dann machte er sich auf einen Rundgang durchs Haus. Er war instinktiv aufgewacht, und er würde erst Ruhe finden, wenn er wusste, dass alles in Ordnung war.

Im Haus war alles ruhig, und das galt auch für die Straße. Kein Fenster und keine Tür war aufgebrochen worden, dennoch holte er seine Waffe aus der Schublade und sah sich im Garten um. Als er nichts finden konnte, wollte er ins Haus zurückgehen, doch in diesem Moment bemerkte er aus dem Augenwinkel, dass bei Ella noch Licht brannte. Das war sehr ungewöhnlich.

Er zog die Haustür zu und ging hinüber. Gerade hatte er Ellas Garten zur Hälfte durchquert, als er den Schatten eines Mannes sah, der von der Zimmerbeleuchtung an den Vorhang geworfen wurde. Verwundert blieb er stehen. Ella war Witwe, ihr einziger Sohn lebte in Florida. Dann erinnerte er sich daran, dass sie einen Teil ihrer Zeit mit diesem Kerl verbrachte, dem eine Kette von Beerdigungsinstituten gehörte. Es würde sicher peinlich sein, wenn er glaubte, einen Einbrecher zu überwältigen, und dabei die beiden zusammen zu ertappen.

Trey wollte den Rückzug antreten, da sah er, wie der Mann den Arm hob und etwas zu werfen schien. Fast im gleichen Moment hörte er Glas splittern, dann schrie Ella auf.

Mit dem bloßen Fuß trat er die Hintertür ein und stürmte mit vorgehaltener Waffe ins Haus. Flüchtig sah er Ella im Nachthemd und gefesselt auf dem Boden liegen. Die Küche wirkte wie ein Schlachtfeld. Er machte eine Bewegung am Rand seines Gesichtsfelds aus, und im nächsten Moment kam hinter der Tür ein Mann hervor, der eine Waffe auf Treys Kopf gerichtet hielt.

Er wirbelte herum und zog ab, der Mann begann zu schwanken, dann fiel er der Länge nach zu Boden.

Trey trat gegen die Waffe, die quer durch das Zimmer rutschte, dann zerrte er das Stromkabel aus dem Toaster und fesselte den Fremden, bevor der das Bewusstsein wiedererlangen konnte. Er sah zum Telefon, musste aber erkennen, dass das Kabel aus der Wand gerissen worden war.

Ella stöhnte auf, und er eilte zu ihr. Sie hatte einen

blauen Fleck im Gesicht, und ihre Lippe war blutig. Nachdem er sie losgebunden hatte, stand sie auf, war aber noch etwas unsicher auf den Beinen.

„Ganz langsam, Honey", beruhigte Trey sie und half ihr, sich hinzusetzen. „Was ist passiert? Sind Sie noch irgendwo verletzt?"

„Nein, mir ist nur ein bisschen schwindlig. Und ich bin verdammt sauer."

Treys Anflug von Panik legte sich gleich wieder. Dass Ella sauer war, passte zu ihr. Wäre sie verängstigt gewesen, hätte er Grund zur Sorge gehabt.

„Der Kerl ist hier eingebrochen. Ich hatte etwas gehört und stand auf, aber bevor ich am Telefon war, kam er in mein Schlafzimmer, um mich auszurauben. Er wollte mein Bargeld haben." Sie stockte kurz. „Ich zeigte ihm, wo die Handtasche liegt, und ich wollte ihm auch das Geld geben, das ich von Marcus gewonnen hatte. Aber er wollte es gar nicht anrühren, sondern redete irgendwelches wirres Zeug und wischte sich übers Gesicht, so als … ja, als würde ihm etwas im Gesicht kleben."

„Trey?"

Er wandte sich um und sah Olivia in der Türöffnung stehen. Sie trug eine Jogginghose und eines seiner T-Shirts, das ihr viel zu weit war.

„Bleib du bei ihr", sagte er rasch. „Ich muss telefonieren."

„Er hat alle Kabel aus der Wand gerissen", erklärte Ella.

Olivia betrachtete den Mann auf dem Boden und erschrak, als sie Ellas Gesicht sah. „Oh nein!“ rief sie und lief zu ihr.

„Mir geht’s gut“, murmelte die alte Frau. „Nur ein bisschen ramponiert.“

Der Mann auf dem Boden stöhnte leise. Trey konnte die beiden Frauen nicht mit diesem seltsamen Kerl allein lassen, auch wenn der angeschossen und gefesselt war. Nach allem, was Ella gesagt hatte, schien der Typ high zu sein.

„Ich hab’s mir anders überlegt“, sagte er zu Olivia. „Geh rüber und bring mir mein Mobiltelefon. Es liegt im Flur.“

Olivia lief los und war schneller zurück, als er es erwartet hätte. Sie reichte ihm das Telefon und setzte sich zu Ella.

Es vergingen einige Minuten, dann fuhren zwei Rettungswagen und mehrere Streifenwagen vor dem Haus vor.

Der Mann wurde festgenommen und ins Krankenhaus gebracht, Ella wurde an Ort und Stelle behandelt. Sie wollte zu Hause bleiben, aber Trey ging darauf nicht ein. Er wies die Sanitäter an, sie mitzunehmen, damit sie auf innere Verletzungen und auf eine mögliche Gehirnerschütterung hin untersucht wurde.

Ella wollte sich mit ihm anlegen, doch dieses eine Mal war sie zu schockiert dafür. Dennoch brachte sie es fertig, auf Olivia zu zeigen und zu sagen: „Sie gehen zurück ins Haus und legen sich hin. Sie sind ganz blass.“

Am liebsten hätte Olivia gelacht, doch ihr kamen die Tränen. Sie beugte sich vor und gab Ella einen Kuss auf die Wange, als die Sanitäter sie aus dem Haus trugen. Wie schnell hatte sie diese beeindruckende Frau liebgewonnen.

„Kommen Sie schnell wieder auf die Beine."

Ella verzog den Mund. „Und wer soll jetzt auf Sie aufpassen?"

„Wenn Sie zurück sind, passen wir gegenseitig auf uns auf", erklärte Olivia.

Ein schwaches Lächeln umspielte Ellas Lippen, dann zog Trey Olivia zur Seite, kurz darauf fuhr der Rettungswagen ab. Zwei Detectives stiegen aus ihrem Wagen und kamen zum Haus. Sie erkannten Trey sofort. „Hey, Bonney, wohnst du hier?" rief einer der beiden.

„Nein, nebenan."

„Kannst du uns erzählen, was hier los war?"

Trey nickte. „Ja, ich bringe nur schnell Livvie zurück ins Haus."

„Ich kann allein rübergehen", erklärte sie, als er sie am Ellbogen fasste.

„Ich weiß, aber ich muss Gewissheit haben, dass es dir gut geht. Ich kann nicht zulassen, dass meine beiden liebsten Mädchen außer Gefecht gesetzt werden."

Olivia seufzte und lehnte sich gegen ihn, während er sie zu seinem Haus brachte. Erst als sie im Garten waren, merkte sie, wie ihre Beine zitterten.

„Ich hatte den Schuss gehört", sagte sie.

Trey ging weiter. „Ja."

„Den Schuss, der mich traf, habe ich nicht gehört", fuhr sie fort. „Aber ich empfand die gleiche Panik."

„Es tut mir Leid, Honey."

„Trey?"

„Ja?"

„Woher hast du das gewusst?"

„Was meinst du?"

„Dass der Mann dort war … dass etwas nicht stimmte?"

Er blieb stehen und sah sie an. „Ich weiß es nicht. Ich bin aufgewacht, und ich wusste es."

Olivia legte die Arme um seine Taille. „Du hast ihr das Leben gerettet, Trey Bonney. So wie du mir das Leben gerettet hast."

„Ja, das war aber nur …"

„Du bist ein guter Mann, Trey. Es wird schwer werden, es mit jemandem wie dir aufzunehmen."

„Du sollst es ja gar nicht mit mir aufnehmen, Darling. Verbring einfach den Rest meines Lebens mit mir."

„War das ein Heiratsantrag?" fragte sie.

„Ja."

„Dann nehme ich ihn an."

Trey versuchte ein Lächeln, doch im Moment war er von seinen Gefühlen überwältigt. „Ich habe lange warten müssen, ehe ich dir einen Antrag machen konnte. Aber weißt du was?"

„Was?"

„Ich habe nie geglaubt, du könntest nein sagen. Ist das nicht eigenartig?"

Sie legte ihren Kopf an seine Brust und drückte sich an ihn. „Nein, das ist gar nicht eigenartig, Trey. Es ist nur der Beweis dafür, dass deine Instinkte dich nie im Stich lassen."

„Tja ... jetzt aber ab ins Bett mit dir. Ich gebe noch schnell zu Protokoll, was passiert ist. Das wird nicht lange dauern, außerdem brauche ich noch etwas Schlaf, bevor ich mich wieder meiner Arbeit widme."

„Wieso? Gibt es etwas Besonderes?"

Erst da wurde Trey bewusst, dass er ihr nichts von Sheree Collier und dem Gespräch mit Foster Lawrence erzählt hatte. Doch das war auch nicht nötig. Er musste Olivia nicht an die offenen Fragen erinnern, die ihre Identität betrafen – erst recht nicht, wenn die Fakten fast schon zum Greifen nah waren.

„Nur weitere Besprechungen und Fragen, die alle das tote Baby betreffen", antwortete er.

Olivia nickte. „Ich werde auf dich warten", sagte sie und ging ins Haus.

Er sah hinter ihr her und dachte über ihre Worte nach.

Sie würde auf ihn warten.

Etwas Besseres konnte er sich nicht vorstellen.

20. KAPITEL

Die Ereignisse der letzten zwei Tage hatten Trey viel Schlaf geraubt, und dementsprechend erschöpft fühlte er sich. Da Ella zur Beobachtung im Krankenhaus bleiben musste, hatte er Marcus informiert, dass Olivia den Tag über allein zu Hause sein würde.

Die Nachricht über seine Pokerpartnerin nahm Marcus erschrocken auf. „Doch nicht Ella!“ sagte er. „Sagen Sie bitte, dass es ihr gut geht.“

„Es geht ihr recht gut. Sie hat sich nichts gebrochen, sie musste nicht genäht werden. Nur ein paar blaue Flecke und einige Schrammen, aber insgesamt ist sie in guter Verfassung.“

„Oh, Gott sei Dank!“ Marcus war erleichtert. „Und was Olivia angeht, müssen Sie sich keine Sorgen machen. Entweder komme ich vorbei, oder ich sage Terrence und Carolyn Bescheid. Sie wollen sie ohnehin besuchen. Vorausgesetzt, es macht Ihnen nichts aus, dass Ihr Haus von unserer ganzen Familie überrannt wird.“

„Nein, Sir, das macht mir nichts aus. Es tut mir nur Leid, dass das passieren musste. Ich möchte Sie übrigens noch um einen Gefallen bitten.“

„Alles, was Sie wollen“, erwiderte Marcus.

„Wenn Sie vorbeikommen, könnten Sie ein paar Fotos von Olivia aus der Zeit mitbringen, kurz bevor ihre Eltern ermordet wurden?“

„Natürlich, aber darf ich nach dem Grund fragen?“

Trey berichtete Marcus in wenigen Worten, was er von Sheree Collier und Foster Lawrence erfahren hatte.

„Dann könnte es sein, dass sie die Identifikation ermöglicht?" fragte Marcus.

„Mit ihrer DNS sollten wir in der Lage sein, sagen zu können, welches Baby welches war."

„Gut. Sagen Sie Olivia bitte, dass einer von uns in Kürze bei ihr sein wird. Vielleicht sogar wir alle."

„Denken Sie daran, dass ich einen Pool hinter dem Haus habe. Der ist zwar klein, aber man kann sich dort wunderbar die Zeit vertreiben. Livvie verbringt wegen ihrer Physiotherapie ohnehin einige Stunden dort."

„Trey?"

„Ja?"

„Ich möchte mich noch einmal dafür entschuldigen, dass ich Sie so falsch eingeschätzt hatte."

„Schwamm drüber, das ist alles lange her."

„Trotzdem gefällt es mir nicht, dass ich so engstirnig war. So hatte ich mich nicht gesehen. Sie beschämen mich mit Ihrer Großzügigkeit und Ihrer Fähigkeit, mir zu vergeben. Glauben Sie nicht, das wäre mir nicht aufgefallen. Und genauso ist mir bewusst, dass aus Ihnen ein anständiger Mann geworden ist."

Trey sprach es nicht aus, doch es tat ihm gut, dass Marcus ihm diese Wertschätzung entgegen brachte. Es hätte nichts an seiner Entschlossenheit geändert, Olivia zu heiraten, doch es machte ihnen beiden eine Beziehung leichter.

„Dann möchte ich mich für Ihre offenen Worte bedanken, aber das Thema sollte damit auch erledigt sein“, schlug Trey vor.

„Einverstanden“, erwiderte Marcus, dann sah er auf die Uhr. „Ich werde gleich Carolyn anrufen, damit Terrence sie bei Ihnen absetzen kann. Ich hatte Anna Walden auch versprochen, sie zu Olivia zu bringen. Das Personal im Heim sagt, sie sei wegen Olivia sehr verwirrt, deshalb dachte ich, es könnte helfen, wenn sie sie besucht. Unter anderen Umständen würde ich das noch hinauszögern, aber ich möchte nicht, dass sie noch verwirrter wird, als sie es schon ist.“

„Kein Problem“, sagte Trey. „Livvie ist ohnehin in Sorge um Anna, und ich glaube, sie würde sie auch gern sehen. Ach, übrigens … ich weiß von der Pokerrunde.“

Marcus begann zu lachen. „Ich habe verloren.“

„Ja, davon weiß ich auch.“

„Sie hat mir gesagt, ich sei ihr zu alt“, fuhr er fort. „Können Sie sich das vorstellen?“

Diesmal musste Trey lachen.

Olivia kam ins Zimmer. Sein Lachen brachte sie automatisch dazu, glücklich zu lächeln. Als Trey sie sah, winkte er sie zu sich. „Marcus … warten Sie, Livvie ist gerade aufgewacht. Ich gebe Sie weiter, denn ich muss ohnehin los. Ich hoffe, wir sehen uns heute Abend.“

Er gab ihr den Hörer, küsste sich selbst auf den Daumen und drückte ihr den sanft auf den Mund.

„Trey, ich …“, stammelte sie, so perplex über seine

Geste, dass sie darüber vergaß, dass ihr Großvater in der Leitung war.

Trey legte ihr rasch einen Finger an die Lippen, damit sie nichts Unbedachtes von sich gab, dann grinste er, während sie rot wurde.

„Grampy?"

„Guten Morgen, Darling, wie geht es dir?"

„Wie es mir geht? Oh … mir geht es gut."

Trey betrachtete sie und zog sie mit seinen Blicken aus. Sie schnitt eine Grimasse und bedeutete ihm, aus dem Zimmer zu gehen. Zufrieden darüber, dass er sie aus der Ruhe hatte bringen können, verließ er den Raum.

Marcus, der von alledem natürlich nichts mitbekommen hatte, erklärte ihr unverdrossen, was geschehen war. „Das Heim hat angerufen, weil Anna überall nach dir sucht. Ich dachte, es könnte ihr helfen, wenn ich mit ihr zusammen bei dir vorbeikomme. Fühlst du dich dazu in der Lage?"

„Ja, Grampy, aber natürlich! Ich bin so voller Sorge um sie, ich würde sie wirklich gern sehen."

„Gut. Ich sagte Trey schon, dass Terrence und Carolyn dich unbedingt besuchen möchten. Ich werde erst die beiden zu dir schicken, dann komme ich später mit Anna vorbei."

Olivia war begeistert. Die ganze Familie würde zusammenkommen, das würde wunderbar werden. „Das hört sich ja phantastisch an, ich freue mich schon darauf!"

„Dann sehen wir uns später."

„Okay, bis dann, Grampy."

„Bis nachher, meine Liebe."

Sie legte auf und suchte nach Trey.

Als er Schritte in seinem Schlafzimmer hörte, drehte er sich um, lächelte sie flüchtig an und sagte mit leiser, heiserer Stimme: „Guten Morgen, Livvie."

Sie kam zu ihm. „Ich wünsche dir auch einen guten Morgen. Hast du noch schlafen können, nachdem wir uns wieder hingelegt hatten?"

„Ein wenig. Es dürfte reichen, um einen Tag zu überstehen." Er legte eine Hand um ihren Hinterkopf und zog sie zu sich.

Sie hob das Kinn, während er seinen Kopf ein wenig senkte, so dass sich ihre Lippen treffen konnten.

„Apropos Arbeit ...", begann sie, als sie sich wieder von ihm gelöst hatte.

Trey versteifte sich prompt. Er hatte sich bislang nicht dazu durchringen können, ihr von den neuesten Entwicklungen zu berichten. Es musste aber sein, und sie gab ihm jetzt eine Möglichkeit, sie einzuweihen.

„Was ist damit?"

„Ich habe eigentlich gar nichts mehr mitbekommen, seit Dennis Rawlins verhaftet wurde. Was ist seitdem passiert?"

„Einiges, und sogar einiges Interessantes."

„Zum Beispiel?" fragte sie und setzte sich auf die Bettkante.

Er nahm neben ihr Platz, obwohl er sich eigentlich auf den Weg ins Büro hätte machen müssen. Dann erzählte er ihr von Foster Lawrence' Geständnis, von Sheree Collier und der DNS-Probe, außerdem von ihrer Zwillingsschwester Laree, die seit einem Vierteljahrhundert verschwunden war.

„Ich weiß, das sind alles Neuigkeiten, die dir Angst machen. Aber vergiss dabei nie, dass weder Marcus noch ich uns darum scheren, wie das Ergebnis ausfällt. Du bist diejenige, die wir lieben."

Olivia nickte und ließ sich gegen ihn sinken, damit er sie in die Arme nehmen, ihr Trost spenden und ihr die Zuversicht geben konnte, die sie im Moment so dringend benötigte.

Eine Weile später fuhr Trey zur Arbeit. Sie winkte ihm nach, als sei alles in bester Ordnung. Kaum war sie jedoch allein, begann sie zu zittern. Ihre ganze Welt hing von der DNS einer ihr fremden Frau ab. Sie ertrug nicht den Gedanken, möglicherweise das Kind einer Mörderin zu sein. Auch wenn Michael Sealy ihr Vater war, würde Grampy sie mit anderen Augen sehen und immer daran denken, dass ihre Mutter seinen Sohn umgebracht hatte.

„Oh Gott", flüsterte sie. „Lass das bitte nicht geschehen."

Gegen Mittag herrschte in Treys Haus Hochbetrieb. Ella war aus dem Krankenhaus entlassen und nach Hause gebracht worden. Sie genoss es jetzt umso mehr, am Pool ihres Nachbarn zu sitzen.

Terrence und Carolyn waren ebenfalls gekommen,

zeigten sich entsetzt über Olivias Schussverletzung und waren sehr angetan von Ella, die viele Geschichten über Trey zu erzählen wusste, der nun auch ihr Held war.

„... und dann trat er die Tür ein und feuerte los. Sie können sich nicht vorstellen, wie erleichtert ich war, als er ins Haus gestürmt war!“ sagte sie.

„Oh, das glaube ich Ihnen aufs Wort“, erwiderte Carolyn und sah wieder zu Olivia. „Und du kennst ihn schon seit der High School?“

„Nicht wirklich. Ich kannte ihn, als ich auf der High School war, aber danach ... tja ... wir verloren uns aus den Augen. Erst als das tote Baby entdeckt wurde und er den Fall bekam, sahen wir uns wieder.“

Carolyn legte beide Hände aufs Herz. „Das ist ja so romantisch. Eine Jugendliebe findet wieder zusammen.“

„Typisch meine Frau“, meinte Terrence. „Sie sieht immer das Romantische.“

„Warum auch nicht? Was ist denn so schlimm an einem Happy End?“

„Ganz genau mein Reden“, pflichtete Ella ihr bei und zwinkerte Olivia zu. „Ich glaube, es wird mir gefallen, Sie zur Nachbarin zu haben.“

Prompt lief Olivia rot an, fühlte sich aber glücklicher als jemals zuvor. „Wie wäre es mit etwas zu essen“, wechselte sie schnell das Thema.

Carolyn sprang auf. „Darum kümmere ich mich. Du musst mir nur zeigen, wo ich alles finden kann.“

„Komm mit“, sagte Olivia und warf Ella einen warnenden Blick zu, als die ebenfalls aufstehen wollte. „Sie können mit ins Haus kommen“, sagte sie dann. „Aber Sie werden keinen Finger rühren.“

„Gestatten Sie?“ Terrence bot Ella den Arm an, sie hakte sich dankbar ein.

Gemeinsam gingen sie in die Küche, Ella setzte sich murrend an den Tisch. Olivia und Carolyn bereiteten für sie alle Sandwiches zu, als an die Haustür geklopft wurde.

„Ich mache auf“, rief Terrence und ging aus dem Zimmer.

„Das werden Grampy und Anna sein“, sagte Olivia.

„Dann sollten wir gleich ein paar Sandwiches mehr belegen“, meinte Carolyn.

Olivia nickte und schnitt eine weitere Tomate auf. Sie spülte sich die Hände ab, als Marcus und Anna hereinkamen. Ihr Kindermädchen hielt eine Puppe in den Armen, machte ansonsten aber einen gesunden Eindruck. Ihr Haar war gewaschen und geschnitten worden, sie trug eine beigefarbene Hose, dazu eine weit geschnittene Baumwollbluse in Rosa und Beige.

Annas Gesicht verriet ihre Verwirrung, doch als Olivia sie mit ihrem Namen ansprach, da entspannte sie sich etwas.

„Grampy! Ich bin ja so froh, dich zu sehen. Und danke, dass du Anna mitgebracht hast.“ Sie legte eine Hand auf Annas Arm und stellte sich vor sie. „Anna, es ist schön, dich wiederzusehen.“

Anna stutzte. Sie kannte diese Stimme, und als sie die Frau genauer betrachtete, die vor ihr stand, erkannte sie auch das Gesicht wieder. „Olivia? Bist du meine Olivia?“

Sie legte die Arme um Annas Schultern und drückte sie einfach nur an sich. „Ja, Darling. Ich bin deine Olivia. Komm und setz dich zu Ella, sie ist eine neue Freundin von mir.“

„Kann sie Hackbraten machen, so wie Rose ihn macht?“ wollte Anna ein wenig misstrauisch wissen.

„Niemand macht Hackbraten so wie Rose“, entgegnete Olivia. „Aber Ella kann Karten spielen. Sie kann sehr gut pokern.“

Ella grinste und zeigte auf den Stuhl neben ihr. Sie wusste von dem verwirrten Zustand, in dem sich die Frau befand, und fühlte mit ihr mit.

„Ich spiele auch gern Karten“, erklärte Anna.

„Dann werden wir das auch machen“, meinte Ella. „Was spielen Sie denn am liebsten?“

Anna überlegte kurz. „Am liebsten spiele ich Hearts.“

Olivia legte wieder den Arm um sie, versuchte aber, nicht auf die Puppe zu sehen, die sie an sich drückte. „Wir können nach dem Essen spielen. Möchtest du mit uns essen, Anna?“

„Ja, gern.“

„Die Sandwiches sind fertig!“ rief Carolyn in die Runde.

„Wunderbar, ich verhungere bald“, meinte Terrence, korrigierte sich dann aber ein wenig verlegen. „Nun, ich sollte wohl nicht sagen, dass ich *verhungere,* aber ich habe *großen* Hunger."

Alle mussten lachen, was der Atmosphäre gut tat. Sogar Marcus konnte sich zu einem leisen Lachen durchringen. Als sie sich setzten, flüsterte er Olivia ins Ohr: „Wie fühlst du dich im Moment?"

Sie widerstand der Versuchung, die Augen zu verdrehen. „Ich fühle mich gut, Grampy. Ich bin nur froh, wenn das alles endlich vorüber ist."

„Trey hat dir von der Schwester von Foster Lawrence erzählt?"

„Ja."

„Er bat mich, ein paar alte Fotoalben mitzubringen, damit diese Frau sie sich ansehen kann. Ich habe die Alben ins Wohnzimmer gelegt."

Olivia nickte.

„Lass uns jetzt nicht darüber nachdenken", sagte sie. „Komm greif zu, die Sandwiches sehen köstlich aus."

Marcus drückte sie an sich, während Carolyn den letzten Teller auf den Tisch stellte. Sie begannen zu essen, bis Anna auf einmal sagte: „Ich finde, wir sollten ein Tischgebet sprechen."

Alle hielten inne.

„Ja, selbstverständlich, gern", erwiderte Marcus.

„Ich mache das", meldete sich Anna prompt wieder zu Wort und legte die Puppe auf den Schoß.

Niemand sprach ein Wort, während sie alle mit gesenktem Kopf dasaßen.

Sekundenlang schwieg auch Anna, dann endlich beugte sie sich vor und schloss die Augen. „Danke für das Essen, danke für die Freunde, und danke, dass du mir geholfen hast, mein Baby zu finden. Amen."

„Amen", wiederholten die anderen.

Es folgte ein verlegenes Schweigen, doch kaum hatten sie wieder zu essen begonnen, war das kurzzeitige Unbehagen verflogen. Als sie fertig waren, holte Olivia Ellas Kekse aus dem Vorratsschrank, und Carolyn schenkte jedem Eistee nach.

Marcus lobte die Kekse, und Carolyn nahm ihn hoch, weil ihm Krümel im Mundwinkel klebten, da hörten sie, wie die Haustür geöffnet und wieder geschlossen wurde.

Carolyn hielt mitten im Satz inne, es folgte ein langes Schweigen von allen Seiten, bis Olivia sagte: „Das wird Trey sein."

Sicherheitshalber stand Marcus auf, um sich zu vergewissern, dass niemand sonst ins Haus gekommen war. Augenblicke später kehrte er mit Trey zurück, doch der war nicht allein.

„Sieht aus, als kämen wir ungelegen", meinte er und begrüßte Olivia mit einem Kuss auf die Wange.

„Wir haben noch ein paar Sandwiches übrig, falls du Hunger hast."

Trey zögerte. Er hatte nicht damit gerechnet, mit Sheree Collier in ein Familientreffen zu platzen. Eigentlich wollte er auf dem Weg nur kurz anhalten, um nach Olivia zu sehen, doch jetzt war es zu spät, noch etwas zu ändern.

Er sah zu Sheree, die sich sichtlich unbehaglich fühlte. Ängstlich blickte sie in die Runde.

„Darf ich vorstellen? Das ist Sheree Collier. Mrs. Collier, möchten Sie etwas essen?"

„Nein, aber danke der Nachfrage", entgegnete sie rasch. Ihr war bewusst, dass zumindest ein paar der Leute zu der Familie gehörten, der ihre Schwester etwas Schreckliches angetan hatte.

Jeder nickte ihr höflich zu, doch die Anspannung im Raum war fast greifbar.

Marcus war wie immer ganz der Gentleman, der seine persönlichen Gefühle zurückstellen konnte. „Mrs. Collier, darf ich Ihnen meinen Platz anbieten? Nehmen Sie doch wenigstens ein Glas Eistee und ein paar von diesen Keksen. Die sind köstlich."

Ella nahm von der gereizten Stimmung nichts wahr, sondern erklärte strahlend: „Ich habe sie selbst gebacken."

Sheree lächelte gezwungen, sah alle Anwesenden kurz an und setzte sich an den Tisch. Sie nahm einen Keks und knabberte daran herum, während Carolyn einen Eistee einschenkte.

„Haben Sie an die Fotos gedacht?" fragte Trey an Marcus gewandt.

„Ja, sie liegen im Wohnzimmer."

„Gut, ich hole sie." Trey ging nach nebenan. Als er zurückkam, räumten Carolyn und Terrence den Tisch ab, Sheree Collier trank einen Schluck Tee und versuchte, unbeteiligt auszusehen, was jedoch unmöglich war.

„Ich habe mein Baby gefunden“, erklärte Anna erfreut.

Sheree warf erst der sonderbaren, übergewichtigen Frau, dann der Puppe einen Blick zu und sah schnell zur Seite. Olivia war den Tränen nah. Von ihrer armen Anna war nur noch eine Hülle geblieben, ihre Persönlichkeit war unwiederbringlich fort.

Nachdem Trey Sheree eines der Alben hingelegt hatte, wandte er sich an die anderen: „Ich denke, Sie alle wissen, wieso Mrs. Collier hier ist. Ihnen sollte auch klar sein, dass sie keine Schuld an dieser Tragödie trägt, von der Ihre Familie heimgesucht wurde. Wenn ihre Anwesenheit dennoch stört, werde ich mich mit ihr ins Wohnzimmer zurückziehen, damit sie sich dort die Fotos ansehen kann.“

„Ich habe kein Problem damit, wenn Sie bleiben“, erklärte Marcus.

Terrence und Carolyn sagten nichts, sondern nickten nur, was Trey als Zustimmung auslegte. Carolyn betrachtete Sheree eindringlich, da sie versuchte, in ihr die Frau zu erkennen, der sie vor so langer Zeit begegnet war. Schließlich aber sah sie zu Trey und schüttelte den Kopf.

Ihm war klar, dass sie nicht sagen konnte, ob sie die Frau war, die sie mit Michael gesehen hatte. Es war einen Versuch wert gewesen, aber sie hatten ja immer noch die Fotos und die DNS-Probe, deren Ergebnis auch diesmal auf sich warten lassen würde.

Auf einmal stockte Sheree der Atem, denn sie hatte zum ersten Mal in die Augen des Kindes geschaut, das ihre

Schwester damals entführt hatte – das Kind, das längst zur Frau geworden war. Fragend blickte Trey zwischen den beiden hin und her.

„Alles in Ordnung“, sagte Olivia zu ihm.

Sheree schlug das erste Album auf und überflog die Seiten. Marcus setzte sich zu ihr und erklärte, wer auf den Fotos zu sehen war.

„Das ist meine Frau Amelia mit unserem Sohn Michael. Er war siebzehn, als sie starb. Diese Fotos wollen Sie bestimmt nicht sehen. Kommen Sie, ich blättere weiter zu den Seiten, als Olivia zur Welt gekommen war.“

Sie musste gegen ihre Tränen ankämpfen, als Marcus eine andere Seite aufschlug. „Danke“, sagte sie leise. Ihre Hände in ihrem Schoß zitterten.

Anna stand auf und verließ die Küche.

„Wohin wollen Sie?“ fragte Marcus.

„Das Baby muss schlafen“, erwiderte sie.

Ella stand ebenfalls auf. „Ich begleite sie. Wir werden hier sowieso nicht gebraucht.“

„Danke, Ella“, sagte Trey.

Sheree achtete nicht darauf, wer aus der Küche ging, sondern konzentrierte sich ganz auf die Fotos vor ihr. „Wer ist das?“ fragte sie und zeigte auf eine der Aufnahmen.

„Michael und seine Frau Kay. Und das ist Olivia, aber sie ist dick eingepackt. Das Foto entstand kurz nach ihrer Geburt auf dem Weg vom Krankenhaus nach Hause.“

Sie nickte und betrachtete zunächst Michaels, dann Kays Gesicht. Schließlich zeigte sie auf Kay. „Wissen

Sie … sie sieht meiner Schwester und mir zu der Zeit so ähnlich, sie könnte glatt zu unserer Familie gehören."

„Tatsächlich?" erwiderte Trey.

„Ja, wir waren auch etwas größer als der Durchschnitt und hatten dunkles, welliges Haar. Ihr Gesicht hat die gleiche Form, und dazu noch diese Stupsnase … seltsam."

Marcus schwieg, machte aber eine nachdenkliche Miene.

Sie blätterte weiter, bis sie auf ein Foto stieß, das sie stutzen ließ. Es zeigte Michael und Olivia, und es war zu Ostern entstanden. Sie hielt einen kleinen Korb mit bunten Eiern fest, im Gesicht hatte sie etwas Schokolade verschmiert, und ihr Kleid war ebenfalls in Mitleidenschaft gezogen worden. Aber die beiden lachten und sahen mit strahlenden Mienen genau in die Kamera.

„Oh mein Gott", murmelte sie.

„Was ist?" fragte Trey.

„Dieses Mädchen."

„Was ist mit dem Mädchen?" wollte Marcus wissen.

„Das ist das Kind, das ich bei Laree zu Hause gesehen habe."

„Das ist nicht möglich", sagte Marcus. „Das ist Olivia kurz vor der Entführung. Sie hatte nie ein Kindermädchen oder einen Babysitter. Sie war nie im Kindergarten. Kay hat sie so gut wie nie aus den Augen gelassen."

Sheree zog die Brauen zusammen. „Ich weiß, was ich damals sah. Das ist das gleiche kleine Mädchen."

Trey wurde übel. Sie hatten überlegt, ob sich Michaels Töchter trotz verschiedener Mütter ähnlich sehen könnten. Doch die Annahme, sie seien vielleicht kaum voneinander zu unterscheiden, war ihnen allen als undenkbar erschienen. Olivias Identität beruhte auf Marcus' felsenfester Überzeugung, er habe das Kind als das richtige wiedererkannt.

„Sie irren sich", widersprach Marcus.

„Ich weiß, was ich sah", beharrte Sheree und sah zu Trey, der sich frustriert durchs Haar fuhr.

„Es führt zu nichts, jetzt darüber zu streiten. Wir hatten die Möglichkeit bereits in Erwägung gezogen", sagte er.

„Welche Möglichkeit?" Marcus sah ihn verständnislos an, während Olivia zurückwich, bis sie die Wand im Rücken spürte. Sie hielt sich die Ohren zu, denn das, was Trey gleich sagen würde, wusste sie auch, ohne es zu hören.

„Die Möglichkeit, dass die beiden Mädchen sich ähnlich sahen."

Marcus wurde bleich. „Das kann nicht sein, sie hatten verschiedene Mütter."

„Und Sheree hat bereits erklärt, dass diese Mütter sich verblüffend ähnlich sahen", gab er zu bedenken und fügte an: „Das kleine Mädchen auf dem Foto sieht Ihrem Sohn doch ähnlich, nicht wahr?"

„Ja, das haben wir von Anfang an gesagt."

„Warum sollten sich die beiden Mädchen dann nicht ähnlich gesehen haben?"

Marcus wollte etwas dagegen einwenden, doch dann verstand er und senkte den Blick, weil er nicht zugeben wollte, wie Recht Trey hatte.

Der sah zu Olivia, die kreidebleich geworden war.

„Wollen Sie damit sagen, dass ich vielleicht gar nicht dieses Mädchen dort gesehen habe?“ fragte Sheree und zeigte auf das Foto.

„Es wäre möglich. Sie sind sich sicher, Sie sahen dieses Mädchen, aber Marcus ist genauso überzeugt davon, dass das nicht sein kann.“

„Mein Gott“, sagte sie. „Wie sollen wir denn die Wahrheit herausfinden?“

„Durch Ihre DNS“, erklärte Trey. „Das Untersuchungsergebnis wird den Ausschlag geben.“

„Lassen Sie mich noch ein wenig blättern“, schlug sie vor. „Vielleicht habe ich mich ja geirrt und nur das gesehen, was ich sehen wollte.“

„Natürlich, wir wollen schließlich Gewissheit haben.“

Sheree schlug die Seiten um und bemerkte, dass es eine große zeitliche Lücke gab, bis das Album fortgeführt worden war.

„Ich nehme an, diese Fotos sind alle erst nach Michaels und Kays Tod entstanden“, sagte sie beim Blättern, während ihr die Tränen kamen. „Es tut mir so Leid, so schrecklich Leid.“

Marcus legte eine Hand auf ihren Arm. „Sie haben niemandem etwas getan, Sie müssen sich überhaupt nicht entschuldigen.“

Doch sie schüttelte nur langsam den Kopf und schlug eine Seite nach der anderen um, bis sie auf einmal stutzte. Mit zitterndem Finger zeigte sie auf eines der Fotos und flüsterte: „Oh mein Gott!“

Trey sah auf das Bild. „Wer ist das?“

„Anna, unser Kindermädchen“, erklärte Marcus. „Als das Foto entstand, arbeitete sie erst seit ein paar Monaten für uns.“

Sheree stockte der Atem, dann stand sie abrupt auf. „Sie hat für Sie gearbeitet? Das kann nicht sein!“

Das Entsetzen stand ihr ins Gesicht geschrieben, aber Trey war der Einzige in der Runde, der bereits ahnte, was los war. „Kennen Sie die Frau, Sheree? Wer ist sie?“

„Das ... das ist Laree. Das ist Laree! Das ist *meine Schwester!*“

Olivia stöhnte auf und sank an der Wand entlang zu Boden, dann legte sie beide Arme abwehrend über ihren Kopf.

Gleichzeitig wurde Marcus erst blass und lief dann vor unbändigem Zorn rot an. „Ich habe die Frau eingestellt, die meinen Sohn ermordet hat?“

Sheree zitterte, doch ihre Stimme klang mit einem Mal entschlossener als zuvor. „Ich weiß nicht, was sie gemacht hat, aber das ist meine Schwester Laree. Sagen Sie mir, wo sie ist, ich muss sie sehen!“

„Bis vor ein paar Minuten haben Sie ihr gegenübergesessen“, erklärte Trey.

„Wie bitte?“

„Sie ist die Frau, die die Puppe im Arm hatte."

Nun war es an Sheree, schockiert dreinzublicken. „Das kann nicht sein. Wir sind Zwillinge. Ich würde meine eigene Schwester wiedererkennen."

Als sie aufstehen wollte, hielt Trey sie zurück. „Bleiben Sie sitzen, das geht alles viel zu schnell."

Olivia rappelte sich auf und ging zu Trey, damit der sie in die Arme nahm. Er drückte sie an sich und fürchtete um ihr Wohl, wusste aber, dass er darauf keinen Einfluss hatte.

„Livvie ... Sweetheart ... sieh mich an."

Sie gab einen wehklagenden Laut von sich, woraufhin er seine Hände um ihr Gesicht legte, dann wiederholte er: „Sieh mich an."

Endlich schaute sie hoch.

„Zwischen uns wird sich nichts ändern, egal was hier herauskommt."

Sie nickte stumm.

„Sag es", drängte er sie.

Erst als sie ihm in die Augen sah, wusste sie, er meinte, was er da sagte. „Zwischen uns wird sich nichts ändern", wiederholte sie leise.

„Genau." Er drückte sie wieder an sich, holte gleichzeitig aber sein Mobiltelefon aus der Tasche und wählte eine Nummer. Als sich der Teilnehmer meldete, erklärte er hastig: „Chia, du musst sofort mit Sheets zu mir nach Hause kommen. Der Mord an dem Baby klärt sich gerade auf, und ich brauche unbedingt jemanden Neutrales hier."

Chia stellte keine Fragen, sondern erwiderte knapp: „Wir sind in fünfzehn Minuten da."

„Zehn wären besser."

„Okay, dann eben eine Einsatzfahrt", gab sie zurück und legte auf.

Trey holte tief Luft, steckte das Telefon weg und drehte sich zu den anderen um. „Wir gehen jetzt alle ins Wohnzimmer und setzen uns hin. Niemand wird ein Wort darüber verlieren, was hier eben gesprochen wurde. Ich bin der Einzige, der etwas sagen wird, alle anderen sitzen einfach nur da." Er zeigte auf Sheree. „Bekommen Sie das hin?"

Sie bekam ihre Tränen nicht unter Kontrolle, nickte dennoch.

„Marcus, Sie dürfen keinerlei Reaktion zeigen. Wenn ich eine Chance haben soll, etwas aus ihr herauszubekommen, dann nur, wenn sie sich nicht aufregt."

Marcus bebte vor Wut. „Sie hat in meinem Haus gelebt, sie hat Hand an meine Enkelin gelegt – und ich habe das zugelassen", erwiderte er.

„Wir wissen nicht mit Sicherheit, welches der beiden Mädchen gestorben ist", hielt Trey dagegen. „Ich weiß nicht, wie es Ihnen geht, aber ich will die Wahrheit erfahren. Werden Sie also schweigen?"

Nach langem Zögern willigte Marcus mit einem knappen „Ja" ein.

„Ich nehme Sie beim Wort", sagte Trey.

Terrence stand auf und ging zu Marcus. Zum ersten

Mal seit jenem Abend, an dem er von Marcus zusammengeschlagen worden war, berührte er ihn. „Marcus, wir sind alle für dich da. Teil diesen Schmerz mit uns."

Als er Terrence' Hand an seinem Rücken spürte, zuckte er zwar zusammen, wich aber nicht vor ihm zurück. Carolyn nahm Marcus' Hand, dann gingen sie gemeinsam nach nebenan ins Wohnzimmer und nahmen schweigend Platz.

Ella sah auf, als sie hereinkamen, und wollte gerade etwas sagen, da sah sie, wie Trey ihr bedeutete, den Mund zu halten. Ein wenig beunruhigt blieb sie in ihrem Sessel neben Anna sitzen, die ihr „Baby" wiegte.

Hinter Trey kam Olivia ins Zimmer. Sie fürchtete sich davor, Anna anzusehen, doch als sie sich ihr näherte, konnte sie ihren Blick nicht abwenden. Das war die Frau, die ihre Eltern ermordet hatte? Es schien so unmöglich, doch sie musste nur Sherees schockierte Miene sehen, um zu wissen, dass sie nicht gelogen hatte.

Nachdem alle saßen, zog Trey einen Hocker heran und setzte sich neben Annas Schaukelstuhl hin. Das Schweigen, das nur für Sekunden anhielt, erschien ihm wie eine Ewigkeit, und schließlich beugte er sich vor.

„Anna?"

Sie sah auf, erkannte das Gesicht des Mannes wieder und lächelte. „Sie lieben Olivia", sagte sie.

Olivia biss sich auf die Lippe, um nicht laut zu schluchzen.

„Ja, das stimmt. Ich liebe sie sogar sehr."

„Liebe ist etwas Gutes", erklärte Anna und drückte die Puppe fester an sich.

„Wer liebt Sie, Anna?"

Sie runzelte die Stirn. „Na ... Olivia liebt mich. Sie hat mich schon immer geliebt." Dann beugte sie sich vor und fügte im Flüsterton an: „Schon immer. Seit dem Tag, an dem sie geboren wurde."

Olivia hielt sich die Hände vors Gesicht. Sie konnte nicht länger dieser Frau ins Gesicht sehen, die womöglich ihre Mutter war – ihre Mutter, die Michael und Kay und deren Tochter getötet hatte.

Am liebsten wäre sie aufgestanden und aus dem Zimmer gegangen, jedoch war sie sich nicht sicher, ob ihre Beine ihr nicht den Dienst versagen würden.

„Welches ist denn Ihr Baby, Anna?"

Wieder legte sie die Stirn in Falten, betrachtete zunächst die Puppe und dann Olivia. Sie schüttelte den Kopf. „Nicht fair, nicht fair."

Treys Mitgefühl für Olivia wurde schier unerträglich, doch er durfte jetzt nicht aufhören. „Was ist nicht fair?"

Anna schürzte die Lippen, und auf einmal schob sie die Puppe ein Stück weit von sich fort. „Er will mich nicht, er will das Baby nicht. Nicht fair, nicht fair!"

„Wer will Sie nicht, Anna? Wer will Ihr Baby nicht?"

Anna ballte die Fäuste, gab aber keine Antwort.

Trey sah kurz zu Sheree. Er wusste, er ging das Risiko ein, von Anna gar nichts mehr zu erfahren, doch einen anderen Weg sah er nicht.

„Laree", sagte er leise.

Anna zuckte zusammen, als hätte man sie geschlagen. Tränen stiegen ihr in die Augen, während sie verneinend den Kopf schüttelte. „Sie ist tot."

„Wer ist tot?"

„Laree. Niemand wollte sie … oder ihr Baby." Dann begann sie amüsiert zu lachen. „Aber Anna wollten sie haben. Anna war etwas ganz Besonderes. Sie bekam ihr Baby und durfte dort leben, wo sie hingehörte."

„Lieber Gott", murmelte Marcus, was ihm einen warnenden Blick von Trey einbrachte. Terrence legte Marcus einen Arm um die Schultern, während Carolyn seine Hand hielt.

„Wer wollte Laree nicht?" hakte Trey nach.

„Michael. Michael hatte gelogen. Aber man soll nicht lügen."

Das Heulen von Polizeisirenen unterbrach das unbehagliche Schweigen, das sich im Wohnzimmer ausgebreitet hatte. Trey sah zu Ella, die als Einzige keinen persönlichen Bezug zu den Enthüllungen hatte.

„Könnten Sie das Empfangskomitee spielen?" fragte er sie.

„Auf jeden Fall", erwiderte sie. „Ich warte draußen auf Ihre Kollegen und bringe sie dann ins Haus."

„Danke."

Anna sah nachdenklich auf die Puppe, die sie fortgestoßen hatte. „Zu viele Babys. Michael wollte Laree nur einmal, und dann hatte sie das dämliche Baby."

„Wenn Laree ihr eigenes Baby nicht wollte, warum hat sie dann das andere Baby an sich genommen?"

„Welches andere Baby?" fragte Anna.

„Das Baby in Michaels Haus."

„Das war mein Baby. Mein Baby hatte es verdient, etwas Besonderes zu sein."

Trey war verblüfft. Was hatte sie gerade eben gesagt? Hatte sie ihr eigenes Kind durch das Sealy-Baby ersetzt?

Olivia schluchzte leise, Trey konnte es deutlich hören. Doch er konnte sich jetzt nicht um sie kümmern, wenn er nicht riskieren wollte, dass Anna aufhörte zu reden.

„Ihr Baby war etwas Besonderes", wiederholte er.

„Ja, etwas ganz Besonderes."

„Welches Baby haben Sie dann in einen Koffer gesteckt und eingemauert?"

Anna zuckte heftig zusammen und krallte sich in die Armlehnen, wobei die Puppe von ihrem Schoß rutschte und so unglücklich auf den Boden auftraf, dass der Kopf zerbrach.

Der Knall ließ Anna entsetzt aufschreien, und sie wollte nach der Puppe greifen, doch Trey hielt sie fest.

„Welches Baby?" bedrängte Trey sie. „Welches Baby haben Sie umgebracht?"

Anna hielt sich die Ohren zu, während sie die Antwort herausschrie: „Das Falsche war bei Michael. Ich gab ihnen meins!" Dann verlor sie das Bewusstsein und rutschte vom Schaukelstuhl auf den Boden.

21. KAPITEL

Chia und Sheets kamen in dem Moment ins Haus gelaufen, als Anna zu Boden sank.

„Was ist los?" rief Chia und griff nach ihrem Mobiltelefon. „Ist sie krank? Soll ich den Rettungswagen rufen? Was ist passiert?"

Trey deutete auf Anna. „Das ist unsere verschwundene Zwillingsschwester. Sie muss verhaftet werden, aber ich möchte nicht derjenige sein, der das tut, weil ich die Frau heiraten werde, die ihre Tochter sein könnte."

Chia sah ihn verständnislos an. „Was hast du da …", begann sie.

„Das ist eine lange Geschichte, und keine besonders erfreuliche", unterbrach Trey sie und fühlte Annas Puls, der gleichmäßig ging. „Sie ist nur bewusstlos, aber es wird verdammt schwierig, sie vor Gericht zu stellen. Sie hat den Verstand verloren, und ich glaube, an ihrer Stelle wäre es mir nicht anders ergangen. Bringt sie einfach erst mal von hier fort." Dann ging er zu Olivia.

Sie hatte sich in eine Ecke zurückgezogen, hielt sich die Ohren zu und kniff die Augen zusammen. Das Heulen, das ihrer Kehle entstieg, machte ihm genauso viel Angst wie der Abend, an dem sie angeschossen worden war.

„Livvie …"

Weder sah sie auf noch beruhigte sie sich.

„Livvie … Sweetheart …", flehte er sie an, dann schließlich hob er sie hoch und trug sie aus dem Zimmer.

Er brachte sie in ihr Schlafzimmer, drückte mit dem Fuß die Tür hinter sich zu und setzte sich mit ihr so aufs Bett, dass sie auf seinem Schoß saß und er sie sanft wiegen konnte.

„Ich weiß, Baby, ich weiß“, sagte er leise und rieb mit dem Kinn über ihr Haar, während sie sich entsetzt an ihn klammerte. „Es wird wieder gut werden. Du bist meine Liebe, und wir stehen das gemeinsam durch. Du hilfst mir, ich helfe dir. So wie damals, als wir noch Kinder waren.“

Schließlich wurde sie ruhig, zitterte aber weiter. Er wusste, dass seine Stimme zu ihr durchdrang. „Du bist mein Mädchen“, redete er weiter leise auf sie ein. „Das warst du schon immer. Und das weißt du, Livvie. Hör auf dein Herz, und vertrau mir. Ich liebe dich so sehr, Baby, so sehr.“

Er spürte, dass das Zittern allmählich nachließ.

„Es wird alles wieder gut, Livvie. Hörst du? Es wird alles wieder gut.“

„Ja, ich höre dich“, sagte sie.

Die Erleichterung über ihre Reaktion war so gewaltig, dass ihm einen Moment lang der Atem stockte. Er wagte nicht, etwas zu sagen, weil er seiner Stimme nicht traute. Als er sich weit genug zurücklehnte, um Olivia ins Gesicht zu sehen, bemerkte er zwar ihren traurigen Blick, doch er entdeckte auch die Frau, die er kannte und liebte.

„Ich muss kurz mit deinem Großvater reden. Kann ich dich für ein paar Minuten allein lassen?“

Sie nickte.

„Es dauert wirklich nicht lang."

„Geh schon", sagte sie. „Tu, was du tun musst, damit das alles endlich vorüber ist."

„Ich gebe mir alle erdenkliche Mühe."

„Mehr verlange ich auch nicht von dir", erwiderte sie.

Nachdem er sie aufs Bett gelegt hatte, rollte sie sich auf der Seite zusammen.

„Ich liebe dich, Baby", wiederholte er.

„Ich habe dich gar nicht verdicnt, aber ich bin froh, dass du hier bist."

Er musste sich mit diesen Worten begnügen, als er das Zimmer verließ.

Ein Rettungswagen hatte Anna inzwischen fortgebracht, Ella kümmerte sich um den schockierten Marcus, als habe sie ihn schon immer umsorgt. Terrence und Carolyn waren diejenigen, die die Ruhe bewahrt hatten.

„Erzählen Sie", bat Trey ihn.

Terrence entfernte sich einige Schritte, damit Marcus nicht mithören konnte. „Die Frau wurde festgenommen, man hat versucht, ihr ihre Rechte vorzulesen. Aber wir waren alle der einhelligen Meinung, dass sie es weder verstanden noch gehört hat. Die Sanitäter bringen sie ins Dallas Memorial, und die beiden Detectives fahren zusammen mit Mrs. Collier hinterher. Sie sagten, sie würden sich bei Ihnen melden."

Trey nickte und deutete auf Marcus. „Braucht er einen Arzt?"

„Ich glaube nicht. Er braucht vor allem Zeit."

„Wer hätte das gedacht?" warf Carolyn ein, die sich zu ihrem Mann stellte und sich bei ihm einhakte. „Wären wir damals nicht nach Italien ausgewandert, hätten wir Anna sicher als die Frau erkannt, die Michael uns vorgestellt hatte."

„Aber wir *waren* bereits in Italien", gab Terrence zurück. „Daran lässt sich nichts mehr ändern, nichts lässt sich rückgängig machen. Mit dieser Erkenntnis muss ich schon mein ganzes Leben klarkommen."

Carolyn lehnte ihre Schulter an Terrence' Schulter und fragte an Trey gerichtet: „Was wird mit Anna geschehen?"

„Vermutlich wird sie in eine psychiatrische Klinik eingewiesen."

„Welches Baby sie nun wirklich getötet hat, ist doch immer noch nicht klar, oder?"

„Nein."

„Aber es lässt sich feststellen?"

„Sobald Sherees DNS-Probe untersucht ist, wissen wir es. Zur Sicherheit wird man aber auch Annas ... Larees DNS analysieren, damit kein Zweifel aufkommen kann."

„Geht es Olivia gut?"

„Nein, aber sie wird sich bald wieder erholen."

„Es tut mir Leid", sagte Carolyn. „Aber Sie sollen wissen, dass ich froh bin, Sie in unserer Familie zu haben."

„Danke", erwiderte Trey. „Aber die Freude ist ganz meinerseits."

„Trey!" rief Marcus, dessen Befehlston unverkennbar

war. Trey wandte sich ihm zu, ohne an dem Tonfall Anstoß zu nehmen.

„Ja?"

Marcus stand auf. „Egal, was heute ans Licht gekommen ist, Sie sollen wissen, dass wir Ihnen dankbar sind."

„Ja, Sir", erwiderte Trey.

„Hatte ich Ihnen nicht gesagt, Sie sollen mich mit Marcus anreden?"

Trey seufzte. „Ja, stimmt."

Marcus machte einen Schritt nach vorn und reichte ihm die Hand, doch statt sie zu schütteln, nahm er Trey in die Arme. Es war eine kurze Geste, und er ging rasch wieder auf Abstand. „Danke. Ich hatte mich damit abgefunden, dass der Mörder meines Sohns niemals aufgespürt würde und ich diese Frage mit ins Grab nehmen müsste", erklärte er mit belegter Stimme.

„Aber es gibt immer noch eine andere Frage, nicht wahr?" gab Trey zurück.

Während er sich über die Augen wischte, wurde Marcus wieder ernst. „Sie ist und bleibt meine Enkelin. Es ist egal, wie die Wahrheit aussieht. Sie wird nichts an dem ändern, was zwischen uns ist."

„Selbst wenn sie die Tochter der Frau ist, die Ihren Sohn ermordete?" wollte er wissen.

Marcus schwankte ein wenig, doch sein Blick blieb auf Treys Gesicht gerichtet. „Selbst dann."

„Olivia ist in ihrem Schlafzimmer", sagte Trey. „Ich glaube, sie würde das gern von Ihnen hören."

Während Marcus aus dem Zimmer ging, wurde Trey mit einem Mal bewusst, dass jemand fehlte. Unruhig suchend schaute er sich um. „Wo ist Ella abgeblieben?“ rief er. „Ich habe sie ...“

„Ich bin hier, mir geht’s gut“, fiel sie ihm ins Wort, als sie aus der Küche gehumpelt kam. „Hand aufhalten“, wies sie ihn an.

Er gehorchte, ohne nachzudenken, und sah, dass sie ihm zwei Schmerztabletten gab und ihm dann ein Glas Wasser reichte.

„Die nehmen Sie jetzt. Falls Sie nicht schon Kopfschmerzen haben, werden Sie die ganz sicher noch bekommen.“

Trey schluckte die Tabletten, stellte das Glas weg und nahm Ella vorsichtig in die Arme.

„Mir gefällt das überhaupt nicht, dass meine zwei liebsten Frauen zu zerbrechlich sind, um sie anständig in den Arm zu nehmen.“

„Wir sind nicht zerbrechlich“, widersprach sie und drückte sich an ihn. „Wir sehen nur so aus.“

„Danke für alles“, murmelte er.

„Hey, Sie haben mir das Leben gerettet, da ist das doch wohl das Mindeste, was ich für Sie tun kann.“

„Oh, Ella, hören Sie bloß auf“, sagte er leise.

Sie grinste ihn an und entgegnete: „Mein Held.“

Trey stöhnte auf. Ein toller Held war er. Er hatte eben Olivias Welt zum Einsturz gebracht und konnte nur hoffen, sie würde ihm verzeihen.

Nach einer weiteren Woche war Olivias Schulter fast vollständig verheilt. Hin und wieder spürte sie ein leichtes Stechen, vor allem wenn sie etwas Schweres hob, obwohl sie das nicht sollte.

Foster Lawrence war aus der Haft entlassen worden und hatte es – dank der Einladung seiner Schwester – endlich nach Florida geschafft. Er zog bei Sheree ein und würde vorläufig bei ihr wohnen.

Rose war gleich nach Annas Verhaftung zu Olivia gekommen, um nach ihr zu sehen. Olivia war noch in der Lage gewesen, über das Geschehene zu reden, und sie merkte auch, dass Rose ein wenig beleidigt war, da sie sich übergangen fühlte, doch sie konnte nichts daran ändern. Sie brauchte ihre ganze Kraft, um ihre eigenen Ängste und Zweifel in den Griff zu bekommen.

Tagsüber half es ihr, dass Ella gleich nebenan wohnte und immer einen Ratschlag griffbereit hatte. Und die Nächte wurden in dem Moment erträglich, wenn sie sah, wie Trey nach Feierabend nach Hause gefahren kam.

Die Distanz, die zwischen ihrem Großvater und ihr entstanden war, hatte mit ihr allein zu tun. Er wollte mit ihr über die Vergangenheit reden, doch egal, was er sagte, sie glaubte ihm nicht. Sie wusste nicht mal, ob er ihr je wieder in die Augen würde sehen können, ohne an das zu denken, was Anna enthüllt hatte. Erst einmal musste sie die Abscheu überwinden, die sie empfand, wenn sie sich im Spiegel betrachtete.

Über Tage hinweg hatte sie immer wieder ihr Spiegelbild studiert, ob sie bei sich etwas von den Gesichtszügen der jungen Anna entdecken konnte. Ob da etwas war oder nicht, wusste sie nicht, da der gequälte Ausdruck in ihren Augen das Einzige war, was sie wahrnahm. Sie hatte auch keine Ahnung, was sie machen sollte, wenn sich ihre schlimmsten Befürchtungen bewahrheiten würden.

Trey schenkte ihr Kraft und Liebe. Nur durch ihn war es ihr überhaupt möglich, das alles zu ertragen. Sie klammerte sich daran fest, dass er ihr glaubte, und hoffte, das würde genügen.

Dann auf einmal klingelte das Telefon.

„Hallo?“ meldete sie sich.

„Ich bin’s. Du musst aufs Revier kommen.“

„Jetzt sofort, Trey? Aber ich …“

„Ein Wagen ist unterwegs, um dich abzuholen. Er wird in fünf Minuten bei dir sein. Marcus ist auch schon auf dem Weg hierher.“

In dem Moment verstand sie. „Das Testergebnis liegt vor, richtig?“

„Ja.“

„Sag mir, was …“

„Nicht jetzt. Ich erkläre alles, wenn ihr beide hier seid. Ich muss jetzt los. Anna wird aus dem Krankenhaus hergebracht.“

„Warum? Ich will sie nicht sehen.“

„Das wirst du aber müssen. Bitte. Vertrau mir.“

„Ja, okay.“

„Danke, Baby. Bis gleich.“

Sie legte auf, zog sich rasch um, da sie noch den Bikini trug, und war gerade rechtzeitig fertig, als an der Tür geklopft wurde. Ein Kollege von Trey war gekommen, um sie abzuholen. Der Weg zum Revier sollte die längste halbe Stunde ihres Lebens werden.

Marcus traf kurz nach Olivia ein, die zusammen mit Trey bereits auf ihn wartete. Er schob trotzig das Kinn vor, da er so wenig wie Olivia daran interessiert war, Anna Walden noch einmal sehen zu müssen. Doch Trey hatte darauf beharrt, und schließlich war er einverstanden gewesen, weil er das endgültige Ergebnis erfahren würde.

„Das ist einfach lächerlich", murrte er, während Trey voranging.

„Für mich ist das Ganze auch ein Albtraum gewesen", gab der zurück. „Das können Sie mir glauben."

Olivia hakte sich bei ihm unter und drückte leicht seinen Arm. „Ich bin auf deiner Seite."

Trey blieb stehen und küsste sie. „Ich weiß, Honey. Es tut mir Leid, wenn ich so schroff war."

Sie bogen um eine Ecke und näherten sich einem Fenster, vor dem ein halbes Dutzend Leute stand. Als sie dazukamen, sah Olivia im Raum nebenan Anna an einem Tisch sitzen.

„Marcus, Olivia, das ist mein Vorgesetzter, Lieutenant Harold Warren, und Detective Rodriguez und Detective Sheets kennt ihr ja bereits."

Beide nickten.

„Der Rest gehört zur Staatsanwaltschaft, vorstellen kann ich jeden Einzelnen später noch. Wir gehen jetzt erst einmal rein. Von hier kann man alles sehen und hören, was drinnen vorgeht, aber von drinnen ist diese Scheibe ein Spiegel. Alles klar?“

„Ja“, sagte Marcus und nahm Olivias Hand. Olivia wollte noch einige Fragen stellen, doch bevor sie dazu kam, wurden sie bereits in das Verhörzimmer gebracht.

„Setzt euch“, sagte Trey. „Egal wo.“

Marcus und Olivia entschieden sich für zwei Stühle, die von ihrem ehemaligen Kindermädchen möglichst weit entfernt waren, während Trey eine Akte aufschlug und vor Anna auf den Tisch legte.

Sie saß da, den Kopf gesenkt, die Hände auf dem Schoß, und schien nichts von ihrer Umgebung wahrzunehmen.

Trey wusste etwas, was den anderen nicht bekannt war.

„Laree, die Resultate liegen vor.“

Anna regte sich nicht und verzog auch keine Miene.

„Sie weiß nicht, wer Laree ist“, warf Olivia ein.

Trey widersprach nicht, stimmte ihr aber auch nicht zu.

„Sehen Sie sich die Resultate an, Laree. Sie sind die Mutter von einem der Babys, das wissen wir. Sie können es also ebenso gut auch zugeben. Und Sie haben eines der Babys umgebracht. Sie ließen uns glauben, Ihr Baby sei an Marcus Sealy zurückgegeben worden , weil Sie wütend darauf waren, dass das falsche Baby das Vermögen der

Sealys erben würde. Aber Sie haben sich geirrt, nicht wahr? Und soll ich Ihnen noch etwas sagen? Ich glaube, im Unterbewusstsein war Ihnen das längst klar. Dieses Resultat belegt eindeutig, dass Sie die Mutter sind."

Anna hob den Kopf und richtete ihren wilden, wahnsinnigen Blick auf Olivia. „Mein Baby. Mein wunderschönes Baby."

Olivia hatte das Gefühl, sich übergeben zu müssen, doch Trey hatte ihr gesagt, sie solle ihm vertrauen. Also riss sie sich zusammen und blieb sitzen.

Trey zeigte auf Olivia. „Sie ist wunderschön, das stimmt. Aber sie ist nicht Ihr Baby."

Während Olivia mit solcher Erleichterung auf diese Offenbarung reagierte, dass ihr schwindlig wurde, runzelte Anna die Stirn. „Mein Baby."

„Sparen Sie sich die Nummer als Verrückte für jemanden auf, der sie Ihnen abkauft", sagte Trey schroff.

„Mein Baby", wiederholte sie ungerührt. „Er tat mir weh. Ich tat ihm weh. Ich nahm mir sein Baby und ließ es verschwinden."

„Ja, dass Sie ein Baby umgebracht haben, ist uns bekannt", konterte Trey und hielt die DNS-Ergebnisse ihr vors Gesicht. „Sehen Sie hin! Sehen Sie sich den Beweis für das an, was Sie getan haben!"

Anna schaute Trey an und begann dann auf eine unheimliche Weise zu lachen. Als sie verstummte, schaute sie Marcus an. „Dämliche Daumen. Jeder sollte nur zwei Daumen haben. Das ist alles Ihre Schuld."

Trey zeigte auf das Blatt. „Stimmt. Beide Kinder hatten an einer Hand einen Daumen zu viel. Und die Kinder waren gleich groß, hatten die gleichen dunklen Locken und die gleiche Stupsnase. Was ist passiert? Wieso haben Sie sie verwechselt?"

„Ich kenne mein Baby", erwiderte sie leise. „Eine Mutter kennt ihr Baby. Halten Sie den Mund, Sie irren sich. Sie irren sich!"

„Dann lesen Sie das hier, und sagen Sie mir ins Gesicht, dass ich lüge."

„Wo ist mein Baby?" rief Anna mit hoher, singender Stimme. „Ich kann mein Baby nicht mehr finden."

Mit der flachen Hand schlug Trey auf den Tisch und brüllte Anna an: „Sie können Ihr Baby nicht mehr finden, weil Sie es in einen Koffer gesteckt und dann eingemauert haben. Warum zum Teufel haben Sie das gemacht? Sagen Sie es mir, Laree! Warum haben Sie Ihr eigenes Kind getötet?"

Ihr Mund begann zu zittern, und mit einem Mal atmete sie flach und hastig. „Das ist eine Lüge. Das ist eine Lüge!"

„Dann sehen Sie sich die verdammten Resultate an!"

Sie zuckte zusammen, konnte den Blick aber nicht abwenden. Olivia sah ungläubig mit an, wie der Teil von Annas und Larees Persönlichkeit verschwand, der sie wie verrückt agieren ließ. Sie entdeckte Wut und Zorn, und dann verlor Anna Walden die Beherrschung.

„Das stimmt nicht!" sagte sie und tippte mit dem Zeigefinger auf das Blatt.

„Es stimmt sehr wohl. Dieser Test lügt nie."

„Sie haben ihn manipuliert, damit dieses Ergebnis dabei herauskommt."

„Nein. Sherees Test hat exakt das gleiche Resultat ergeben. Das Baby im Koffer ist das Kind, das Sie zur Welt gebracht hatten. Sie töteten Michael und Kay Sealy, Sie raubten deren Kind und ermordeten dann Ihr eigenes Baby. Und jetzt will ich von Ihnen wissen, was Sie damit bezwecken wollten! Sagen Sie es mir, verdammt noch mal. Ich will verstehen, was sich in Ihrem Kopf abgespielt hat!"

Anna wich zurück, als hätte er sie tätlich angegriffen.

Sie nahm das Blatt mit dem DNS-Ergebnis und las es noch einmal, dann kamen ihr die Tränen – erst nur ein paar, dann gab es für sie kein Halten mehr.

„Das *muss* ein Fehler sein", beharrte sie. „Ich hatte das Kind an mich genommen und wollte es nicht wieder hergeben. Aber Foster musste sich ja unbedingt einmischen. Ich wollte Olivia behalten und ihnen stattdessen nach ein paar Tagen Sophie zurückgeben. Sie sahen sich so ähnlich, dass niemand einen Unterschied bemerkt hätte. Damit hätte meine Sophie ihren rechtmäßigen Platz als Erbin des Sealy-Vermögens eingenommen."

„Und was ist geschehen?" fragte Trey.

„Die beiden spielten zusammen, sie saßen auf dem Boden und spielten." Sie legte die Hände vors Gesicht, als könnte sie so die Erinnerung abwenden. „Ich ließ sie nur für eine Minute aus den Augen, weil ich ihnen etwas zu essen machen wollte. Ich war nicht gemein zu ihnen. Die beiden hatten Hunger."

„Und dann?"

„Plötzlich hörte ich eines der Kinder schreien. Als ich zurückkam, hatten sie sich beide ausgezogen und standen auf ihrer Kleidung, die sie auf den Boden geworfen hatten. Einen Moment lang konnte ich sie nicht voneinander unterscheiden. Dann bückte sich Olivia und hob ihre Decke auf, und da wusste ich wieder, wer wer war. Meine Sophie griff daraufhin ebenfalls nach der Decke und zog daran, doch Olivia wollte nicht loslassen. Ich gab ihr eine Ohrfeige, aber sie fiel nach hinten und schlug mit dem Hinterkopf gegen die Kante des Kamins. Ich hörte den Knall, als sie aufprallte, und danach bewegte sie sich nicht mehr. Ich hatte das nicht gewollt, aber es war zu spät, um noch etwas daran zu ändern. Sie lag ganz ruhig da. Ich zog ihr die Sachen an, die sie zuvor getragen hatte, und legte sie aufs Bett. Ich wusste nicht, was ich mit dem Leichnam machen sollte. Mir war nur klar, dass niemand sie finden durfte."

Trey zwang sich, nicht zu Olivia zu sehen, weil er auf Anna konzentriert bleiben musste. „Aber Sie haben das falsche Kind getötet, Laree. Sie haben Ihr eigenes Baby getötet."

„Nein, das Mädchen hatte sich die Decke genommen, mit der Olivia zu mir gekommen war."

„Das beweist überhaupt nichts. Das Ergebnis der DNS-Analyse dagegen sehr wohl. Sie haben Ihr Kind getötet. Foster kam bei Ihnen vorbei, und ehe Sie sich versahen, hatte er ein Lösegeld gefordert, was Ihren Plan völlig auf den Kopf stellte. Und dann brachte er auch noch das Baby zurück, das überlebt hatte, ohne Rücksicht auf Ihre Gefühle zu nehmen."

„Das ist egal", gab sie zurück. „Wie es abgelaufen ist, macht nichts aus. Wichtig ist nur, dass Sophie dort war, wohin sie gehörte."

Trey zeigte auf Olivia. „Nur dass sie nicht Sophie ist."

„Sie ist Sophie. Als Marcus mich einstellte, hörte sie auf zu weinen – weil sie mein Baby ist."

„Sie hörte auf zu weinen, weil sie nicht mehr weinen konnte", widersprach Marcus.

Anna begann zu zittern und sah Olivia an.

„Du bist mein Baby. Sag es ihnen, Darling. Sag ihnen, dass du mein Baby bist."

Olivia stand auf und verließ das Verhörzimmer.

Anna erhob sich ebenfalls und wollte ihr folgen, doch Trey hielt sie auf. Er drehte sie so, dass sie in den Spiegel schauen konnte, hinter dem ein halbes Dutzend Leute stand, die alle das Drama verfolgt hatten.

„Sehen Sie sich an, Laree. Sehen Sie sich genau an. Sie haben aus Eifersucht und Rachegefühlen heraus Michael und Kay Sealy ermordet, aber das war nicht mal der schlimmste Fehler, den Sie begehen konnten. Der kam erst, als Sie deren Tochter an sich nahmen. Was für eine Frau sind Sie, dass Sie nicht mal Ihr eigenes Kind erkennen konnten? Was für eine Mutter macht das, was Sie getan haben?"

Sie wollte ihr Gesicht bedecken, aber Trey ließ ihre Arme nicht los. Sie schloss die Augen, doch das änderte nichts an den Tatsachen. Und es änderte nichts an den Erinnerungen an diesen kleinen toten Körper, der in diesem Koffer lag, den sie zufällig in einem Schrank gefunden hatte. Sie wollte diese Erinnerung verdrängen und an den Ort in ihrem Geist zurückkehren, an dem die Wahrheit so tief verborgen lag, dass niemand sie finden konnte.

„Und es kommt noch schlimmer, Laree. Der Gerichtsmediziner hat etwas entdeckt, was bei der ersten Untersuchung nicht berücksichtigt worden war, weil niemand so etwas in Erwägung gezogen hatte."

Sie wollte ihn nicht ansehen, und sie wollte erst recht nicht fragen.

Trey schüttelte sie brutal. „Machen Sie verdammt noch mal die Augen auf und sehen Sie Ihr Spiegelbild an!" fuhr er sie an.

Laree gehorchte.

„Das Baby, das Sie in den Koffer gesteckt und eingemauert haben … das war gar nicht tot. Im Koffer wurden winzige Kratzspuren gefunden, und unter einem Fingernagel fanden sich Spuren von der Innenverkleidung des Koffers."

Draußen hielt sich Olivia entsetzt die Hände vor den Mund. Chia Rodriguez stellte sich zu ihr und legte wortlos einen Arm um sie.

Marcus ließ den Kopf sinken und starrte auf den Fußboden.

Doch es war Anna, die ihr Spiegelbild betrachtete, die mit dieser unerträglichen Erkenntnis würde leben müssen.

„Sie lügen."

„Ich wünschte, es wäre so", gab Trey leise zurück.

Anna stöhnte auf, dann begann sie zu schreien und riss sich an den Haaren, während sie zu Boden sank. Trey betrachtete, wie sie sich krümmte und weiterschrie, dann gab er Marcus ein Zeichen, und zusammen verließen sie das Verhörzimmer.

Olivia wartete draußen auf sie. Tränen liefen ihr übers Gesicht, und ihre Augen hatten einen verzweifelten Ausdruck angenommen.

„Sag bitte, dass es jetzt endlich vorüber ist."

„Fast", entgegnete Trey, dann gingen sie zusammen fort.

Die Morgenröte versprach einen wunderbaren Tag.

Ein Monat war vergangen, seit die Wahrheit ans Licht gekommen war. Olivia betrachtete diesen Tag wie einen zweiten Geburtstag. Ihre Identität war nicht länger ein Rätsel, und ihr Glaube an sich selbst war gestärkt worden.

Grampy hatte sich damit abgefunden, dass sie nicht bei Trey ausziehen wollte, obwohl der Brandschaden am Anwesen der Sealys längst so gut wie behoben war. Er und Rose waren bereits wieder eingezogen, auch wenn am Dach noch gearbeitet wurde.

Laree/Anna war nicht fähig gewesen, mit dem Wissen zu leben, was sie Schreckliches getan hatte. Ihr Leben endete in vollkommener Einsamkeit. Nicht einmal einen Monat nach ihrer Rückkehr in die Psychiatrie wurde sie eines Morgens erhängt vorgefunden. Sie hatte den feigen Weg des Selbstmords gewählt, und niemand kam zu ihrer Beerdigung, um sich von ihr zu verabschieden.

Trey hatte in der gesamten Zeit treu zu Olivia gehalten und ihr den Rückhalt gegeben, ohne den sie es wohl nicht geschafft hätte. Bis zu ihrer Hochzeit waren es nur noch ein paar Monate, doch zuvor wollte er noch ein anderes Versprechen einlösen, das er dem toten Baby gegeben hatte.

„Livvie, Honey, bist du fertig?“ fragte Trey und sah ins Badezimmer.

„Fast“, antwortete sie. „Meine Arme sind bloß nicht lang genug, damit ich mein Kleid zumachen kann.“

„Dafür bin ich doch da“, sagte er, nahm ihre Haare zur Seite und schloss ihr Kleid. „Schon fertig.“ Als sie sich umdrehte, fügte er an: „Und so schön.“

„Danke, Darling“, entgegnete Olivia und legte eine Hand auf sein Jackett. „Ich werde das jetzt nur einmal sagen, aber glaub nicht, ich würde es jemals vergessen.“

„Was denn?“

„Wenn du jedes Versprechen so hältst wie das, das du Sophie gegeben hast, dann kann ich mich wirklich glücklich schätzen.“

Ihm kamen die Tränen bei diesem unerwarteten Kompliment.

„Irgendjemanden muss es schließlich kümmern", sagte er leise.

„Gut für Sophie, dass du dieser Jemand warst. Und jetzt lass uns zu ihrer Beerdigung gehen. Das hat sie verdient."

EPILOG

Über die Jahre hinweg machten sie sich regelmäßig auf den Weg zu dem Familiengrab auf dem kleinen Friedhof am Rand von Dallas. Das Baby lag dort beerdigt, genauso wie Marcus Sealys Ehefrau und Eltern, sein Sohn und seine Schwiegertochter, ein Bruder und eine Schwester. Schließlich war auch Marcus selbst dort beigesetzt worden.

Jedes Mal kniete Trey am Grabstein des Babys nieder und zupfte an den Grashalmen, die der Gärtner übersehen hatte, während Olivia einen Strauß Rosen auf das Grab legte.

Dann standen sie Arm in Arm da und lasen stumm die Inschrift des Grabsteins. Es war das Einzige, was sie tun konnten, um der Welt zu zeigen, dass ein kleines Mädchen mit dunklen Locken und Stupsnase für kurze Zeit gelebt hatte.

Olivia hatte sich an die Trauer gewöhnt, die sie empfand, wenn sie an ihre Halbschwester dachte, an die sie sich nicht erinnern konnte. Indem sie regelmäßig ihr Grab besuchte, sorgte sie dafür, dass sie sie nie vergaß.

Auch an diesem Tag vollzogen sie das stets gleiche Ritual und betrachteten den Grabstein, auf dem über dem Geburts- und dem Sterbejahr eingraviert stand:

Sophie Sealy
Nun ruht sie bei den Engeln

„Ruhe in Frieden, kleines Mädchen“, sagte Trey leise und legte einen Arm um Olivias Schultern, dann zog er sie an sich. Wieder war ein Jahr vorüber. Die Zeit verging viel zu schnell.

Sie fassten sich an den Händen, als sie zurück zum Wagen gingen. Irgendein Geräusch ließ Trey innehalten und aufhorchen.

„Was ist?“ fragte Olivia, da er stehen geblieben war.

Er lauschte, dann zuckte er mit den Schultern. „Ich dachte, ich hätte etwas gehört. Aber ich habe mich wohl geirrt.“

Sie gingen weiter zum Wagen. Hätten sie einen Moment länger gewartet, dann hätten sie es vielleicht gehört – das leise Lachen eines Kindes und das Geräusch kleiner Füße, die durch das Laub trippelten.

– ENDE –

Deutsche Erstveröffentlichung

Jackie Collins
Der Meisterspieler

Hollywood-Expertin und Glamourautorin Jackie Collins at her best: Die schöne Journalistin Madison wird entführt. Will sich jemand an ihrem Vater rächen? Denn der mächtige Michael Castelli, charismatisch und vermögend, hat über die Jahre eine beispielhafte Karriere gemacht. Und ist dabei manchmal über Leichen gegangen …

Band-Nr. 25192
7,95 € (D)
ISBN: 3-89941-285-0

Anne Stuart
Im Angesicht der Angst

Ein Thriller der Extraklasse von Anne Stuart – Leidenschaft und Gefahr, überraschende Wendungen und ein atemberaubender Show-down!

Band-Nr. 25194
7,95 € (D)
ISBN: 3-89941-287-7

Sharon Sala
Im Zeichen der
roten Rose
Band-Nr. 25149
7,95 € (D)
ISBN: 3-89941-188-9

Sharon Sala
Eiskalte Versuche
Band-Nr. 25142
7,95 € (D)
ISBN: 3-89941-181-1

Sharon Sala
Das Tattoo
Band-Nr. 25122
7,95 € (D)
ISBN: 3-89941-161-7

Sharon Sala
Eine fast perfekte Lüge
Band-Nr. 25103
7,95 € (D)
ISBN: 3-89941-139-0

Alex Kava
Das Böse
Band-Nr. 25001
7,95 € (D)
ISBN: 3-89941-001-7

Alex Kava
Die Rückkehr des Bösen
Band-Nr. 25158
7,95 € (D)
ISBN: 3-89941-197-8

Elizabeth Flock
Ich & Emma
Band-Nr. 25182
7,95 € (D)
ISBN: 3-89941-240-0

M. J. Rose
Die Magdalenen Morde
Band-Nr. 25201
7,95 € (D)
ISBN: 3-89941-294-X